用文字照亮每个人的精神夜空

领读文化传媒
LINGDU Culture & Media

微信 | 微博 | 豆瓣　领读文化

钗黛之辨

LIN DAIYU
AND
XUE BAOCHAI

曾扬华——

著

天津出版传媒集团

天津人民出版社

图书在版编目（CIP）数据

钗黛之辨 / 曾扬华著 . —— 天津 : 天津人民出版社，2022.6

ISBN 978-7-201-18175-2

Ⅰ.①钗… Ⅱ.①曾… Ⅲ.①《红楼梦》研究 Ⅳ.① I207.411

中国版本图书馆 CIP 数据核字 (2022) 第 006263 号

钗黛之辨
CHAIDAI ZHI BIAN

出　　版	天津人民出版社	
出版人	刘　庆	
地　　址	天津市和平区西康路 35 号康岳大厦	
邮政编码	300051	
邮购电话	（022）23332469	
电子信箱	reader@tjrmcbs.com	

责任编辑	李　荣
装帧设计	UNLOOK Unlook-guangdao.com

印　　刷	北京金特印刷有限责任公司
经　　销	新华书店
开　　本	880 毫米 ×1230 毫米　1/32
印　　张	13
字　　数	416 千字
版次印次	2022 年 6 月第 1 版　2022 年 6 月第 1 次印刷
定　　价	79.80 元

目录

引言

上篇

诗曰：

> 一梦红楼二百秋，纷纭众说迄未休。
>
> 最是奇观钗黛辩，磨完嘴皮动拳头。

这几句打油诗的意思是说，《红楼梦》问世至今二百多年来，在众口一词给予了最高赞誉的同时，又几乎在所有的问题上都存在着种种不同的意见和纷争。而在这些纷纭众说之中，对薛宝钗与林黛玉的争论，不但从古至今从未停息过，而且甚至可以算是最为激烈的一种争论。

说它最为激烈，不仅因为有的论者言辞激烈，如有人说："全部《红楼梦》第一可杀者即林黛玉"[1]，而且有的论者甚至为争钗、黛之好坏优劣差点挥拳动武。据同治、光绪年间邹弢的《三借庐笔谈》记载，邹与许伯谦茂才（绍源）二人是老朋友，经常谈论《红楼梦》。邹是尊奉林黛玉的，而伯谦"尊薛而抑林"，因此二人的意见分歧颇

1　《古典文学研究资料汇编·红楼梦卷》（以下简称《红楼梦卷》），中华书局，1963年，第376页。

大，书中写道：

> 己卯春，余与伯谦论此书，一言不合，遂相龃龉，几挥
> 老拳，而毓仙排解之，于是两人誓不共谈《红楼》。秋试同舟，
> 伯谦谓余曰："君何为泥而不化耶？"余曰："子亦何为窒而
> 不通耶？"一笑而罢。嗣后放谈，终不及此。[1]

在中国古代小说批评史上，对小说人物的争论激烈到如此程度，实属少见。

其实，钗、黛之争，不仅是激烈的，而且把它分辨清晰还是十分重要的，这至少有下面几点理由：

第一，《红楼梦》是一部长篇巨著，书中主要人物也不止一人，贾宝玉、林黛玉、薛宝钗、王熙凤可说是书中的四根大梁，缺一不可。因此，当这四人中有两个存在尖锐纷争的情况，我们就十分有必要对其作出辨析了。

第二，林黛玉与薛宝钗这两个人物应如何评价，这不仅仅是她俩本身的问题，还牵涉到对其他许多和她们有着紧密关联的人和事的认识。如果对这些问题的认识得不到最起码的和最基本的解决，那就更不用说对《红楼梦》全书能有一个比较全面客观的认识了。

第三，《红楼梦》中有许多与其他作品不同的特别笔法，不弄明白它们，要真正读懂《红楼梦》就很难。"红学"中的许多争议，有相当一部分是因为不懂它的笔法，所以弄不懂、会错意，从而去和别

---

[1] 《红楼梦卷》，中华书局，1963年，第390页。

人瞎争一气。在钗、黛之争中，更是大量存在这种情况。因此辨明这个问题的过程，其实也是解读《红楼梦》特别写作笔法的过程。它不但能使我们真正认识这两个人物，而且也能够帮助我们弄懂曹雪芹的种种特殊写作笔法，进而触类旁通地去解读《红楼梦》中的其他一些内容。在塑造钗、黛这两个重要人物时，对薛宝钗运用的特别笔法尤其多。当然，这要在后文的具体探究中才能说得清楚。

基于以上原因，于是便有了写此"辨"的意愿。这里要"辨"的内容有两个大的方面：一是对钗、黛二人本身的评价；二是她们的婚姻、爱情悲剧以及与之相关的人和事。试分上、下两篇来加以论述。

上篇

第一章

钗、黛之争的历史

历史上的钗、黛之争，不仅是激烈的，而且是复杂的，可谓诸说纷呈，门户、派别对峙，一直持续到现在。因此，在具体辨析钗、黛之前，梳理、介绍一下这个问题的诸多说法，无疑是有益的、必要的。

在种种论说中，最重要的大致有三种影响较大的观点：拥林派、拥薛派和"钗黛合一"论。下面择要加以述介评说。

拥林派

拥林派一般来说，也自然是贬薛派，不过有的在表述中主要文字在贬薛，有的虽没有说到薛，但态度都是明显的。这一派的人数、言论相对来说较多。下面依大致的时间顺序挑选一些主要言论以见其阵势：

1. 涂瀛《红楼梦问答》："或问：'宝钗与黛玉，孰为优劣？'曰：'宝钗善柔；黛玉善刚。宝钗用屈；黛玉用直。宝钗徇情；黛玉任性。宝钗做面子；黛玉绝尘埃。宝钗收人心；黛玉信天命。不知其他'。"[1]

2. 朱作霖《红楼文库·钗黛孰优论》："……而为宝钗者，虽以凤姐之黠，黛玉之慧，湘云之豪爽，袭人之柔佞，上自贾母，下至婢媪，皆能兼容并包而无不当，则岂钗之实贤欤？盖其世故深而揣摩熟，诚非黛玉之所能望也。……总之，黛以刚，钗以柔；黛用直，钗用屈；黛也任性，钗也徇情。由是一死而一生焉，一离而一合焉。"[2]

3. 解盦居士《石头臆说》："宝钗自云从胎里带来热毒，其人可知矣。……薛氏之热毒本应分讲，热是热中之热，毒是狠毒之毒，其痛诋薛氏处，亦不遗余力哉！"[3]

4. 西园主人《红楼梦论辨》：论黛玉曰："未有儿女之情而白圭无

1　《红楼梦卷》，中华书局，1963年，第143页。

2　《红楼梦卷》，中华书局，1963年，第161页。

3　《红楼梦卷》，中华书局，1963年，第191—192页。

玷痴至于死者，熟读红楼，吾得之于林颦卿矣。林颦卿者，外家寄食，茕茕子身，园居潇湘馆内，花处姊妹丛中，宝钗有其艳而不能得其娇，探春有其香而不能得其清，湘云有其俊而不能得其韵，宝琴有其美而不能得其幽，可卿有其媚而不能得其秀，香菱有其逸而不能得其文，凤姐有其丽而不能得其雅：洵仙草为前身，群芳所低首者也。"论宝钗则云："合孔明、孟德而一人者。"说她通过小恩小惠使黛玉、湘云"尽入彀中"，又利用关系，使凤姐、袭人、平儿等"群奸乐为所用"。[1]

5. 青山山农《红楼梦广义》："黛玉聪明机智，为群钗冠。""袭人善事宝玉，宝钗善结袭人，同恶相济，以售其奸。始则携刷挥蝇，愿学水鸳之戏；继则移花接木，甘受雪雁之扶。王莽谦恭，以移汉祚；宝钗谦恭，以夺林婚。枭雄伎俩，如出一辙。宝玉厌之矣，出闱之遁，有以也夫！"[2]

6. 陈其泰《红楼梦回评》（第三回）："《红楼梦》中所传宝玉、黛玉、晴雯、妙玉诸人，虽非中道，而率其天真，矗然泥而不滓。所谓不屑不洁之士者非耶？其不肯同乎流俗，合乎污世，卓然自立，百折不回，不可谓非圣贤之徒也。若宝钗、袭人则乡愿之尤，而厚于宝钗、袭人者无非悦乡愿，毁狂狷之庸众耳。王熙凤之为小人，无人而不知之；宝钗之为小人，则无一人知之者。故乡愿之可恶，更甚于邪慝也。读是书而谬以中道许宝钗，以宝玉、黛玉、晴雯、妙玉诸人为怪僻者，吾知其心之陷溺于阉媚也深矣。"[3]

7. 哈斯宝《新译红楼梦回批》第五回批："这部书写宝钗、袭人，

1 《红楼梦卷》，中华书局，1963年，第198、201页。
2 《红楼梦卷》，中华书局，1963年，第210—211页。
3 《桐花凤阁评〈红楼梦〉辑录》，天津人民出版社，1981年，第54—55页。

钗黛之辨

全用暗中抨击之法。粗略看去，她们都好像极好极忠厚的人，仔细想来却是恶极残极。这同当今一些深奸细诈之徒，嘴上说好话，见人和颜悦色，但行为特别险恶而又不被觉察，是一样的。作者对此深恶痛绝，特地以宝钗、袭人为例写出，指斥为妇人之举。"[1]

8. 冯家昔《红楼梦小品》："王夷甫有云：'大圣忘情，下愚无情，情之所钟，正在我辈。'其颦卿之谓乎！""宝钗其奸雄之毒者乎？其于颦卿，则教之怜之，推情格外，以固结之。诚知与贾母之亲则不若黛玉，与宝玉之密又不若黛玉，惟故作雍容和厚之度，以邀时誉，而后谋成志遂，使颦卿死而不恨。吁可畏哉！"[2]

9. 佚名氏《读红楼梦随笔》："至心术品谊，尤优劣悬殊。黛玉则直率而真；宝钗则机诈而险。一则我行如是，不枉己而徇人；一则尊意若何，必观风而阿好。一则伤心迟暮，守己范围；一则到处贪缘，夺人夫婿。甚至笃盟守义，黛玉则之死靡他；始篡终嫌，宝钗则临行追悔。此尤关乎志节，绝不予以含糊。……而世之观红楼者，必欲推崇蘅芜，抑置潇湘，如盲者观场，与作者意忤，吾不知是何肺肝！"[3]

10. 季新《红楼梦新评》："须知黛之于宝玉，纯以爱情相感，不失男女爱情之正。试观两人情意未通以前，黛时时有疑忌心，有刻薄语，这都是放心不下的缘故。及至《诉肺腑情迷活宝玉》一回之后，黛知宝心，宝知黛心，黛之情已定，自此心平气和，以后对于宝玉没有一点疑心，而对于宝钗诸人亦忠厚和平，无一些从前刻薄尖酸之态。其爱情之纯挚，心地之光明，品行之诚恳，胸怀之皓洁，真正不愧情

1　《〈新译红楼梦〉回批》，内蒙古人民出版社，1979年，第37页。

2　《红楼梦卷》，中华书局，1963年，第233、234页。

3　《读红楼梦随笔》，巴蜀书社，1984年，第17—18页。

界中人；抱恨而死，所以可伤。至于宝钗却不然。综其生平，未尝以爱情感动宝玉，但知于贾母、王夫人、诸嫂、诸姑以至仆人等，处处使乖，处处献勤，四方八面布置了一个风雨不透，使人人心目中皆以将来之二奶奶相期。彼其心直以宝玉为一禽，而张罗以捕之，以为捕得之后，以我之美，何难使其心悦诚服。唉！这便是娼妓行为。"[1]

11. 冥飞等《古今小说评林》："宝钗阴险狠毒，以黛玉之稚气，当然不是对手。盖黛玉多心，乃无手段；宝钗多心，手段又辣故也。"[2]

以上就是至民国初年为止，也即大体上整个"旧红学"时期所形成的"拥林派"的一些主要言论。

1　《小说海》，中国图书公司，1915年，第一卷第一至二号。
2　《红楼梦卷》，中华书局，1963年，第638页。

拥薛派

这一派自然也就是贬林派。在表述上有的重点在说某一方面，即拥薛或者贬林，有的则两方面兼而有之，其态度也是一致的。

1. 护花主人王希廉《红楼梦总评》："黛玉一味痴情，心地褊窄，德固不美，只有文墨之才；宝钗却是有德有才，虽寿不可知，而福薄已见。"[1]

王希廉还在《红楼梦回评》中多次表现他拥薛抑林的鲜明态度。如：

第八回："黛玉开口尖酸，宝钗落落大方，便使黛玉不得不遁词解说。"[2]

第三十二回："写黛玉戋戋小器，必带叙宝钗落落大方；写宝钗事事宽厚，必带叙黛玉处处猜忌。两相形容，贾母与王夫人等俱属意宝钗，不言自显。"[3]

第三十四回："宝钗探望送药，堂皇明正；黛玉进房无人看见，又从后院出去，其钟情固深于宝钗，而行踪诡密，殊有泾渭之分。"[4]

---

1 《红楼梦卷》，中华书局，1963年，第150页。
2 《红楼梦（三家评本）》，上海古籍出版社，1988年，第138页。
3 《红楼梦（三家评本）》，上海古籍出版社，1988年，第515页。
4 《红楼梦（三家评本）》，上海古籍出版社，1988年，第543页

2.赵之谦《章安杂说》："《红楼梦》，众人所着眼者，一林黛玉。……其于黛玉才貌，写到十二分，又写得此种傲骨，而偏痴死于贾宝玉，正是悲咽万分，作无可奈何之句。乃读者竟痴中生痴，赞叹不绝！试思如此佳人，独倾心一纨绔子弟，充其所至，亦复毫无所取。若认真题思，则全部《红楼梦》第一可杀者即林黛玉。……尝一质荄甫，荄甫仅言似之。前夜梦中复与一人谈此书，争久不决。余忽大悟曰：'人人皆贾宝玉，故人人爱林黛玉。'谈者俯首遁去，余亦醒。此乃确论也！"[1]

赵之谦同时引："孙渔生亦曰：'以黛玉为妻，有不好者数处。终年疾病，孤冷性格，使人左不是，右不是。虽具有妙才，殊令人讨苦。'余笑谓：'何尝不是！但如此数者，则我自有林黛玉在，不必悬想《红楼梦》中人也。'渔生曰：'怪底君恶黛玉，原来曾吃过黛玉苦头的。'附作一笑。"[2]

3.《东观阁本》回评：第二十二回夹批："黛玉处处卖弄聪明，原非福相。"[3]第五十七回夹批："宝钗可谓善于体贴人情。"[4]

4.邹弢《三借庐笔谈》："许伯谦茂才（绍源），论《红楼梦》，尊薛而抑林，谓黛玉尖酸，宝钗端重，直被作者瞒过。"[5]

5.黄小田评点《红楼梦》：第二十七回夹批："黛玉与宝钗处处相

1　《红楼梦卷》，中华书局，1963年，第376页。

2　《红楼梦卷》，中华书局，1963年，第377页。

3　《红楼梦批语偏全》，北京大学出版社，2003年，第125页。

4　《红楼梦批语偏全》，北京大学出版社，2003年，第297页。

5　《红楼梦卷》，中华书局，1963年，第390页。

形见绌。"[1]第三十八回于宝钗《螃蟹咏》诗旁夹批："此首比黛玉诗高百倍，何必狂？"[2]

1　《红楼梦》，黄山书社，1989 年，第 289 页。
2　《红楼梦》，黄山书社，1989 年，第 429 页。

"钗黛合一"论

在拥林派和拥薛派争论得火热的同时，也有个别有影响的论者对两派之说都不以为然，而对钗、黛皆取贬抑的态度。如嘉、道年间的太平闲人张新之就持这种看法，在他的《红楼梦读法》中有说：

> 写黛玉处处口舌伤人，是极不善处世、极不自爱之一人，致蹈杀机而不觉；写宝钗处处以财帛笼络人，是极有城府、极圆熟之一人，究竟亦是枉了。这两种人都作不得。[1]

张新之只挑别人他认为的毛病来加以否定，这显然不是科学的方法，因为谁找不出毛病来呢？那岂不都成了"作不得"的人了？所以他的这种看法，自然是"曲高和寡"，成为绝唱了。

而同样与拥林、拥薛派观点不同、且又和张新之的看法完全相反的意见也同时存在，那就是对钗、黛都加以肯定，予以褒扬。这就是后来被称之为"钗黛合一"的论调。

提到"钗黛合一"论，大家都以为这是俞平伯提出来的，这自然不错。不过最早多次表示过这种意思的却是比俞平伯要早两百多年的脂砚斋。试看：

1　《红楼梦卷》，中华书局，1963年，第155—156页。

"甲戌本"第五回有夹批曰：

> 此句定评。想世人目中各有所取也。按黛玉、宝钗二人，
> 一如姣花，一如纤柳，各极其妙者。然世人性分甘苦不同之
> 故耳。[1]

"庚辰本"第四十二回有回前总批：

> 钗玉名虽二个，人却一身，此幻笔也。今书至三十八回
> 时已过三分之一有余，故写是回，使二人合而为一。请看黛
> 玉逝后宝钗之文字，便知余言不谬矣。[2]

其实"脂批"之外，也还有其他人有类似的看法。如话石主人，他在
对宝钗有时亦有贬义的同时又说：

> 写黛玉处处可怜，何忍厌其小性；写宝钗处处可爱，何
> 必怪其藏奸。读书不容着己见也。[3]

不过由于以上这些看法都只是作了简略的表述，并未有最起码的阐
释，也无任何针对性，所以在当时钗、黛优劣之争异常激烈的情况下，
这种"双誉"的看法也和张新之的"双贬"的看法一样，未能引起人

---

1 《新编石头记脂砚斋评语辑校》，中国友谊出版公司，1987 年，第 111 页。
2 《新编石头记脂砚斋评语辑校》，中国友谊出版公司，1987 年，第 575 页。
3 《红楼梦卷》，中华书局，1963 年，第 176 页。

们足够的注意，也产生不了多大的影响。

"钗黛合一"能最后成为一种论说，并一直至今还有很大的影响，现时还有不少论者信奉它，其倡导者当然是俞平伯。

1923年，俞平伯出版了《红楼梦辨》，其中卷有《作者底态度》一文说道：

> 作者在《红楼梦》引子上说："悲金悼玉的《红楼梦》"。是曲既为十二钗而作，则金是钗玉是黛，很无可疑的。悲悼犹我们说惋惜，既曰惋惜，当然与痛骂有些不同罢。这是雪芹不肯痛骂宝钗的一个铁证。且书中钗黛每每并提，若两峰对峙双水分流，各极其妙莫能相下，必如此方极情场之盛，必如此方尽文章之妙。若宝钗为三家村妇，或黄毛鸦头，那黛玉又岂有身分之可言。与事实既不符，与文情亦不合，雪芹何所取而非如此做不可呢？[1]

1951年，俞平伯又出版了《红楼梦研究》一书，其中《"寿怡红群芳开夜宴"图说》一文中又说：

> 《红楼梦》一书中，薛林雅调称为双绝，虽作者才高殊难分其高下，……[2]

1　《红楼梦辨》，人民文学出版社，1973年，第89—90页。
2　《红楼梦研究》，人民文学出版社，1973年，第160页。

俞平伯之说，比前面提到的"双誉""双贬"说明显不同的是，他的立论不但有论据，还有所阐发，或许因此，响应此说者甚多，不但有文章，甚至有专著。它的影响不绝如缕，直至今天仍受到论者的崇奉。

在这同时，也有论者表示不完全认同俞平伯的评论方法，而主张用"评价文学人物的另外的角度"来评论钗、黛。如王蒙的"钗黛合一新论"。此论对钗、黛评价的核心内容是：

> 从这种角度来看，林黛玉、薛宝钗各代表作家对于人性、特别是女性、应该说是作家所爱恋、所欣赏乃至崇拜敬佩的女性性格的两个方面，也可以称之为两极。如果说作家在《红楼梦》的开头极力表达了他对于女性的推崇的话，那么这种推崇首先体现在林黛玉、薛宝钗上，这已经不需要任何司空见惯的引证。[1]

在王蒙看来，也就是说，曹雪芹对林黛玉、薛宝钗这两个人是同样的"爱恋""欣赏乃至崇拜敬佩的"，这在实质上和俞平伯的观点并没有什么不同。也许正因为如此吧，所以王蒙虽称自己的分析方法是新的"另外的角度"，可在本质上毕竟还不讳言是"钗黛合一论"。

在今天，"红学"里的钗、黛之争除了"钗黛合一"论颇为流行之外，还有一个新的情况出现。就是在拥薛派中，直接、正面贬损林黛玉的言论明显地少了，而赞许薛宝钗或为其做种种辩护的言论却大大地增多。在这方面比之旧时的拥薛派，理论上有了不少提升。如果

1　《王蒙文集》，华艺出版社，1993年，第320—321页。

再深一层去探究它们的实质，则"钗黛合一论"的倾向也势必成为他们发展的归宿。

从上面简单的历史回顾中，我们能从中感觉到，"旧红学"时期拥薛派对林黛玉的指责带有明显的封建卫道特点，而拥林派对薛宝钗的贬斥却具有明显的直觉色彩。两者都具有该时期评点派的共性，显得三言两语而又语焉不详。这对评论《红楼梦》中两个性格丰富、复杂的人物形象，尤其是像薛宝钗这样的人物形象来说，其分析方法和力度显然是远远不够的。因此进入"新红学"时期，他们的代表人物当然是不能认同"旧红学"对林黛玉的那种指责，而拥林派对薛宝钗的贬斥如前所说，本身就缺少力度，而且"新红学"的代表人物用力处多在考据方面，对作品人物的研究实在谈不上深入，甚至还没有进入。在这种情况下，对拥林、拥薛两派带有某种调和味道的"钗黛合一"论，就自然显得更合情理而易于为当时多数读者接受，并被一些研究者承袭下来。

因此，时至今日，钗、黛之争仍未得到起码的解决。由于作者塑造薛宝钗的特殊手法以及现实思想基础、社会状况方面的种种原因，认同、赞赏薛宝钗的还大有人在。对薛宝钗其人作一个稍微深入的剖析，就可能比分析林黛玉要花更多的笔墨了。

第二章

林黛玉

林黛玉，本贯姑苏人氏，祖先曾袭列侯，至其父林如海乃科举出身，贵为前科探花，所以"虽系钟鼎之家，却亦是书香之族"。只是这林家却人丁不盛，既没有什么亲支嫡派的亲族，而且当林如海年已四十时，一个三岁的儿子也死去了。膝下只剩一个独女，那便是林黛玉了。夫妻无子，所以爱如珍宝，且因此女生得聪明清秀，便让她假充养子，使她读书识字，并聘了一个进士出身的革职官员贾雨村任其塾师。这林黛玉也便自然变得年幼聪慧，知书识礼了。

谁知不过一两年的时光，林家遭遇了灾难性的打击。林黛玉的母亲贾氏夫人一病不治，撒手人寰。黛玉本就自幼怯弱多病，经此一番磨难，更是悲伤痛苦，心力交瘁，病加几分了。

远在京城的贾府，乃是金陵"四大家族"之一，贾府的老祖宗贾母便是林黛玉的外祖母。贾母平生最爱这唯一的女儿贾敏，而今故去，便十分担心外孙女黛玉缺少扶持，先前曾遣派男女船只来接，因故未能成行。后又致意务去，林如海便托了要进京谒见贾政的贾雨村带了林黛玉来到贾府。从此林黛玉便开始了人生旅程的新的一页，也是一个大的转折。

林黛玉的人生转折，便是别家离父，去到一个毫无了解的新家园，开始人生颇为无奈的寄人篱下的生活。当然，也不能笼统地认为所有寄居人下者必然是痛苦的，相反的情况也必然会存在，从最初的情况来看，林黛玉到贾府的情形还是相当不错的。她来到贾府的第一天，贾母便把她"一把搂入怀中，心肝儿肉叫着大哭起来"（第三回），表现出浓厚的亲情。随后更是"贾母百般怜爱，寝食起居，一如宝玉，迎春、探春、惜春三个亲孙女倒且靠后"（第五回）。更需要说道的是，在黛玉来到之初，王夫人对林黛玉的态度也是热情周到、关爱有加的。善于见风使舵的王熙凤自然也不甘落后。而作为另一方的林黛玉，不但以天生丽质征服了包括王熙凤在内的众人，而且显得言辞得体，应对有度，表现出颇有文化教养的气质。刚进到贾府，她便拿定了主意，在此要"步步留心，时时在意，不肯轻易多说一句话，多行一步路，惟恐被人耻笑了他去"（第三回），更是一种大家闺秀的非凡气派。还有更重要的一点是，她第一次与贾母、王夫人的心肝宝贝、表哥贾宝玉相见时，两人就有一种似曾相识、内心共鸣的感觉，以后便又更亲近了。以上的一切种种，似乎都向人们预告了林黛玉这次寄居贾府的前景将是十分和谐、美好的。

然而贾府却不是只有上面提到的那三五个人的小户人家，而是一个有几十个主子、数百奴仆的贵族之家。光是荣国府，发生的事情"一天也有一二十件"（第六回），这些人和事，对生活在这里的每个人都会产生影响，对外来的林黛玉也绝不会例外。而这又是一个怎样的家族呢？外表钟鸣鼎食的荣华富贵是人皆能见的，而内里的情形如何，外人可能就难知其究竟了。我们不妨借用这个家族内一些人的话来进行一番了解吧。

第七十五回，尤氏因为和惜春怄了气，来到李纨房间，又因小丫爨炒豆儿被李纨批评"怎么这样没规矩",便借题感叹道:"我们家下大小的人只会讲外面假礼假体面,究竟做出来的事都够使的了!"究竟有一些什么"够使的了"的事情,尤氏没有具体说到,我们不妨从贾母的话里去略作体味吧。

第四十四回,凤姐过生日却撞破了贾琏与鲍二家的丑事,闹得满城风雨。而贾母却笑着说:"什么要紧的事!小孩子们年轻,馋嘴猫儿似的,哪里保得住不这么着。从小儿世人都打这么过的。"贾母的这几句话,和贾蓉同样是笑着说的"各门各户,谁管谁的事?都够使的了!从古至今,连汉朝和唐朝,人还说脏唐臭汉,何况咱们这种人家。谁家没风流事?别讨我说出来……"(第六十三回)是同样说得轻松、潇洒,而且异曲同工。也的确,这些风流丑事,在贾府里已经算不得怎么一回事了。相比起来,还有尖锐、厉害得多的情形呢。这一点,是敏探春首先察觉到、并发出警告的。

第七十五回,在抄检大观园之后,探春气愤地当众说道:"咱们倒是一家子亲骨肉呢!一个个不象乌眼鸡?恨不得你吃了我!我吃了你!"

表面言行虚伪,内里风流肮脏、互相残杀,这便是以上三人给我们描述的贾府的状貌。她们虽然是随口说出,却非常实在、逼真。当然,这几句话还远远未能尽其全部丑态。贾府的这种状貌,对长住其中的主子们来说,也许已经习以为常,见怪不怪了,因为他们从小就都"打这么过的"。可对这位初来乍到的林黛玉来说,却应该是完全意想不到的事情。因为在她原来生活的三人小家庭里,是不可能有这些情况的。她小时虽听母亲说到过外祖家,自然也是说些如何体面气派的景象而已,不可能说到什么家丑。因此,林黛玉最初虽然还不可能知道贾府什么具体的事情，但久而久之，她所处的环境氛围也必然和她本来善良、纯洁的心灵产生矛盾，两者之间显得格格不入，思想感情上拉开距离。这才应该是黛玉到贾府后生存下去的最主要障碍。后来的事实也说明了这一点。但这一点也许林黛玉自己也未明确认识到，就遑论其他了。

寄人篱下，本已难堪，何况又是一个与自己原来的安乐窝反差这么大的"篱下"！黛玉的内心苦闷洵非外人所能知晓。

然而事情还没有到此为止，黛玉的不幸，还要遭遇到雪上加霜。那便是薛氏一家的接踵而来。薛家姑娘薛宝钗在年龄、身份、才貌各方面都和林黛玉差不多。单独一个林黛玉时，众人还来不及评说，薛宝钗的到来，便自然形成了一种比较。由于薛宝钗会做人，这比较的结果便成为：

> 不想如今忽然来了一个薛宝钗，年岁虽大不多，然品格端方，容貌丰美，人多谓黛玉所不及。而且宝钗行为豁达，随分从时，不比黛玉孤高自许，目无下尘，故比黛玉大得下人之心。便是那些小丫头子们，亦多喜与宝钗去顽。因此黛玉心中便有些恺郁不忿之意，……（第五回）

在众人的眼光里，林黛玉在"品格""才貌"方面，都"不及"薛宝钗，这种看法反映在现实生活中，"便是那些小丫头子们，亦多喜与宝钗去顽。""便是"二字，便告诉了我们其他人对待钗、黛的态度更是如何了。虽然，这一切都是在默默地发生着，但是对于当事人自己，却是再清楚不过了。

毫无社会经验的林黛玉，一个人生的转折便要面对这样一个困境，确是十分不幸的，也是相当艰难的。当然，要摆脱这种困境，也不是不可能的。那便是努力去适应、甚至驾驭这个环境，如鱼得水那样融进这个环境中去，那自然会换来另外一个新天地了。在现实中，甚至在她身边不就可以找到这样的人吗？但要做到这一点，如果不是天性就本来与之相合的话，那就得委曲自己的心志，装扮自己的面目，甚至重塑自己的人格。对此，林黛玉断然地予以了否定。她在《葬花吟》中明确宣布：

　　质本洁来还洁去，强于污淖陷渠沟。（第二十七回）

　　她决心要保持自己本来的心灵纯洁，而绝不同流合污。她甚至想过能"随花飞到天尽头"，以离开这个污浊的世界。然而，想象毕竟是空幻的，她最终还要面对这个现实，并生活于其中。

　　这样一来，林黛玉就必然会经常处在内心情怀和外部环境的激烈冲突之中，她的内心受到严重的压抑，与环境日益产生距离，《葬花吟》中悲唱的"一年三百六十日，风刀霜剑严相逼"，正是她内心感受的写照。当然，林黛玉并非一个弱者，她虽然有痛苦的一面，但她既然不肯与环境妥协，就必然还要勇敢而坚强地去与它抗争，以维护自己心灵的纯洁和人格的尊严。她只要在这方面感到有一点被触犯，就会立刻毫不含糊地做出反应，直至对抗。当周瑞家的把薛家送给大家的宫花最后两朵送到她面前时，她立刻做出了直率的反应：

　　黛玉冷笑道："我就知道，别人不挑剩下的也不给我。"

周瑞家的听了，一声儿不言语。（第七回）

从事件的本身来说，似乎还不能完全断定是把"挑剩下的"才给她，但从林黛玉的角度来考虑，也确实存在这种可能。她并不是希求要由她来先挑，但绝不允许有意把她放到最后，因为对她来说，这显然是一种歧视，是不能接受的。也许林黛玉也知道此事证据不足，她也就是说到为止。这正表现了她在这个原则问题上的明确态度，甚至宁愿冒一点弄错了的风险。

但当她的自尊心受到公开无误的触犯时，她的态度就要强烈得多了。第二十二回，在王熙凤引发下，史湘云当众说戏台上那个小旦：

"倒象林妹妹的模样儿。"宝玉听了，忙把湘云瞅了一眼，使个眼色。众人却都听了这话，留神细看，都笑起来了，说"果然不错"。

在当时的社会里，唱戏的身份低贱、地位卑微，赵姨娘就骂芳官为"小淫妇！你是我银子钱买来学戏的，不过娼妇粉头之流！我家里下三等奴才也比你高贵些的"（第六十回）。芳官在辩驳中实际也认同了戏子地位的低下："我便学戏，也没往外头去唱。我一个女孩儿家，知道什么粉头面头的！……"既然如此，可见人们拿戏子来比作黛玉，实在是大大的不敬，无怪乎最后会大闹一场。宝玉想居中调停，却两头不讨好，一边湘云气得要卷包袱回去，一边林黛玉又把他推出门外，最后灰心丧气、大哭起来，还填了一阕，流露了自己的伤心和失落。黛玉如此发作，其原因是不言自明的。

自然，黛玉平时的这一类表现，绝对不仅这一两个事例，也就因此人们对她形成了一个共同的印象：心胸狭隘，任性使气，许多人甚至对她有一种疏远甚至畏惧的心理。李嬷嬷就说："真真这林姐儿，说出一句话来，比刀子还快呢！"（第八回）在滴翠亭里和坠儿说悄悄话的红玉因中了薛宝钗的"金蝉脱壳"计，以为林黛玉在外面听到她和坠儿说的悄悄话，担心地说："若是宝姑娘听见，倒还罢了，林姑娘嘴里又爱刻薄人，心里又细，她一听见了，倘或走漏了风声，怎么样呢？"（第二十七回）史湘云更是公开挑剔林黛玉，在说黛玉像台上小旦的风波中，直对宝玉说林黛玉是"小性儿、行动爱恼的人，会辖治你的人"（第二十二回）。

　　由此可见，在贾府上下人等中，几乎无人不认为黛玉有这种突出毛病。甚至连贾宝玉也不例外。因为"宝玉素习深知黛玉有些小性儿"（第四十九回），因此，黛玉的这种内心痛苦和由此产生的性格特征乃是绝对个人的，是别人无法理解的，也难以向别人诉说的。黛玉的《咏菊》诗中说："满纸自怜题素怨，片言谁解诉秋心。"（第三十八回）正是这种形景的深刻写照。林黛玉的满腔幽怨，便只有通过诗歌来独自抒发了。所以在《红楼梦》中，林黛玉写的诗最多，而且长篇歌行最多，因为只有长篇才能"半叙半咏，流利飘逸，始能尽妙"（第七十八回）。因此林黛玉的诗作多发自内心，非露才逞能也。

　　诚然，小性儿、心胸狭隘、语言刻薄之类是一种负面性格，在正常的现实生活中是一种缺陷。但是，林黛玉的"小性儿"之类乃是一个在污浊环境中又处于弱势状态的人对现实的一种抗争和抵制，它是一个不甘接受命运摆布的强者的表现。认识到这一点，我们就没有理由在这方面再去责难她了。

二

尽管林黛玉的"小性儿"之类是有特殊原因的，乃环境逼迫使然，但一个人如果总是处于这样一种状态，则不但让人难以接受，自己也是很辛苦的。林黛玉的可爱之处，恰恰就在于她并非总是如此，在不触及她自尊心这条神经时，她不但不"小性儿"，而且会完全相反，做出让许多读者颇感意外的举动。不是吗？先请看第四十一回栊翠庵品茶一节，林黛玉因没辨别出烹茶的水质，错把妙玉五年前收藏的梅花上的雪水当成"旧年的雨水"，结果被妙玉来了一个当面抢白：

> 妙玉冷笑道："你这么个人，竟是大俗人，连水也尝不出来。这是五年前我在玄墓蟠香寺住着，收的梅花上的雪，共得了那一鬼脸青的花瓮一瓮，总舍不得吃，埋在地下，今年夏天才开了。我只吃过一回，这是第二回了。你怎么尝不出来？隔年蠲的雨水那有这样轻浮，如何吃得。"

妙玉当着宝玉、宝钗的面给黛玉来了这么一顿抢白，直呼其为"大俗人"，算得是够冒犯的了。可黛玉不但没有即时发作起来，反而显得很平静，毫不介意，为什么呢？原来

> 黛玉知他天性怪僻，不好多话，亦不好多坐，吃完茶，便约着宝钗走了出来。

也就是说，林黛玉认为妙玉对她的这种态度是性格使然。既是性格如

此，那就对谁都一样，而不是针对她。因此，虽然冒犯得厉害了一点，林黛玉也能包容下来。还应该估计到一点的是，以林黛玉的聪慧，自然也明白，妙玉和自己是两个命运十分相近的人，都漂泊在外，寄人篱下，比自己更不幸的是还被迫出家，孤身独处尘世之外，她怎么可能和贾府的贵妇、小姐们那样会歧视、轻视自己呢？既然触不到那条敏感的神经，黛玉自然也就能不予计较了。

需要特别说明的是，黛玉愿意如此包容妙玉的"无礼"还有一个非常重要的原因，那就是黛玉在妙玉身上看到了一种极其宝贵的品质，那就是：强烈地维护着自己的自尊。我们都知道，大观园竣工后，里面的栊翠庵需要物色一位住持来作为点缀。当贾府的人找到妙玉时，这个当时已经流落在京都无依无靠的弱女子竟然说出了这样的话：

> 林之孝家的回道："请她，她说'侯门公府，必以贵势压人，我再不去的。'"（第十八回）

面对如此倔强的妙玉，王夫人也不得不说："她既是官宦小姐，自然骄傲些，就下个帖子请他何妨。"最后，"林之孝家的答应了出去，命书启相公写请帖去请妙玉。"（第十八回）

赫赫贾府下帖子去请一个小尼姑，这件事情必定合府皆知，黛玉自不例外，以她敏感的性格，一定会对此事深有感触：自己和妙玉都是无依无靠投奔了来的，所幸的是自己还有亲情这一层堂皇的外衣，而处境比自己要恶劣得多的妙玉，却敢于用言语相争来为自己争取一点点应有的尊重和礼遇，其情可悯，其心可敬！虽然妙玉最后还是没能逃脱被侯门公府当作一个摆设点缀的结局，但她在命运面前表现出来的桀骜不驯和抗争精神一定深深地打动了黛玉。"惺惺相惜"，黛玉也因此会给予妙玉比别人更多的同情、尊重和宽容，所以后来即使遭到了她的抢白，黛玉也会表现得默然受之，不以为侮。

如果说黛玉对妙玉的宽容是因为敬重她的自尊自重，那么黛玉对刘姥姥的尖酸刻薄恰恰也是因为鄙薄她的不自尊和不自重。

我们都记得，刘姥姥走后，黛玉在众人面前对她的行为"用'春秋'的法子，将市俗的粗话，撮其要，删其繁，再加润色比出来"（第四十二回），将她形容为"母蝗虫"，引得大家哄堂大笑。难道这是因为黛玉嫌贫爱富，不懂得尊重人吗？当然不是。黛玉之所以对刘姥姥做出这等刻薄的形容，完全是因为刘姥姥在贾府众人面前表现出来的种种丑态完全背离了黛玉自尊、自重的做人原则和取人准则。从刘姥姥潇湘馆里的摔跤到宴席上的滑稽表演，黛玉都是看在眼里的。后来之所以要如此挖苦刘姥姥，显然是因为在她的眼里，刘姥姥是一个没有尊严的人。平心而论，黛玉要理解妙玉并不难，但要理解刘姥姥这些下层人民的悲苦和辛酸就要困难得多。黛玉没有社会经验，她可以在精神的层面和妙玉很亲近，但绝不可能在感情和阅历上去和刘姥姥将心比心。如果她能理解刘姥姥，那倒是怪事了。虽然刘姥姥自己丑化自己的行为也曾令黛玉"笑岔了气，伏着桌子嗳哟"（第四十回）。但是事情过后，在她敏感纯净的心灵里沉淀下来的则是充满鄙夷的"母蝗虫"三个字。这个外号，无关富贵贫贱，无关惜老怜贫，很大程度包含的是黛玉对不要自尊、不懂自重的人的蔑视和嘲讽。虽然这有很大的局限性，但却完全符合黛玉的身份和人物性格。

认清了黛玉是何等敬重妙玉这样勇于捍卫自尊之人，又是何等鄙薄不自尊自重之人的这一点性格特质，我们就能更好地理解另一事例。而这个事例又能够更有力地为我们证实黛玉是何等的自尊自重。那便是我们上面提到过的众人把她比作戏子这件事。

这事是由王熙凤挑起来的，众人也都会意，但都不敢或不愿说破它，直接挑明它的却是史湘云，因而引发宝玉、黛玉、湘云之间的一场大混战。但这件事却还未结束，贾宝玉因感到十分委屈而回房"提笔立占一偈"，还接着"亦填一支《寄生草》"，以抒发自己的委屈和失落之感。后来被黛玉发现了，她

便携了回房去，与湘云同看。

这便说明，尽管刚才还闹得不可开交，三人都动了真气，但一碰到特别情况，林黛玉便抛弃一切，会拿去找着湘云同看。显然，林黛玉不满的是拿自己"给你们取笑"，这种取笑是"你们"——贾府的主子们对这个外来投靠者的一种轻蔑，而史湘云和自己身世、处境同样十分相近，她会脱口而出挑明这句话，也是直爽的"性格"使然，和"你们"的心态、出发点完全不一样。因此黛玉也未深怪她。否则她就不会那么快去和湘云"同看"了。

林黛玉不但对妙玉、湘云这样身世、性格与自己相同的人显得大度，就是对贾府那些同辈主子们，在不触及她自尊心的情况下，她也是友好相处，并不"小性儿"的。第三十七回众姐妹第一次共咏白海棠，对此道不大在行的李纨自任裁判，从诗作本身，尤其诸人的反应来看，薛宝钗与林黛玉的诗可谓各有千秋，不相上下。李纨在看了黛玉的诗后说："若论风流别致，自是这首；若论含蓄浑厚，终让蘅稿。"也只是说明这两首诗的风格不同而已，其实并无高下之分，但她却最

终判宝钗第一，黛玉居次。尽管当时宝玉就提出了异议，要求对"蘅、潇二首还要斟酌"，可李纨不作任何解释，就像现代足球裁判那样斩钉截铁地宣称："原是依我评论，不与你们相干，再有多说者必罚。"竟把宝玉的意见硬压了下去。然而当事人林黛玉却没有任何反应，处之泰然，哪有丝毫"小性儿"的表现呢？

如果只是说林黛玉对人处事并不那么"小性儿"的话，那还远远没有足够了解她。其实林黛玉岂止不"小性儿"，她实在还是一个十分宽容、关心他人的热心人。

黛玉经常和宝玉闹别扭，甚至大吵闹，平心来说，若单纯就事论事，多数都是黛玉的不是。不过却从没有人敢议论黛玉的不是，更不用说批评过她了。可偏偏林黛玉身边的丫鬟紫鹃就敢当面批评她。第三十回，由于清虚观张道士为宝玉提亲，林黛玉又和宝玉大闹了一场，弄到宝玉要砸玉、黛玉剪穗子的地步。其他人都不敢说什么，凤姐也只能奉贾母之命去进行劝解，可紫鹃偏偏就当面批评黛玉：

> 紫鹃度其意，乃劝道："若论前日之事，竟是姑娘太浮躁了些。"

又说：

> 好好的，为什么又剪了那穗子？岂不是宝玉只有三分不是，姑娘倒有七分不是。我看他素日在姑娘身上就好，皆因姑娘小性儿，常要歪派他，才这么样。

"太浮躁""小性儿""歪派他（宝玉）"，紫鹃一下当面给黛玉派了这么多不是，在贾府里敢如此对待黛玉的人，恐怕是绝无仅有了。稀奇的是，这时的林黛玉却一点也不"小性儿"，她丝毫没有责怪紫鹃。这件事的真正意义在于揭示了这主仆二人之间的一种和谐关系——它达到了亲密无间的程度。否则，紫鹃也就不会冒昧地去说她了。这样一种关系在贾府里也可说是绝无仅有的。谁曾见过贾府的太太、奶奶、小姐们和丫鬟之间有这种关系呢？与众不同的敏探春，一管起家来，也便成了众人眼里的"镇山太岁"！（第五十五回），在她的眼里，"那些小丫头子们原是些顽意儿，喜欢呢，**和他说说笑笑**；不喜欢便可以不理他。便他不好了，也如同猫儿狗儿抓咬了一下子……"（第六十回）也许，这已是贾府小姐们的共识吧！所以，在抄检大观园时，迎春、惜春都对服侍自己多年的贴身丫鬟表现得相当冷漠无情，至于王熙凤、王夫人之流对待丫鬟们的残暴行为就更不用说了。明白了贾府主仆关系这样一个背景，则林黛玉与紫鹃之间的关系，就有令人耳目一新之感，从中也可认识到黛玉的为人。

贾府丫鬟们的遭遇自是悲惨的，但还有甚者，乃是众多干粗活的婆子，她们的地位普遍在丫鬟们之下，不听怡红院的几个小丫头们对一个想跑进去替宝玉吹汤而被赶了出来的老婆子说吗？"……你可信了？我们到的地方儿，有你到的一半，还有你一半到不去的呢。何况又跑到我们到不去的地方还不算，又去伸手动嘴的了。"（第五十八回）这丫鬟群中本已分等级了，而最低等的小丫鬟竟对这些婆子看不上眼，可见她们地位之低下、境遇之艰辛。主子当中自然更不会把他们当人看了，又岂会有人去关心她们？可曹雪芹却偏偏写了林黛玉与婆子的一个情节：某晚，蘅芜苑一个婆子送来一包燕窝时，黛玉除了谢过命茶，还和婆子交谈：

> 我也知道你们忙。如今天又凉了，夜又长，越发该会个
> 夜局，痛赌两场了。

当婆子告知晚上守更时真的是几个人要赌个钱，而且现在"就赶上场了"，黛玉于是又"命人给他几百钱，打些酒吃，避避雨气"（第四十五回）。老婆子们为主子传送点东西，本是再平常不过的事，原可以不必答谢她，可黛玉不但有礼貌对待她，而且能真正为她着想，并给予了实惠。这正反映了黛玉心地善良、诚心待人的可贵品质，它发自内心，而非刻意做作。

第四十八回，当香菱想学作诗，林黛玉听了很高兴，并毛遂自荐：

> 黛玉笑道："既要作诗，你就拜我作师。我虽不通，大
> 略也还教得起你。"

表现得既热情又谦虚。在教诗的过程中，黛玉先对她讲一般原理，后又指定并借给参考书，然后给她命题作诗，反复指导修改，直到满意为止。不但热情，还真的做到了她自诩的"诲人不倦"。香菱身旁本就有一个作诗高手薛宝钗，可她不但不教香菱，还对她诸多阻拦和讥讽，与黛玉的态度形成了鲜明的对比。这里还需指出的一点是，黛玉如此热心帮助的香菱，也不过是一个半婢半妾的可怜人儿罢了。

林黛玉在这一方面的表现自然还不止这些。这里就不一一列举了。

但林黛玉并不是对待所有的人都有这么一种友善、随和的态度。尤其是对贾府里那些主子层面中的人，似乎就显得至少是颇为矜持。

千载一逢的贵妃娘娘省亲，自是一件"鲜花着锦、烈火烹油"的盛事。为此，"宁荣两处上下里外，莫不欣然踊跃，个个面上皆有得意之状，言笑鼎沸不绝。"（第十六回）但林黛玉却不见显出有任何"欣然""得意"之状。省亲时，众姊妹奉命作诗，一个个费尽心思在那里歌功颂德，唯有

林黛玉安心今夜大展奇才，将众人压倒。不想贾妃只命一匾一咏，倒不好违谕多作，只胡乱作一首五言律应景罢了。

（第十七至十八回）

黛玉的心态和众人相比显得如此不协调，如此的出格。贾宝玉曾向邢岫烟谈论到妙玉，说："她原不在这些人中算，她原是世人意外之人。"（第六十三回）林黛玉不也是这么一个与众不同的人吗？

林黛玉不仅对这位陌生的贵妃娘娘没有多少兴趣，就是和长时间在一起的贾府众姊妹们（也包括前期的薛宝钗）似乎也没有多少热情。我们不曾见她单独和哪个奶奶、小姐在一起过，也不曾见她跑到谁的地方串门、说说闲话，便是有人约她去哪里走走，她也总是毫无兴致：

第三十六回，众人从王夫人处回到园中，

宝钗因约黛玉往藕香榭去，黛玉回说立刻要洗澡，便各自散了。

但刚一转身，林黛玉就应湘云之邀，同往怡红院"与袭人道喜"去了。天真善良的林黛玉，对袭人并无任何了解和戒备。

第六十四回，据雪雁告诉宝玉说：

> 我们姑娘这两日方觉得身上好些了。今日饭后，三姑娘来会着要瞧二奶奶去，姑娘也没去。

当时的王熙凤正在病中，林黛玉也毫不顾及，似乎已经到了不近人情的地步了。同时也可看出她对史湘云与探春的态度也有所不同。

了解了黛玉以上的表现种种，我们或许可以明显感到，林黛玉哪是什么小性儿呢？如果说她颇有一股子傲气，倒是蛮确切的。她的《问菊》诗有道："孤标傲世偕谁隐？一样花开为底迟？"（第三十八回）她自己倒是认可了这一点的。

此时、此地的林黛玉，竟还能傲得起来，岂不有点怪？其实，这正是林黛玉。或者，去看看妙玉吧！"好高人愈妒，过洁世同嫌"的妙玉，不是更"骄傲些"（第十七至十八回）吗？然而黛玉却能和她十分友好，因为这两人从家世、才华、性格到遭遇都十分相似，更主要的，这两人都是"世人意外之人"。

三

林黛玉是因为生活在一个被"严相逼"的环境里，所以才会有"随花飞到天尽头"以离开这个现实世界的想法。她却并不是整天都愁眉苦脸、郁郁寡欢的。她生活中也有许多开心的时刻。我们可以常常看到她各种笑容，听到她的大小笑声，有时候她甚至也笑得很豪放，为大观园里所仅见。如第四十回刘姥姥在众人面前故意出洋相，逗得大家笑声一片，林黛玉则是"笑岔了气，伏着桌子嗳哟"。第四十二回，因惜春画画事，林黛玉大开玩笑，她的风趣幽默，不但引得众人一阵阵大笑，而且自己也"一面笑得两手捧着胸口，一面说道：……"最后引到众人笑成一团，黛玉自己竟笑得"两鬓略松了些"，以致要去里间对镜重新抿鬓整妆。这种情况说明，在黛玉心中不但有许多苦楚，同时也有许多欢乐，使她充满了喜悦，才能发挥出她的诙谐才智。这黛玉的喜乐从何而来呢？一方面，固然因为有贾母的疼爱，使她衣食无忧，享受着和探春姐妹等一样、甚至超出的待遇，没有这个基础，黛玉早就没有存身之处了；而另一方面，可以说是更重要的一面，乃是因为她在这里碰到了相知，进而获得了爱情，从而对未来产生了希望。没有这一条，她便失去了支撑，恐怕再好的物质生活，也难以填补她精神上的空虚。

贾宝玉、林黛玉在相见之初便有一见如故之感，实是产生了一种精神上的共鸣。随后又耳鬓厮磨，亲密无间，"日则同行同坐，夜则同息同止，真是言和意顺，略无参商。"（第五回）这样一种情景，再加上有贾母的呵护，二人由相悦发展成爱情以至婚姻，本也是合情合理的事。谁知，在林黛玉之后，却接踵而来了一位薛宝钗。这位与林黛玉在许多方面都旗鼓相当、甚至有的还超越了林黛玉的薛姑娘，一来到贾府后，便由其母刮起了一股"金玉良缘"之风。更糟糕的是薛家的意图还与王夫人达成了默契，实已获得她的赞同与支持，于是就自然给宝、黛关系带来了不稳定因素，对敏感的林黛玉来说，这尤其是十分严重的问题。

由于林黛玉是一心一意爱着宝玉的，对他寄予了未来的全部希望，她付出的爱是绝对专一的，因此也很自然，她要求对方也能给予同样的回报而不能掺杂有一丝的杂质。这正是一种对爱情负责、执着的表现。而贾宝玉虽然心里只爱林黛玉，但薛宝钗确实对他也存在一定的吸引力，偶然因看到宝姑娘的一段酥臂，宝玉竟会产生遐想而忘情，这些又让黛玉看在眼里，因此黛玉担心宝玉"见了姐姐就忘了妹妹"，也是有因由的。其实，在宝黛爱情之初，对贾宝玉有着吸引力的，不但有一个薛宝钗，更还有一个史湘云，其程度还远超过薛宝钗（具体情况可参看"下篇"的《贾母与史湘云》一章）。由于种种的客观原因，林黛玉的戒备心理主要只集中在薛宝钗身上。

由上述可知，宝黛爱情的初期，两人的专一性是不对等的。因此，常常一点小事都能引发黛玉的疑虑、猜忌和痛苦，她"小性儿"的特征也为此增加了许多。而这一切的结果，就常常演变为与宝玉的闹别扭、怄气以至吵闹，弄到全家上下皆知的地步。哪怕即使宝玉没有丝毫过错（如众人拿她比戏子一事），最终也还是要和他大闹一场。也就因此，常常引发人们对黛玉的误解以至訾议，把这看成是黛玉的一种性格缺陷。这实在是因为不了解黛玉，未能设身处地为她着想所致。试想，在当时因事产生了怀疑、甚至受到了屈辱的情况下，黛玉不找宝玉来发泄自己的心理郁闷和痛楚，又能去找谁呢？须知黛玉当时的处境乃是"醒时幽怨同谁诉"（第三十八回《菊梦》），乃是"举世无谈者"（第三十八回《问菊》），她"诉"诸宝玉，乃是对宝玉的一种信任，一种挚爱。而恰也只有宝玉能接受她的这种"诉""说"，任其吵闹纠缠，也是在这样的过程中，两人的恋情经过反复磨合而达到了默契。

具体来说，宝黛爱情是经过了"诉肺腑"（第三十二回）、"探伤""送帕""挥泪题诗"（第三十四回）这一系列事件而达到了完全的心灵契合的。在"诉肺腑"中，宝玉的一段"你放心"的话，使得

> 林黛玉听了这话，如轰雷掣电，细细思之，竟比自己肺腑中掏出来的还觉恳切，竟有万句言语，满心要说，只是半个字也不能吐，却怔怔的望着他。此时宝玉心中也有万句言语，不知从那一句上说起，却也怔怔的望着黛玉。两个人怔了半天，……

就是在这"半天"的无言中，在无声胜有声的作用下，两人达到了心灵的交融。随后"探伤"时，黛玉的"两个眼睛肿得桃儿一般，满面泪光"，以及"此时林黛玉虽不是嚎啕大哭，然越是这等无声之泣，气噎喉堵，更觉得利害"。这可以说是黛玉的一次无声的"诉肺腑"，是回报式的一次交融。而紧接着宝玉的遣晴雯"送帕"以及黛玉的"挥泪题诗"，则是这种交融的深化和默契。

宝黛爱情在这个时候会出现如此一系列迅速甚至可说是急剧的变化，固然可以找出许多原因，但绝对不应忽视的一点是同在第三十二回紧靠宝玉"诉肺腑"之前发生的一件事。当时史湘云正在怡红院里，因贾雨村求见贾宝玉，宝玉着恼，史湘云顺口劝他也要讲究一些"仕途经济的学问"，谁知

> 宝玉听了道："姑娘请别的姊妹屋里坐坐，我这里仔细污了你知经济学问的。"袭人道："云姑娘快别说这话。上回

也是宝姑娘也说过一回，他也不管人脸上过的去过不去，他就咳了一声，拿起脚来走了。这里宝姑娘的话也没说完，见他走了，登时羞的脸通红，说又不是，不说又不是。幸而是宝姑娘，那要是林姑娘，不知又闹到怎么样，哭的怎么样呢。提起这个话来，真真的宝姑娘叫人敬重，自己讪了一会子去了。我倒过不去，只当他恼了。谁知过后还是照旧一样，真真有涵养，心地宽大。谁知这一个反倒同他生分了。那林姑娘见你赌气不理他，你得赔多少不是呢。"宝玉道："林姑娘从来说过这些混账话不曾？若他也说过这些混账话，我早和他生分了。"

刚好林黛玉这时也来到怡红院，在外面听到上面几人说的那些话，触动了林黛玉，

> 林黛玉听了这话，不觉又喜又惊，又悲又叹。所喜者，果然自己眼力不错，素日认他是个知己，果然是个知己。所惊者，他在人前一片私心称扬于我，其亲热厚密，竟不避嫌疑。

由上可知几点：一、两人是在互不知情的状态下，一个透露了自己的思想，一个无意中获悉了对方的心曲，这比在别的状态下，比其他的表白方式更具有可信度。正因为如此，黛玉才会又喜又惊，确信无疑，也才会有后面一系列事态的迅速发展。二、更为重要的是，两人的相知，不仅仅是具有一般的情爱，而且还是建立在有浓烈的反叛意识的基础之上，这种叛逆你可以说它是不自觉的、是自发的，

但它又是空前的，它超乎以前一切才子佳人小说的爱情基础，具有很高的思想价值和社会价值，这也就使《红楼梦》不仅仅是一部爱情小说了。

宝黛爱情是最真正的爱情。爱情的力量是巨大的，它可以使一个人发生巨大的变化。林黛玉就是如此。自从宝黛爱情达成默契之后，林黛玉突出的变化就是在对人特别是对薛宝钗的态度上，竟然由过去的情敌变成了后来的"金兰契"；她亲眼看见薛宝钗中午坐在宝玉床边做针线，却并未介意，只是"不敢笑出来"（第三十六回）而已。事后也未向宝玉算账，她已经完全放弃了对薛宝钗的戒备。不仅如此，黛玉还完全敞开心扉，竟把过去认为宝钗"藏奸"的看法当面告诉她，并说"往日竟是我错了，实在误到如今"（第四十五回）。这是何等的襟怀坦白！整个贾府里能找出第二个这样的人来吗？在这里，林黛玉被环境造成的"小性儿"不见了，坦荡无心计，与人为善，缺少世故的天真善良本性展现了。

当然，最令人关注的应该是林黛玉对贾宝玉的态度了。而她展示的也恰恰是有了一百八十度的根本变化。如第四十五回，一个秋雨的晚上，贾宝玉在潇湘馆待到"夜深了"，黛玉催他离开时，问知外头有人"拿着伞点灯笼"在等着，这时

> 黛玉笑道："这个天点灯笼？"宝玉道："不相干，是明瓦的，不怕雨。"黛玉听说，回手向书架上把个玻璃绣球灯拿了下来，命点一支小蜡来，递与宝玉，道："这个又比那个亮，正是雨里点的。"宝玉道："我也有这么一个，怕他们失脚滑倒了打破了，所以没点来。"黛玉道："跌了灯值钱，

跌了人值钱？你又穿不惯木屐子。那灯笼命他们前头照着。这个又轻巧又亮，原是雨里自己拿着的，你自己手里拿着这个，岂不好？明儿再送来。就失了手也有限的，怎么忽然又变出这'剖腹藏珠'的脾气来！"

就在宝玉要离开这一刻，黛玉把自己最好的雨中用灯给了他，教他怎么拿，路上怎样走，还批评他重物不重人，生怕他滑跌。这是如何的贴心周到啊，哪是过去那个整天闹别扭的林黛玉呢？就是其他人也少见有如此用心周密的。

这自然还不是单独的例子。还有更令人意想不到的呢！第七十回，林黛玉正准备任桃花诗社社主，忽然传来贾政即将回京的消息，把个宝玉弄得手忙脚乱地准备功课。众姐妹则自告奋勇做"枪手"替他临字以充数塞责，于是"探春宝钗二人每日也临一篇楷书字与宝玉"，"史湘云、宝琴二人亦皆临了几篇相送"。林黛玉呢？

谁知紫鹃走来，送了一卷东西与宝玉，拆开看时，却是一色老油竹纸上临的钟王蝇头小楷，字迹且与自己十分相似。喜的宝玉和紫鹃作了一个揖，又亲自来道谢。

明眼人一看便会明白，众人的帮忙只是做个样子而已，弄得不好甚至会帮倒忙，因为贾政只要不是马大哈的话，一眼就能看出这些五花八门的字迹乃是他人所写，岂不是比不写更糟糕吗？而林黛玉却是写得"字迹"与宝玉的字"十分相似"，这才是真正帮到了点子上，黛玉真是用心良苦了。工于心计的薛宝钗其心计未必不如林黛玉，只不过她缺少林黛玉对贾宝玉这种刻骨铭心的爱，因此其心计也就用不到这上面了。

其实，林黛玉对贾宝玉这种深厚的爱，并非仅仅这个时候才开始有，就是在恋爱初期也一直是这样，只是在那个时候，人们更多看到的是她的吵闹、啼哭，而忽略了这方面的存在罢了。试看第二十回，宝、黛二人又闹矛盾，林黛玉已是"越发抽抽噎噎的哭个不住"了，到后来，林黛玉却说：

> "你只怨人行动嗔怪了你，你再不知道你自己恼人难受。就拿今日天气比，分明今儿冷的这样，你怎么倒反把个青肷披风脱了呢？"宝玉笑道："何尝不穿着，见你一恼，我一炮燥就脱了。"林黛玉叹道："回来伤了风，又该讹着吵吃的了。"

原来黛玉表面上在和宝玉斗气，甚至啼哭，但心里却一直在记挂着他衣服穿少了，怕会伤风，最后忍不住还说了出来。又如第三十回，两人又在一起斗气，而且逼得对方都哭了起来，当时宝玉

> 不觉滚下泪来。要用帕子揩拭，不想又忘了带来，便用衫袖去擦。林黛玉虽然哭着，却一眼看见了，见他穿着簇新藕合纱衫，竟去拭泪，便一面自己拭着泪，一面回身将枕边搭的一方绡帕子拿起来，向宝玉怀里一摔，一语不发，仍掩面自泣。宝玉见他摔了帕子来，忙接住拭了泪，又挨近前些，……

黛玉正一面自己哭着拭泪，还一面注意到宝玉要用新穿的纱衫拭泪，

连忙把帕子摔给他。这哪里是在怄气，而是关怀备至了。曹雪芹把这个细节写得那么传神，就是要人们于细微处见精神，认识真正的林黛玉。贾宝玉大概正是感受到了林黛玉的这种情意，所以才从不厌烦她的各种取闹吧！

在第一章中我们曾引到过"旧红学"时期孙渔生的话："以黛玉为妻，有不好者数处。终年疾病，孤冷性格，使人左不是，右不是。虽具有妙才，殊令人讨苦。"今人持此意见者亦复不少，实皆皮相之见。读了前面对黛玉的分析后，不知会产生一些新的看法否？

林黛玉可谓深于情者矣。爱情确是她生活中的重要部分，是她的精神支持。因此有的论者认为："林黛玉似乎不知道除恋爱以外，人生还有其他更重要的生活内容，也看不到恋爱以外还存在着一个客观的世界。"在他看来林黛玉似乎已经把恋爱看成一切、高于一切。其实并不尽然。在林黛玉那里，爱情之外依然还有更重要的东西，那就是我们前面说到过的林黛玉性格中的核心部分：人的尊严。不管在什么情况下，不管在什么事情上，在林黛玉心灵的位置上，它都是占第一位的。即使爱情这样重要的事情也不能超乎其上。

我们还记得，当林黛玉"体贴出"宝玉派晴雯送来两条旧帕子的意思来时，竟是"神痴心醉"，"一时五内沸然，由不得余意缠绵"（第三一十四回）。她沉浸在从未有过的爱情的幸福和酣醲之中，这寤寐以求的信息对她来说是多么重要啊。其实，贾宝玉明确而且是当面向她表示自己的情意并不是仅此一次，他还曾两次通过"西厢记妙辞通戏语"来表白自己的心声。然而它的效果却和这一次大大不同。当第一次贾宝玉笑着向林黛玉说"我就是个'多愁多病身'，你就是那'倾国倾城貌'"时，林黛玉听了，不觉带腮连耳通红，登时直竖起两道似蹙非蹙的眉，瞪了两只似睁非睁的眼，微腮带怒，薄面含嗔，指宝玉道："你这该死的胡说！好好的把这淫词艳曲弄了来，还学了这些混话来欺负我。我告诉舅舅母去。"说到"欺负"两个字上，早又把眼睛圈儿红了，转身就走。（第二十三回）

也许贾宝玉还不明白黛玉为何会着恼，或者想知道一下她生气是真是假，他在潇湘馆借紫鹃给他送茶之机又当黛玉之面笑道："好丫头，'若共你多情小姐同鸳帐，怎舍得叠被铺床？'"

林黛玉登时撂下脸来，说道："二哥哥，你说什么？"宝玉笑道："我何尝说什么。"黛玉便哭道："如今新兴的，外头听了村话来，也说给我听，看了混账书，也来拿我取笑儿。我成了爷们解闷的。"一面哭着，一面下床来往外就走。宝玉不知要怎样，心下慌了，……（第二十六回）

看来，黛玉的发怒，完全是真的。因为她从来没有如此恶狠狠地骂宝玉为"你这该死的"，而且她一听便"连腮带耳的通红"，这类表情是王熙凤也一时装不出来的，遑论黛玉。本来，对于《会真记》的文章，林黛玉一读便"越看越爱"，"但觉词句警人，余香满口"，对于贾宝玉的爱情表白，更是梦寐以求的。为什么当这两者一起出现在她面前时，她反而如此发怒、抗拒呢？唯一的解释只能是，以黛玉的身份地位、文化教养，这样的大事，是不能在这样的场合，尤其不能以这样的方式和词语来表达的，至少她是不能接受的。原因很简单，这对她是一种亵渎，是"欺负"她，是把她"当成了爷们儿解闷的"，

钗黛之辨

这大大伤害了她的尊严。也就是说，宝玉的话语所包含的实质内容所带给她的爱情喜悦，还不足以超过在表达方式上对她不够尊重所引起的反感和气愤。在林黛玉那里，真可谓："生命诚可贵，爱情价更高。若为尊严故，二者皆可抛。"

由以上的分析可知，这个争议颇多的林黛玉其实并不那么复杂。她是一个很平实的人：纯真、朴实、善良、坦率。当然，她也有许多让人轻易察觉不到的出众之处，那就是她自尊心颇强，强到竟让许多人把它当成了缺点和毛病，诸如小性儿、心胸褊窄之类。因此对这一点还可再说几句。

今天的人们说起自尊心、人的尊严等不觉得有什么特别之处，但在过去却完全不一样，在几千年的封建社会里，被压迫、被剥削的广大劳苦民众失去了人的独立地位，更谈不上什么自尊心或者尊严了。其中尤以妇女为甚。在中国古代，女性向来受到歧视，从孔夫子起就说"惟小人与女子为难养也"（《论语·阳货》）。女性乃受侮辱与贬斥的对象，对他们来说，根本不知人的尊严为何物。在古代文学作品里，从《诗经》开始，为女性的不幸遭遇与苦难表示哀伤以至洒一掬同情之泪的也尽有，但也从来扯不到人的尊严上来。唐人小说中，许多下层妇女自己瞧不起自己的故事还很多，而且还被作为美德来颂扬。直至明清以降，在封建文人的作品中，这种现象依然如故。即使在被公认的长篇小说"名篇""奇书"中亦不例外。《三国演义》中为数不多的几个女性孙夫人、貂蝉都成了男子汉政治斗争的工具，连孙权的妹妹也不例外。刘备兵败时，猎户刘安主动杀了自己的妻子给刘备吃，作者还称之为"义举"。《水浒传》中的潘金莲和潘巧云并非全是自己的过错，却分别遭到了梁山好汉武松和石秀、杨雄的残酷杀害，连丫鬟迎儿也被株连遭戮。好色之徒的王矮虎，曾被扈家庄"好生了得"的扈三娘在阵上生擒，扈三娘归顺梁山后，宋江只一句话就让她嫁给了王矮虎，扈三娘在"推却不得"的无可奈何下，也只能认命了。宋江这种无视妇女权益，绝对违背扈三娘意愿的行为，却被众头领"都称颂宋公明真乃有德有义之士"。至于《金瓶梅》里，虽写了大量妇女，却一个个醉生梦死、淫秽卑琐，更和人权尊严之类的意识差了十万八千里，根本沾不上边。

而在这同时，由于城市经济的发展，市民思想萌芽，也有一些生活在下层的作家写出了一些颇具人格尊严的人物形象。如"拟话本"小说中的杜十娘（《杜十娘怒沉百宝箱》）、莘瑶琴（《卖油郎独占花魁》）等，她们的思想意识和心态，就和唐人小说中的同类人物大异其趣，反映了历史的进步。从文学反映女性的思想觉醒来说，这是两个十分有价值的文学人物形象。《红楼梦》正是顺延了这条思想路线而更加将之发扬光大起来。在《红楼梦》中成群地出现了具有这种思想意识的人物，而且各个阶层都有，作者又是用抱着赞赏的心态来写她们，这正体现了曹雪芹思想的进步性。除林黛玉之外，妙玉、湘云、探春、尤三姐、晴雯、龄官等都是这种人物。而林黛玉则无疑是其中的佼佼者，这样一个人物形象，其维护自尊心的行为即使有某些过激之处，也是很自然的，完全可以理解的。如果看不到这一点，而是过多地加以挑剔和指责，岂非主次不分、轻重倒置、一叶障目了吗？

薛宝钗

一

薛宝钗，本贯金陵人氏，薛家乃当地"最有权有势，极富极贵的大乡绅"，贾、史、王、薛"四大家族"之一。薛宝钗幼年丧父，由寡母王氏抚养她和哥哥薛蟠兄妹二人长大。其兄薛蟠乃一不学无术，终日斗鸡走马、游山玩水的花花公子，因赖祖父旧情分，在户部挂了虚名，支领钱粮，干起皇商营生。他虽然经济、世事全然不知，却靠着伙计们、老家人打理，家中仍有百万之富。这薛宝钗本人倒是"生得肌骨莹润，举止娴雅。当日有他父亲在日，酷爱此女，令其读书识字，较之乃兄竟高过十倍"（第四回）。其母王氏乃是贾府王夫人的亲姐妹。

薛氏一家的人京进住贾府，乃是紧随林黛玉之后。他们的进京并非因为薛蟠打死了人需要避祸，因为"人命官司一事，他竟视为儿戏"（第四回）。如果说林黛玉投奔贾府是因为丧母，贾母怜惜要接了来照管，原因是很明确的；可是薛家的到来，却就显得颇为含糊，其缘由就颇像"雾里看花"，需要仔细辨别一番了。按书上所说，薛家进京的动机有三：

一为送妹待选，二为望亲，三因亲自入部销算旧账，再计新支，——其实则为游览上国风光之意。

熟悉后面故事情节的人，如果再翻回头来看看，只要略加思索，便会觉得这三条原因都颇有蹊跷之处。先从简单的说起：

第一，若为"算旧账""计新支"，这生意上的事，本就可以伙计们去办，无劳薛大爷操心（他也不懂），更无须薛氏母女同行。第二，"望亲"一条倒还说得过去，可令人费解的是，哪有这一"望"就数年之久，连儿子结婚也赖在亲戚家不走？若说是留恋都中风光的话，其实更可以到王氏的兄弟家去落脚，这更符合传统礼数。当然，再简单一点，薛氏本来在都中就"有几处房舍"，薛蟠本来就要住自己的地方，而薛姨妈却执意要住到贾府，并且曾哄着薛蟠说，先在贾家住下，"再慢慢的着人去收拾"自己的房舍，可是以后却从未提起过此事，这是为什么？第三，说是要送宝钗上京"待选"。这可是一件大事，一个大题目，全家进京也就合情理了。但是在薛氏一家于贾府住下后，却未见他们有任何送"选"的行动，也毫无这方面的信息或蛛丝马迹，这"待选"一事是真是假，也就让人费疑猜了。而更重要的是，薛宝钗既然是来候"选"，那薛家应有薛宝钗会"入宫"的思想准备，可为什么一到贾府就刮起了"金玉良缘"的邪风？说什么一个和尚说了，薛宝钗脖子上挂着的那把金锁，一定"要拣有玉的才可以配"（第三十四回）。既然和尚早这么说了，薛氏一家、至少其两母女也这么认定了，薛宝钗在到贾府之前已经是"成日家说你这玉"了（第八回），为什么还要来"待选"呢？这样一来，薛家落个贪图皇家富贵之名且不说，岂不还有个欺君之罪吗？

对薛家进京动机的种种疑问，凡是有点分析能力的人，只要读到后面就会明白的。现在提前在这里说一说，只是想给初读《红楼梦》的读者提个醒，对于薛氏（薛蟠可以不纳入）的言行要多加一点思索，不要只停留在表面文字的含义上，否则是读不懂薛氏母女，尤其是薛宝钗的。《红楼梦》在叙事、写人上有许多和其他小说不一样的特殊笔法，在塑造薛宝钗这个人物形象时，这种笔法用得特别突出、多样，甚至曹雪芹对她正面描述的文字也不能全信。只有真正懂得这一点，才能认识一个真正的薛宝钗，也必须懂得这一点，才能尽可能多地去读懂《红楼梦》。下面在分析薛宝钗这个人物时，也准备结合内容情节，在适当的地方，适当介绍一些这种特殊笔法。

二

薛宝钗来到贾府后，第一次正式露面是在第八回贾宝玉去探望她时，趁此机会，作者对她做了一番描述。说她：

> 罕言寡语，人谓藏愚；安分随时，自云守拙。

意思是说薛宝钗这人不大显露自己的识见才能，安分自守，不热衷参与外界的事务。作者的这种评价，和书中人物对她的看法似乎也是一致的。如王熙凤就说她"事不干己不开口，一问摇头三不知"（第五十五回）。这种状态，我们还可以从薛宝钗自己那里得到印证。她在《咏白海棠》诗中一开头就颇为自诩地说"珍重芳姿昼掩门"。综合上面几方面的信息，薛宝钗就自然给人形成一种印象：她比较少

说话，少欲求，对外界的事情不过问，知之更少，并带有几分自守的
矜持。

但是，印象在许多时候并不等于实际，薛宝钗的情况就是这样。
当我们进入了作品的故事情节，接触到人物的实际行动后，薛宝钗的
实际却似乎是另外一种情况，而且当我们进入、接触得越是频繁，越
是深入，这另一种情况就越是明显、越是强烈。

例如，薛宝钗就很知道贾母喜欢吃什么、爱听什么戏，并常常能
迎合她的需要，也因此常遭到一些论者的诟病。其实，如果仅此而已，
而且孤立起来说的话，还何尝不能是一种优点：年轻人能照顾、体贴
老人，难道不是一种美德吗？

至于另一件事就使人颇感意外了。第三十七回，史湘云要做东搞
诗社活动时，薛宝钗为她设计了一个既便宜、又受欢迎的螃蟹宴，原
因是薛姑娘知道：

> 现在这里的人，从老太太起连上园里的人，有多一半都
> 是爱吃螃蟹的。

要是说，单知道老太太的口味嗜好还不足为奇的话，那"连上园里的
人"都爱吃螃蟹，大概就只有薛宝钗一个人知道了。

其实，只有薛宝钗一个人才知道的"独家新闻"还多着呢！史湘
云在她叔婶家里日子过得不大舒心，人们大概也有一种模糊的感觉，
不过要更细一些的情况就说不上了。薛宝钗却知道得十分详细。第
三十二回，花袭人原想请史湘云帮做一些宝玉的针线活，薛宝钗便告
诉她：

……那云丫头在家里竟一点儿作不得主。他们家嫌费用大，竟不用那些针线上的人，差不多的东西多是他们娘儿们动手。……上次他就告诉我，在家里做活做到三更天，若是替别人做一点半点，他家的那些奶奶太太们还不受用呢。

在此之前，有谁知道这位开朗活泼的千金小姐还有这么一些难言之隐呢？或许有人会说，是因为薛、史二位姑娘关系特别好，所以史湘云会将这些家庭隐私告诉薛宝钗。这也不无道理。可是林黛玉和小时的花袭人都和史湘云十分要好，她们却丝毫也不知道这些事情。那么，其中原委究竟何在呢？我们不妨再看一看与史湘云有关的另一件事情。第二十九回，贾母带众人到清虚观打醮，张道士送了宝玉一盘子金银器物，

　　贾母因看见有个赤金点翠的麒麟，便伸手拿了起来，笑道："这件东西好象我看见谁家的孩子也带着这么一个的。"宝钗笑道："史大妹妹有一个，比这个小些。"贾母道："是云儿有这个。"宝玉道："他这么往我们家去住着，我也没看见。"探春笑道："宝姐姐有心，不管什么他都记得。"林黛玉冷笑道："他在别的上还有限，惟有这些人带的东西上越发留心。"宝钗听说，便回头装没听见。

湘云带的金麒麟，应该是史家的旧物，贾母自然眼熟，却又一时记不起来，要宝钗提醒，她才明白过来。奇怪的是跟史家彻底没有关系的外人薛宝钗竟然不仅知道史湘云有这么个装饰品，甚至连尺寸大小都

记得一清二楚，这恐怕不会是史湘云专门告诉她的吧！还是探春与黛玉说得对，是她"有心""留心"，才会有此效果。正因为说到了点子上，所以宝钗才"回头装没听见。"这样，她为什么知道那么些史湘云的家庭内幕，也就可以明白七八分了。

最能反映薛宝钗这种"察言观色、留神探听"特点的，莫过于有关怡红院里丫头小红的事了。

在写宝钗与小红故事之前，作者先在第二十四回写了一件事情，宝玉在怡红院要吃茶，偏生丫鬟们都有事出去了，最后是一个"十分俏丽干净"的小丫鬟来斟了茶，她便是小红。宝玉看了她，

> 便笑问道："你也是我这屋里的人么？"那丫头道："是的。"宝玉道："既是这屋里的，我怎么不认得？"那丫头听说，便冷笑了一声道："认不得的也多，岂止我一个。……"

在这里，这个机灵的小丫头是这样的孤寂、这样的默默无闻，连她的主人都根本不认识她，不知道有这么一个人的存在。可是，这个怡红院里的丫头，一当她遇上薛宝钗时，情况就大不一样了。第二十七回，薛宝钗扑蝶追到了滴翠亭，蝴蝶也不追了，却去偷听里面两个丫头在悄悄说怪话、发牢骚，宝钗听了，吃了一惊，并分辨出刚才说话人的声音：

> 况才说话的语音，大似宝玉房里的红儿的言语。他素昔眼空心大，是个头等刁钻古怪的东西。

初次读到这里，真的也同样"吃了一惊"，这个怡红院主人完全不认识的丫头，薛宝钗却能隔着窗子凭声音分辨出是她来，而且还知道这个丫头"素昔"以来的性格特点，薛姑娘这种掌握周围人的事情的功夫，真是到了出神入化的地步了！

由以上可知，薛宝钗的种种行为，和她给人的表面印象，诸如"安分随时""罕言""守拙"，以及"珍重芳姿昼掩门""一问摇头三不知"等之间，相距何止千里。相对来说，印象乃是表面的，实际行动（非孤立的、一系列有联系的）才是较为可靠的。"拥薛派"们有一个共同的失误，就是只看了表面，而未深入其内。当然，这也难怪，连当时就生活在薛宝钗身边的王熙凤，她那一对犀利的丹凤三角眼，尚且未能看清楚薛姑娘的面目，那么后代一些只草草看过几回书的评论家们又怎么弄得明白薛姑娘呢？

薛宝钗的这一类表现还有不少，不过上面所举已足**够**说明问题了，其他的我们还可在别的问题中接触到。

那么薛宝钗是通过什么手段来达到这样的效果呢？她有一次为了讨好贾母，同时也是为了奉承王熙凤，不经意地自己泄漏了这个秘密。第三十五回，她曾经当着众人之面说：

> 我来了这么几年，留神看起来，凤丫头凭他怎么巧，再巧不过老太太去。

原来，薛宝钗来了贾府"这么几年"，她一直就有意识地在"留神看"她周围的一切，因而她能知道许多本应他人知道却并不知道的事情，令人惊讶莫名。至此，你还相信薛宝钗是一个"珍重芳姿昼掩门""一问摇头三不知"的"安分随时"的名门淑女么？

三

前面所举的许多事例，都只说到薛宝钗知道许多别人不知道的事情，原因是她善于"留神看"周围的一切，但她获得这样后果的过程，书中却没有写到。也许是不愿让读者太困惑吧，作者却写了一件事的过程，于此也可见一斑了。那便是薛宝钗与花袭人交往的起始过程。第二十一回，写宝玉在黛玉房里，史湘云为他梳洗过了，袭人过来见此情形，只好生着闷气回去，

> 忽见宝钗走来，因问道："宝兄弟那去了？"袭人含笑道："宝兄弟那里还有在家的工夫！"宝钗听说，心中明白。又听袭人叹道："姊妹们和气，也有个分寸礼节，也没个黑家白日闹的！凭人怎么劝，都是耳旁风。"宝钗听了，心中暗忖道："倒别看错了这个丫头，听他说话，倒有些识见。"宝钗便在炕上坐了，慢慢的闲言中套问他年纪家乡等语，留神窥察，其言语志量深可敬爱。

这里，薛宝钗因发现袭人这丫头有些意思，便要更深一步去了解她。她先是主动地"便在炕上坐了"，显然是要下点功夫了。果然，接着便是用一些闲话去慢慢"套问"袭人的年纪家乡等背景材料，在这过程中，又"留神窥察"，这四个字太重要了，把薛宝钗为了掌握一个人的情况时所使用手段的外形、内心状态都描摹出来了。读者只要看

清了这一幕，那么，薛姑娘为何那么了解史湘云的隐私，为何听声音就能辨知这是怡红院里的丫头小红等，就完全可以了然于心了。她可不仅是凭着"记性好"、看见什么都记得，而是下了硬功夫啊！

事情说到这个份上，自然就会出现一个新的问题，即薛宝钗为何要这样刻意（不是无意）去关注并记住周围的许多事情？比较表浅一点的道理、也即是文字写得很显露、因此大家都能看得到的原因，乃是薛宝钗需要讨好周围的人，和大家搞好关系，获得人们对她的好感。这方面的事例很多，不妨看几个主要的：

既要讨好人，贾府的老祖宗当然是首要人选，薛宝钗当然不会放过。第二十二回，贾母自己掏钱准备给薛宝钗过生日，在众人面前，

> 贾母因问宝钗爱听何戏，爱吃何物等语。宝钗深知贾母年老人，喜热闹戏文，爱吃甜烂之食，便总依贾母往日素喜者说了出来。贾母更加欢悦。

到庆宴时，薛宝钗真的点了一出热闹戏《西游记》，贾母果然"自是欢喜"。这里，作者特别点出薛宝钗"深知""贾母往日素喜"的东西，这简短的几个字，实在包含了薛宝钗许多的背后功夫。薛宝钗着力讨好贾母的事例自然尽多，如第二十九回王熙凤开头约宝、黛、钗等一同去往清虚观打醮，宝钗当即表示"我就不去了"。后来贾母也要她去，她便违心地"只得答应着"。这一类就不多举了。

不用说，薛宝钗既要讨好人，王夫人自然也是重要对象。第三十二回，因金钏儿之死，王夫人正在为此伤心垂泪之时，薛宝钗来到，先是吹捧王夫人为"慈善人"，并肆意歪曲金钏儿的死因，以宽

解王夫人的"我心不安"，继而表示自己从不计较"忌讳"之事，把自己新做的两套衣裳拿来给王夫人赏给金钏儿做"装裹"，及时解决了王夫人当时的难题。

王熙凤是荣国府的当权者，却是同辈人。薛宝钗应该也要对她有所表示，但又不能采取对待贾母、王夫人那样显得很孝顺、体贴的方法，薛宝钗却另有高招，在本章第二节中提到的她当众说的"我来了这么几年，留神看起来，凤丫头凭她怎么巧，再巧不过老太太去"，就很见她的聪明。这里表面上好像仅仅是在赞扬老太太，骨子里实际上也吹捧了王熙凤。这和王熙凤当众赞扬林黛玉如何标致，而实际上是既吹捧了贾母又讨好了迎、探、惜三春的手法有异曲同工之妙。这种方法，话不必说得露骨，而当事人却能心领神会，是很有效果的。

大观园是女孩子的天下，身处其中的薛宝钗接触得最多的当然是那些小姐们，她所采用的方法又自然和对上面那几位有所不同。史湘云同是姐妹辈，又和薛宝钗一样，都是贾府的客人。第三十七回，写史湘云要为新起的诗社做东，薛宝钗便和史湘云在灯下计议此事。薛姑娘直率地指出史湘云一个月只那几串零用钱，哪里够用？向婶子要或向贾府要都不是办法。一席话，说得史湘云便"踌躇起来"，不知如何是好。于是，薛宝钗便为她出了一个主意，说：

> "这个我已经有个主意。我们当铺里有个伙计，他家田上出的很好的肥螃蟹，前儿送了几斤来。现在这里的人，从老太太起连上园里的人，有多一半都是爱吃螃蟹的。前日姨娘还说要请老太太在园里赏桂花吃螃蟹，因为有事还没有请呢。你如今且把诗社别提起，只管普通一请。等他们散了，

咱们有多少诗作不得的。我和我哥哥说，要几篓极肥极大的螃蟹来，再往铺子里取上几坛好酒，再备上四五桌果碟，岂不又省事又大家热闹了。"湘云听了，心中自是感服，极赞他想的周到。

薛宝钗这个主意的确十分周到妥善，除了她谁也想不出来，也没有这种条件。无怪乎史湘云后来对她是如此心悦诚服了，竟然说："这些姐妹们，再没一个比宝姐姐好的。"（第三十二回）

甚至对于她的"对峙"者林黛玉，薛宝钗也是关爱有加的。林黛玉在一次行酒令时，不小心说了两句《牡丹亭》《西厢记》中的词句，薛宝钗不但当时就"回头看着他"（第四十回），而且事后还特地找了林黛玉来到蘅芜苑，命令她"你跪下，我要审你"。然后是"拉她坐下吃茶，款款告诉他"许多大道理，情恳意切，"一席话，说的黛玉垂头吃茶，心下暗伏，只有答应'是'的一字。"（第四十二回）尤其是在第四十五回，正值秋燥时日，黛玉又犯嗽疾，而且"觉得比往常又重"，所以成日闷在屋里，十分烦郁。这时宝钗来了，先和她说了一大通关心的话，建议黛玉每日早起吃一两燕窝以滋阴补气。加上上次的事，黛玉"感激"不已，便在她面前把心都掏了出来："你素日待人，固然是极好的，然我最是个多心的人，只当你心里藏奸。从前日你说看杂书不好，又劝我那些好话，竟大感激你。往日竟是我错了，实在误到如今。细细算来，我母亲去世的早，又无姊妹兄弟，我长了今年十五岁，竟没一个人象你前日的话教导我。怨不得云丫头说你好，我往日见他赞你，我还不受用，昨儿我亲自经过，才知道了。比如若是你说了那个，我再不轻放过你的，你竟不介意，反劝我那些话，可知我竟自误了。若不是从前日看出来，今日这话，再不对你说。"林黛玉可真的是从来没有对谁公开表示过如此的感激之情。

薛宝钗最为难得之处，是她的这种功夫不仅频频用在贾府上层的奶奶小姐们之间，而且也没有忘记下层人物，而最令人刮目的事件当是对赵姨娘母子的示好。薛蟠从江南带回一批土特产和小玩意儿，薛宝钗将它们一份一份送往各处，连贾环处也一样送到。赵姨娘高兴地由衷赞扬起她来："怨不得别人都说那宝丫头好，会做人，很大方，如今看起来果然不错。"差不多对贾府的众人都怀有敌意的赵姨娘，唯一受到她赞许的人就是这么一个薛宝钗了。赵姨娘说薛宝钗"会做人"可是一点也不错。

赵姨娘还说到她这次分送东西的做法是"挨门儿送到，并不遗漏一处，也不露出谁薄谁厚，连我们这样没时运的，她都想到了"。从这一件事我们就可以看出薛宝钗平时的为人处世，因此，也就不必再举其他的事例了。

在叙说薛宝钗的上述行为时，我曾用了诸如"巴结""讨好""下功夫"等词语，明显对薛宝钗带有贬抑的意思。其实，我也明白，如果换一个角度来说，也可以把薛宝钗的这些作为誉之为敬爱老人、关心别人、与人为善等，说她是一个颇具传统美德的大好人。许多"拥薛派"不就是这样认为的吗？

问题是，同一件事情，是可以从不同角度去观察的，其结果也往往不同，甚至截然相反。要判断其是非曲直，就不能仅停留在事情的表面，而应该深入到事情的里面和后面才可得出科学、正确的结论。对于薛宝钗的上述表现，同样应作如是观。那么薛宝钗的作为究竟是为了某种私人利益而刻意做作还是一种优秀品质的自然流露呢？由于本节文字的目的不在于即时回答这个问题，而在于引出另外一个问题，所以这里不作评论。当然，还是可以略作评说，做一点提示。第一，对薛宝钗的上述表现，不要孤立地去看，要和其他许多事情联系起来去进行考察。第二，薛宝钗对贾母的种种讨好和奉承，主要表现在前期，而在后来，情况却起了一些明显的变化。她对贾母不但不见以前的那种殷勤，而且变得颇为不恭、甚至加以嘲讽了（具体可参见下篇《贾母与薛宝钗》一章），应该分析这种变化是如何发生的。第三，曾经对薛宝钗公开表示无限崇敬的史湘云，后来也对薛颇有怨言了，这是为什么？第四，要说薛宝钗会做人，善于在人前下功夫，那么她对谁下的功夫最大、最真呢？她不是我们上面提到过的那些老祖宗、太太、奶奶、小姐们，而是一个地地道道的丫鬟花袭人。她在花袭人身上下过一些什么功夫？真正读熟了《红楼梦》的人都会知道。那么，她为什么要在花袭人身上下那么多的功夫呢？弄明白了这一点，也就解决了上面提到的那个问题了。

四

那么，前述薛宝钗的行为表现，将会引出一些什么问题来呢？那就是，以薛宝钗本人的特性来说，她的教养和气质，决定她应该是一个比较自重和矜持的人，她自己也自诩是"珍重芳姿昼掩门"。她又常训诫别人要以贞静为主。这么一个人，为何会如此热心地去拉关系、讨好、奉承别人呢？以她的身份地位来说，她在贾府只是一个客人，同样身份的还有林黛玉、史湘云以及后来的薛宝琴、邢岫烟、李纹、李绮等，这些人均未见有类似薛宝钗这样的行为，不见她们在谁面前下过多少功夫，为何单单薛宝钗却是如此普遍地、着力地在众人面前下大功夫、连人人都讨厌的赵姨娘以及地位低下的某些丫鬟们她也不漏过呢？而且，从处境来说，其他女孩子大都是家庭有困难来投靠贾府的，而薛家却家庭富有，他们在京中本来"有几处房舍"，住进贾府只是走亲戚而已，她家的生活费用全部自理，"一应日费供给一概免却"（第四回），薛宝钗还轻易有螃蟹、人参、燕窝之类的高级补品帮助别人，可以说是衣食无忧，且优裕有余。也可以说，她和其他女孩子不同，她并无所求于贾府，可是却为什么要花那么多心机和功夫去讨好众人呢？

不能不作出的解释是，人的行为，尤其是刻意的行为是不可能没有目的的。薛宝钗既不存在作为一个寄居者而讨好别人的需要，那么她会有什么别的特殊目的呢？这个沉着平稳的女孩子，是不可能轻易表露自己的心愿的；然而，诗为心声，薛宝钗恰恰便是在她一首柳絮词《临江仙》中透露了她的内心奥秘："好风频借力，送我上青云。"（第七十回）原来薛姑娘的心志可是不小，她绝不是表面上显现出来的那种"安分随时，自云守拙"，而是一心想要青云直上啊！薛宝钗殆有大欲存焉。

作为一个封建时代的女子，她的青云直上的大欲，不可能像男子那样十年寒窗，金榜题名，经邦济世，光宗耀祖。女孩子的最大欲望只能是妻以夫贵，终身有托。薛家上京的理由之一，便是送薛宝钗"亲名达部，以备选"入宫，这自然是一条有望"上青云"的路。贾元春就是一个很好的例子。可是，待薛家进京后却并未提及此事，不管是什么原因，总之是此路不通了。

进不了宫，却又住在贾府的薛宝钗，自然不会放弃她的欲望，从当时的环境来说，无论是她本人还是她的母亲薛姨妈，可以为她考虑的一条、也是相当不错的出路，那便是找一个好婆家，而其对象则非贾宝玉莫属了。然而要达到这样的一个目的，却也决非易事。因为在贾宝玉的身边，还有着至少两个比起薛宝钗来毫不逊色的女孩子林黛玉和史湘云。而贾宝玉对此二人的感情却远远超过薛宝钗，或者说，贾宝玉似乎从来不曾为薛宝钗动心过。因此，薛家母女要能达到她们的目的，就必须做出最大的努力，方可有所希冀。前面说的薛宝钗在那么多人面前下了那么多功夫，正是她们要作的最大努力的一个重要部分。薛宝钗可是要搞好关系，频借众人之力，送她上青云啊！后来，由于种种原因，薛宝钗倒真是如愿以偿了。

曾经有一种说法，认为薛宝钗的婚事，她本人只不过遵奉了父母之命、媒妁之言而已，她自己并未刻意去谋求这段姻缘，因为她毕竟是一个典型的封建淑女。这种看法在书上似乎也可找到根据。第二十八回就曾写道：

> 薛宝钗因往日母亲对王夫人等曾提过"金锁是个和尚给的，等日后有玉的方可结为婚姻"等语，所以总远着宝玉。昨儿见元春所赐的东西，独他与宝玉一样，心里越发没意思起来。

如果单独只看这一段话，自然就会认为薛宝钗确是没有主动去谋求这段婚姻，而且相反，她还有意在远离宝玉，哪像林黛玉那样整天和贾宝玉厮缠在一起呢？

然而，曹雪芹的写作方法中有一个特点，即在表述某件事或问题

钗黛之辨

时，常常说反话，你如果什么都信他的，那就会错意了。脂砚斋常常提醒读者不要被作者蒙蔽了去，也往往是指的这些地方。当然，也不能认为作者出面说的每句话都是反话、假话，至于哪些话是正是反、是真是假，就只能自己去体察了。其中一个可能的方法就是必须明白，一个优秀的作家是不会把自己的意图和看法直接灌输给读者，而是要把它们通过故事的情节和场面、通过人物的行动表现出来，曹雪芹写的《红楼梦》尤其如此。因此我们也应从这些方面去考察薛宝钗在对待婚姻爱情问题的态度上的种种真相。

薛宝钗真的不关心自己的婚姻吗？其实不然。第八回第一次写到宝玉因探病来到宝钗屋内，宝钗一眼便盯住了他脖子上挂的那块玉，

> 宝钗因笑说道："成日家说你的这玉，究竟未曾细细的赏鉴，我今儿倒要瞧瞧。"说着便挪近前来。宝玉亦凑了上去，从项上摘了下来，递在宝钗手内。宝钗托于掌上，只见……看毕，又从新翻过正面来细看，口内念道："莫失莫忘，仙寿恒昌。"念了两遍。

在两人第一次单独相处时，宝钗的注意力就集中在宝玉的那块玉上，而且表示要"细细地赏鉴"，其原因是在此前她们"成日家说你的这玉"，待到手后更是反复"细看"，并把玉上的两句话重复"念了两遍"。这是何等的专注！后面还写到丫头莺儿笑说宝钗金锁上的两句话"是个癞头和尚送的，他说必须錾在金器上——"后面的话被宝钗拦住了。这被拦住的话自然便是"金玉良姻"之说了。既然丫鬟都知道此事，薛宝钗岂有不知之理？既然知道此说，为什么薛宝钗在第一次与贾宝

玉在一起时就如此主动地在金和玉上如此大做文章？这是一种什么心态？如果对自己的婚姻大事不关注，她会这样做吗？

更该注意的一点是，为什么薛宝钗见了贾宝玉及其挂在脖子上的玉没有像元妃赐给他们二人东西一样时那样"心里越发没意思起来"，而是异常主动积极地把金和玉拼力扯到一起？其原因是前者的"没意思起来"乃在众人面前，后者的热烈乃二人单独相处也！不明白这一层便读不懂薛宝钗。

薛宝钗真的"总远着宝玉"吗？如果你是一个初读《红楼梦》的人，一定会对贾宝玉与林黛玉之间爱情的缠绵与纠葛留下很深的印象。而薛宝钗却没有。因此接受此看法就不足为奇了。但是如果你深入一步读下去，就完全会得出另一种结论，薛宝钗不但不总是"远着宝玉"，恐怕还是完全相反，只是方式不同，不像林黛玉那么公开罢了。请看第二十六回，写林黛玉去怡红院敲门，吃了闭门羹，原因是：

> 谁知晴雯和碧痕正拌了嘴，没好气，忽见宝钗来了，那晴雯正把气移在宝钗身上，正在院内抱怨说："有事没事跑了来坐着，叫我们三更半夜的不得睡觉！"

这段文字表面上好像是在写晴雯如何"没好气"，而实际上是写了薛宝钗的两点秘密：一是她"有事没事"总往怡红院跑去"坐着"；显然她的这种行为绝非仅此一次，否则晴雯也就没理由对这样一位来客进行"抱怨"了。二是她常来也罢了，偏偏她每次来总要"坐着"到"三更半夜"也不走，连丫鬟想休息都被阻了。薛姑娘的这种举动也确是有点不合时宜了。

或许有人会说，这只是晴雯气头上的话，岂可字字当真？那么，我们就再看看另外一幕吧！三十六回，写一个中午薛宝钗从王夫人处出来，"顺便"进了怡红院：

> 不想一入院来，鸦雀无闻，一并连两只仙鹤在芭蕉下都睡着了。宝钗便顺着游廊来至房中，只见外间床上横三竖四，都是丫头们睡觉。转过十锦槅子，来至宝玉的房内。宝玉在床上睡着了，袭人坐在身旁，手里做针线，旁边放着一柄白犀麈。宝钗走近前来，悄悄的笑道："你也过于小心了，这个屋里那里还有苍蝇蚊子，还拿蝇帚子赶什么？"袭人不防，猛抬头见是宝钗，忙放下针线，起身悄悄笑道："姑娘来了，我倒也不防，唬了一跳……"

对于薛宝钗这次的进入怡红院，作者更是写得她十分不合时宜。为什么？你看，仙鹤乃长寿延年的象征物，生命力旺盛，此时却在芭蕉下睡着了，这说明天气太炎热，容易疲劳，连仙鹤都顶不住。而进入里间，全部丫头也"横三竖四"地睡了，这进一步证明了这一点。作者更刻意的一笔是当薛宝钗来到袭人身边时，她竟因"不防"而"唬了一跳"。为什么？就因为在袭人的意识里，这种大热天、人人都要睡觉的中午时分是不应该、也不会有人到这房内来的。当意外地居然有人来了，自然就不免会"唬了一跳"了。薛宝钗为什么偏偏要选这样的时刻来怡红院？就像上例选在"三更半夜"一样，这样就可以在众人面前保持她"总远着宝玉"的假象了。联系前面说到她第一次找宝玉是在大清早（当时宝玉去了黛玉处，只见到花袭人。便盘问了这个丫头一番），我们就更可明白，她是专挑清早、中午和深夜这样少人觉察到的时候去接近贾宝玉的，这与林黛玉与贾宝玉相处的方式可大大不同！

还可注意的是前面两例均未写到她单独和宝玉在一起时的具体情节（第二十一回一大早那一次是宝玉刚从黛玉处回来，薛宝钗便"出去"了，说明也是一次"有事没事"地来"坐着"），而这中午的一次却写到了，薛宝钗一面和袭人说着话，

> 一面又瞧他手里的针线，原来是个白绫红里的兜肚，上面扎着鸳鸯戏莲的花样，红莲绿叶，五色鸳鸯。

这鸳鸯兜肚据袭人说乃是替宝玉做的。后来袭人有意借故要离开一下，

> 说着便走了。宝钗只顾看着活计，便不留心，一蹲身，刚刚的也坐在袭人方才坐的所在，因又见那活计实在可爱，不由的拿起针来，替他代刺。

一个知书识礼，还时常教训别的女孩子要如何谨言慎行的女夫子，竟然单独一人坐在一个身穿极薄的"银红纱衫子"并已睡着了的青年男子床边，还在那里为他刺绣，这是何等肉麻"好看"的一幕！无怪乎偶然被窗外的林黛玉看见便"手握着嘴不敢笑出来"，史湘云见了"也要笑时"，因想起宝钗平日对她的好处便忍住了，所以不管在谁的眼里，这都是一件十分可笑的事情。后来花袭人因路上碰到过林、史二人，便问宝玉："他们可曾进来？"可见袭人心里也明白这是一件见

不得人的事，不希望有人撞见。

似乎是为了突出这一点意思，作者在这一回回末还特意写到因林黛玉的提示，袭人把此事也告诉了贾宝玉，

宝玉听了，忙说："不该。我怎么睡着了，亵渎了他。"

并且改变了原来不准备去为薛姨妈祝寿的主意，表示"明日必去"。显然是想以实际行动作为"亵渎"了薛宝钗的一种补偿。可见，连须眉浊物贾宝玉看来这也是一件不应发生的事，因为这乃是一种"亵渎"。但谁都知道，这种"亵渎"行为的发生，不是贾宝玉故意要这样的，因为他在宝钗到来之前就早已睡着了。因此，这一次的"亵渎"完全是薛宝钗自己造成的，甚至可以说是她甘愿接受的，而且还沉醉于其中，连窗外先后有人在看她的西洋景都毫不察觉。

有了上面这些认识，于是我们便可以理解另外一个较少见的情节了。作者在薛宝钗午闯宝玉睡房的过程中，还特意在宝玉床上、宝钗手中象征性地表现了男女性器，实乃极含蓄却又深刻地展示了薛宝钗当时的某种心理状态。作者极为罕见地如此写来，究竟是为什么呢？当然不会是随意写写而已，"红楼梦"可是无一处闲笔啊。

把上面这两件事和以前提到的薛宝钗一早就跑到宝玉的住处去联系起来，我们就会发现一个有趣的现象。薛宝钗不仅不是"总远着宝玉"，而且是早、午、晚都着紧地去黏住宝玉。薛宝钗像个不把自己婚姻大事放在心上的封建淑女吗？

五

在上一节对薛宝钗的评述中，某些词语上颇有不够恭敬之处。回过头来再看一遍，自己也觉得似乎有点失之过苛了。因为说来说去，不也只是说薛宝钗也在追求贾宝玉吗？这又有什么不可以呢？林黛玉、史湘云不说，就连出家人妙玉对宝玉不也有那么一点说不清的感觉吗？何独责于宝钗？就算她的言行有点不大一致，行动有点诡秘，也只是各人行事的方式不同，说好一点，不还可以说正是表现了一种少女的羞涩么？此乃各人性格之不同，完全不必去责难她。不过，如果事情仅仅到此为止，那也的确是无须对她去进行那么多的说三道四。只是薛宝钗的所作所为，其令人不耐之处，还有远甚于此者。而这些又都和她所追求的婚姻有关。

为了接近贾宝玉，薛宝钗极力笼络花袭人，这是大家都看得见的。但薛宝钗的刻苦用心，还不仅就此一招，她还有更隐秘的行动，就不为许多人所知道了。第五十六回，写探春理家，正与李纨、宝钗、平儿议论把大观园里的花草竹木承包给众婆子。议到怡红院、蘅芜苑的花木包给谁时，平儿曾提出让"莺儿他妈"来管，因为她"就是会弄这个"，薛宝钗因莺儿是自己的丫鬟，为了避嫌做好人，就坚决反对，而且马上提出另一个人选来，她说：

> "我倒替你们想出一个人来：怡红院有个老叶妈，他就是茗烟的娘。那是个诚实老人家，他又和我们莺儿的娘极好，不如把这事交与叶妈。他有不知的，不必咱们说，他就找莺儿的娘去商议了。那怕叶妈全不管，竟交与那一个，那

是他们私情儿，有人说闲话，也就怨不到咱们身上了。如此一行，你们办的又至公，于事又甚妥。"李纨平儿都道："是极。"探春笑道："虽如此，只怕他们见利忘义。"平儿笑道："不相干，前儿莺儿还认了叶妈做干娘，请吃饭吃酒，两家和厚的好的很呢。"探春听了，方罢了。

这里的正面文字自然是在讲述探春等人在商议人员安排问题，但它却从侧面透露了不少重要的信息，仔细体味一下，就会发现里面是大有文章的。

首先，这里说到有两个老婆子——莺儿她妈与老叶妈关系"极好"，在一般情况下，这本来也是很平常的事。但是值得玩味的是这两个人之所以特别好，显然是因为有莺儿认了老叶妈做干娘这层干系。在贾府里，某个丫鬟认某个老婆子做干娘这本不足为怪，这里面包含有弱势个体通过这种关系来互相关心照应的意义。但对莺儿来说，本来是不需要这么一种关系的，因为她乃客人家的丫鬟，何需在贾家的老婆子中找这种关系呢？试看这个势利又世故的小丫头，她连贾府的小少爷贾环都不放在眼里，敢于当面"欺负"他（第二十回），又何求于这么一个普通的老叶妈？但如果换一个角度来看，则莺儿此举又是完全可以理解的。原来，莺儿所认的这个干娘老叶妈，虽然其本人不是什么有身份脸面的人，但她恰恰是贾宝玉的贴身小厮茗烟的母亲！不言而喻，这样一来，茗烟也就自然成了莺儿的干兄弟了。莺儿曾经多次积极地在宝玉面前为"金玉良姻"大卖力气。毫无疑问，她为此也绝不会不在宝玉的贴身小厮茗烟面前下大功夫的。我们甚至可以进一步断言，与其说莺儿是要认老叶妈这个干娘，倒不如说她实在只是要认茗烟这个干兄弟，而目的则是显而易见的。

其次，莺儿这个认干娘、干兄弟的行动，做得如此像模像样，还认真地"请吃饭吃酒"，从情理上来推测，绝不可能是这么一个小丫鬟个人的行为，它自必要得到薛宝钗的允许的。而事实上薛宝钗也完全知道此事，所以平儿一提到"莺儿他娘"，她就马上把老叶妈拉了出来。而且还不能不使人感觉到，莺儿认亲之举，正是薛宝钗有意促使的结果。

第三，说薛宝钗是此事的主使者，并非凭空推测之辞，而是有一定根据的。因为薛宝钗要促成此事，自有她不可告人的目的。既然如此，她就决不会轻易地把它公开出来，而是要尽量避免他人知道此事。事实也正是这样，薛宝钗在谈到"莺儿他娘"和老叶妈的特殊关系时，只是含混其词地说她们之间关系"极好"，而明显抖露她们之间干亲关系的乃是平儿，可见薛宝钗对她们之间的这一层关系是讳莫如深的。这种心理状态不正说明她是心中有鬼吗？因为若没有特殊的因由，薛宝钗是绝不会让自己的贴身丫鬟去认一个贾府的老婆子做干娘的。可她却确实这样做了，尽最大可能悄没声儿地去做了，其中隐情是什么？只要明白了上面所说的各点，便会知道薛宝钗究竟意欲何为了。

以上内容非常重要，这么多颇为丰富的信息，作者只是以轻描淡写、很不经意的方式表现出来，稍不留意，它们就会从你的眼皮下面溜走。而这确是作者许多特有写作笔法之一，如果不了解这一点，《红楼梦》中的许多精髓，那可就品味不到了！

薛宝钗对宝玉周围的人物狠下功夫，至于此极，真是令人叹为观止。她的这种外在行为，实是反映了她内心在自己婚姻问题上的迫切、着紧。但她和林黛玉不一样，平时少有这方面的表露，不过当我们掌握了她上述的种种行迹后，就可断定她内心状态的真实面目。即使这种心迹十分隐秘，不过如果你真正掌握了此人的行为特点，只要细细考较，最终还是会有所发现的。

第三十五回，宝玉挨打养伤怡红院，袭人特意找了莺儿来为宝玉结络子（其实袭人本人就会结络子，更不用提编织高手晴雯了），实则来和宝玉聊天解闷。正当宝玉、袭人、莺儿议定结个络子来装汗巾子，并已动手编织并说着话的时候，那薛宝钗又是"有事没事"地跑来了，

> 宝玉忙让坐。宝钗坐了，因问莺儿"打什么呢？"一面问，一面向他手里去瞧，才打了半截。宝钗笑道："这有什么趣儿，倒不如打个络子把玉络上呢。"一句话提醒了宝玉，便拍手笑道："倒是姐姐说得是，我就忘了。只是配个什么颜色才好？"宝钗道："若用杂色断然使不得，大红又犯了色，黄的又不起眼，黑的又过暗。等我想个法儿：把那金线拿来，配着黑珠儿线，一根一根的拈上，打成络子，这才好看。"宝玉听说，喜之不尽，……

薛宝钗来到后说的那一番话，过去很少有人议及它，大概以为她只是随便说了一些对颜色搭配的看法而已，无足轻重。其实不然，须知《红楼梦》许多看来无关紧要的文字，往往都是另有深意，薛宝钗的这段话便是如此。

薛宝钗首先是否定了宝玉等人结络子装汗巾子之类的打算。直接

提出"不如结个络子把玉络上"。这说明她总是对象征着"金玉良姻"的那块"玉"念念不忘。这也不奇怪，因为她在很多场合都公开地表示过了。如：除了前面提到过的第八回的"比通灵"的故事，大做了一番"金玉"的文章之外，第六十二回，宝钗与宝玉玩射覆时，她覆了一个"宝"字，"宝玉想了一想，便知是宝钗做戏指自己所佩通灵宝玉而言"，可见薛宝钗对宝玉的那块"玉"简直是到了"中心藏之，何日忘之"的程度了。所以她现在提出用络子来"把玉络上"是毫不出人意料的。

值得玩味的是，她设计了用什么材料和颜色来编这个"络玉"的络子，在说了一大通这也不行，那也不好之后，最后端出了她的如意算盘：用"金线"串珠子编成络子来"络玉"，"这才好看"。好家伙，这不是赤裸裸地在这里当面推销她的"金玉良姻"吗？

还要着力注意的是，在这之前，她对好些颜色都作了否定，而且讲了一定的理由，尽管有些理由说得很勉强，如"黄的又不起眼"，就不是她的真实思想。大家都还记得，元妃省亲时，只有她一个人对"上头那个穿黄袍的"特别注目，黄色那是相当"起眼"的。只是这个时候为了强调"金"色的"好看"，她就把黄色贬下去了。这且不说。需要着意提请读者注意的是她对"杂色"的态度特别不一般。首先，她劈头就把"杂色"首先提了出来，而且不需任何理由就"断然"予以否定，没有任何商量的余地。为什么呢？原来杂色（有的版本作"鸦色"）即青黑色，亦即"黛"色也！其矛头所指再也清楚不过了。真可谓"微言大义"，用心良苦矣。至此，我们便会明白，薛宝钗对绘画、用色等艺事本是有一套见解的，第四十二回写惜春绘画时，她便发表了一番见解，可现在为什么却说得这样混乱呢？原来，她的本意并不在说颜色，而是在推销自己和贬损黛玉。她说的是一番"黑话"！我们把这一点挑明，对这位受到不少人喜爱的宝姑娘来说，岂不有点大煞风景？但事实偏是如此，又奈之何呢？其实，只要把薛宝钗身上那一层颇为神秘的薄纱掀开，还其本来面目之后，也就不会觉得有什么奇怪之处了。薛宝钗不就是这么一个并不高雅的世俗人吗？

既然薛宝钗对她的"金玉良姻"如此热衷，同时又自然地对林黛玉如此排斥——告诫贾宝玉说林黛玉"断然使不得"，那么在日常生活中，她的一些言谈举止对林黛玉进行构陷、伤害，也就成为必然的现象了。

有的论者曾认为王夫人原想把预备给黛玉做生日的两套新衣去为死去的金钏做装裹，但怕黛玉忌讳，宝钗却主动提出拿自己的两套新衣去用（第三十二回）是她故意要比低黛玉，这或许说得过了一点。因为薛宝钗如果真的是如此大度的话，就不能要求她为避嫌而不去这样做吧？当然，薛宝钗这样做是为了讨好王夫人的动机还是有的。

不过，薛宝钗对林黛玉不怀好意的行为还是尽有的。第二十八回，写众人正在王夫人处，贾母派人来找宝、黛二人过去吃饭，二人因刚闹了点小别扭，结果黛玉不等宝玉便先去了，宝玉于是赌气不去，

　　王夫人向宝钗等笑道："你们只管吃你们的，由他去罢。"宝钗因笑道："你正经去罢。吃不吃，陪着林姑娘走一趟，他心里打紧的不自在呢。"宝玉道："理他呢，过一会子就好了。"

在这里，薛宝钗不仅是显得自己大度了，而且是有意地挑出林黛玉

"他心里打紧的不自在"。这话如果在别处、在别人面前这样说说或许并不算怎样，可她偏偏是在王夫人面前说的，了解王夫人对林黛玉态度的都会明白，它的效果只会加剧王夫人对林黛玉的不满。这话在形式上是对宝玉说的，可她的目的却是说给王夫人听的，这便是薛宝钗特有的语言技巧。可以说，王夫人的讨厌林黛玉，和薛宝钗、花袭人之流在背后的种种言语是分不开的。

说到这一点，就无法避免不谈及薛宝钗的滴翠亭事件了。因为这是一个争议颇多的尖锐问题。第二十七回，写薛宝钗因追扑一双玉色蝴蝶来到滴翠亭上，

> 宝钗在亭外听见说话，便煞住脚往里细听。

原来是宝玉房中的两个小丫鬟红儿和坠儿在说极其私密的悄悄话，内容是贾芸捡了红儿手帕的有关情事。讲了一阵，生怕有人在外头听见，便说要过来把窗槅子推开，以防有人躲在那里听见，

> 宝钗在外面听见这话，心中吃惊，想道："怪道从古至今那些奸淫狗盗的人，心机都不错。这一开了，见我在这里，他们岂不臊了。况才说话的语音，大似宝玉房里的红儿的言语。他素昔眼空心大，是个头等刁钻古怪东西。今儿我听了他的短儿，一时人急造反，狗急跳墙，不但生事，而且我还没趣。如今便赶着躲了，料也躲不及，少不得要使个'金蝉脱壳'的法子。"犹未想完，只听"咯吱"一声，宝钗便故意放重了脚步，笑着叫道："颦儿，我看你往那里藏！"一

面说，一面故意往前赶。那亭内的红玉坠儿刚一推窗，只听宝钗如此说着往前赶，两个人都唬怔了。宝钗反向他二人笑道："你们把林姑娘藏在那里了？"坠儿道："何曾见林姑娘了。"宝钗道："我才在河那边看着林姑娘在这里蹲着弄水儿的。我要悄悄的唬他一跳，还没有走到跟前，他倒看见我了，朝东一绕就不见了。别是藏在这里头了。"一面说，一面故意进去寻了一寻，抽身就走，口内说道："一定是又钻在山子洞里去了。遇见蛇，咬一口也罢了。"一面说一面走，心中又好笑：这件事算遮过去了，不知他二人是怎样。

对于这一事件，过去争议较多的总是薛宝钗是否有意嫁祸给林黛玉，为之争辩者多认为薛宝钗在主观上只是要避开是非，至于口中喊出林黛玉的名字只是因为她刚才便寻过林黛玉，情急之下，自然就会叫着她云云。如果孤立地只是纠缠在这一点上来争论，实在没有什么意思，也永远得不出一个什么结果来，因为作者精心构建的这一段故事，其内容要比这一点丰富得多。

首先，我们必须联系这个故事情节的整体来看。这样就会发现，平日稳重平和、开口便女子要以"贞静"为主的薛宝钗，今日却一反常态，为追扑两只蝴蝶而一路奔跑，以至"香汗淋漓，娇喘细细"，一点也不平和贞静地"一直跟到池中滴翠亭上"，很明显，这是作者有意借两只蝴蝶把她引到这个目的地来，展开以后对她的刻画、描写的。当时的薛宝钗"刚欲回来"，因听见亭内有人说话，"便煞住脚往里细听"。一个"煞住脚"，一个"细听"，便把当时薛宝钗的心态揭露得很深刻：她是一个酷爱获取别人隐私的人；但她同时又是一个绝对不愿让人知道她有这种嗜好的人，她的隐私是不能让别人获取的。因为如果她的这种隐私被人知道了，她就必然会得罪亭内的两个丫头，破坏她平时精心塑造出的形象。

其次在这样的情况下，为了两全其美，二者兼得，既获得了别人的隐私，又不用自己付出代价，"金蝉脱壳"之计就势在必行了。这个计的特点，就是要找一个人来做她的替罪羊。这个人以谁为好呢？那是完全不用考虑的，她呼叫"颦儿"是非常正常的，如果叫了别人反而不正常了。

至于辩者说薛宝钗只是在情急之下不自觉地呼叫了林黛玉而已，其实不然。因为这件事在别人来说，可能会觉得紧张，措手不及，但对镇定老到的薛宝钗来说，却是一点儿也不"急"。你看她对两个丫头的那一番话，句句合情合理，连薛宝钗认为"是个头等刁钻古怪东西"的小红丫头也一点没听出破绽来，认定了刚才是黛玉在此地而且偷听到她们的说话，竟紧张得"半日不言语"。在整个过程中，作者还特别写到薛宝钗"故意放重了脚步"，"一面说，一面故意往前赶"，"一面说，一面故意进去寻了一寻"。在十分短暂的时间里，薛宝钗便有三次"故意"的动作，她哪有一点"急"呢？她既不语无伦次，也不手忙脚乱，一切说得滴水不漏，做得镇静自若，这样高水准的一个"金蝉脱壳"之计，能说她不是有意嫁祸林黛玉吗？

第三，我们退一万步来说，就算她不是有意嫁祸她的情敌林黛玉，难道嫁祸林黛玉之外的其他任何人就可以了吗？这种行为不同样是损人利己、卑鄙可耻吗？如果她确实是因仓促间的一念之差而做了错事的话，事后她应该会感到惭愧和内疚的。可我们看到事后的薛宝钗却是"一面说一面走，心里又好笑，这件事算遮过去了，不知他二人是怎样"。她完全是一副得意的样子，哪有丝毫的愧疚或不安？她关心的是这两个被骗了的丫头会怎样去推想林黛玉听到了会有怎样的后果，而绝对不会去关心被蒙在鼓里的林黛玉会受到怎样的伤害。更可怜小红还为她说出"若是宝姑娘听见，还倒罢了"这样的话来！薛宝钗为人心计城府之深、伪善欺骗性之强，由此虽然才见到一鳞半爪，但也已经足以令人心惊胆寒了！

我们看多了薛宝钗在人前的种种表现，听多了人人对她的赞誉，而这里作者却偏偏写了一大段薛宝钗在人后、在她一个人的时候的言语和行动，而这种独处时的言行恰恰就最能反映一个人的真正面目——这便是作者要揭示出的薛宝钗的真正面目。

薛宝钗对林黛玉的打击、伤害是一贯的，即是在两人由于种种我们这里还无暇来说明的原因后来变得关系至少是表面还很和好时，仍然如此，只是手法特别一点罢了。第五十七回，因紫鹃试探宝玉，戏说林姑娘要回苏州去，引发宝黛一场大风波，同时也是以激烈的方式向众人公开了二人至死不渝的爱情。之后，薛氏母女先后来到了潇湘馆，当林黛玉谈到要认薛姨妈为娘的时候，

> 宝钗忙道："认不得的。"黛玉道："怎么认不得？"宝钗笑问道："我且问你，我哥哥还没定亲事，为什么反将那妹妹先说与我兄弟了，是什么道理？"黛玉道："他不在家，或是属相生日不对，所以先说与兄弟了。"宝钗笑道："非也。我哥哥已经相准了，只等来家就下定了，也不必提出人来，我方才说你认不得娘，你细想去。"说着，便和他母亲挤眼儿发笑。黛玉听了，便也一头伏在薛姨妈身上，说道：

"姨妈不打他我不依。"薛姨妈忙也搂他笑道："你别信你姐姐的话，他是顽你呢。"宝钗笑道："真个的，妈明儿和老太太求了他作媳妇，岂不比外头寻的好？"黛玉便够上来要抓他，口内笑说："你越发疯了。"薛姨妈忙也笑劝，用手分开方罢。

和上回薛宝钗在背地里耍的"金蝉脱壳计"不一样，这次是当面在一起，薛宝钗好像在说说笑笑，挺有亲和力似的。我们若要真正弄清这段故事情节的实在含义，必须先明白两个前提：第一，经过种种变化，钗、黛二人关系显得和睦了，至少在黛玉一面，她是真正消除了对薛宝钗的敌意和戒心，而真诚地信任她。第二，这一情节是紧接着发生在"紫鹃试宝玉"之后，宝、黛二人以激烈的方式向大家公开了他们之间的爱情关系。这时的林黛玉是迫切需要得到她俩这种关系的认同、理解和有力支持的。对薛宝钗如此信赖，甚至要认她妈为娘的林黛玉，自然对薛氏母女更应该是寄予了厚望。然而就是在这样的情况下，薛宝钗却以嬉笑的方式，公然说另有一人已认定了要娶林黛玉，而且此人竟是她家那位花花公子乃兄薛"呆子"、薛霸王，这真不知是从何说起！这样的混话，不但谈不上对黛玉有丝毫的理解和支持，相反，是对黛玉一种极大的亵渎和侮辱。曾有一次，在课间休息的时候，有一位女同学向我说起这件事，她颇为激愤地说：这薛"呆子"是个什么人，贾府中是没有人不知道的。薛宝钗竟敢当着黛玉说出这种话来，简直是对她肆无忌惮的攻击与糟蹋。如果我是林黛玉，即是当面扇她一个耳刮子也不解恨！这位女同学的心情是可以理解的，只是当时当地的林黛玉对这突如其来的攻击恐怕还反应不过来吧，而且即使有所感觉，当着薛姨妈的面她也无法作出过激的举措来。但可怜而又敏感的林黛玉过后会有怎样的感受，也是不难想象得到的。

薛宝钗就是这样一贯都在借各种机会攻击林黛玉，只是她采取的方式不是那么直截了当，让人一眼就能看得出来。这正是她高出夏金桂、赵姨娘乃至王熙凤多多之所在。清人陈其泰曾说："宝钗图谋宝玉亲事，只忌得一个黛玉，必欲离间之，排挤之，书中从不实写一笔，只在对面、旁面描写出来，使读者于言外得之。灵妙绝伦。"[1]此说可谓深得红楼三昧。如果缺少这种见识，是读不懂《红楼梦》，也无缘识得薛宝钗的。

六

前面说了薛宝钗那么多隐蔽、诡秘的言行，看起来，她就好像整天在过着一种行为鬼祟、善变的日子。其实又不然，她的言行还有着截然相反的另一面。她说起来、做起来都显得十分冠冕堂皇、理直气壮，表现得底气充足、十分自信，那就是卖力宣扬封建礼教，自觉地扮演一个封建卫道士的角色。

第三十七回，薛宝钗与兴趣正浓的史湘云在拟菊花诗题的时候，中间竟硬插入一段训话：

> 究竟这也算不得什么，还是纺绩针黹是你我的本等。一时闲了，倒是于你我深有益的书看几章是正经。

1　《桐花凤阁评〈红楼梦〉辑录》，天津人民出版社1981年10月版，第97页。

单看这段话，薛宝钗是颇为反对女子作诗的，更不用说还要结社了。香菱学诗的事似乎更证明了这一点。第四十九回，写香菱热衷学诗，那天夜里正和史湘云高谈阔论如何作诗，薛宝钗又来干涉了：

> 我实在聒噪的受不得了。一个女孩儿家，只管拿着诗作正经事讲起来，叫有学问的人听了，反笑话说不守本分的。一个香菱没闹清，偏又添了你这么个话口袋子，……

薛宝钗说得十分坦率、明白：女孩子作诗乃是"不守本分"，要被"有学问的人""笑话"。《红楼梦》的时代，女孩子作诗是很普遍的事，结社也常见。袁枚、陈文述等还专门招收女弟子教作诗，为她们出诗集。这正是女性摆脱封建传统束缚的一种进步表现。自然，这种行为必然也确实受到了封建卫道士们的讥讽和指责。薛宝钗对史湘云、香菱的训导和批评，清楚地说明她就是这样一个不折不扣的封建卫道士。

然而此人比那些道地的封建卫道士们还要可恶十分。因为既然按她所说，那么她就应该老老实实地去安"守本分"，去干她的"纺织针黹"活计，去读她的"深有益的书"去，然而我们却没见到她在这样做。相反，她在教训史湘云、香菱的同时，却十分认真地教史湘云如何挑选诗题、如何限韵，还大发了一通诗论。她同时还怂恿香菱写了诗"别怕臊，只管拿了给他（指林黛玉）瞧去，看他是怎么说"。这些都说明她并不是那么讨厌作诗的事。试看她后来在诗社作的诗不比别人少，还得了一个咏螃蟹诗的冠军呢，更不用说她在此前还懂得用诗去巴结、讨好她的元妃娘娘了。这种看起来显得颇为矛盾的现象大概只能说明一点，任何事物，尽管是她自己也喜好的东西，但只要是不合封建礼教要求的，她都会自发地用来对别人做一番封建说教。可见此人封建卫道士的本能是何等强固，同时也看出她内心的虚伪。

她的这种情状在后来还有进一步的表现。第六十四回，林黛玉写了一组被宝玉命名为《五美吟》的诗，林黛玉怕他拿出去传给外人而不想让他看到，在场的薛宝钗听了黛玉的意思接着便发话：

> 宝钗道："林妹妹这虑的也是。……倘或传扬开了，反为不美。自古道'女子无才便是德'，总以贞静为主，女工还是第二件。其余诗词，不过是闺中游戏，原可以会可以不会。咱们这样人家的姑娘，倒不要这些才华的名誉。"

比之前面所说，薛宝钗的要求又前进了一大步。原来作为"你我的本等"的"女工"，现在已降为"第二件"了，第一件乃是"无才"——包括会做"纺织针黹"的才一，要以"贞静为主"，就是什么也不会。她把封建统治者对妇女的压迫与束缚推向了极致。可偏偏就在这同时，她又主动向林黛玉讨那五首诗看，岂不滑稽可笑？难怪林黛玉会冷冷地回答她说："既如此说，连你也可以不必看了。"可以说，这是对薛宝钗上述言行的极大讽刺。

薛宝钗的封建卫道行为当然远远不止是表现在反对众女儿作诗上，而是监控在一切方面，谁稍有"越轨"行为，她就不会放过。

第四十回，贾母率领众人连同刘姥姥游大观园并行酒令，林黛玉因怕罚酒，脱口说了两句《牡丹亭》《西厢记》里的句子，当时便"宝钗听了，回头看着他"。至第四十二回她又专门找了一个机会，把林

黛玉叫到蘅芜苑中进行个别谈话:

> 进了房,宝钗便坐了笑道:"你跪下,我要审你。"……宝钗冷笑道:"好个千金小姐!好个不出闺门的女孩儿!满嘴说的是什么?你只实说便罢。"……宝钗笑道:"你还装憨儿。昨儿行酒令你说的是什么?我竟不知那里来的。"……宝钗笑道:"我也不知道,听你说的怪生的,所以请教你。"

薛宝钗经过一阵"装憨""冷笑"等手段镇服了黛玉之后,对黛玉又进一步作正面说教:

> 所以咱们女孩儿家不认得字的倒好。男人们读书不明理,尚且不如不读书的好,何况你我。就连作诗写字等事,原不是你我分内之事,究竟也不是男人分内之事。男人们读书明理,辅国治民,这便好了。只是如今并不听见有这样的人,读了书倒更坏了。这是书误了他,可惜他也把书遭塌了,所以竟不如耕种买卖,倒没有什么大害处。你我只该做些针黹纺织的事才是,偏又认得了字,既认得了字,不过拣那正经的看也罢了,最怕见了些杂书,移了性情,就不可救了。

薛宝钗的这一长串话语,唠唠叨叨,语无伦次,除了借机骂了男人(大概只是说贾宝玉吧,因为她到底也没见过几个其他男人)一通之外,比之以前说过的,并无任何新意。她的这种表现,只是说明她是在自觉履行她的卫道士的职责罢了。

事实也确是如此。第五十六回，她因参与贾府理家，与探春等议事时，因探春随便说了一句朱熹的《不自弃文》是"虚比浮词"，薛宝钗立即反驳道：

> 朱子都有虚比浮词？那句句都是有的。你才办了两天时事，就利欲熏心，把朱子都看虚浮了。你再出去见了那些利弊大事，越发把孔子也看虚了！

这里的问题不在于朱熹的话里是否有"虚比浮词"，而在于只要有人表现出对朱熹的话稍有不恭，薛宝钗便要挺身而出，捍卫朱熹的尊严和地位。朱熹是封建社会后期理学的代表人物，在明清两代被提到儒学正宗的地位，他提出"存天理，去人欲"，成为被压迫者反抗统治者的精神枷锁。他的学说是封建统治阶级统治、奴役人民的理论工具，薛宝钗如此崇奉他，不容别人对他有丝毫的触犯，正生动地反映了她作为封建卫道士的真正面目。

作为一个自觉的封建卫道士，薛宝钗的行为不但是积极主动的，而且是任劳任怨、不怕挫折、尽心尽责的。花袭人就为我们透露了一个很好的例子。

第三十二回，因史湘云对贾宝玉随便劝了几句要"谈谈讲讲些仕途经济的学问"之类的话，便被贾宝玉当面抢白了两句，史湘云还没有来得及作出反应，袭人就过来打圆场了：

> 云姑娘快别说这话。上回也是宝姑娘也说过一回，他也不管人脸上过的去过不去，他就咳了一声，拿起脚来走了。

这里宝姑娘的话也没说完，见他走了，登时羞的脸通红，说又不是，不说又不是。幸而是宝姑娘，那要是林姑娘，不知又闹到怎么样，哭的怎么样呢。提起这个话来，真真的宝姑娘叫人敬重，自己讪了一会子去了。我倒过不去，只当他恼了。谁知过后还是照旧一样，真真有涵养，心地宽大。

这贾宝玉可真是个愚顽的"混世魔王"，人家苦苦相劝，你不听也就罢了，竟然当面如此给人难堪，这宝姑娘几时受过这样的委屈啊！难怪花袭人要为之担心了。殊不知正如古话说的，"魔高一尺，道高一丈"，你贾宝玉再张狂，我宝姑娘只不往心里去，真真是"有涵养，心地宽大"了。薛宝钗不仅对此不介意，而且"过后还是照旧一样"：这"一样"不但是袭人说的"不恼"，而且还是要"一样"地继续向这"魔王"挑战，继续教训他。

果然第三十六回又写到，贾宝玉挨打之后，得到贾母的庇护、偏袒，更加不务正业，只在园中"闲消日月"，对此，又有"宝钗辈（此'辈'中自是花袭人了）见机导劝"。而贾宝玉的反应仍然是：

> 反生起气来，只说："好好的一个清净洁白女儿，也学的钓名沽誉，入了国贼禄鬼之流。这总是前人无故生事，立言竖辞，原为导后世的须眉浊物。不想我生不幸，亦且琼闺绣阁中亦染此风，真真有负天地钟灵毓秀之德！"

贾宝玉的话可是骂得越来越厉害、越来越凶狠了。书上没有写到薛宝钗对此有何反应，但我们有了前面的经验，就完全可以想到，薛宝钗是不会把它当一回事的。为什么会这样？薛宝钗真的是那么心地宽广、有涵养吗？其实并不然。试看第三十回，贾宝玉无心对薛宝钗只说了一句"怪不得他们拿姐姐比杨妃，原来也体丰怯热"。结果是

> 宝钗听说，不由的大怒，待要怎样，又不好怎样。回思了一回，脸红起来，便冷笑了两声，说道："我倒像杨妃，只是没一个好哥哥好兄弟可以作得杨国忠的！"二人正说着，可巧小丫头靛儿因不见了扇子，和宝钗笑道："必是宝姑娘藏了我的。好姑娘，赏我罢。"宝钗指他道："你要仔细！我和你顽过，你再疑我。和你素日嘻皮笑脸的那些姑娘们跟前，你该问他们去。"说的个靛儿跑了。

请看，就为这么一句无心的玩笑话，薛宝钗竟如此"大怒"。发话如此尖刻，对小丫头如此指眼戳鼻，把小丫头都吓跑了。不仅如此，紧接着还立即借看戏的事，冷嘲热讽，说得宝、黛二人"早把脸羞红了"。连王熙凤都感到一股十分"辣辣"的火药味。在这里，何曾见宝姑娘有什么"涵养"和"心地宽大"呢？

　　这样对比一下来看，我们会明显地发现，薛宝钗就其本性来说，并不像花袭人所歌颂的那样宽宏大量，但她在对宝玉进行说教时又确实是表现得那么不屈不挠、无怨无悔；或许也可认为，薛宝钗是深信自己的所作所为绝对正确，真理在手，而贾宝玉的种种逆反，只是一种"愚顽"的表现，正可不必与之计较，因此她才会反复地、自信地进行她的说教。而这也就有力地说明，薛宝钗是一个忠实、卖力的封建卫道士。是她，一手调教出了她的"影子"花袭人，她也影响过史

湘云，还对其他许多人的违规行为进行了阻遏。贾宝玉在批判"国贼禄鬼"之流时，曾慨叹"琼闺绣阁中亦染此风"，其实就薛宝钗来说，就远远不止是"亦染此风"的问题，她实际上成了大观园里"此风"的主要源头。同样一个封建卫道士贾政的作用是远远不能望其项背的。

读完本章的全部内容后，我们就分明地看到，作者是用了两副不同的笔墨，有力地刻画了薛宝钗性格的两个不同侧面，这两个方面骤看起来是这样截然相反，一种的言行极为隐蔽、缩敛，一种的言行极为豁显、张扬，然而这两者之间又有着紧密的内在联系，收到相得益彰的艺术效果。正是由于作者充分地描绘了她作为封建卫道士的这个方面，才使人更觉得她阴暗虚假做人的一面十分可怕。又因为作者入微地暴露了她虚伪奸巧的灵魂，才更使得她正人君子的道学面目尤其可憎。这两者的有机结合，就使得薛宝钗这个人物形象显得更集中、更典型，因而也更有社会意义。

钗黛之比较

前面两章，我们专门就林黛玉和薛宝钗分别做了论述，虽然已经花了不少篇幅，但由于这两个人物形象内涵的丰富性，使得已经说到的内容只是顺着一条主线一直说下去，并未旁及其他的许多丰富内容，因此还远未能揭示出这两个人物的全貌；当然，由于本书的着重点不在全面分析两个典型形象，而在比较辨析这两个人物的美丑妍媸，所以对其他许多内容的揭示，我们还需要通过其他方法来进行。在文艺创作的繁多手法中，有一种常见的对比手法，它可以把相反的两种事物映照得相得益彰，特点鲜明，从而收到突出的分辨效果。因此，我们也就自然可以采用这种方式来进一步辨析钗、黛这两个人物了。

　　而恰恰，在《红楼梦》的艺术宝殿里，对比是一种运用得最为广泛的方法，其形式多种多样，有正比、反比、暗比、远比、近比、虚比、实比等等。它们变化多端，运用自如，作者在表述故事情节、描绘场景、人物塑造等方面都大量采用了这种艺术手法。尤其是在人物形象的塑造上，这种手法更是无所不在，它把许多同类的人物一个个对比得个性鲜明，呼之欲出。如兄弟间的贾赦与贾政、宝玉与贾环，姐妹间的迎春与探春、尤二姐与尤三姐，妯娌间的王熙凤与李纨，丫鬟间的袭人与晴雯、紫鹃与莺儿等。而在这方面运用得最多、最成功的则莫过于林黛玉与薛宝钗的对比了。前面两章在对二人的评述中可以说在大的方面已含有不少对比的成分，下面我们还要在一些大大小小、不同侧面、不同层次的具体问题上将二人进行对比，这对于我们的辨析工作来说，也许有着不可替代的巨大作用。俗话说：不怕不识货，就怕货比货。在这里更足以显出它是一句十足的至理名言。

美丽神话与"和尚说的"

　　《红楼梦》里贾宝玉、林黛玉、薛宝钗的婚姻爱情故事，是全书的重要主线之一，也是作为百科全书式的作品中的一个十分重要的内容，缺少它，也许就根本无法演出这么一曲"怀金悼玉"的"红楼梦"。它的内容即使抽出来单独另编一个故事，也同样会十分感人，越剧《红楼梦》就是很好的例子。

　　中国古代一些有名的爱情故事，往往都有一个民间传说中的神话故事作为它发生的由来或背景，它使得整个故事显得更为优美、动人，更有亲和力，因而该故事及其男女主角都能得到读者（或观众）的认同和支持，产生情感上的共鸣。如经典传统剧目中的《白蛇传》《天仙配》就是最好的例子。它们就写了白蛇、七仙女下凡分别与许仙、董永的爱情故事，获得了很大的成功。

　　宝、黛、钗之间的爱情婚姻故事又怎样呢？恰好宝黛之间的爱情，也有一个十分美丽的神话故事作为山头，它就写在《红楼梦》的开卷第一回：

　　　　只因西方灵河岸上三生石畔，有绛珠草一株，时有赤瑕宫神瑛侍者，日以甘露灌溉，这绛珠草始得久延岁月。后来既受天地精华，复得雨露滋养，遂得脱却草胎木质，得换人形，仅修成个女体，终日游于离恨天外，饥则食蜜青果为膳，渴则饮灌愁海水为汤。只因尚未酬报灌溉之德，故其五内便都结着一段缠绵不尽之意。恰近日这神瑛侍者凡心偶炽，乘此昌明太平朝世，意欲下凡造历幻缘，已在警幻仙子案前挂了号。警幻亦曾问及，灌溉之情未偿，趁此倒可了结的。那绛珠仙子道："他是甘露之惠，我并无此水可还。他既下世为人，我也去下世为人，但把我一生所有的眼泪还他，也偿还得过他了。"因此一事，就勾出多少风流冤家来，陪他们去了结此案。

和同类的"下凡造历幻缘"的神话故事比起来，这个故事显得特别人性化，富有人情味，当事人感情诚挚、深沉；"还泪"之说不但构思新颖，富有创意，同时充满了缠绵不尽的悲凉意味，为一个凄婉的悲剧结局奠定了厚重的基础，富有吸引力。宝、黛爱情故事如此感人就不是偶然的了。还可注意的一点是，这故事的末尾还说道："因此一来，就勾出多少风流冤家来，陪他们去了结此案。"这说明《红楼梦》里的许多爱情故事，都是宝、黛爱情故事的配角，宝、黛乃是主角，足见其地位和分量。

而贾宝玉和薛宝钗之间的情缘故事，不但没有宝、黛之间那样的分量和地位，也没有一个神话故事作其背景和由头。但它倒也有一种说法，那就是有那么一个不知来路的和尚，不知为何他给薛宝钗送来一把金锁，并赠有两句吉利话"不离不弃，芳龄永继"刻在锁上，还说将来终身大事一定要找一个有玉的才可匹配。不过这层意思并不是有一个什么故事叙说出来，而是从薛姨妈的口里传播出来的。读者能看到的有关材料有两处：一是第二十八回写道：

薛宝钗因往日母亲对王夫人等曾提过"金锁是个和尚给的，等日后有玉的方可结为婚姻"等语，所以总远着宝玉。

另外一处是第三十四回，薛蟠因和宝钗斗嘴说不过她时，情急之下，

　　因正在气头上，未曾想话之轻重，便说道："好妹妹，你不用和我闹，我早知道你的心了。从先妈和我说，你这金要拣有玉的才可正配，你留了心。见宝玉有那劳什骨子，你自然如今行动护着他。"

原来，这金要配玉之说，我们并没有亲自看到这来路不明的和尚是何时、何地、具体如何对薛姨妈说的，薛姨妈所传播的信息只是一个二手材料，而且就连这二手材料也不是亲耳从薛姨妈那里听来的，而是从薛家兄妹那里获得的一点没头没脑的大概消息。

　　这样一来，这金配玉之说就纯粹成了一个概念，它没有故事，没有情节，更谈不上什么美丽动人之类，因此，就根本没有任何感染力。这和尚说的消息来源，其真实性也自然招人怀疑，因为谁能证实这么一个虚无缥缈的消息的来历呢？薛姨妈可是一个很会编说故事的人，第五十七回，她在潇湘馆里给林黛玉讲月下老人的故事，就曾经使林黛玉听得"怔怔的"，迷惑力还不小呢！

　　自然，也就因此必然会有人认为和尚之说乃是假的，这完全合乎情理。因为薛姨妈就是一个十分会做假的人。清人许叶芬在其《红楼

梦辨》中说："宝钗之伪，人或知之，不知薛姨妈之伪，尤甚于其女。"[1]
她要编出个把类似金玉之说的故事来骗倒一些人是丝毫也不奇怪的，
更不要说她自己的家人了。

其实，"金玉"之说是真是假，在这里倒不是一个重要的问题，
因为即使是真的吧，它比起"还泪"说的神话故事来，无论从哪个角
度来说，它都显得黯然无光，根本不可同日而语。

而林黛玉与薛宝钗就分别是这样两个故事中的主角。

1 《红楼梦卷》，中华书局，1963年，第229页。

"金玉"与"木石"

由于在上一节所说到的原因，人们就很自然地会把贾宝玉与薛宝钗、贾宝玉与林黛玉的婚姻爱情关系概括（或简称）为"金玉良姻"和"木石前盟"。这种称呼最早是出现在第五回的《红楼梦曲·终身误》的开头："都道是金玉良姻，俺只念木石前盟。"它很快地、一致地为读者和研究者所接受并应用。原因是这种概括与实际情况很贴切，因为贾宝玉有玉，而薛宝钗则有金（锁）；同样，林黛玉的前身是一株绛珠仙草（木），而贾宝玉则为石头幻化而来。

"金玉良姻"与"木石前盟"这两个词语的产生可以说是再自然不过了，它是显得那样的不经意却又那么无可置疑地为大家所接受。然而这两个似乎极为简单的词语，尤其是当它们并列而呈现出来的时候，却又包含着极为丰富的内容，特别在我们要将薛宝钗与林黛玉加以对比的时候，它更具有十分重要的意义。

原因就在于"金玉"与"木石"就是一对内涵极其尖锐对立的词语。

"金玉"的意思大家容易理解，它就是富有、高贵的意思。《红楼梦》第五回里妙玉的判词有"可怜金玉质，终陷淖泥中"，也是这个意思。用这个词语来标示薛宝钗与贾宝玉的婚姻关系，可谓十分贴切，因为两人皆出身赫赫有名的"四大家族"，有权有势，炙手可热；自然，两家又都十分富有，一家是"贾不假，白玉为堂金作马"，一家是"丰年好大雪，珍珠如土金如铁"。皆富可敌国。这样的姻缘，不正是十足道地的金玉良缘吗？

而木石呢？就得多做一点阐释了。

在中国的传统思想文化里，"木石"常常代表着一种精神，一种思想境界。这是什么样的精神和境界呢？不妨先举一些例子来看看。最早这个词语的出现是在《孟子》：

> 舜之居深山之中，与木石居，与鹿豕游。[1]

这里虽还未表达出一种明确的思想含义，但作为圣人的舜，在深山里喜与木石居住在一起，也反映出一定的倾向性了。而以后的例子则不同，都表现了确切的思想内涵，但显然它们皆源自《孟子》。

晋人阮籍的《大人先生传》，借隐士之口，不满当时"上古质朴淳厚之道已废，而末枝遗叶并兴……"的状态，明确提出了

> 吾不忍见也，故去而处兹。人不可与为俦，不若与木石为邻。[2]

阮籍首先表示，在世风浇漓的俗世，没有可以为伴的人，不若和木石相邻还更好。阮籍的这种思想，可以说在后世的许多高洁自好的士人中产生了巨大的、长远的影响，完全可以说，形成了一种精神共识。

1　《孟子·尽心上》，商务印书馆，年代不详。

2　《阮籍集》，上海古籍出版社，1978年，第67页。

这在一些著名文人的诗文书画中颇不少见。

唐代诗人、古文大家的柳宗元，在被贬永州时，既有政治上被排斥的愤懑，又有新居地的人文环境不适应的烦恼，于是在《与萧翰林俛书》中也提出：

用是更乐瘖默，思与木石为徒，不复致意。[1]

他对世俗的一切似乎都厌弃了，只剩下木石可以相处了。

北宋的苏轼，是一位诗文书画皆精的大家，由于种种原因，他的画多被焚毁，流传到今天的只有弥足珍贵的一幅画，恰恰这幅画就名为《木石图》。图中画了一块大石，压着一株干枯的弯树，作怪奇状。在石头缝里和树根旁边分别长出了一些幼竹和嫩草。苏轼的友人米芾在《画史》中称此画发泄出苏轼胸中的一股"盘郁"[2]不平之气。此画据考乃苏轼被贬官杭州时所作，虽然他自己没有题字，但可想象与上述柳宗元的情状是完全一致的。

与曹雪芹同时有一个著名的性灵派诗人袁枚，他是一个有名的风流才子，他有许多与世俗人迥异的思想言行，更是一个大力倡导木石精神的人。如：

心与木石交，家与老农居。[3]（《秋夜杂诗》）

1 《柳宗元集》，中华书局，1979年，第798页。

2 《宋人画论》，湖南美术出版社，2000年，第161页。

3 《小仓山房诗文集》，上海古籍出版社，1988年，第231页。

宁与木石居，不与俗子俱。[1]（《偶然作》）

他为什么这样喜爱木石而讨厌"俗子"呢？不妨再读一下《偶然作》的全诗：

> 开卷见古人，开门见今人。
> 古人骨已朽，情性与我亲。
> 今人乃我类，嚼蜡闻语言。
> 宁与木石居，不与俗子俱。
> 欲见何代人，但翻何代书。[2]

原来袁枚是爱古人而厌今人，但今人并不是所有的人，那些与他同类的今人，比如朴实的农民他还是喜欢的，所以愿意"家与老农居"。具体来说，他所厌的同类今人，就是官场的那些同僚，因为这是一个最为鄙俗又最卑污的世界，明了这一点，我们也就会理解他为什么会这么早就辞官归隐了。

　　说到这里，我们再回头来看看阮籍、柳宗元、苏东坡等人。他们都是一些有愤世嫉俗思想性格的人，他们产生"木石"情结的内涵和原因都是相通的，也就因此，尽管这些人的世界观、思想性格都是复杂的，但他们又都同时具有不同流俗，高超劲洁的可贵一面。为此，袁枚竟可在三十九岁时辞官而去，归家而"宁与木石居，不与俗子俱"

1　《小仓山房诗文集》，上海古籍出版社，1988年，第284页。
2　《小仓山房诗文集》，上海古籍出版社，1988年，第284页。

了。在当时来说，袁枚还不是绝无仅有的一个。他的好友，著名的"扬州八怪"之首郑板桥也是在做了二十年官之后，因与上级不合挂冠而去。郑板桥有两幅著名的《竹石图》并题诗，名称略有小异，与"木石"精神也是完全一致的。

现在，我们就可以回到前面来了。既然"金玉良姻"是代表一种最世俗的、充满铜臭的封建统治阶级间的姻缘，那么，"木石前盟"自然就意味着是一种代表了超世脱俗、高雅劲节者之间的爱情。这两者是泾渭分明、天壤有别的。把他们同时对举出来，其性质自然是对立的，而不是并肩的。而薛、林二人就分别是这对立双方的主角，应该如何给她俩定位难道还不确定无疑么？

钗黛的对立在作品中可以从许多方面表现出来，而其中又有不少可以归结到俗与脱俗的对立这一重要基点上来。当然，其具体内容又是丰富厚实，多彩多姿的。

钗黛之辨

俗美与仙姿

前面两节，可能会使人觉得稍微虚了一点，因为它没有直接写到钗、黛两人本身，但它却有重要的总括作用，可以说是后面诸多内容的基础，所以还得先说它。

现在，就可以具体地来说到这两个人物形象了。我们不妨由表及里，先说说这两个人的外观形象吧。薛宝钗与林黛玉哪个长得更美、更漂亮？读者和同学中都存在过这样的议论。我们无须先去谈它，还是先看看书中对二人外貌的具体描写吧。

先说薛宝钗，书中写到她的相貌共有两次，第一次在第八回，贾宝玉去探望在家养病的薛宝钗，来至里间门前，

> 宝玉掀帘一迈步进去，先就看见薛宝钗坐在炕上作针线，……（按，删去的是薛宝钗的服饰）唇不点而红，眉不画而翠，脸若银盆，眼如水杏。

第二次在第二十八回，也是从宝玉眼中写出来：

> 再看看宝钗形容，只见脸若银盆，眼似水杏，唇不点而红，眉不画而翠，比林黛玉另具一种妩媚风流，……

这两处描写，除了句子顺序有所颠倒之外，内容上可以说是完全一样的。也就是说，它们描绘出了一个共同的少女形象，她洁白的脸蛋，水杏般的眼睛，鲜红的嘴唇，黑黑的眉毛，应该说是相当美的。事实上也是如此，因为各方面的信息都说明了这一点。如第四回作者在介绍宝钗时就曾约略说到她"生的肌骨莹润，举止娴雅"。第五回薛氏一家来到贾府时，书上又写到"如今忽然来了一个薛宝钗，年岁虽大不多，然品格端方，容貌丰美，人多谓黛玉所不及"。还有第六十五回，兴儿向尤氏姐妹介绍贾府诸多人物，说到钗、黛二人时，并称她们"真是天上少有，地上无双"。这自然也是说她们的容貌。正因为薛宝钗是美的，所以有时才能吸引贾宝玉的眼球，以至看得发呆（第二十八回）。如果薛宝钗不美，恐怕她也进不了"金陵十二钗"之列了。自然，也有人认为薛宝钗是不美的，甚至很丑。比如有人就曾说薛宝钗的脸很大，像一个脸盆，多难看！这其实是一种无知，把"银盆"当成"脸盆"了。其实，"银盆"一词，在古代的小说、戏剧中并不少见，都是对女孩光洁脸庞的赞美，绝非贬词。不过这倒也提示了我们一点，薛宝钗是美的，同时也是一种传统女性共有的美，没有任何超常之处。鲁迅的《中国小说史略》对薛宝钗外貌的评价是"颇极端丽"[1]，既"丽"且"端"，可以说是极概括地道出了这样的特点。作者不嫌重复，两次写她的外形却又完全相同，也许正是要告诉大家，薛宝钗就是这样一个已经定型了的传统美人，丝毫也不能走样；她也是一个世俗化了的美人，所以人见人赞，都会认同她的美。

而林黛玉却不同了，书中写到她的外貌只有一次，那是在第三回

1　《中国小说史略》，人民文学出版社 2006 年 12 月版，第 235 页。

　　　　　　　　　　　　　　　　　　　　　　　　钗黛之辨

黛玉初进贾府时，贾宝玉与林黛玉第一次相见，

> 厮见毕归坐，细看形容，与众各别：两弯似蹙非蹙罥烟
> 眉，一双似喜非喜含情目。态生两靥之愁，娇袭一身之病。
> 泪光点点，娇喘微微。闲静时如姣花照水，行动处似弱柳扶
> 风。心较比干多一窍，病如西子胜三分。

这里对林黛玉形容相貌的描写，不像对薛宝钗那样把脸眉嘴眼样样俱
写到，而只是集中写了她的眉眼，因为一个人最为传神之处，就在于
眉眼之间，把它写好了，就可精神全出。这里所写黛玉的眉眼也和写
宝钗的手法不同，它没有将其写到实处，如宝钗的"水杏眼""点翠眉"
之类，而是两处都用了"似×非×"的笔法，加上其中又用了"喜"
和"蹙"两个动词，这就使黛玉的眉眼间流淌着一种既含蓄又朦胧的
动态美，与宝钗定型的静态美截然不同。它究竟美在那里，我也无法
用文字把它具体描摹出来，像描摹薛宝钗的美那样，只有各人去发挥
想象了。

　　还有与描写薛宝钗不同的是，作者不仅写了林黛玉的相貌之美，
还用了更多的文字重点写了她的体态举止，并一直写出了她的聪明内
秀。这样，这个林黛玉的形象就呈现为一个漂亮灵秀，婀娜娇俏，柔
弱多愁的活生生的人。她的神韵和气质都写出来了，而不仅仅是一张
漂亮的面孔，更不是一张人人都熟悉的传统定型的面孔。

　　林黛玉是美丽的，她的美是过去没有的。所以对许多人来说这种
美是陌生的，所以贾府众人会因为只熟悉薛宝钗那种美而"多谓黛玉
所不及"，所以薛宝钗乃是一种世俗之美而广为世俗之人所认同和接

受，所以黛玉之美不但一时无人能够理解，而且是众人所不能感受得到，更遑论她的神韵和气质了。

然而，世界上的事情总是有例外的，林黛玉的美自然会有能够赏识甚至倾倒的人，那便是也必然会是贾宝玉。事实也正是如此，就在宝黛见面之时，贾宝玉就当众称林黛玉是：

> 这么一个神仙似的妹妹。

既是"神仙似的"，自然就与尘世的人不同。贾宝玉的话又使我们想起第二回贾雨村对冷子兴说到自己的女学生林黛玉时，也说她：

> 怪道我这女学生言语举止另是一样，不与近日女子相同，
> 度其母必不凡，方得其女。

不要以为贾雨村是个贪官就瞧不起他的说话了。须知贾雨村乃是在葫芦案之后才变坏的，这是封建官僚制度所决定的。在此之前，贾雨村还是有不少可取之处，如他在同时发表的对贾宝玉的看法以及"正""邪"二赋之说，就颇有见地，高出同时人如贾政之辈多多。否则，作者也许就不会安排他来担任林黛玉的启蒙教师了。

综合以上二人的看法，可知林黛玉是"神仙似的"，是"不凡"，是"不与近日女子相同"，这里说的是她的整个人，当然也包括了她的相貌。所以，如果说薛宝钗乃是一种世俗之美的话，那么林黛玉之美虽然我们还不能把它具体化，但却可以说，她乃是脱俗不凡之美。所以，薛宝钗之美在每个人心中皆是相同的实在的美，而林黛玉呢？

就只能每个人心中都有一个林黛玉了。

钗、黛二人应该都是美的，却是分属于不同境界的美。她们的美有仙凡之别。

见人与见物

　　《红楼梦》的叙事方法有一个重要特点，就是在写人状物的时候，很少由作者出面来述说，而常常是通过书中人物用不同的方法表现出来。如上一节说到的刻画钗、黛不同境界的美，就不是作者直接来做描绘，而是通过书中人物贾宝玉眼之所见传达出来。但这种方法的效果是双向的、互动的，这样做不但刻画了钗与黛，同时贾宝玉本身也在这过程中得到了刻画。因此这是一种比作者亲自出来描写其难度要大得多的方法，因为这样做作者必须充分了解他笔下的人物特点以及他们之间的关系，尤其要恰到好处地把握住它的分寸，要说清楚这个问题须得一篇大文章，这里只是简略、初浅地就钗、黛比较有关的问题说上几句。

　　根据上面双向、互动之说的道理，我们就可以反过来，通过钗、黛二人与宝玉初次相会的各自所见，不但描绘了宝玉，而且可以因她们二人眼光的不同而形成鲜明的对比，同时也就深刻地表现了两者之间的不同。

　　依次序我们先来看黛玉眼中之宝玉。在第三回二人初次见面时共有两次描写，第一次写宝玉从外面回来，丫鬟禀报未完，黛玉正在想这宝玉"不知是怎生个惫懒人物，懵懂顽童"时，只见已进来了一位年轻的公子：头上戴着束发嵌宝紫金冠，齐眉勒着二龙抢珠金抹额，穿一件二色金百蝶穿花大红箭袖，束着五彩丝攒花结长穗宫绦，外罩石青起花八团倭缎排穗褂，登着青缎粉底小朝靴。面若中秋之月，色如春晓之花，鬓若刀裁，眉如墨画，面如桃瓣，目若秋波。虽怒时而若笑，即瞋视而有情。项上金螭璎珞，又有一根五色丝绦，系着一块美玉。黛玉一见，便吃一大惊，心下想道："好生奇怪，倒象在那里见过一般，何等眼熟到如此！"

打过一个照面后，宝玉便进内去换了衣服再出来，黛玉再看时，又见

头上周围一转的短发，都结成小辫，红丝结束，共攒至顶中胎发，总编一根大辫，黑亮如漆，从顶至梢，一串四颗大珠，用金八宝坠角；身上穿着银红撒花半旧大袄，仍旧带着项圈、宝玉、寄名锁、护身符等物，下面半露松花撒花绫裤腿，锦边弹墨袜，厚底大红鞋。越显得面如敷粉，唇若施脂，转盼多情，语言常笑。天然一段风骚，全在眉梢，平生万种情思，悉堆眼角。

贾宝玉是全书的主角，他的第一次亮相，不如此重笔复写，不足以尽出其精神，也不足以消去林黛玉原来心中对他的负面想象。当然，他的这次重要亮相，作者是、也必定是安排在从林黛玉的眼中来写出。

下面我们再来看看薛宝钗眼中的贾宝玉又是怎样一个形象，以便

加以比较。那是在第八回宝玉去薛姨妈家，书中第一次写宝玉与宝钗单独相见的时候，宝钗一面给他让座

> 一面看宝玉头上戴着累丝嵌宝紫金冠，额上勒着二龙抢珠金抹额，身上穿着秋香色立蟒白狐腋箭袖，系着五色蝴蝶鸾绦，项上挂着长命锁，记名符，另外有一块落草时衔下来的宝玉。

两相对照，每一个读者都会很容易发现，一个同样的贾宝玉，在钗、黛二人眼中，确实如此明显的不同。在林黛玉眼里，两次看到的宝玉，固然都有身上的装束打扮，但更吸引她的是对方的面貌形容，从面、鬓到眉、目皆见到，还能感受到他在不同情状下的感情，第二次更深入一步观察到从他的眉梢与眼角传达出的风骚与情思。这样，就不但看清了贾宝玉的外形相貌，而且能感受到他的气质风韵，因此即时就产生了一种精神上的共鸣："好生奇怪，倒像在那里见过一般，何等眼熟到如此！"可以说，未曾交谈，便已心灵相通了。

而在薛宝钗眼里呢？她只看到贾宝玉从头上到额上到身上的衣着，而其面貌形容却一概视而不见，而且当看到脖子上的饰物时，她的眼光就特别仔细，从长命锁到寄名符，一直到那块"宝玉"时，她的眼光就打住了，再也看不见别的东西了，接下来便是说"成日家说你的这玉，究竟未曾细细的赏鉴，我今儿倒要瞧瞧"。再接下来便是"说着便挪近前来"。下面便是演出了一场"比通灵，识金锁"的好戏了。

很明显，林黛玉见到的是一个人，一个可以与之心灵沟通的人；

薛宝钗面前尽管也站着一个人，但她见到的只是物，尤其是那块"宝玉"。它们的含义天差地别，不可比拟。

眼睛是心灵的窗户，我们从两个人的窗户里看见了钗与黛的不同的心灵。

正是这种不同的心灵，还导致出后面的许多不同。

"冷香"与体香

　　林黛玉与薛宝钗在作者的心目中，有仙凡之别的概念，是十分深刻的，甚至在很细微的事情上，作者也要把她们加以比较，以体现出这种意识来让读者知晓。这里不妨举一个这样的例子。

　　第八回写贾宝玉去薛姨妈住处探望薛宝钗，薛宝钗正在导演"比通灵"的好戏时，

　　　　宝玉此时与宝钗就近，只闻一阵阵凉森森甜丝丝的幽香，竟不知系何香气，遂问："姐姐熏的是什么香？我竟从未闻见过这味儿。"宝钗笑道："我最怕熏香，好好的衣服，熏的烟燎火气的。"宝玉道："既如此，这是什么香？"宝钗想了一想，笑道："是了，是我早起吃了丸药的香气。"宝玉笑道："什么丸药这么好闻？好姐姐，给我一丸尝尝。"宝钗笑道："又混闹了，一个药也是混吃的？"

原来薛宝钗身上会散发出一种香气，但它的源头是来自她常服用的一种丸药。熟悉薛宝钗的人一定会知道，这种丸药便是有名的"冷香丸"了。而这"冷香丸"又是一种什么阿物儿呢？在第七回薛宝钗曾给周瑞家的谈到，这冷香丸是一个"秃头和尚"给的方子，按下面"把人琐碎死了"的法子炮制出来的：

要春天开的白牡丹花蕊十二两，夏天开的白荷花蕊十二两，秋天的白芙蓉蕊十二两，冬天的白梅花蕊十二两。将这四样花蕊，于次年春分这日晒干，和在药末子一处，一齐研好。又要雨水这日的雨水十二钱，……白露这日的露水十二钱，霜降这日的霜十二钱，小雪这日的雪十二钱。把这四样水调匀，和了药，再加十二钱蜂蜜，十二钱白糖，丸了龙眼大的丸子，盛在旧磁坛内，埋在花根底下。若发了病时，拿出来吃一丸，用十二分黄柏煎汤送下。

不厌其烦地把据说是秃头和尚传授的这"海外仙方"抄录下来，是为了说明这冷香丸确是用一种刻意到令人"琐碎死了"的法子做出来的。大概由于这众多的花蕊，加上雨露霜雪，还有那药引子黄柏都是大寒凉之物，蜂蜜、白糖自然是甜的，而花蕊自然有香气，所以吃了它自然会有"一阵阵凉森森甜丝丝的幽香"散布出来了。

可巧的是，书中除了写到薛宝钗身上有香气之外，单单还有唯一一个林黛玉身上也有香气，这就又形成一种对照了。林黛玉的香气是怎么一回事呢？第十九回，宝、黛二人对面躺着说话，那贾宝玉

只闻得一股幽香，却是从黛玉袖中发出，闻之令人醉魂酥骨。宝玉一把便将黛玉的袖子拉住，要瞧笼着何物。黛玉笑道："冬寒十月，谁带什么香呢。"宝玉笑道："既然如此，这香是那里来的？"黛玉道："连我也不知道。想必是柜子里头的香气，衣服上熏染的也未可知。"宝玉摇头道："未必，这香的气味奇怪，不是那些香饼子，香毬子，香袋子的香。"

黛玉冷笑道：“难道我也有什么‘罗汉’‘真人’给我些香不成？便是得了奇香，也没有亲哥哥亲兄弟弄了花儿，朵儿，霜儿，雪儿替我炮制。我有的是那些俗香罢了。”

从宝黛二人的对话中我们了解到，林黛玉身上的香味儿不是一般世俗人常用的香饼子、香毬子、香袋子散发出的香，也不是薛宝钗所特有的那种丸药的香，那么我们只能说，林黛玉的香味儿只能是一种天生自然的体香。体香之说，古已有之。很早前就传说古代美女西施、杨玉环都有体香。曹雪芹时代乾隆帝的香妃更是广为人知。体香是如何产生？民间自有各种传说，如吃了什么香味果之类，现代更有从科学角度解释的，认为是汗液中分泌一种叫作丁酸酯的东西，当它达到一定浓度时便会产生香味。

其实，体香是否确实存在，对本节所要论说的问题并无多大关系，即使它纯属是一种民间传说吧。重要的是曹雪芹借用了这一说法来赋予林黛玉有体香，这就和薛宝钗的“冷香”形成了一种鲜明的对比。这才是作者目的之所在。

正是这种对比，让我们看到，薛宝钗之香，乃纯粹刻意人为的外在之物，是人人皆可有的凡俗人之香；林黛玉之香，则是自然天成，它的产生，大概和她前身就是一株绛珠仙草，又得神瑛侍者“旧以甘露灌溉”（第一回），修成女身，降生凡世有关吧。究竟哪种香可贵？更符合作者和读者的审美取向？就不妨各自去判断了。

不过第十七回贾政带众人游大观园时，有一个情节，或许可以作为我们评断这一问题的参照。当众人一行来到一处被命名为“稻香村”的地方时，因是一处茆堂，里面纸窗木榻，富贵气象一洗皆尽。贾政心中自是欢喜，却瞅宝玉道。"此处如何？"众人见问，都忙悄悄的推宝玉，教他说好。宝玉不听人言，便应声道："不及'有凤来仪'多矣。"贾政听了道："无知的蠢物！你只知朱楼画栋，恶赖富丽为佳，那里知道这清幽气象。终是不读书之过！"宝玉忙答道："老爷教训的固是，但古人常云'天然'二字，不知何意？"众人见宝玉牛心，都怪他呆痴不改。今见问"天然"二字，众人忙道："别的都明白，为何连'天然'不知？'天然'者，天之自然而有，非人力之所成也。"

宝玉听了，忙接着说：

"却又来！此处置一田庄，分明见得人力穿凿扭捏而成。远无邻村，近不负郭，背山山无脉，临水水无源，高无隐寺之塔，下无通市之桥，峭然孤出，似非大观。争似先处有自然之理，得自然之气，虽种竹引泉，亦不伤于穿凿。古人云'天然图画'四字，正畏非其地而强为地，非其山而强为山，虽百般精而终不相宜……"未及说完，贾政气的喝命："扠出去！"

这里在"天然自成"与"人为做作"两个对立的观念上，贾宝玉和贾政形成了尖锐的对立，这种对立同林黛玉的体香与薛宝钗的冷香的对立，实质是一样的。列举这一事例，我们可以更好地了解曹雪芹的思想倾向，当然也就能稳当地评断出"冷香"和体香的不同含义和价值了。

共读"西厢"与说"混账话"

　　有诸内必形诸外。钗、黛二人心灵的巨大差异，必然会在许多具体的思想、行为中反映出来，同样形成巨大的差异。这里只择最突出的一点加以比较。我们冠其名曰"共读'西厢'与说'混账话'"，它可以表现出二人最根本的不同思想性质。

　　第二十三回，在众人刚入住大观园之初，贾宝玉"心满意足"了一阵子之后，心里又"不自在起来"，最后是了解他的茗烟，去到外间书坊内，"把那古今小说并那飞燕，合德，武则天，杨贵妃的外传与那传奇角本买了许多来，引宝玉看。"宝玉见了高兴万分，一日正携了一本《西厢记》躲在沁芳闸桥底下一块石头上坐着偷看，却被葬花的林黛玉走来撞着，宝玉开头还谎称是在读《大学》《中庸》之类，慌忙想藏起来，可怎能逃脱过林黛玉的眼睛，

　　　　黛玉笑道："你又在我跟前弄鬼。趁早儿给我瞧，好多着呢。"宝玉道："好妹妹，若论你，我是不怕的。你看了，好歹别告诉别人去。真真这是好书！你要看了，连饭也不想吃呢。"一面说，一面递了过去。林黛玉把花具且都放下，接书来瞧，从头看去，越看越爱看，不到一顿饭工夫，将十六出俱已看完，自觉词藻警人，余香满口。虽看完了书，却只管出神，心内还默默记诵。

平日之间，宝、黛经常闹矛盾、纠葛，许多时候是林黛玉故意为难他，而这一次却很特别，当宝玉说这本书"真真这是好书！你要看了，连饭也不想吃呢"时，黛玉不但没有像平时那样故意不屑一顾，而是一下子就被吸引住了，一口气读下去，还一面读一面记诵，因为她确是被此书征服了，觉得它"词藻警人，余香满口"。也就是被它的思想内容打动了。不仅如此，作者还让林黛玉用实际行动来立竿见影地加以证实。接下来，当贾宝玉用《西厢记》中的话和林黛玉开玩笑时（不完全是玩笑），林黛玉也立刻用"呸！原来是苗而不秀，是个银样蜡枪头"来予以回报。可以说，对这一类书，两人都够得上是"过目成诵""一目十行"了。

这共读"西厢"的一幕，两人表现得如此融洽、默契，正是前面说到的心灵沟通的表现。这种沟通是自然而然的，丝毫也不能勉强。所以对薛宝钗来说，就绝对不会产生这样的沟通，而只能相反。

第三章我们曾经说过，第三十二回花袭人向史湘云介绍，薛宝钗有一次在贾宝玉面前鼓吹"仕途经济"时，

> 他也不管人脸上过的去过不去，他就咳了一声，拿起脚来走了。这里宝姑娘的话也没说完，见他走了，登时羞的脸通红，说又不是，不说又不是。……

可见，在思想情趣这一类事情上，贾宝玉与薛宝钗是冰炭不同器，没有共同的语言，是完全格格不入的，只是薛宝钗一厢情愿妄想凑合罢了。

不过，如果将二人的比较仅仅停留在这一点上，那是远远不够的，我们还需要进一步申说两点。

第一，宝黛二人所爱读的《西厢记》这一类书，和今人心目中的概念完全不一样。对今天的人来说，它只是一种古代优秀的文学作品，你爱不爱读都不是一个什么问题。但在《红楼梦》的时代可就不同了，在当时，《西厢记》《牡丹亭》这样的脚本传奇都属禁书，是不准读的。当时还有所谓"壮不读《水浒传》，少不读《西厢记》"之说，道理很简单、明了：封建统治者怕血气方刚的中壮年人读了《水浒传》会加以效仿，起来造反；怕情窦初开的年轻人读了《西厢记》，青年男子会半夜去跳墙，与待月西厢的女子相会，这有伤风化，不成体统。因此，在当时的青年人去读《西厢记》，就不是一个简单的文艺爱好的问题，而是一个严重的政治问题。而宝、黛二人如此倾情于这本书，实际上是一种思想领域内的大胆反叛，而不是一般"杂学旁搜"的阅读嗜好。

同样，薛宝钗所期望于贾宝玉去遵行的"仕途经济"，乃是要他去走应试举业的"正途"，这乃是一切封建士子必由之路，是适应封建统治者的需要，这也是一个严重的政治问题。

至此，我们就分明地看到，薛宝钗与林黛玉恰恰就成了两种相反政治倾向的代表，是在两股道上走的车，哪儿来丝毫的"合一"的苗头呢？而这两股道的走向，谁是谁非，谁进谁退，就无容再置喙了。

第二，一个人的思想或政治倾向的形成是有许多原因的。这些原因的不同，也就使得他们的这种倾向有程度的不同，态度的强弱也有差异。例如劝过贾宝玉要留意"仕途经济"的就还有一个史湘云，但显然，史湘云的这种倾向和态度就比薛宝钗弱得多；那次只不过因贾雨村又要求见贾宝玉，宝玉发牢骚时，她顺便说了那么一句，或许也是受了别人的影响吧？后来也未见再说过，比起薛宝钗的自觉态度来，自有很大的不同。

而林黛玉与薛宝钗则不但有着明显的不同思想倾向，而且两人各自表现得非常执着、强烈。

先说林黛玉吧，就在共读《西厢记》的同一回，写到黛玉别了宝玉后，走到梨香院墙角上，偶然听到那些唱戏女孩子在排演时唱的戏文，断断续续听到"原来姹紫嫣红开遍，似这般都付与断井颓垣"，"良辰美景奈何天，赏心乐事谁家院"，"则为你如花美眷，似水流年……"。她先是觉得"十分感慨缠绵"，接着便叹息"原来戏上也有好文章"，听到后面两句，竟"不觉心动神摇"，并联想起《西厢记》中的一些句子，凑到一起，"仔细忖度，不觉心痛神痴，眼中落泪。"林黛玉听到的是《牡丹亭》中一些最精彩的唱词，她初次接触，便如此动情，原因是《牡丹亭》和《西厢记》一样，同是写男女"至情"的作品，自然也都是与封建统治者"存理去欲"的根本原则、与"男女之大防"完全背道而驰的作品，所以它们也都成了清代的禁书。而林黛玉竟对它们如此倾倒，把感情完全融入其中，这就非常鲜明地表现了林黛玉的思想倾向。

林黛玉的这种情状，看来并非一时的感情冲动，而是与作品的思想感情真正的情感相投，息息相通，可说是到了浃髓沦肌的地步，也正因为如此，所以第四十回刘姥姥游大观园行酒令时，林黛玉因怕罚酒，一轮到她时，便脱口而出说了一句《牡丹亭》里的"良辰美景奈何天"，她不顾当时薛宝钗已经在"回头看着他"，仍引用了一句《西厢记》的曲词，念出"纱窗也没有红娘报"，这正说明这两本书已经深深融入了林黛玉的脑海，在情急之下，一种潜意识的作用就自然会把它带了出来，正像薛宝钗可以不假思索在要"金蝉脱壳"时自然把林黛玉拉出来做替罪羊的情形完全一样。

相应地，薛宝钗在表现自己思想倾向性的坚硬与执着方面，丝毫也不比林黛玉逊色。前面说到她因在贾宝玉面前鼓吹"仕途经济"被宝玉给以脸色而弄得"登时羞得脸通红"，花袭人心里反"倒过不去，只当他恼了。谁知过后还是照旧一样"。这和有一次贾宝玉无心把薛宝钗比作杨贵妃，她觉得受了羞辱而当场发作起来，登时予以还击的情形完全不一样，这种不一样，正反映了薛宝钗在表现自己思想倾向时的顽固性。她有一股犟劲，要"照旧一样"去坚持自己的原则和态度，不怕挫折，因为这是原则问题，所以也就不在乎贾宝玉这么一点耍脾气了。当然，我们还记得，薛宝钗不但在林黛玉行酒令念《西厢记》《牡丹亭》唱词时当面用眼去威胁她，事后还专门叫林黛玉去个别加以教训，大放厥词，说什么你我"最怕见了些杂书，移了性情，就不可救了"。也就是说，你再这样下去，其结果就是"不可救"了！这是何等严重的大事！

钗黛二人不同思想倾向的严重性，其态度、立场的顽强性，又更进一步说明了二人的尖锐对立，何来"合二为一"？！

多情与无情

钗、黛二人婚姻爱情各自的另一半乃同一个人，即贾宝玉。或许由于上一节所说的思想倾向、生活意趣的不同，钗、黛二人对贾宝玉感情的深浅程度也有极大的不同，根本不可同日而语。林黛玉对贾宝玉可以说自始至终都充满着深挚的爱意，虽然在他们爱情的不同阶段这种爱的表现形式有所不同，甚至表现为对立的方式，如前期的争吵使性与后期的温柔体贴。而从薛宝钗那里，要找出多少这样的感情来，可就不那么容易了，也许她是过于深沉稳重，不那么外露吧。

我们还是通过一些具体事例来比较一下钗、黛二人的不同吧。贾宝玉曾经遭遇过两件事情，对他刺激或打击很大，同时也震动了整个贾府，牵动了许多有关人员的感情。我们不妨就通过这两次事件来看看钗、黛二人的不同表现和情状。

第一次是第三十三回贾宝玉因"不肖种种"而遭其父贾政毒打。这次鞭打可非同一般，贾政不满小厮们打得不狠，于是自己举板"咬着牙狠命盖了三四十下"，等到王夫人出来抱住板子时，现场的"宝玉早已动弹不得了"，"王夫人抱着宝玉，只见他面白气弱，底下穿着一条绿纱小衣皆是血渍，禁不住解下汗巾看，由臀至胫，或青或紫，或整或破，竟无一点好处"。后来抬回怡红院后，袭人又看到他"腿上半段青紫，都有四指宽的僵痕高了起来"，"宝玉略动一动，便咬着牙叫'哎哟'"。平日像凤凰一般捧着的贾宝玉，何曾受过半点儿这种痛楚，所以现场的贾母是将宝玉"抱着哭个不了"，王夫人更是"失声大哭起来"，因牵连着叫贾珠，致使李纨"禁不住也放声哭了"，"贾政听了，那泪珠更似滚瓜一般滚了下来"。

正因为事态如此严重，所以差不多所有的人、包括赵姨娘在内都纷纷前来怡红院探伤，就是在这样一个背景下，我们来看看第三十四回钗、黛二人的表现吧。

二人中是薛宝钗先到怡红院。她先是脸无表情，手中托着一丸药进来，交代袭人用酒研开敷上，听说宝玉已经好了些，她便

> 心中也宽慰了好些，便点头叹道："早听人一句话，也不至今日。别说老太太，太太心疼，就是我们看着，心里也疼。"

看了这一段描写，如果硬要说薛宝钗对贾宝玉一点感情也没有，那也是不符合事实的，她不是也有"心中也宽慰了些""心里也疼"的反应么？然而，要为她说有感情，毕竟也就这么一点点感情了，这与贾母、王夫人、李纨的"哭个不了""失声大哭""放声哭"的切身之痛的感情还是有很大差距的。她的这点感情，是一般亲戚朋友都会有的感情，如果是发生在其他人身上，那并不足为奇。可薛宝钗却是"金玉良姻"的一半啊，另一半被打成这个样子，她只在当面的时候才有这么一丝亲朋皆会有的感情流露出来，如果有人指责她对宝玉其实并没什么感情可言，恐怕也不算太过吧。

不妨把这一段描写看得再仔细一点。薛宝钗在感到"宽慰了好些"之后，紧接着便是对贾宝玉进行指责了："早听人一句话，也不至今

日。"这话说得比较含蓄，甚至还可说有点关心的味道，但要明白这话的真意，就要把它倒过来读，那意思就是说：你之所以有"今日"（被打），乃素日不"听话"之故也。请看，人已经被打成这样，贾母、王夫人等痛心还来不及，都在用不同方式竭力指责贾政，而薛宝钗在对待这事件的态度上，其看法和立场却完全站在贾政一边，两人完全是同坐在一条板凳上，而且还迫不及待地要在被打伤的贾宝玉面前表现出来。这说明了什么还不很清楚吗？

而且情况还不仅于此。当花袭人无意中说到此次挨打的起因，按茗烟说的，是因为薛蟠因琪官吃醋，在贾政面前"下的火"时，薛宝钗马上又说：

> 你们也不必怨这个，怨那个。据我想，到底宝兄弟素日不正，肯和那些人来往，老爷才生气。

这里薛宝钗已经毫无顾忌，直斥贾宝玉为"素日不正"了。这样一种心态占据了整个头脑，还能剩下多少感情可言呢？还要注意一点的是，在斥责宝玉"不正"之后，她又为其胞兄薛蟠的行为做了一番辩护，话说了一长串，有板有眼，头头是道，而且是即兴所发，这又从另一个角度说明她当时的心态是非常平稳、理智的。真正陷入了情感悲痛的人是不可能做到这一点的。

林黛玉的情形恰恰证明了这一点。

林黛玉是在薛宝钗离去后来探伤的。此时宝玉已"昏昏默默"地睡去，宝玉半梦半醒，都不在意。忽又觉有人推他，恍恍忽忽听得有人悲戚之声。宝玉从梦中惊醒，睁眼一看，不是别人，却是林黛玉。宝玉犹恐是梦，忙又将身子欠起来，向脸上细细一认，只见两个眼睛肿的桃儿一般，满面泪光，不是黛玉，却是那个？

看到这样的情形，谁都能体会得到，什么才叫真正的感情。"两个眼睛肿的桃儿一般，满面泪光"，这要不是昨天哭了一晚的时间也达不到这种程度。临时是装不出来的，连王熙凤也不可能做到。

　　接下来，在听了贾宝玉故意安慰她的话之后，林黛玉动情得更厉害了，

　　　　此时林黛玉虽不是嚎啕大哭，然越是这等无声之泣，气噎喉堵，更觉得利害。听了宝玉这番话，心中虽然有万句言语，只是不能说得，半日，方抽抽噎噎的说道："你从此可都改了罢？"宝玉听说，便长叹一声，道："你放心，别说这样话。就便为这些人死了，也是情愿的！"

对黛玉真挚、深切的感情，大概谁也不会有疑问的了，因此也不用我们来多说。应该说出一点体会的是，林黛玉的真情流露，倒是告诉了我们一个常识：一个人在十分悲痛的时候会冲动得"气噎喉堵"，即使心中有"万句言语"也是说不出来的，所以林黛玉费了很大力气，也才只说出一句话来。以此来反观薛宝钗，她不但一再指责贾宝玉，还能一口气说出一串串的大道理来，其内心感情如何，还用得着来加

以辨析么？

不过对林黛玉所说的那唯一的一句话："你从此可都改了罢"，倒是颇有辨析一番的必要。

在我看到过的各种版本中，这句话的后面都是用的"！"号或者"。"号，也即是把它当成一句正面陈说的句子，即希望贾宝玉以后要改弦易辙，走另外一条人生道路。有的文章在评说此话时也认为是林黛玉在封建势力的高压下一种屈服的表现。其实这种说法正大可酌量。窃以为，林黛玉这句话应该是一句探询的话，即：你在遭此重创后会不会从此改变原来的人生态度了，后面应该是一个"？"号。因为，首先，宝黛爱情乃建立在一种有共同叛逆思想的基础上，我们没任何理由认为林黛玉会这样轻易地改变态度；其次，作者在写钗、黛先后探伤时，用了鲜明的对比方法，在对宝玉的感情上二人对比鲜明，在思想倾向上，二人也应该是对立的，而不会"合一"。

当然，这里还是存在一个主观看法的问题，究竟谁是谁非不易评断。古人文章没有新式标点，甚至断句也没有，今天的读者更是生活在《红楼梦》时代的二百多年后，更不能听见当时林黛玉说话时的口气，也的确是只能见仁见智了。十分幸运的是，我们却可以从贾宝玉的答话中探出究竟。贾宝玉当然有绝对权威听得懂林黛玉此话的意思，明白此话后面是"！"号、"。"号还是"？"号。贾宝玉回答的是："你放心，别说这样话。就便为这些人死了，也是情愿的。"如果林黛玉是希望、要求贾宝玉改变生活态度，而贾宝玉却表示自己要依然故我，至死不变，这能叫林黛玉"放心"吗？只有贾宝玉听出了林黛玉的真实意思是担心自己坚持不住，所以才会发出死也情愿的誓言，才能真正让林黛玉求得"放心"的。这样，宝、黛二人的思想在经受风浪的冲击中又获得进一步的一致了。

第二次是在第五十七回，因紫鹃跟宝玉说了几句"顽话"，说林家的人要接黛玉回苏州去，还说林黛玉已经把以前宝玉送给她的东西都准备好了要还给他云云。宝玉听了开始时是"头顶上响了一个焦雷一般"，后来晴雯把他拉了回去，已是"一头热汗，满脸紫胀"了，再后来这"呆子"便已失去了知觉，掐他的人中"竟也不觉疼"，以致李嬷嬷、袭人等都急得大哭起来。当林黛玉听到袭人哭着说："不知紫鹃姑奶奶说了些什么话，那个"呆子"眼也直了，手脚也冷了，话也不说了，李妈妈掐着也不疼了，已死了大半个了！……只怕这会子都死了！"黛玉一听这突然的噩耗，以为真的便如此了，急不可遏地便

> 哇的一声，将腹中之药一概呛出，抖肠搜肺，炽胃扇肝的痛声大嗽了几阵，一时面红发乱，目肿筋浮，喘的抬不起头来。紫鹃忙上来捶背，黛玉伏枕喘息半晌，推紫鹃道："你不用捶，你竟拿绳子来勒死我是正经！"

每次读到这段文字，我常会产生这样一个想法，把一个人内心的痛苦写到这种状态，恐怕是无以过之了。而且如果不是作者有类似的经历，大概是难以凭想象写得出来的。与上次宝玉挨打一事相比，简直不可同日而语，因为那毕竟是皮肉之苦，尚未伤及筋骨，而这回却是性命相关，所以林黛玉的痛苦才会至于此极了。

按照行文的逻辑，这个时候又该请出宝姑娘来与林黛玉做一番比较了。这个事件贾府是无人不知的，史湘云事后还曾学贾宝玉发呆时

　　　　　　　　　　　　　　　　　　钗黛之辨

的样子取笑他，平日对周围事情都喜留神"窥察"的薛宝钗自然更知道得一清二楚。那么薛宝钗的反应又如何呢？如果说，上一回她还多少有一些感情流露的话，而这一次，尽管她的"金玉良姻"的另一半已经被许多人以为不行了，弄得哭声儿一片的时候，这位薛姑娘不要说有怎样的感情触动，竟干脆是踪影全无了。于是结果就成了一场无从对比的对比。其差距就根本不可以用大小、多少、强弱之类的标准去衡量了。为什么会形成这样一个结局呢？莫非是宝、黛二人以她们特有的方式激烈而又感人地公布了两人生死与共的感情，使宝姑娘恼怒得其他任何情感都荡然无存了吗？但是这种恼怒情绪又是无法在众人面前发作的，于是除了销声匿迹恐怕也就别无选择了。

　　"金玉良姻"，原来是一段无情的姻缘。

恋爱与谋婚

写完上一节，就自然形成了这一节的题目。当然，这需要有事实和说法。

今天对《红楼梦》稍有涉猎的人都知道所谓"金玉良姻"和"木石前盟"是怎么一回事以及它们的来由，但是对《红楼梦》书中的人物来说，知道"木石前盟"之说的人可说是绝无仅有，仅仅只一个贾宝玉在神游太虚幻境时于"红楼梦曲"中听到过它，而且还在一次梦话中提到过。但究竟是什么意思他也未必了了。其他人、包括另外一个当事人的林黛玉也不知道有此一说。而"金玉良姻"却不同了，薛姨妈来贾府后大肆宣扬"金锁要拣有玉的方可以配"，几乎无人不知，林黛玉还常常因为金啊玉呀的和贾宝玉闹矛盾、起纠纷。

在这样的情况下，却发生了上一节所说的贾宝玉、林黛玉以激烈的方式爆出了两人之间那种强烈的情感和不可分离的关系，它自然也就同时向大家宣告了：贾宝玉对"金玉良姻"是不买账的。从这一个角度来说，受到重创的应该是薛宝钗了。如果说，宝、黛二人因误会紫鹃的一句戏言所遭到的痛苦只是暂时性的话，那么薛宝钗这次所受到的伤痛却应该是长久的吧。照此说来，在这一事件中薛宝钗没有表现出来像林黛玉那样的一份悲痛，乃是人之常情的，似乎不应该对她有什么责怪。薛宝钗既不可能像林黛玉那样撕心裂肺地去号啕大哭，因为这样就显得是表错情了，也不可能公开地表示她心中的不满，因为这样就只会显得更没趣！可以想见，她只能把一腔愤懑憋在心里，其难堪之情状有更甚于林黛玉者。

处于这样的境地，按照一般的常理来说，薛宝钗就只剩有自个儿在家里生闷气的份儿了。然而出人意料的却是与此常理相反，薛宝钗并没有因此事件的发生而内心沮丧、而在外表上显出对林黛玉的不满，相反，就在与此事件的同一回，她与薛姨妈都不约而同地主动去到潇湘馆专门去"慰"起林黛玉来了。在整个过程中，薛宝钗有说有笑，热情有加，丝毫没有对黛玉表现出敌意或者醋意，就像没事人儿一般。这固然可以说是体现了花袭人说的薛姑娘"真真有涵养，心底宽大"（第三十二回），固然也还可以说，薛氏母女对林黛玉的"慰"是假的，是表面的，真正意图正如前面分析过的乃是来打击林黛玉的。然而薛宝钗也毕竟是血肉之躯，必然会有她的喜怒哀乐，而且是会表现出来的。这样的例子前面已说了许多，如贾宝玉无意中拿她比杨贵妃，她便立即反唇相讥，而且借小丫头来大发雷霆；而这次却如此平静，不回避别人看来对她是一件敏感的、至为尴尬的事情，主动地去接近林黛玉，这是为什么呢？恐怕最根本的原因是薛氏母女根本就不把宝、黛之间的这种感情大爆发当一回事儿，在她们看来，青年男女之间的这点情事并没有多大的意义，她们着眼的、看重的乃是婚姻，爱情和婚姻之间并无什么必然的联系。薛姨妈这母女二人在"慰痴颦"的整个过程中，薛姨妈讲的是月下老人的故事，甚至还假惺惺地表示要向贾母去撮合宝、黛二人，薛宝钗则是胡诌她哥哥看上了谁，回来就要娶亲等等，都说的是婚姻，而一点也不涉及感情。这种情况让今天的人看来，会觉得难以理解，但如果回顾一下她们所处的现实环境，就会明白这是再自然不过的了。

试看贾府的几对夫妻，赦、珍、琏、蓉之辈，有哪一个不是成日家偷鸡摸狗，荒淫乱伦，他们哪有丝毫的爱情可言，而他们的那些妻子们也都习以为常，毫不见怪，她们只要婚姻状况不变也就满足了。甚至还有像邢夫人那样的，丈夫贾赦已经是妻妾成群，整日和小老婆喝酒，不务正业，但为了满足贾赦的邪欲，她还亲自出面去四处活动，要让鸳鸯嫁给贾赦为妾，并在王熙凤面前称："大家子三房四妾的也多，偏咱们就使不得？"（第四十六回）她可能还为自己的"贤惠"而得意吧！在这些封建贵族家庭的词典里，是根本没有"爱情"两个字的。

正像一位先哲所说的，他们的婚姻乃是一种政治行为，婚姻是为巩固他们的利益服务的。《红楼梦》里"四大家族"之间的"连络有亲"就是为了"一损皆损，一荣俱荣，扶持遮饰，俱有照应"（第四回），婚姻是为了维护共同利益而结成的同盟，它自然与爱情风马牛不相及。属于"四大家族"之一的薛家母女，她们就是为了这种利益而在拼力打造"金玉良姻"，而且充满了自信，并且在婚姻上获得了最后的成功。在此过程中，她们对宝、黛表现出来的那么一点爱情，是既看不懂，也不那么当回事，也就再自然不过了。

回看林黛玉则不然，她当然也期求婚姻的最后结果，但她更看重心灵的契合，把婚姻当成是爱情的结晶，无论是"意绵绵静日玉生香""潇湘馆春困发幽情""痴情女情重愈斟情"以及"情中情因情感妹妹"等这样的专篇，还是"葬花"（第一次）、"共读""赠帕""题帕"等这样的专题，无论是在此过程中的欢乐与痛苦，对林黛玉来说，都是对爱情的探索与磨合。正是这一系列艰苦的历程的结果，林黛玉才得出了她的最后结论："果然自己眼力不错，素日认他是个知己，果然是个知己。"（第三十二回）正是有了这样经历长期的、来之不易的认知，所以才会出现第五十七回那样的感情大爆发。而林黛玉的这一切在薛宝钗那里却是丝毫无存。

所以，林黛玉崇尚的是爱情，婚姻应是爱情的自然结果；而薛宝钗谋求的是婚姻，它是最终目的，它不计较其过程，包括有无爱情。当然，她也无法理解宝、黛之间的这种爱情。

中国封建社会的婚姻主要是包办婚姻，也就是没有爱情的婚姻，在封建社会的后期宋元以后尤其如此，明清之时其状尤烈。这在有关正史中都可看见。然而也就是在这同时，随着商品经济的发展，市民阶层的兴起，在一部分特定的人群中，也萌发了要求婚姻自主、追求爱情的新的思潮和行动，形成了对封建正统思想的大胆挑战，这在宋元以来的市民文学，话本、戏剧、小说中多有所见。宝、黛爱情也就是在这样一个大背景下的产物。它不是偶然的、孤立的存在，而是和一整片思潮相联系的。别的不说，即在《红楼梦》中也大有这种人在。如平民出身的尤三姐就宣称："只要我拣一个素日可心如意的人方跟他去。若凭你们拣择，虽是富比石崇，才过子建，貌比潘安的，我心里进不去，也白过了一世。"（第六十五回）尤三姐强调的婚姻原则是不在乎对方的才貌和富有，而要求的是"可心如意"，即那个人要适合自己的心意。她后来还告诉了尤二姐，她已经爱上一个人，那人是五年前看戏时一个演小生的叫柳湘莲，一眼看上便非他不嫁。甚至"若这人死了再不来了，她情愿剃了头当姑子去，吃长斋念佛，以了今生"（第六十六回），细考起来，尤三姐不管表现得怎样坚决，她所追求的爱情也还是历来才子佳人小说中常见的那种一见钟情式的爱情，它比宝、黛之间那种建立在共同思想基础上的爱情，在思想意义上自然略逊一筹，但比之薛宝钗所奉行的父母之命、媒妁之言的包办婚姻来说，尤三姐的婚恋观和行动又是一个巨大的进步。

既然如此，钗、黛之自间然就不可同日而语了。

应景与巴结

　　贾府那些年轻的女孩子们，长年封闭在深宅大院，更具体一点说是蛰居在一个方圆不过几里地的大观园里，她们没有机会与外界接触，更不可能集体同时与外界的什么人接触。然而因为特殊的机缘，作者却把外界一个特殊身份的人物引进大观园来，那便是贾元春的省亲游园。虽然是游园，但由于贵妃的身份，并不是谁都可以随便与她接近的。连她的父亲贾政也只能隔着帘儿在外面说上几句酸不溜秋的话语，她最喜爱的弟弟贾宝玉如果不是她亲自叫唤，就连见上一面的份儿也没有了。唯有众姐妹们却享受到一种"殊荣"，得以集体与贵妃在一起盘桓了一阵子。原因是这位贵妃在园子里游了一阵子之后，除"亲搦湘管"，为几处景点赐名之外，又为了"不负斯景"为全园题写了一首七绝，然后又命各姐妹"亦各题一匾一诗"，以记此盛园。这是众姐妹第一次亮相写诗，也是在诗社成立之前大家为同一主题写诗，又是奉贵妃之命而作，因此不要小觑了这一批诗的意义，因为正可以通过这一特殊场合、特殊时刻来看看各人的表现，更是观察、比较钗、黛二人的一个大好契机。

　　先看薛宝钗的诗：

凝晖钟瑞匾额

芳园筑向帝城西，华日祥云笼罩奇。

高柳喜迁莺出谷，修篁时待凤来仪。

文风已著宸游夕，孝化应隆归省时。

睿藻仙才盈彩笔，自惭何敢再为辞。

评读这一类的诗，最忌就诗论诗、孤立地来谈论它的好坏优劣和有什么问题，而必须联系到它产生的背景、环境以及与其他人、事的关系，否则，就会不得要领，离作者的创作意图相距甚远。就拿薛宝钗的这首诗来说吧，如果孤立地来看，这首诗无论是遣词用语还是立意用典，都很得体到位，在同一群人的诗中，无疑堪称上乘。但如果从另一个角度来看，这首诗却又存在比较突出的问题。

首先，这首诗有点跑题了，或者说扣题不紧。因为元妃要求的是每人"各题一匾一诗"，自然这诗是要各自描写一景的，写得好，才能达到元妃提出的"不负斯景"的愿望。元妃自己带头写的"一绝"，就全是着眼在园景上，而不及其他。再环视众女儿的几首诗，都无一例外不是重点在写景的，有些人偶然带到一下元妃时，也多是出于自谦或者起码的礼数，点到就过了。回头再看薛宝钗的这首诗，除了开头两句笼统说到一下园子之外，后面六句就都与大观园无关了。因此，无论从元妃的命意来说还是从其他人一致领会、并反映出的题意来说，薛宝钗作的诗都跑题了。

其次，大凡为文（作诗）跑题的作品，其跑题的部分往往写得不佳。可薛宝钗的这首诗却不同，后面六句乃全诗重点所在，它跑题集中、突出，辞联工整，用典精到，有力地完成了她要达到的效果。那么，

钗黛之辨

这是什么效果呢？就是对元妃的着力歌颂，诗中的莺迁"高柳""凤来仪""文风""孝化""睿藻"等词语与典故，已把对元妃的歌颂泊乎极致。它清楚地说明，薛宝钗这首诗的离题，不是一般的技术上的失误，而是蓄意为之，是借题发挥，是借颂园之题来行颂妃之实。薛宝钗内心那种热切希望巴结、攀附之情暴露无遗。

现在再来看看林黛玉的那首诗吧。

世外仙源匾额

名园筑何处，仙境别红尘。

借得山川秀，添来景物新。

香融金谷酒，花媚玉堂人。

何幸邀恩宠，宫车过往频。

这是林黛玉到贾府后写的第一首诗，可谓初露锋芒。作者没有介绍薛宝钗在写她的那首诗时的心态如何，大概因为她的诗作本身已完全表露出来了，就像我们上面已分析过的那样；但作者却介绍了林黛玉当时特有的心理活动："原来林黛玉安心今夜大展奇才，将众人压倒，不想贾妃只命一匾一咏，倒不好违谕多作，只胡乱作一首五言律应景罢了。"然而读过这首诗后就会发现，尽管林黛玉是"胡乱作"来的一首诗，却比贾氏诸女儿的诗要明显高出一筹，无怪乎元妃最后评定说："终是薛林二妹之作与众不同，非愚姊妹可同列者。"倒也说的是实话，这也说明林黛玉作诗的独有才能，出手便不凡，尽管是"胡乱"写来。当然，这一点只是顺便点到就可以了。

我们需要扣紧题意来说的是，这薛、林两首诗又有什么不同呢？

不用多加推敲，读者都能很容易看出，前面说到薛诗中的那两个问题，在林黛玉的诗中恰恰都不存在。第一，林黛玉的诗写的都是园景，扣题很紧。第二，它丝毫没有用那些谀辞去对元妃歌功颂德。"何幸邀恩宠"，只是一般的套话，与薛诗中那些颂词完全是两回事，至于"花媚玉堂人"中是否竟还有讽意，也不妨见仁见智吧。其实，还有一个很简单的道理："安心"只想"大展奇才"的林黛玉，哪里还有闲心去考虑对别人歌功颂德呢？薛、林两人的不同心态，不仅仅是从诗的内容中分析出来和作者提示出来，还可以从她们当时的其他行动中得到证实。

她俩作好诗后，贾宝玉还在为元妃命题的四首诗忙着，当时薛宝钗因转眼瞥见宝玉的草稿内有"绿玉春犹卷"一句，便

> 急忙回身悄推他道："他因不喜'红香绿玉'四字，改了'怡红快绿'，你这会子偏用'绿玉'二字，岂不是有意和他争驰了？况且蕉叶之说也颇多，再想一个字改了罢。"

请看，薛宝钗对元妃的好恶是如此了解，又如此关切，甚至不让别人写的诗有违拗她的词语，那么她在自己写诗的时候对她会是如何的歌颂、巴结，就一点也不奇怪了。在这同时，她又因贾宝玉记不起"绿蜡"的出处而批评他："亏你今夜不过如此，将来金殿对策，你大约连'赵钱孙李'都忘了呢！"她还告诉宝玉："那上头穿黄袍的才是你姐姐"等等，总之，当时的薛宝钗脑之所思与目之所见，全是如何去关切这位贵妃娘娘以及她身上穿的耀眼的黄袍，还有联想起贾宝玉将来如何去"金殿对策"等。这样一位满脑子都是功名利禄的薛宝钗，在面对

一位活生生穿着黄袍的贵妃娘娘时，怎会不顶礼膜拜，怎会不极尽歌功颂德之能事呢？

而同时同地的林黛玉，在写完诗后却仍因"未得展其抱负，自是不快"。也就因此之故，她主动去做宝玉的"枪手"，替他写最后一首诗《杏帘在望》，而且是"低头一想，早已吟成一律，便写在纸条上，搓成个团子，掷在他跟前"。也许此时的林黛玉，才舒心快意了一阵子吧。

读了薛、林二人的诗，以及了解了二人在整个过程中的心理状态和相应的行为，二人比较的结果，读者应该已经了然于心了。

贾宝玉挨父亲之打，养伤于怡红院，在贾母的庇护下，乐得与外界隔绝，日日只在园中游卧，消闲自在，于是便有"宝钗辈有时见机劝导"，书中虽未写明"劝导"了一些什么话，但相信大家都是心知肚明的，因此遭到贾宝玉的厉责："好好的一个清净洁白女儿，也学的钓名沽誉，入了国贼禄鬼之流。这总是前人无故生事，立言竖辞，原为导后世的须眉浊物。不想我生不幸，亦且琼闺绣阁中亦染此风，真真有负天地钟灵毓秀之德！"（第三十六回）贾宝玉对薛宝钗的批评，确是一语中的，道出了此人的真正面目。有所不足的是，贾宝玉对她的认识，还是稍嫌晚了一些，其实在众姐妹为大观园题诗的时候，她就已经是这么一个人物了。

而同样的这个时候，林黛玉却还在为未能显露一点诗才而使性负气，相对来说却是显得如此稚嫩天真，真不知如何才能使她们"合一"啊！

红麝串子与鹡鸰香串

上一节说到薛宝钗对元春的奉迎巴结以及林黛玉的清高自守，这并不仅是一个偶然、孤立的存在，而是由她们迥异的气质和品性所决定的。作者除了通过大观园题诗这样的大场面来对比二人的不同外，还常常借用一些小的情节和故事来衬托她们的这种特性。正像前面用过"冷香"和"体香"这样的小事情来显示她们的仙凡之别一样。这里所要说的，也是通过两样极小的物件，像道具一样来补充、演绎上一节所表现的内容。

第二十八回写道，那年元妃给贾府诸人赏赐端午节礼物，每人所得不尽相同，宝玉的"同宝姑娘的一样"。"林姑娘同二姑娘、三姑娘、四姑娘"的一样。贾宝玉与薛宝钗都有她们四人所没有的红麝香串，而且宝钗即时就把它笼在手腕上，并亮在众人眼前。

薛宝钗不是最不喜欢那些妆饰打扮的东西吗？所以连一朵最轻巧的宫花她也不愿戴上，薛姨妈只好把它们统统送给了其他女孩子。而且细心的读者一定还会记得，直到第五十七回，薛宝钗因看见那邢岫烟（这时已与薛蝌订婚了）裙子上佩有一个探春送的碧玉佩，便批评她说：

> 这些妆饰原出于大官富贵之家的小姐，你看我从头至脚可有这些富丽闲妆？然七八年之先，我也是这样来的，如今

一时比不得一时了，所以我都自己该省的就省了。将来你这
一到了我们家，这些没有用的东西，只怕还有一箱子。咱们
如今比不得他们了，总要一色从实守分为主，不比他们才是。

原来薛宝钗不仅自己不爱妆饰，还批评别人（当然只能像邢岫烟这样
的"我们家"的人）这样做，并把妆饰物说成是"没有用的东西"。
可是她却整日将一把远比一朵宫花沉甸甸得多的金锁吊在脖子上。这一
点，大家都明白，金锁是"金玉良姻"的象征物，所以不管如何，吊
在脖子上都是值得的。

　　同样的道理，薛姑娘把那红麝串子又笼在手腕上，那不更是明显
的饰物吗？但却因为只有她和贾宝玉两人仅有此阿物儿，更具象征意
义，因此她也硬是戴上，尽管并不那么好受。请看，就在她戴着这东
西出来晃悠的时候，却被宝玉看见了，

　　　　宝玉笑问道："宝姐姐，我瞧瞧你的红麝串子？"可巧
　　宝钗左腕上笼着一串，见宝玉问他，少不得褪了下来。宝钗
　　生的肌肤丰泽，容易褪不下来。

既然箍得很紧，"容易褪不下来"，而且宝玉自己也有，为什么薛姑娘
还要强忍难受"少不得褪了下来"呢？其实这和她在"比通灵""识金
锁"时的心态是一样的，要以此来影响宝玉。那么，经受这么一点"褪
不来"还要褪的难受又算得了什么呢？
　　不过，我们对这件事情的看法如果仅仅是停留在这一点上，那还
是不够的，最多也只是察觉了薛姑娘的一半心思。那么另一半心思又

是什么呢？我们只要看到她在上一节里是如何对元妃巴结逢迎、如何垂涎她身上的那件"黄袍"的话，就会明白她的另一层心思就是对元妃的一种感恩戴德，同时也是对他人的一种炫耀，因为这是贵妃娘娘这么尊贵的人物对她和宝玉特有的赏赐，是其他人所得不到的恩宠，不值得显露和骄傲吗？对于这样一个要送京"待选"的薛宝钗，存有这么一种虚荣心，大概也是十分自然的吧。

由于种种原因，林黛玉自然是受不到元妃赐予的此种殊荣了。不过我们却完全不必为之惋惜，因为其实林黛玉也曾有机会能得到不亚于红麝串子那样尊贵的同类东西，只是她好像并不怎么在意它，甚至还不仅此而已。

第十五回参加秦可卿殡礼时，贾宝玉与北静王水溶途中相遇，倾谈一阵后，

> 水溶又将腕上一串念珠卸了下来，递与宝玉道："今日初会，仓促竟无敬贺之物，此是前日圣上亲赐鹡鸰香念珠一串，权为贺敬之礼。"宝玉连忙接了……

到了第十六回，因林黛玉随贾琏奔父丧回来，大家见面叙说，黛玉还将带来的一些纸笔等物分送宝钗、迎春、宝玉等人，那

> 宝玉又将北静王所赠鹡鸰香串珍重取出来，转赠黛玉。黛玉说："什么臭男人拿过的！我不要他。"遂掷而不取。宝玉只得收回，暂且无话。

此"鹡鸰香串"乃"前日圣上亲赐"之物，自是尊贵无比，贾宝玉是"珍重"地取出来送给林黛玉的，可见也十分看重。而且相信贾宝玉亦说过此物的不同寻常的来路，否则林黛玉就不会知道这是经其他"臭男人拿过的"。对这样一串物件，林黛玉却"掷而不取"，真是一种非比一般的行为。过去在谈论这一事件时，论者们一般只着眼于争论这是否有骂皇帝的意思。这一点，如果孤立的来争一通，是很难说得清的。不过这里倒不是要说这个问题，而是要说这样一件经过皇帝、王爷之手，再经宝玉之手送来的东西，在别人来说，是根本不敢企求的，而林黛玉竟骂他们是"臭男人"，不屑一顾地"掷而不取"，在当时来说，这样的人也可以说是绝无仅有了。对此，人们也尽可以说她狂妄或者偏激之类，但都不能不承认，在她心里的确是没有世俗人皆有的那种势利和虚荣。

如果作者仅仅是要表现一下林黛玉的这种特有个性，那也罢了。偏偏在后面作者又要写一件薛宝钗与红麝香串的故事，这两者自然就又成了鲜明的对比。作者的意图如何？他并没有把这两件事情联系起来说什么，这正是曹雪芹用笔的特点，但如果读者不懂得联系起来去读，就正如"脂批"所说：有负作者的一片苦心了。而且也就还会有其他许多读不明白的地方。

冷漠与真情

　　从再上一节薛宝钗对元妃的态度来看，她是如何的关贴周到，善体人意，对贾宝玉的写诗又是如何的观察细致，用心入微。其实，不仅是对这两个人，就是对其他很多人，也莫不如是。回顾一下前面的许多事情，她对贾母、王夫人、史湘云，乃至奴仆花袭人不都是这样吗？她哥哥薛蟠从江南带来一些土特产，她四处分送，连人人讨厌的赵姨娘，她都没有忘记送去一份，使赵姨娘赞不绝口。薛宝钗真是一个待人至善、富有爱心的人哪！

　　但是，如果以为上面说的便是薛宝钗对人态度的全部，却又不然。只要有了全面的考察，就会发现它还存在对立的一面。

　　因为金钏儿和宝玉说了几句玩笑话，王夫人认为她把宝玉"教坏了"，先是打了她一嘴巴子，后来又把服侍了她十来年的金钏儿撵出去，不管金钏儿如何跪下求情也不肯改变主意，最后金钏儿便"含羞忍辱"地跳井自尽了。

　　到第三十二回此事一传开后，给贾府很大的震动，就连花袭人这奴才听说后也先是"唬了一跳"，随后"不觉流下泪来"，还有一点"素日同气之情"；便是此命案的罪魁王夫人，不管真假也罢，也认为她是赌气去投井的，还说过这"岂不是我的罪过"，并表示"到底我心不安"。唯有薛宝钗竟专门跑去安慰王夫人说：

　　　　　　　　　　　　　　　　　　　　　　　　　钗黛之辨

姨娘是慈善人，固然这么想。据我看来，他并不是赌气投井。多半他下去住着，或是在井跟前憨顽，失了脚掉下去的。他在上头拘束惯了，这一出去，自然要到各处去顽顽逛逛，岂有这样大气的理！纵然有这样大气，也不过是个糊涂人，也不为可惜。

在薛宝钗说这一大段"安慰"王夫人的话之前，王夫人已经告诉了她："原是前儿他把我一件东西弄坏了，我一时生气，打了他几下，撵了他下去。……"薛宝钗绝对不会不知道，贾府这样人家的丫头被主子打了，撵了下去意味着什么，还说得像放大假似的会到各处去"顽顽逛逛"，一不小心，"失了脚"才掉下井去的。薛宝钗竟会说出这样违背起码常识的话来，岂不太滑稽了？也许话说出来之后，她自己也意识到这样去"安慰"王夫人可能会有糊弄对方的味道，于是才连忙转口说："纵然有这样大气，也不过是个糊涂人，也不为可惜。"这样说，对于王夫人倒确是或许可以起到一点"安慰"的作用吧。但是对被冤死的金钏儿来说，岂不显得太残忍无情了吗？以薛宝钗平时的交际特点，她平时肯定不但认识金钏儿，也对她会有较好的人际关系（因为金钏儿是王夫人贴身的人），现在竟如此沉着地说出这样昧良心的话来，这位"冷美人"的心真的冷酷得远远超过花袭人了。生前遭王夫人毒手，死后还被薛宝钗诟骂，金钏儿何其不幸！

或曰：薛宝钗只不过要讨好王夫人、为其宽心而已，还谈不上对金钏儿如何吧？其实，这种讨好方法就表现了她品质的恶劣。而且，不是内心冷酷，怎能对一个刚刚遭遇不幸死去的人说出死了"也不为可惜"这样的话来呢？自然，说薛宝钗待人冷酷，并不仅此一例，还有更令人可畏的呢。薛蟠经商途中遇盗，得柳湘莲路过救得一命，二人尽释前嫌，结为兄弟。柳湘莲随后聘得尤三姐为妻，薛姨妈为报其救薛蟠之恩，打算为他买房、治家伙，张罗亲事。谁知柳湘莲因听了闲话，误会了尤三姐，提出退亲，结果弄到三姐自刎，柳湘莲悔恨不及，割了满头青丝，随一道人不知所之了。

事发之后，据第六十七回记载：薛蟠是"连忙带了小厮们在各处寻找，连一个影儿也没有。又去问人，都说没看见"。薛蟠从外面回来时，"眼中尚有泪痕。"可见薛蟠对这件事情的发生，心里是痛苦的。他急于找回柳湘莲，原因自然是他没有忘记柳湘莲对他的救命之恩。这薛霸王竟还是一个颇有情义的人。可是在这同时，薛宝钗在听了她妈妈告诉了这个消息，正"心甚叹息，正在猜疑"之后，薛宝钗却完全是另一种态度：

> 宝钗听了，并不在意，便说道："俗话说的好，'天有不测风云，人有旦夕祸福。'这也是他们前生命定。前日妈妈为他救了哥哥，商量着替他料理，如今已经死的死了，走的走了，依我说，也只好由他罢了。妈妈也不必为他们伤感了。……"

尤三姐之死、柳二郎的出家在当时也是轰动贾府的一件大事，"尤老娘和二姐儿，贾珍，贾琏等俱不胜悲恸"，众小厮丫鬟们也为此"吵嚷"传告，薛氏母子更是动情，唯有薛宝钗对此一死一走，先是"听了，并不在意"，随后说那是他们"前生命定"，也即命该如此的，因此"依我说，也只好由他罢了"。真是不要说什么"悲恸""伤感"之类的情感了，简直是一丝一毫的情绪触动都没有还不算，还要说人家是"命定"——该死。如果说在王夫人面前说金钏儿的事时还要考虑到"安慰"王夫人的需要，说话还难免会受到一些牵制的话，那么，当她一个人单独和妈妈说尤、柳之事时，就完全可以不受限制地表达自己的心怀了，而其结果，就是在我们面前表露了一颗冷酷无比的心。

上面所说，可以看出薛宝钗在待人方面确是存在两种完全对立的态度。这表面上似乎显得有点复杂，但只要稍加分析就可发现，薛宝钗对之"好"的乃是元妃、贾母、王夫人等一些权贵人物，虽然还有个奴才花袭人，乃因为这是她需要利用的人物（事实上她利用得非常成功）；而金钏儿、尤三姐、柳湘莲们不过是丫鬟、平民、流浪者，虽然其中还有她哥哥的救命恩人，却与她无关，以后也不会发生利害关系，于是不管这些人的生死如何，全都"由他去罢"。真是一个无情无义之人。一副冰冷寒冻的心肠，两副截然不同的面孔，这或许可以为薛宝钗写照吧！

反观林黛玉，她对贾府权要们有丝毫的媚态像薛宝钗那样吗？没有。尤其唯一的一次在元妃面前她还显得颇为矜持，对贵妃娘娘毫不在意。相反，她对一些不为人看重的人，丫鬟、婆子都颇关注，她对紫鹃、晴雯尤好。蘅芜苑的婆子晚上送燕窝来，黛玉会和她交谈，并关心到如今天凉夜长，她们要守夜难熬，于是命人抓些钱，让她们去会个局"打些酒吃，避避雨气"。几曾见贾府有谁人关心到这些婆子呢？碰到潇湘馆的丫鬟分钱时，别处的丫鬟来，林黛玉也会抓一把钱给她，这样做完全是发自内心的一种关怜纯情，绝没有什么功利目的，这虽然都是一些细微小事，但见微知著，于细微处见精神。在薛宝钗那里，你是找不到这种精神的。

铜臭与书香

在上一节里，我们斗胆把薛宝钗说得如此糟糕，说得这么冷酷无情，这或许会与许多人心目中对这个人物的印象相距甚远，甚至完全相反。或许还有人会提出诘难：薛宝钗这样一个至少算得是封建淑女的人，她怎么可能会有这样一副心肠呢？这样说她，符合这样一个人物形象的性格逻辑吗？

如果与薛宝钗只有初浅的接触，单凭直觉确实是会产生这样的问题；但如果能较深入一些去了解这个人物，并加以理性的分析，就应该能认同我们的说法了。因为薛宝钗并不是一个传统意义上的纯粹封建淑女，在她身上还渗透有其他杂质，其中重要的一点便是有较强的金钱意识，她同时是一个嗜利之徒，深知金钱的作用，并善于运用金钱去处理问题。她的无情无义、冷酷心肠，正是金钱作用的结果。我们可以、也应该继续用上一节有关金钏儿，尤三姐与柳湘莲这两个事例来加以阐释。

第三十二回，在薛宝钗说了金钏儿如果是赌气投井，那就"不过是个糊涂人，也不为可惜"之后还接着写道：

> 王夫人点头叹道："这话虽然如此说，到底我心不安。"
>
> 宝钗叹道："姨娘也不必念念于兹，十分过不去，不过多赏他几两银子发送他，也就尽主仆之情了。"

请看，在薛宝钗的观念里，一条人命，最多只要花"几两银子"便可"发送他"了。这银子的作用是何等巨大啊！读到这里，我们便自然会想起第四回薛蟠打死冯渊之后，便带了母妹进京去了。因为在他的观念里，早就是"人命官司一事，他竟视为儿戏，自为花上几个臭钱，没有不了的"。真是一条藤上的两个瓜，这位封建淑女和那个呆霸王的花花公子在这一点上有什么区别吗？完全没有。第四回在第一次介绍薛宝钗时曾说："当日有他父亲在日，酷爱此女，令其读书识字，较之乃兄竟高过十倍。"其实，在有的方面，薛宝钗比之乃兄实在"高"不到哪里去，而薛"呆子"往往还有真性情的一面，薛宝钗倒是远远比不上他了。

再来看第六十七回，薛宝钗在劝她妈别为尤三姐、柳湘莲的事"伤感"，"由他罢了"之后，后面其实接着还有话：

> 倒是自从哥哥打江南回来了一二十日，贩了来的货物，想来也该发完了，那同伴去的伙计们辛辛苦苦的，回来几个月了，妈妈和哥哥商议商议，也该请一请，酬谢酬谢才是。别叫人家看着无理似的。

原来薛宝钗要她妈别理柳、尤二人的事，目的是要把注意力转移到那些帮薛蟠做生意的"伙计们"身上来，要"酬谢他们"，不能"叫人家看着无礼"。这里，薛宝钗又好像表现得很有人情味，很懂"理"似的。可她为什么会这样薄彼厚此呢？很显然，尤三姐，尤其是柳湘莲已经不存在了，再怎样去为他们折腾都没有意义了，而那些"伙计们"，薛家以后的生意、赚钱，还都得靠他们，怎么能怠慢呢？原来薛宝钗在这里表现出来的人情冷暖，全是由金钱的利害关系在支配着。在这方面的意识，她比之乃母、乃兄要强烈得多。据此，我们甚至可以从她身上散发的冷香丸的香气中，闻到丝丝的铜臭味。如果是从这个角度来考量薛宝钗，倒确是"较之乃兄竟高过十倍"。

很不愿意接受这样一种看法的读者和研究者可能会提出这样的疑问：上面所说到的这个例子究竟是一个偶然孤立的存在，还是确切地反映了薛宝钗的真实思想实际呢？答案自然是后者。

第五十六回探春理家时，因借鉴赖大家管理花园的经验，经探春、李纨等一起商议，决定也把大观园内的花草竹木等包给几个老婆子去管理。薛宝钗同时提出了一条重要的补充，要那几个承包的婆子每年在所赚的钱中各抽出若干贯钱来散发给园中其他妈妈们，道理很简单：

> 你们只管了自己宽裕，不分与他们些，他们虽不敢明怨，心里却都不服，只用假公济私的多摘你们几个果子，多掐几枝花儿，你们有冤还没处诉。他们也沾带了些利息，你们有照顾不到，他们就替你照顾了。

就是这么一点点小小的经济政策，却收到了很好的效果：

> 家人都欢声鼎沸说："姑娘说的很是。从此姑娘奶奶只管放心，姑娘奶奶这样疼顾我们，我们再要不体上情，天地也不容了。"

这便是有名的"时宝钗小惠全大体"了。通过这一件事情，不但证实了薛宝钗的金钱意识的确很强烈、浓厚，而月还让我们似乎有了一个新的发现，在对待金钱的态度上薛宝钗竟比精明的当家人王熙凤要高明得多。王熙凤只是一味地聚敛钱财，统归己有，而且非常吝啬。古时候有个杨朱，他"拔一毛而利天下不为也"，王熙凤却比他还有过之，她是拔一毛而己有利也不为。所以在她的淫威下逼得鲍二媳妇上吊死了，消息传来，本来"贾琏凤姐儿都吃了一惊"，而当林之孝家的来回说，鲍二家的娘家的亲戚"要告"官司，因她"许了几个钱，也就依了"时，凤姐儿道："我没一个钱！有钱也不给！只管叫她告去，也不许劝她……"随后又专门叮嘱要出来处理此事的贾琏："不许给她钱！"（第四十四回）真是一毛不拔。而薛宝钗就不一样，她既重视钱财，也舍得花钱，该出手时就出手。她不但主张王夫人应出点银子打点金钏儿的死，她自己也舍得出资为史湘云设螃蟹宴，史湘云送给她的"绛纹戒指"她又大方地转送给了花袭人（第三十三回），更难得的是，薛蟠从江南带回来一些土特产，薛宝钗也能派人把它们给贾府的人处处送到。（是否也有点"小惠全大体"的味道？）（第六十七回）正是有这样的不同，结果也就迥异：王熙凤因此陷入了"一家子大约也没个不背地里恨"她的困境，而薛宝钗却得到了谁也不曾享有过的赵姨娘的由衷赞誉。即使这不是事情的全部原因，也应该是很重要的原因吧。

当然，这里只是顺便说到在驾驭金钱的艺术方面，薛宝钗远远比王熙凤高明，但这丝毫不会掩盖她身上的铜臭味。

林黛玉呢？无论是对金钱的意识或是知识方面都远远不能与薛宝钗相比。第五十七回，当薛宝钗正在张罗为邢岫烟赎回当在她家当铺里的棉衣时，林黛玉和史湘云两个傻孩子竟不知当铺为何物，待稍稍弄明白后，还傻乎乎地说："人也太会想钱了，姨妈家的当铺也有这个不成？"薛宝钗自然也属于这"会想钱"者之列。林黛玉至今却还没弄明白呢！可见二人的距离。

薛宝钗有铜臭，林黛玉有的却是书香。

第四十回，贾母带着刘姥姥众人游大观园，首先就来到潇湘馆，众人坐定后，

> 刘姥姥因见窗下案上设着笔砚，又见书架上磊着满满的书，刘姥姥道："这必定是那位哥儿的书房了。"贾母笑指黛玉道："这是我这外孙女儿的屋子。"刘姥姥留神打量了黛玉一番，方笑道："这那像个小姐的绣房，竟比那上等的书房还好。"

林黛玉日夜就生活在这样一个环境里，能不充满书香吗？林黛玉在遭遇"一年三百六十日，风刀霜剑严相逼"的痛苦日子的同时，能给她精神以快乐，支持她生活下去，除了主要是爱情的滋润外，书卷的陶冶也应该是重要的 个方面。她在与宝玉共读《西厢记》时，可以想见，自然是其乐无比；元妃省亲命众人赋诗时，林黛玉本来准备"安心今夜大展奇才，将众人压倒"，也应是精神亢奋的时刻，可惜元妃只让各写一首，"林黛玉未得展其抱负，自是不快"。后来又主动替宝玉写了一首，也许得到些许心理上的补偿吧！直到第三十八回，众人题写螃蟹诗时，宝玉激她说："你这会子才力已尽"，不能作了，

黛玉听了，并不答言，也不思索，提起笔来一挥，已有了一首。

大概只有这会子，林黛玉才得到了诗才充分发挥的尽兴快慰了。我们曾经谈到林黛玉是如何热情地教香菱写诗，这除了出于她的乐于助人精神之外，也由于这正合了她的喜好性子。从其居处到其行为，林黛玉无处不在散发着阵阵书香。

林家是世代书香之族，父亲又是前科探花，从小父母都教她读书，而且还专门请了贾雨村做家庭教师，培育出这样一个林黛玉来就不足为奇了。

恰恰薛家却是一个有百万之富的皇商家庭，"现领着内帑钱粮，采办杂料。"但那位霸王薛公子却"一应经济世事，全然不知"，反而要其妹来"留心针黹家计等事"（第四回）。

看来，林黛玉的书香和薛宝钗的铜臭都是其来有自，绝非偶然。

谲诈与憨厚

俗话说，无商不奸，或者说，无奸不商，意思是一样的。但这话不能理解得太绝对，因为讲诚实、讲信用的商家总还是有的，不过恐怕大多数都是"奸"的，否则也就不会有这么一句话流传了。商家的"奸"，当然首先是在做生意上，但恐怕很难想象，这种人在做生意之外的为人处事上是不"奸"的。薛宝钗就是这样一个人，一个谲诈之徒。

所谓谲诈，就是说话做事不诚实，就是要损人利己，就是要耍手段，算计他人；最谲诈的人就是在做这一切的同时，人家还察觉不出来，甚至还要感激他，说他是好人。薛宝钗也就是这么一个人。

第三十七回，薛宝钗在为史湘云起诗社做东道设计螃蟹宴时，曾向她传授一条做人的秘诀：

> 既开社，便要作东。虽然是顽意儿，也要瞻前顾后，又要自己便宜，又要不得罪了人，然后方大家有趣。

这里虽然是就诗社做东说的，实际上也道出了宝钗一条日常做人的原则。由于这条原则的本身带有明显的不协调性：既要处处自己都得便宜，又怎么能不得罪人呢？为要把这种不协调弄到协调，就只能耍心机、用手腕，坑瞒哄骗，表里不一，她占尽了便宜，你不但一无所知，甚至还对她心悦诚服。环顾一下薛宝钗的所作所为，不是尽多这种行

144

径么？前面在谈别的问题时已经提到的事例我们只略加点到，然后再举点其他事例来补充说明。

滴翠亭前的"金蝉脱壳"，使薛宝钗成功地摆脱了偷听别人隐私的嫌疑人身份，隐私权受到侵害的当事人被骗了，毫无干连的人却被诬陷了还蒙在鼓里，而这个人确是薛宝钗一直要加以伤害的对头。这可以说是薛宝钗一个既得便宜又不得罪人的典型例子，她做得十分出色，无怪乎她脱身后会"一面说一面走，心中又好笑"，大概是在自我欣赏自己的杰出表现吧。

第二十八回，贾母派人到王夫人处叫宝玉、黛玉过去吃饭，因为刚才二人闹了点小别扭，黛玉便先走了，宝玉赌气不去，薛宝钗便当着王夫人的面劝宝玉还是跟着去吧，因为"他心里打紧的不自在呢"。很明显，在这里，薛宝钗就显出了一副关心别人、有气度的样子，自然就获得了王夫人的好感，同时又使王夫人对林黛玉产生了完全相反的印象，而同样的，林黛玉却一点也不知道。不折不扣的自己得了便宜，又不得罪别人。

第五十六回，探春理家时搞大观园承包，大家正商议管花草的没人在行，平儿推荐莺儿她妈善于此道，薛宝钗却不大愿意，并说这是"捉弄我"，原因是这次承包本园子里许多人都没有派上差事，把此事却给了一个"外人"，这不明显是因为薛宝钗之故？其结果势必得罪众人。因此薛宝钗就推出了另一个人：茗烟的娘老叶妈。她虽然不会侍弄花草之类，但她和莺儿她妈是两干亲，关系特好，有不会的，自可去问莺儿她妈，这样就谁也怨不上谁了。这件事情很典型地体现了：一件本可"自己便宜"却会"得罪人"的事，经薛宝钗一番偷梁换柱之后，又变成了既占了便宜，又"不得罪人"的美事。

有一件前面没有用过的材料也很有意思，弄明白它，对了解薛宝钗很有作用。第二十八回，贾宝玉向王夫人讨三百六十两银子为林黛玉配一料丸药，说"包管一料不完就好了"。王夫人当众就斥之为"放屁！什么药就这么贵"？贾宝玉极力解释说这方子是"真的"，并举出一个硬证来说：

> "前儿薛大哥哥求了我一二年，我才给了他这方子。他拿了方子去又寻了二三年，花了有上千的银子，才配成了。太太不信，只问宝姐姐。"宝钗听说，笑着摇手儿说："我不知道，也没听见。你别叫姨娘问我。"王夫人笑道："到底是宝丫头，好孩子，不撒谎。"宝玉站在当地，听见如此说，一回身把手一拍，说道："我说的倒是真话呢，倒说我撒谎。"

我们首先来分析一下这件事情提出来的表层问题：谁"说谎"了？是薛宝钗还是贾宝玉？或者还可以挑容易的一面来说：谁没有撒谎。很明显，贾宝玉没有撒谎。因为贾宝玉说的这个方子还举出了薛蟠来作证，如果说的是假话，他岂不怕在场的薛宝钗戳穿？而相反，贾宝玉不但不避忌薛宝钗在场，反而要王夫人如果"不信，只问宝姐姐"去。贾宝玉似乎还不至于笨到这种程度吧。或者有人会说，你这只是推理罢了，还无实证。但一时间又如何去找薛蟠来对质呢？谁知偏在此时，原在"里间屋里看人放桌子"的王熙凤听见外头的人在说此事，便跑了出来说："宝兄弟不是撒谎，这倒是有的。"并把薛蟠曾来找她求戴过的珠子用去配药的过程和细节都说了，这就是无可辩驳的事实和铁证了。无怪乎刚才被冤枉得只会"一回身把手一拍"的贾宝玉，这会子竟高兴得念一句佛，说："太阳在屋子里呢！"

　　当然，说贾宝玉没有撒谎，并不等于薛宝钗就一定撒谎了，这两者之间是不能画等号的。但只要对我们前面说到过的薛宝钗其人有所了解，则完全可以断定，薛宝钗是撒谎了的，她完全知道贾宝玉说的这个方子是真的。因为薛宝钗对周围的事情是如此的关心，处处"窥察"，贾府的许多事情本府的人不知道，她却知道；史湘云家的隐秘事情她也能知道；她自己家里、她亲哥哥发生的事情她能不知道吗？如果说，这是一件突发的事情，她一时间不知道也有可能，可这是一件薛蟠折腾了二三年（还不说薛蟠向贾宝玉求方子求了一二年时间）花了"上千的银子"的事，薛宝钗竟会不知道？那她岂不是也变成"薛呆子"了！

　　或许有人会说，薛宝钗敢当着王夫人的面撒谎吗？这倒完全不必为她担心。因为薛宝钗本来就是一个撒谎高手，别的不说，就在上一回（第二十七回），她不就在滴翠亭前当着两个丫鬟的面大模大样地撒谎吗？

　　当然，薛宝钗并不是什么时候、任何事情都撒谎，如果那样，那还能算是人吗？因此我们需要弄明白的是她为什么要在这件事情上撒谎。其缘由并不复杂。首先，薛宝钗并不情愿贾宝玉当众为林黛玉讨银子配丸药的事情能成功，其心理作用很容易捉摸得到。其次，也是最关键的，薛宝钗看得出王夫人根本就不愿为林黛玉出这三百六十两银子。因为王夫人一听贾宝玉所说，不分青红皂白就加以驳斥："放屁！什么药就这么贵？"其内心情状谁都看得出，更不用说薛宝钗了。在这样的情形下，如果薛宝钗证实贾宝玉说的方子是真的，那岂不叫王夫人难以下台？所以，即使薛宝钗平素是一个不擅撒谎的人，这一次权衡利弊得失，也不免要硬着头皮撒一次谎了。何况她本就是一个撒谎老手呢。

检验一下事情的结果，很明显，薛宝钗这次的撒谎又是值得的：首先是贾宝玉想为林黛玉配丸药的打算泡了汤，薛宝钗得遂所愿；其次，也是更重要的，薛宝钗进一步得到王夫人的赏识："到底是宝丫头，好孩子，不撒谎。"《红楼梦》的笔墨多有趣啊！

这样，薛宝钗又一次实现了既占了便宜，又不得罪人的做人诀窍。因为憨厚可怜的贾宝玉还真以为薛宝钗是不知道，后面还为她打圆场呢！

还需要补充一点，薛宝钗的这条人生秘诀，其实践的结果，确是表面不得罪人，但往往会伤害人，只是被伤害者本人并不知情。前面四例中就有三例是如此，而被她伤害的人都是林黛玉。

林黛玉天资聪颖，"心较比干多一窍"，论其天赋资质，决不逊于薛宝钗，甚或过之。但因后天所受陶冶的不同，两人在一些事情上的差异可能就很大。在懂得如何"做人"这一点上，两人的差异可能就有天壤之别了。

谁能从林黛玉那里找到哪怕一点点像薛宝钗那样占"便宜"的行径呢？绝对不可能。因为林黛玉从没有想过（自然也就从没有做过）要去奉承、讨好、巴结谁，也没有想过要去笼络、勾结谁，更没有想过要去算计、伤害谁。她没有对周围的人、事"留意窥察"的嗜好，也就不会根据"窥察"的结果来决定或调整自己的言行。她只是我行我素，任其自然，优点缺点都展现在别人面前。在她那样的环境里，如此坦然的"做人"，可真难得，自然也就生活得不容易，这一点古今皆然。而更为"糟糕"的是，她连许多普通人都有的"害人之心不可有，防人之心不可无"的意识也没有，从不对人设防，别人在背后算计、伤害她，她一点也不知情。她曾经凭着直感，觉得薛宝钗其人"藏奸"，却没有想过她有没有对自己使坏？更没有想过要如何防备她。当薛宝钗弄了一点小动作对她示好，她便感激莫名，竟把曾认为她"藏奸"这样极秘密的想法也和盘告诉薛，并诚恳地自我检讨。由于她从来没有伤害别人的思想，所以她完全想象不出世界上还有这样谲诈的奸人使坏到如此恶毒的程度，更何况还是一种戴着假面具的害人高手。

薛宝钗由于谲诈，所以她占尽便宜却不得罪人；王熙凤由于骄横，所以她占尽便宜也四处树敌。王熙凤在"做人"的功夫上，远逊于薛宝钗一大截。林黛玉因为憨厚，常常吃了亏还被蒙在鼓里，甚至去感激对她使坏的人。要说"做人"，她也谈不上什么功夫；若与薛宝钗相比，薛自然达到了高手的境界，而林黛玉，她恐怕就只能算是幼儿园里一个尚不省人事的小孩罢了。

薛宝钗在人前"装愚守拙"，而背地里却狡猾谲诈，这种情况使得很多人难以认清她，其实这种人的存在并不奇怪，而且古已有之。孔子曰："古之愚也直，今之愚也诈。"[1]其薛宝钗之谓乎！

1　出自《论语·阳货》。

结党与独善

　　薛宝钗作为一个客居贾府的亲戚，尤其是一个年轻的女孩子，却对贾府的主仆上下、各方人等都关照周到，热心体贴，因而获得一片赞扬声，显得颇为突兀。因为无论是林黛玉、史湘云还是后来来的邢岫烟、薛宝琴、李纹、李绮等，均无丝毫这种表现。如果这仅是一种个性特点，喜好结交、关心他人，倒也无可厚非，甚至可说是一种优点。不过，如果我们再作细致一点的观察，就会发现，薛宝钗的这种特点，除了表现在对贾府的上层人物如贾母、王夫人等（这是可以意料得到的）之外，最为突出的应该就是对待一个丫鬟花袭人了。当然，由于各种因素的影响，一个人的社会交往，绝对不可能对每个人的关系都一样，自然会有疏密厚薄的不同，这是完全正常的。只是，一个尊贵自矜的小姐，却如此屈尊对一个素无瓜葛（不像史湘云从小就和袭人在一起，关系好一些并不奇怪）的别人的丫鬟如此超乎寻常地交好，在不明其底里之前，就不免让人产生疑团。但如果仅止于此二人交好，而不影响其他人和事的话，则虽会产生一丝疑问，也大可不必深究，因为这毕竟只是她们两人之间的事情。可薛、花二人之间的关系却并不如此，她们交好在一起，是以二人各自的特殊身份为对方提供方便、互相支持，从而都得到好处、达到各自目的为结果的。我们可以综合前面的论述，列举一些她们之所为及其效果。

　　宝玉挨打后，袭人在王夫人面前特意说"宝姑娘送去的药，我给

　　　　　　　　　　　　　　　　　　　　　　　　　钗黛之辨

二爷敷上了，比先好些了"（第三十四回）明显是为薛宝钗摆功。

薛宝钗常在怡红院待到深夜，弄到丫头们都"三更半夜的不得睡觉"（第二十六回），晴雯因此已经在发牢骚了，如果没有花袭人的安排照应，她是不可能这样赖着不走的。

薛宝钗在一个炎热的中午，神不知、鬼不觉地又来到怡红院，贾宝玉已经睡着了，袭人故意把坐在宝玉床边的位置让给宝钗坐了，自己跑到外面。薛宝钗便坐在宝玉"身边做针线，旁边放着蝇帚子"（第三十六回）。沉醉之情，使她陷入一种忘我之境，连窗外接连有人把她当西洋景看也毫不察觉。不是花袭人的精心安排，薛宝钗怕是做梦也享受不到这种"福分"的。

贾宝玉被打后在怡红院养伤，袭人提出要"烦他莺儿来打上几根络子"，其实于这种活计袭人本身就会，第二十四回就写到过"袭人因被薛宝钗烦了去打结子，……"更何况编织之类的技术怡红院里还有晴雯这样独一无二的高手呢！本无需特地把莺儿"烦"了来。但正因为莺儿来了也坐在宝玉病床边，才有机会为她的小姐薛宝钗大作宣传："你还不知道我们姑娘有几样世人都没有的好处呢，模样儿还在次。"莺儿的一番谈话和"娇憨婉转"的表现，使得"呆子"贾宝玉"早不胜其情了"（第三十五回）。花袭人真的是不遗余力处处在为薛宝钗制造影响的。

也是在宝玉挨打之后，花袭人借此题目向王夫人提出一个建议："怎么变个法儿，以后竟还叫二爷搬出园外来住就好了。"（第三十四回）花袭人为什么要冒着"连葬身之地都没了"这样的大风险来提这个建议呢？原因很明显，如果真的把贾宝玉搬出大观园外，必然是会大大妨碍宝、黛关系的发展，这对宝钗有利，而对黛玉不利。袭人的主意，实是说出了薛宝钗心中想说而不能说的话。花袭人这一着可是厉害得很，只是未能如愿而已。

花袭人如前所述，不仅挑拨湘云、黛玉的关系，攻击黛玉，而且公开将钗、黛对比，妄加訾议，一个奴才敢如此对待主子，已经是非常罕见的了，更有甚者，因为黛玉，袭人这奴才竟敢牵连着对贾母也发泄不满。史湘云因黛玉误剪了她给宝玉的扇套子，生气说"他既会剪，就叫他做"。袭人竟一股脑儿把贾母与林黛玉拉在一起排揎了一通："他可不做呢。饶这么着，老太太还怕他劳碌着了。大夫又说好生静养才好，谁还烦他做？旧年好一年的工夫，做了个香袋儿，今年半年，还没见拿针线呢！"（第三十二回）应该说，从主体上来看，花袭人是一个很合格的封建奴才，但只有在对待林黛玉的态度上，她却表现得十分出格，不安本分。唯一的解释只能认为，她这是为了迎合薛宝钗的需要，当然，也是符合她本人利益的。但最主要的原因还是前者，否则，她就是有这个贼心也没这个贼胆。

花袭人为薛宝钗如此尽心卖力，并没有白干，她是得到了丰厚的回报的。我们只需举出两点，就足以充分反映出来。

第一，在第三十六回，王夫人在向王熙凤询问丫鬟们的月钱情况时，当众吩咐道：

> "把我每月的月例二十两银子里，拿出二两银子一吊钱来给袭人。以后凡事有赵姨娘周姨娘的，也有袭人的，只是袭人的这一分都从我的分例上匀出来，不必动官中的就是了。"凤姐一一的答应了。

请看，袭人还没有成为姨太太，就开始享受姨太太的待遇了，自然，也就定位成了未来的姨太太了。贾府的丫鬟中谁曾有过这种好事情呢？袭人曾经用装狐媚子等等手法梦寐以求的东西，现在竟毫不费力成为现实，这是何等意外的美妙啊！当然，当上了姨太太，并不一定就是交上了好运，有时候可能还会是噩梦的开始，眼前的赵姨娘就是现成的例子。但是我们却完全不必为袭人担心，她的日子可好多着呢！

第二，在第五十一回，袭人的妈病了，她获准回家探视，这已是一种殊荣了，须知，鸳鸯在南京看房子的父亲死了，她想去看最后一眼还不可得呢。而且，袭人还不是悄没声儿地回去一趟就算了，她的回家还有好大的排场哩，这排场还是秉承王夫人之意旨，由王熙凤

> 吩咐周瑞家的："再将跟着出门的媳妇传一个，你两个人，再带两个小丫头子，跟了袭人去。外头派四个有年纪跟车的。要一辆大车，你们带着坐，要一辆小车，给丫头们坐。"

我们不妨统计一下，袭人这次回家，竟有一个随行队伍，随行人员达八人之多，还有一辆大车加一辆小车。仅此还不算，袭人本人除了也穿得整齐醒目之外，还按主子的吩咐："大大的包一包袱衣裳拿着，包袱也要好好的，手炉也要拿好的。"临走时，王熙凤还赏给她一个进口料子的"哆罗呢包袱"和一件大毛皮褂。谁曾见过一个丫头是如此荣耀地衣锦还乡的呢？我曾写过一篇文章叫《元妃省亲与袭人探母》，认为这两件看起来有天渊之别的事件，却有着许多极其相似之处。简而言之，就是元妃和袭人都在各自所处的社会层面中达到了辉

煌的极致。要说有什么不同的话，那就是袭人的这种辉煌已经是超出常规了。

袭人得到的这一切，自然都是来自王夫人的恩赐。而王夫人会如此垂青袭人，乃是薛宝钗在她们之间穿针引线的结果。这一点，前面已经有过详细的分析了。

说到这里我们便会明白薛宝钗为什么要这样下力气去结交袭人了。因为只有袭人能成为她谋求的"金玉良姻"中的最好搭档，能做到许多薛宝钗本人所不能做到的事情，她们的关系带有强烈功利性的目的。同时我们还会明白，她们为了自身的私利，必然会、也已经是做了许多不择手段陷害、打击别人的事情，那对象便是林黛玉。

在薛、花的关系中，起主导作用的当然是薛宝钗。出于同样的原因，薛宝钗其实还对史湘云采取过同样的手段，只是史湘云这个人和袭人的品性完全不一样，未能为其所用，效果极微罢了。至于通过其他途径拉关系的事还尽有，如前面提到过的莺儿认茗烟他妈为干娘一事，试想，如果不是薛宝钗在那里暗中操持，作为一个丫鬟，莺儿能有摆酒请客的能力和权利么？只是书上没展开来写她们的活动，这里也就点到即止、意义自明了。有了这么一些事例作基础之后，我们就可以再来看作者写得更为隐蔽的一件事了。第三十二回，与金钏儿被逼跳井，王夫人为此事在那里"十分过（意）不去"的时候，薛宝钗特意跑来"安慰"她，因王夫人说到要找两套衣服给金钏做"妆裹"，一时又没有合适的新衣，本有两套做好预备给黛玉做生日的衣服，又怕她"忌讳"，因此想"叫裁缝赶两套给她"，这时

　　宝钗忙道："姨娘这会子又何用叫裁缝赶去，我前儿倒

　　　　　　　　　　　　　　　　　钗黛之辨

做了两套，拿来给他岂不省事。况且他活着的时候也穿过我的旧衣服，身量又相对。"王夫人道："虽然这样，难道你不忌讳？"宝钗笑道："姨娘放心，我从来不计较这些。"一面说，一面起身就走。王夫人忙叫了两个人来跟宝姑娘去。

对这一段文字，一般人都解读为是写了薛宝钗善于做人，会讨好王夫人，而且又一次把林黛玉比下去了。这固然不错，因为字面上已经反映得很明显。但在此同时，这段文字里实际上还包含有另外一项很重要的信息，那就是那句初看起来似乎很不经意的"他活着的时候也穿过我的旧衣服"这话，如果我们"细考较去"就会觉得，金钏作为一个地位低下的普通丫鬟，她有什么可能去穿过一个外来客人家的小姐的衣服呢？在整个贾府中还从没见过这种情况，唯一的一种可能只有这位小姐因为什么特殊的缘故要特别青睐这个丫鬟，因而专门送了衣服给她，才会发生这样的事情。在读者还不太了解薛宝钗的为人时，这句话自然不会引起大家的特别注意，可当我们不断地见识过薛姑娘的上述行事后，这件事自然就会使我们想到，薛宝钗不是也在笼络、结交金钏儿么？如前所说，金钏本也是一个普通的丫鬟，但不同的是她却是王夫人的贴身丫鬟，这在薛宝钗的眼里，这个普通的丫鬟就绝对是非同一般的了，怎能不另眼相看而且还会有相应的行动呢？薛宝钗简直是在编织一张无形的网啊！

综合以前所述薛宝钗的各种所为，以及本节她与袭人的这种特殊关系，我们就很难抑制住对薛宝钗逐渐地形成一个看法：这完全是一种小人的行径！谓予不然，我们不妨回顾一下从古至今以及生活中所见到过的小人，他们大抵都有几个共同的特征：

第一，有强烈的私欲，一定要千方百计达到他既定的目标；

第二，为达目的，不择手段；

第三，溜须拍马，罔顾廉耻，但往往能获得"上面"的青睐，并有意无意间成了他的后盾；

第四，个人能力总是有限，所以一定要拉帮结派，这是判断是否小人的一个重要内容；

第五，他会用尽办法去陷害、打击他认为会妨碍他实现目标的人。即使别人从未招惹过他；

第六，较高档次的小人常常会故作姿态，制造假象，装腔作秀，扮做好人，使人不易辨识。

用这几点来观照薛宝钗，有哪一点对不上号呢？全对得上。她不仅是、而且是属于"较高档次"的那一种。也就因此，许多人都无法真正认识她。清人陈其泰在《红楼梦回评》第三回的总评中有说：

> 若宝钗、袭人则乡愿之尤，而厚于宝钗、袭人者无非悦乡愿，毁狂狷之庸众耳。王熙凤之为小人，无人而不知之；宝钗之为小人，则无一人知之者。故乡愿之可恶，更甚于邪愿也。读是书而谬以中道许宝钗，以宝玉、黛玉、晴雯、妙玉诸人为怪僻者，吾知其心之陷溺于阉媚也深矣。[1]

陈其泰认为薛宝钗的为人难以辨识，因而是"无一人知之"的小人，可谓独具慧眼。

1　《桐花凤阁评〈红楼梦〉辑录》，天津人民出版社，1981年，第54页。

　　　　　　　　　　　　　　　　　　　　　钗黛之辨

如果把薛宝钗的这种表现来比照林黛玉，那只能说是无从谈起了。林黛玉虽然也有自己的期盼，追求自己的爱情乃至婚姻，但她只把这当成两个人的事，从未想过要通过其他人事关系来实现它。她的为人处世，完全是按自己性格行事，而"林黛玉天性喜散不喜聚"（第三十一回），她极少去找人联络，而喜欢只身独处。即使有人相邀在姐妹之间串串门，她也总是婉言推辞。她的整个心思都沉浸在与贾宝玉充满酸甜苦辣的爱情之中。贾宝玉外出时间长一点，她便会神情恍惚、不知所措。第二十五回，贾宝玉随众人去参加王子腾夫人的寿诞，至晚方回来，那

> 林黛玉见宝玉出了一天门，就觉闷闷的，没个可说话的人，至晚正打发人问了两三遍回来不曾，……

处于这样一种心态下的林黛玉，我们能够想象得出她会去进行那种拉帮结派的勾当吗？

如果孤立地来说，对林黛玉的这种性格和行为，我们可以找出它的种种缺陷和不足，进行诸多的批评和贬责；但如果与薛宝钗的行径比较起来，情况又不一样了。"子曰：君子矜而不争，群而不党。"[1]在这一点上，林黛玉与薛宝钗的不同，其君子与小人之别乎？

---

1 《论语·卫灵公》。

钗、黛与湘云

在"金陵十二钗"中，薛宝钗、林黛玉、史湘云是贾府的三个"外来妹"，但都是重要人物，在书中比贾氏三姐妹的分量还重，还都是贾宝玉婚恋故事中的重要角色。只是一般人对史湘云在这方面的意义还估计不足。这三个人之间又有着许多错综复杂的关系，所以，如果从史湘云这条线上去观察一下钗、黛二人，也许又可增加一些对她们的认识。

或许是由于有父母双亡、寄人篱下这样悲怆的共同命运，林黛玉和史湘云这两个性格颇为不同的女孩子打一开始关系就非常好。作品在第二十回第一次写到史湘云来到贾府后，当天晚上便

> 大家闲话了一回，各自归寝。湘云仍往黛玉房中安歇。

一个"仍"字，说明湘云以前来贾府都是和黛玉住在一起的。作者还特别写到，第二天刚天明时，贾宝玉便来到林黛玉处，

> 只见他姊妹两个尚卧在衾内。那林黛玉严严密密裹着一幅杏子红绫被，安稳合目而睡。那史湘云却一把青丝拖于枕畔，被只齐胸，一弯雪白的膀子撂于被外，又带着两个金镯子。

两人虽然睡姿不同，但都显得安宁、醋甜，说明二人关系的融洽、祥和。

当然，二人的关系主要还体现在对一些事情的态度上，在这方面尤其林黛玉对史湘云表现得非常好，不愧是一个林姐姐。

请看，就是宝玉来到黛玉房中的那天早晨，

> ……湘云洗了面，翠缕便拿残水要泼，宝玉道："站着，我趁势洗了就完了，省得又过去费事。"说着便走过来，弯腰洗了两把。紫鹃递过香皂去，宝玉道："这盆里的就不少，不用搓了。"再洗了两把，便要手巾。……见湘云已梳完了头，便走过来笑道："好妹妹，替我梳上头罢。"湘云道："这可不能了。"宝玉笑道："好妹妹，你先时怎么替我梳了呢？"湘云道："如今我忘了，怎么梳呢？"宝玉道："横竖我不出门，又不带冠子勒子，不过打几根散辫子就完了。"说着，又千妹妹万妹妹的央告。湘云只得扶过他的头来，一一梳篦。

这是何等亲密、贴近的一幕，而这一切就发生在林黛玉的房里，她的眼前。林黛玉却没有一点不乐意的表现，足见她对史湘云是如何友好了。其实，如果不是这样，贾宝玉也就不敢在她面前如此"放肆"了。

同样发生在史湘云这次到贾府来的另一件事，便是大家熟知的史湘云当众说出台上的戏子"倒像林妹妹的模样儿"，大大伤害了林黛玉的自尊心，引发了一场大风波。这件事情虽说史湘云乃因口没遮拦，出自无心，但客观效果总是伤害了别人。而我们却看到，在这场风波中，林黛玉始终没和史湘云发生过正面冲突，没在人前背后抱怨过她一句，而是把怒气和委屈都发泄到贾宝玉身上去了。而且最后的结果是林、史二人的关系并未因此受到损害，"仍复如旧"（第二十二回）。这显然是林黛玉包容了她，没使"小性儿"与之计较。

　　需要指出一点的是，林黛玉与史湘云的交好，纯是一种个人的意气相投，它没有什么功利目的，也不牵扯到与他人的关系，是一种单纯的、洁净的友谊。

　　而薛宝钗则没有那么简单，在与史湘云的关系中，她后来居上，远远超出了林黛玉与史湘云的关系，并得到了史湘云由衷的极力称赞。而其中的不少事情却颇值得人们去寻味。

　　也就是在第一次写史湘云到贾府的第二十回，由于当时贾宝玉是在薛宝钗处一起过来迎接史湘云的，林黛玉不满意，和贾宝玉顶撞了几句后赌气回了房，宝玉忙就跟了来，解释安慰了几句，谁知二人

　　　　正说着，宝钗走来道："史大妹妹等你呢。"说着，便推宝玉走了。这里黛玉越发气闷，只向窗前流泪。

薛宝钗说的"史大妹妹等你呢。"这句话，如果孤立地来看它，其意思是颇为含糊的，我们弄不清到底是史湘云让薛宝钗来叫贾宝玉，还是薛宝钗自作主张假史湘云之名来拉走贾宝玉。但根据我们对薛宝钗的已有了解以及前后的情节，我们可以断定，薛宝钗此举与史湘云无关，而是她耍的一个伎俩，因为要真的是史湘云让她来的，她能不堂堂正正地说出来而这样含糊其词吗？前后的情节也完全可以证实这一点。试看之前所说到"洗脸""梳头"等情节，史湘云、贾宝玉、林黛玉的关系如此融合，有什么事史湘云不可以自己找贾宝玉，而要劳烦这样一个"外四路"的薛宝钗来"居中"代劳吗？而且当时史湘

　　　　　　　　　　　　　　　　　　　　　　钗黛之辨

云初到，正和许多人一起在大厅里，仓促间能把贾宝玉拉出来干什么呢？再说，贾宝玉被"推"出去，还"没两盏茶的工夫"又回到林黛玉那里，而且两人还没说到一阵子话，史湘云便走来笑道："二哥哥、林姐姐，你们天天一处顽，我好容易来了，也不理我一理儿。"如果刚才被薛宝钗拉去是见了正在"等"贾宝玉的史湘云，那么史湘云怎么能转眼又跑来说这样的话呢？这个情节分明是告诉了大家，刚才出去一阵子的贾宝玉根本就没会着史湘云。至于被薛宝钗"推"到哪里去了，就只好另请高明去考证了。

其实，薛宝钗干的这件事，只是她初露锋芒，在宝玉、黛玉、湘云之间耍的一点小滑头，它的起因倒并不复杂：黛玉不满宝玉、宝钗在一起而赌气回房，宝玉便跟去自然是赔小心。于是薛宝钗便借史湘云之名又把贾宝玉"推"走了，它的结果是更刺伤了林黛玉，使得她"越发气闷"，"向窗前流泪"。即使林黛玉对"史大妹妹在等"宝玉之说也可能产生怀疑，但也无法加以对证，自然也可能与史湘云之间产生芥蒂，刺伤林黛玉和使林黛玉对史湘云产生不满，自然都是薛宝钗所希望的。也许辩者会说，薛宝钗只不过是以牙还牙，报复一下林黛玉而已。但林黛玉只是意气用事，针对的乃是贾宝玉，绝没有想到要在薛宝钗身上产生什么作用；而薛宝钗的作为无论从目的到手段都显得居心叵测，而且伤害了林、史的关系，实质上也同时伤害了史湘云，只是她意识不到而已。

以后的薛宝钗便对史湘云进行了大量的联络，其方式和手法我们不得而知，但从效果来看，她是获得了很大成功的：史湘云把在叔叔婶子家里一般人都不知晓的秘密隐情都告诉了薛宝钗，又在人前大赞薛宝钗的好处。如第三十二回就写到薛宝钗听袭人说要找史湘云帮做宝玉的针线活儿，便告诉袭人史湘云在家里"一点儿做不得主"，针线活儿都是自己做，"这几次他来了，他和我说话，见没人在跟前，他就说家里累得很。"同一回还写到史湘云当着贾宝玉的面对花袭人说："我天天在家里想着，这些姐姐们再没一个比宝姐姐好的，可惜我们不是一个娘养的。我但凡有这么个亲姐姐，就是没了父母，也是没妨碍的。"这薛、史二人是相处得如何的好啊！如果薛宝钗也像前面提到的林对史之间的友谊那样真挚、纯朴，而不掺杂有其他东西的话，自然是绝好的事情。但事情却也未必然。我们仍然在第三十二回看一件事，它就发生在史湘云当袭人之面大说薛宝钗好话之前。当时花袭人还不知道史湘云在家里的情况，又求她帮做一双鞋，却未说明是给谁做的。史湘云已知"是宝玉的鞋了"，

> 史湘云道："论理，你的东西也不知烦我做了多少了，今儿我倒不做了的原故，你必定也知道。"袭人道："倒也不知道。"史湘云冷笑道："前儿我听见把我做的扇套子拿着和人家比，赌气又铰了。我早就听见了，你还瞒我。这会子又叫我做，我成了你们的奴才了。"

后来贾宝玉、花袭人都先后解释，贾宝玉当时并不知道是史湘云做的扇套子，是袭人"哄他"说是外头一个会做针线的女孩子做的，让贾宝玉拿去看看，贾宝玉便拿出去和这个比和那个比，不知怎样得罪了林黛玉，又被她铰了。可见林黛玉完全是对贾宝玉使性子才铰了这扇套子，宝玉都不知是湘云做的，林黛玉就自然更不知情了。所以这完全是一个误会，而不是林黛玉针对史湘云有意干什么。作为旁人来

　　　　　　　　　　　　　　钗黛之辨

说，就更不应该把它当一回事了。然而偏偏是这么一件别人很不足挂齿的事，却有那么一个长舌妇很快就告诉给了史湘云。她是谁呢？从史湘云不满意袭人"你还瞒我"的话自然排除了她。那么，除袭人之外，还有谁会、并且能够去告诉史湘云？恐怕谁都难以为之隐讳，只能是非薛宝钗莫属了。如果说，上一回薛宝钗借史湘云之名从林黛玉身边"推"走了贾宝玉，我们说她是居心叵测的话，这一回就只能说她是别有用心了。尽管贾宝玉、甚至花袭人都在解释这件事（花袭人之所以也要解释乃是因为此误会是因她而起的），最后史湘云还是愤愤不平地说："越发奇了。林姑娘他也犯不上生气，他既会剪，就叫他做。"史湘云之所以不满，除了事情的本身之外，谁还知道薛宝钗在对她说这件事时是如何添油加醋的呢？有一点我们当然还是清楚的，利用这件事薛宝钗又在背后大施手段，又一次伤害了林、史之间的感情，而可怜的林黛玉照例又被蒙在了鼓里，而且永远不会有人把真相告诉她。

　　事情自然不会到此为止，有了这样好的局面，薛宝钗怎能就此打住？试看，新的行动不就又接着来了。

　　第三十七回，大观园建起了诗社，史湘云因后来，自认罚做一个"东道"，于是，

　　　至晚，宝钗将湘云邀往蘅芜苑安歇去。湘云灯下计议如

　何设东议题。

这样一来，一直是在黛玉处安歇的史湘云从此便转移到薛宝钗处去了。这一个晚上，薛宝钗都在全身心地与史湘云商"拟菊花题"，并发表了一通诗论。薛宝钗不总是高唱"女子无才便是德"并讨厌女子

作诗么？香菱要学诗，她的态度如何更是反映了她的真面目。那么怎么今晚又如此大发诗兴呢？其实，拟诗题只是手段，借此把史湘云拉来蘅芜苑安歇才是目的。因为在拟诗题的同时，她还为史湘云设计、代办了螃蟹宴，还掏心为史湘云传授了"既占便宜又不得罪人"的做人诀窍。这样贴心的关爱，自然会进一步得到史湘云的感戴。没有父母的孩子，尤其是女孩子，是最能感受到别人关爱的。后来的林黛玉不也是这样吗？

　　上面所说的其实还只是事情的一个方面，也是显而易见的一个方面，对薛宝钗来说却不是最主要的那一面。最主要的是什么呢？或许还是对林黛玉的影响吧！试想，从林黛玉的角度来说，一直和自己住在一起的史湘云，后来由于不断产生摩擦，最后竟住到她的"对头"薛宝钗那里去了，而且是永远告别了"潇湘馆"。甚至史鼎放了外任，全家随迁任所，贾母因舍不得史湘云而把她留了下来，本要王熙凤为她在大观园也安排一处住所，可是"史湘云执意不肯，只要与宝钗一处住，因此就罢了"（第四十九回）。十分敏感的林黛玉，对这一切难道会无动于衷吗？可是直性子的史湘云是无意的，薛宝钗纵然是有心的，又有谁能"窥察"得出而且会去说什么呢？林黛玉纵有万千委屈恐怕也只有化作悲泪一腔的分儿了。难道这不是使薛宝钗更为称心的效果吗？

　　这史湘云从此该是就这么跟定薛宝钗了吧。一个寄人篱下的孤儿，去哪里能找到这么一个贴心关爱自己的人呢？然而事情又常常有出乎常理之外者。薛、史二人的关系，并没有如想象中那么好地发展下去，似乎又出现什么问题了。请看第七十六回的中秋之夜，赏月之时，贾府已见衰兆，人丁散落，而宝钗姊妹也竟"家去母女兄弟自去赏月"

　　　　　　　　　　　　　　　　　　钗黛之辨

去了。林黛玉"不觉对景感怀，自去俯栏垂泪"。倒是

> 只剩了湘云一人宽慰他，因说："你是个明白人，何必作此形象自苦。我也和你一样，我就不似你这样心窄。何况你又多病，还不自己保养。可恨宝姐姐，姊妹天天说亲道热，早已说今年中秋要大家一处赏月，必要起社，大家联句，到今日便弃了咱们，自己赏月去了。社也散了，诗也不作了。倒是他们父子叔侄纵横起来。你可知宋太祖说的好：'卧榻之侧，岂许他人酣睡。'他们不作，咱们两个竟联起句来，明日羞他们一羞。"

黛玉见她如此，不肯负她豪兴和劝慰之情，于是便有了后面"凹晶馆联诗"之举。她们联的诗如何，我们可以搁置不论。这里最值得注意的是史湘云竟然在林黛玉面前发出了"可恨宝姐姐……"之语。须知史湘云从来只是会赞美宝姐姐的，不要说在别人面前说她的坏话，就是稍有损害她的行为也是不会有的。试看那次薛宝钗单独一人坐在贾宝玉床前做针线时，被林黛玉看见了，便拉了史湘云同来看西洋景。湘云一看，本来"也要笑时，忽然想起宝钗素日待他厚道，便忙掩住口"（第三十六回），还把林黛玉也拉开走了，表现出对薛宝钗何等尊重、关照。而现在却公开对她发出了"可恨"之声，实在不应小看了它的缘由。此事虽然是因宝钗未实现诺言自己跑回家赏月去了所引起，但实际上乃是积累了其他许多事情而借此来爆发的。只是作者含蓄之笔不肯把它直写出来，要由读者自己去体味罢了。

于是我们看到，过去对史湘云主动热情，关心到家的薛宝钗，现

在竟连说过的话也不肯兑现了。为什么会这样呢？说得最简单一点吧：以前连赵姨娘面前都要示好的薛宝钗，现在已经对老祖宗贾母也不感兴趣了（要知详情可参看"下篇"《贾母与薛宝钗》一章），她又哪有兴趣去给史湘云"作秀"呢？

最后又还是林黛玉、史湘云这两个孤女走到一起来了。通过史湘云与钗、黛关系的经历和变化，我们的比较能得出什么结论来呢？不妨各人自己去评说、品味吧。

袭人与晴雯

有一句俗话，意思是当你对某一个人的认识还把握不准时，不妨看看他的朋友是什么样的人。这话是有相当道理的。因为物以类聚，人以群分嘛。我们也正可以从这个角度来比较一下钗、黛二人。

薛宝钗最亲密的朋友当然是袭人了，而且在上一节我们已经描述过钗、袭二人是如何为了她们共同的利益而结党营私的。但对袭人来说，这是还远远不足以勾勒出她的全貌，我们还需要对此人的其他方面加以描画，只有这样才能对她有较全面的了解。当然，也就能较好地认识另外一个人了。

据袭人自述，当时是家里穷得"没饭吃，就剩我还值几两银子"，于是就卖到了贾府做丫头。后来大约家里条件好了，打算赎她出去，袭人"听见他母兄要赎他回去，他就说至死也不回去的"（第十九回）。袭人可不是甘愿做一辈子的奴才，她是另有筹谋，想爬上宝二姨奶奶的位置。由丫鬟变身做姨奶奶（或者姨太太），原是有人垂涎（如袭人）也有人鄙视（如鸳鸯）的，作为一个丫鬟，她想如何选择，本来就不必去考究她，可袭人在立下这个主意之后，却做下了许多不仅是不光彩的事。

首先，她想方设法，转弯抹角，装"狐媚子"与贾宝玉搞什么约法三章，让贾宝玉把她留下来。在离成为事实还相当遥远的时候，她便已飘飘然起来，公然在众丫鬟面前把自己和贾宝玉拉在一起称起

"我们"来，无怪遭到晴雯的痛斥了。

为了保证目的实现，袭人表面上装好人，暗地里却使手段，排挤、打压别人。李嬷嬷当面指着她说："谁不是袭人拿下马来的！我都知道那些事。"（第二十回）李嬷嬷的揭发袭人，与焦大的醉骂、薛"呆子"急怒时点穿薛宝钗，都是文中的"节骨眼儿"，不要随便放过。李嬷嬷这里说袭人的"那些事"是什么，我们不清楚，但从她后来陷害晴雯的种种行径来看，就可知她的一贯作为了。甚至连四儿、芳官等那些对她不构成任何威胁的小丫头，她也一个都不放过，连她们平时说的一些玩笑话，也都一一传到王夫人的耳朵里。无怪乎王夫人在抄检大观园时会得意地当众丫鬟之面说四儿："这也是个不怕臊的。他背地里说的，同日生日就是夫妻。这可是你说的？打量我隔的远，都不知道呢！可知道我身子虽不大来，我的心耳神意时时都在这里。难道我通共一个宝玉，就白放心凭你们勾引坏了不成！"（第七十七回）王夫人安置在怡红院内那个"心耳神意"是谁呢？这一点，应该是生活在怡红院里的人最心知肚明了。有两条线索颇足以找出它的答案。一是第三十七回怡红院内众丫鬟聊天说笑，大家齐呼袭人为"西洋花点子哈巴儿"；二是在"抄检"之后，贾宝玉当面责问袭人："咱们私白顽话怎么也知道了？又没外人走风的，这可奇怪。"袭人辩解一通之后，宝玉又说："怎么人人的不是太太都知道，单不挑出你和麝月秋纹来？"袭人听了，竟"低头半日，无可回答"。事情说到这个份上，那么怡红院里的那个内奸，不是早已领了王夫人每月二两银子特殊津贴的"西洋花点子哈巴儿"还会是谁呢？

就这么一个灵魂卑鄙的奴才花袭人，如果就这么去做一个彻头彻尾的奸恶奴才倒也罢了，可她偏偏还常常要摆出一副脸孔，要在人前扮样子，好像她是一个很正经的人似的。请看两件事：

第一，第六十七回，写夏末秋初的一天，袭人路过大观园的葡萄架下时，管葡萄架的老祝妈好意要摘一个果子给袭人尝尝，这袭人竟板着脸"正色"对老祝妈说："这那里使得。不但没熟吃不得，就是熟了，上头还没有供鲜，咱们倒先吃了。你是府里使老了的，难道连这个规矩都不懂了。"一番话说得何等冠冕堂皇啊！真是一个自觉的忠实奴才的形象。如果贾府的主子们亲耳听到这一切，该不知道会如何激赏这么一个难得的奴才！可是袭人真是一个这样死心塌地维护主子权益的可靠奴才吗？其实不然，只要回想一下前面说到的她如何攻击林黛玉、如何挑拨史、林的关系，甚至还对贾母也发泄不满，我们便会明白，她的重视奴才形象只是当面做给人看的，而当涉及她自身的利益时，那就是另外一回事了，哪有丝毫的"规矩"可言？这就充分显露了她的虚伪本质。

第二件事就不仅是显得虚伪了。前面已说过，袭人为了破坏宝、黛关系的发展，曾向王夫人建议"以后竟还教二爷搬出园外来住就好了"（第三十四回）。当时王夫人大吃一惊，拉了袭人的手问道："宝玉难道和谁作怪了不成？"袭人连忙否认有什么事，说只是"里头姑娘们也大了"，"虽说是姊妹们，到底是男女之分，日夜一处起坐不方便，由不得叫人悬心，便是外人看着也不象"。这叫"君子防不然"。否则，"二爷一生的声名品行岂不完了！"

单独听听这一段话，可是不简单，什么"男女之分"，什么"君子防不然"，什么"二爷一生的声名品行"，真是一派大道理，触耳惊心。尤其是在这么一个"安富尊荣者尽多，运筹谋画者无一"的贾府里，竟有人能当面如此细心体贴，为宝玉的一生大事着想，难怪王夫人会感动得合掌念佛，呼袭人为"我的儿"，而且当面嘱托"我就把他（按：指贾宝玉）交给你了"。至于以后还给袭人各种衣物、美食的赏赐以至姨奶奶的经济待遇，也就一点不足为奇了。

然而只要稍加思忖，我们便可看到，花袭人的这次行动至少有两点不妥。一是贾宝玉无论是和袭人说的"里头姑娘们"或是"姊妹们"都相处很好，并无任何出格的地方，袭人只不过硬要把她们拿出来作说辞罢了。其目的除了要借故企图让宝玉搬出园外，还有就是要借此大题目做文章在王夫人面前卖乖讨好，而且也确是收到了效果。二是王夫人听了袭人的话最担心的是宝玉"和谁作怪了不成"？王夫人怎么也料不到真正唯一和宝玉"作怪"过的人就偏偏是这个在她面前侈谈一番大道理，一点也不脸红、因而获得了她无比信任的人。在这里，袭人不仅同样虚伪，而且十分恶心无耻，是一个最令人厌恶不齿的人。所以在众多的《红楼梦》续书中，花袭人都无一例外地遭到了无情的唾弃和鞭笞。这一点，曹雪芹也是持同样态度的，他早就给了袭人严厉的惩罚。（参看本篇第六章第七节）

概述至此，袭人是一个什么人物，也就十分清楚了。就是这么一号人物，却成了薛宝钗的知心伙伴、铁杆儿搭档，薛宝钗会是怎么一个人，不也非常明朗了吗？还要指出一点的是，她们俩会这么紧密地走到一起，还不仅仅是由于共同的目标和利益所驱动，更主要的是两人共有的思想和品性所使然。第二十一回，薛宝钗第一次见到袭人时，听了她说几句话，便觉得此人"倒有些识见"，再进一步"留神窥察"后，便产生了"其言语志量深可敬爱"的感觉，真是"心有灵犀一点通"，一拍即合，又怎么会不自然地"类聚"到一块儿来呢？

"旧红学"中广泛流传有"袭为钗副，晴为黛副"以及"影子"

　　　　　　　　　　　　　　　　　　　　　　　钗黛之辨

说之类，从某个角度来说明她们之间的某种关系，确是有一定道理。但钗、袭与黛、晴之间，既有相同之处，又有很不一样的地方。相同之处是这两组人之间，性格和品位都颇为相似，没有这点相同，也就很难把她们拉到一起来说了。而很不一样的地方就是，钗、袭二人关系极为密切，接触频繁，配合默契，互为所用；而黛、晴之间关系却极为疏淡。几乎看不到她们之间有什么接触、往来，除了奉宝玉之命，晴雯去给黛玉送过一次旧手帕，还只是问了两句，黛玉便说"放下，去罢"之外（第三十四回），就没有其他交往了。难怪薛宝钗仅凭声音就能辨识出怡红院里的丫鬟是谁来，而晴雯却听不出林黛玉的声音致使她吃了一顿闭门羹，且事后也毫不知情。

虽然如此，但林黛玉平时却对晴雯很好。这一点，许多人都不一定注意得到，因为它只是直到第七十九回宝玉在对黛玉谈论到晴雯时透露了一句：

"况且素日你又待他甚厚"，……

一方面，从书上所见，两人并无多少交往；一方面，贾宝玉又说林黛玉平日对晴雯"甚厚"，这只能说明，林黛玉只是在人品和气质方面很欣赏晴雯这个人，所以才会对她有一些"甚厚"之举，但和她却没有多少私交。更不用说会勾结在一起去谋私利，做出许多龌龊的事情来。这也就是所谓的"君子之交淡如水"吧！

晴雯这个人"心比天高，身为下贱"，她身为奴仆，却毫无奴颜婢膝，她作为下人，却有强烈的自尊心。她心胸开阔，疾恶如仇，敢说敢做，敢爱敢恨，得罪了主子，要被赶出去也绝不求饶。她是大观园里奴仆群中骨头最硬的人。也正是因为这些，她才成了"黛副"和黛玉的"影子"。她和"钗副"、宝钗的影子一样，都是被比喻得恰到好处的。

　　如果要精确地归纳一下这两个人的特点的话，她二人的名字或许正是最好的概括吧。袭人者，趁人不备加以攻击也；晴雯者，晴天的云彩也。这两个名字真是太有趣了，还有其他什么语言能更形象、逼真地比喻这两个人呢？当然，对照这两个人，只是一种手段，目的是什么？再说就成为多余的话了。

莺儿与紫鹃

　　既然通过与怡红院里两个丫鬟的关系，也可以对钗、黛进行一番对比，那么，考察一下钗、黛二人自己的贴身丫鬟，是否也可以获得一些什么信息呢？

　　要能成为钗、黛的贴身侍婢，自当不是等闲之辈，她们不但要能在日常生活起居上对主人提供悉心、周到的服务，而且还要心灵脑活，能动地、适时地、恰到好处地服务到主人的心坎儿里。曹雪芹用同一个倒茶的细节巧妙而又形象地表现了两人的这种特有能力。

　　第八回"比通灵"一节，莺儿"不去倒茶"给宝玉，连宝钗叫她也不去，这样的情形在一般人家或一般的丫鬟那里也是不允许存在的，它却发生在宝钗的贴身丫鬟身上，如此"失职"，岂非怪事！然而却因莺儿适时地说了一句"宝玉"上的两句话和金锁上的"两句话是一对儿"，方才演出了一场"比通灵""识金锁"的好戏，这是薛宝钗自己不好直接说出来的话，莺儿恰到好处地说出来了。自然，她因为不去倒茶"失职"的小事也就不值一提了。同样，第二十六回，宝玉到了潇湘馆，一进门就向紫鹃要茶喝，黛玉因正在和宝玉闹别扭，便吩咐紫鹃"别理他，你先给我舀水去罢"。紫鹃却笑着说："他是客，自然先倒了茶再来舀水去。"说着便倒茶去了。当客之面违背主人的指令，岂非比一般的"失职"还严重吗？然而紫鹃深知黛玉只是表面上与宝玉赌气罢了，如果自己竟当真起来，岂不成了一个傻乎乎的傻大姐了？这并不合黛玉的真正心意的。她敢于"抗旨"，正是她的聪明机灵之处。所以也像宝钗未怪罪莺儿一样，黛玉也没有责怪紫鹃。其实还不只是不责怪而已。

莺儿与紫鹃同样都是大观园里出色的丫鬟。这同样的"倒茶"的故事，只不过是一个小情节罢了。为了小姐的切身大事，两个丫鬟还有更为精彩的行动呢。第三十五回，宝玉因挨打后在怡红院养伤，袭人特意请了莺儿来为宝玉结络子，两人在聊天中谈起宝钗，莺儿竟当面向宝玉介绍起不能为外人道的宝钗特有的"好处"来："你还不知道我们姑娘有几样世人都没有的好处呢，模样儿还在次。"这虽然未必能对宝玉的爱情选择产生多大作用，但当时莺儿"娇憨婉转，语笑如痴"的形态，倒是令到宝玉"不胜其情"起来。作为一个丫鬟，能这样卖力地为其小姐作宣传，也真可谓一片忠心，十分难为她了。同样地，在这方面紫鹃也有非凡的表现。第五十七回，"慧紫鹃情辞试忙玉"，她巧设辞语对宝玉进行试探，一句"你妹妹回苏州家去"，竟把个宝玉吓得"一头热汗，满脸紫胀"，"两个眼珠儿直直的起来，口角边津液流出，皆不知觉"。李嬷嬷死掐他的人中"也不觉疼"，急得"捶床捣枕"地哭着说："这可不中用了！我可白操了一世心了。"就是这句话，让贾宝玉以激烈的方式公开了他和林黛玉之间至死不渝的爱情，也大大推动了小说故事情节的发展，可说是一石激起千层浪，因它与本节题旨无大关联，就不往下细说了。

莺儿与紫鹃在这方面的表现也同样是旗鼓相当的，不如此便不足以胜任她们各自的职位。以上说的是她俩相同之处。

由于生活环境的不同，尤其是她们贴身、竭诚所侍候的小姐不同，这两个丫鬟也显示出了明显的性格差异，而且又都和她们各自主人的性格差异息息相关。

　　林黛玉的性格喜散不喜聚，她爱一个人孤身独处，从来不主动去哪里串门走动，甚至探春、宝钗都曾分别邀她去探访别人，都被她一一婉拒了。紫鹃原本是贾府的丫鬟，自然认识的人较多，关系也会较复杂。书中曾多次写到贾府里的丫鬟、婆子们之间的各种关系和活动，但我们却从来没有见到过紫鹃和那些人有什么交往，更没有和谁产生过什么纠葛。她总是那么一心一意、悄无声息地守在林黛玉身边，全副身心都投入在她身上。一个大冷天，林黛玉虽然是和贾宝玉一起在薛姨妈家里，可"紫鹃姐姐怕姑娘冷"，巴巴地硬叫雪雁送了个小手炉来（第八回）；一个中秋之夜，林黛玉和史湘云在凹晶馆联诗到深夜，直至"怕就天亮了"，她们兴之所至，又应妙玉之邀，来到栊翠庵中饮茶，紫鹃却和另一些人到处好找，"一个园里走遍了"，才找到庵里见着了（第七十六回）；因紫鹃"情辞试"宝玉，把他弄疯了，竟不肯放她走，贾母只好用琥珀换了紫鹃来侍候宝玉，紫鹃身在怡红院，却老惦记着潇湘馆里的林黛玉，待宝玉稍有好转，她便向宝玉提出："你也好了，该放我回去瞧瞧我们那一个去了。"（第五十七回）……

　　莺儿却完全是另一种情况。她本是一个外来亲戚的丫头，按理应该循规蹈矩，尽一个丫头的本分，而不该生出其他的什么枝节来。试看黛玉的丫头雪雁、湘云的丫头翠缕不都是这样吗？然而莺儿却大大不然，她的种种作为，不但雪雁、翠缕不可与她相提并论，就是本府里的丫头紫鹃以至其他许多丫头，都远远不如她那么异乎寻常。她十分活跃，不像紫鹃长相厮守在黛玉身边那样紧随着宝钗。她喜欢四处游逛，生出许多丫鬟本职工作以外的事情来。比如，她作为一个暂住在贾府的亲戚家的丫鬟，却去认茗烟的妈为干娘，还认真"请吃饭吃酒"地操办了一番（第五十六回）；她奉宝钗之命和蕊官去潇湘馆取蔷薇硝，却因看见"柳叶才吐浅碧，丝若垂金"，便"且不去取硝，且伸手挽翠披金，采了许多的嫩条，命蕊官拿着。他却一行走一行编花篮，随路见花便采一二枝，编出一个玲珑过梁的篮子"（第五十九回），真是随兴所好，对她该做的事情却一点也不着急；一次怡红院里的红玉要描花样子总"找笔"不到，想了半天才想起："是了，前儿晚上莺儿拿了去了。"（第二十六回）这显示出莺儿也该是怡红院的常客了。而在紫鹃那里却是见不到这些举动的。

如果仅仅是这样，也可以说不过是莺、鹃二人有动、静性格的不同，尽可不必去议论它。但有些方面的事情，却又不仅仅如此而已。紫鹃的"静"，自然不与人发生纠葛，总是保持一种平和的心态和行为；"动"本来也不一定就不好，史湘云是一个好动的，但她和人的关系都很好，为人所喜爱。而莺儿在"动"中却往往会显示出一种傲气，甚至有盛气凌人之势。

一次莺儿与贾环玩骰子赌钱，因贾环输了不给钱，发生争执，被宝钗制止，莺儿心里不服，口里便嘟囔说：

> 一个作爷的，还赖我们这几个钱，连我也不放在眼里。前儿我和宝二爷顽，他输了那些，也没着急。下剩的钱，还是几个小丫头子们一抢，他一笑就罢了。

贾环竟被她的话急哭了，说"都欺负我不是太太养的"。一个客人家的丫鬟，竟敢如此放肆地"欺负"一个主人家的小少爷，这自是十分罕见的事情。我们不妨结合另一件事一起来进行一番探讨。

上文说到莺儿在去潇湘馆的路上，在大观园里一路随意摘花折柳来编织花篮，这自然会引起已经承包了园里花草树木的有关婆子的不满，所以春燕就跑来告诫她：这地带是她姑娘管的，宝贝得不得了，一会儿来了就麻烦了。可莺儿不但一点不害怕，反而说：

> 别人乱折乱掐使不得，独我使得。自从分了地基之后，每日里各房皆有分例，吃的不用算，单管花草顽意儿。谁管什么，每日谁就把各房里姑娘丫头戴的，必要各色送些折枝的去，还有插瓶的。惟有我们说了："一概不用送，等要什么再和你们要。"究竟没有要过一次。我今便掐些，他们也不好意思说的。

请听莺儿这番话，一是口气大，别人都折不得，"独我使得"，颇有一点唯我独尊的架势。"惟有我们说了：'一概不用送……'"这个"我们"，显然是把主子和她一起算进去了，要不就轮不到她在这里抖威风了。想当初袭人在众人面前充脸，也曾把自己和宝玉合在一起说"我们"，就被晴雯狠狠地讽刺、羞辱了一番，当时的袭人还曾"羞得脸紫胀起来，想一想，原来是自己把话说错了"（第三十一回）。而这时的莺儿，可就连一点袭人那样的感觉也没有了。二是道理歪：你们说不要了，那是自愿放弃，如果因此便可以任意去采摘，岂不比那些要了的还要更得便宜么？虽然当时还补充了一句"等要什么再和你们要"，也须得去"和你们要"，而不是可以自己动手、随心所欲呀！如果是薛蟠、薛宝钗如此说、如此做，也已经不合情理了，现在竟是一个丫鬟如此作为，岂不令人瞠目？后来春燕的姑娘来了，自然心疼，她还不好直说莺儿，只说了春燕几句，莺儿不但不做任何解释，反而故意挑引加剧她们的矛盾，弄得打起来了。莺儿自己竟还越发

> 赌气将花柳皆掷于河中，自回房去。这里把个婆子心疼
> 得只念佛，……

大观园里的众婆子是位于生活最底层的一群弱势群体，除了林黛玉偶尔有过对她们个别人的关心外，是没有人会顾及她们的。所以我们也无须去计较莺儿对她们的不情种种，而是应该回到原来的话题上来：莺儿为什么敢对贾环如此放肆？她又为什么在折柳条事件上显得如此胆大妄为？无独有偶，就像只有袭人也和莺儿那样把自己和主人合称为"我们"一样，恰恰也只有袭人这个奴才敢于人前背后说林黛玉的坏话，她曾批评大观园里一个摘新鲜果子给她尝鲜的婆子是不懂规矩，这个奴性十足的袭人难道就不懂她这样在背后说主子的坏话，是更严重的违规么？她之所以胆敢这样做，很明显是因为她有后台王夫人和薛宝钗，而对她作用更大、更直接的当然是薛宝钗。明乎此，则莺儿为什么会有这样一些如此出格的行为就不言而喻了。这里表面写的是莺儿，内里写的还是莺儿背后那个给她以决定影响的人，这比我们前面指出的薛宝钗也有霸气表现的直接描写内涵更为丰富，写紫鹃的表现自然也当如是观。

还有一点似乎更值得说一说的是，对钗、黛两位小姐来说，莺儿和紫鹃这两个贴身丫鬟，她们的表现是同样的尽责尽忠，无可挑剔；但她们的遭遇，或者说两位主子分别给她们的回报，却大有不同。

林黛玉与紫鹃名分上是主仆，但在具体关系和情感上，却常常超越了这种界限，显示出有如姐妹亲人一般。紫鹃常常把黛玉的事放在心上，并能为此和她说贴心话。第五十七回"情辞试忙玉"之后，紫鹃对宝玉的态度更加心中有数了，曾于"夜阑人静后，紫鹃已宽衣卧下之时"，向黛玉说了长篇的悄悄话，要她"作定了大事要紧"，黛玉自然不能当面回应她什么，但"心内未尝不伤感"，实际上是为紫鹃的话所触动。不仅如此，紫鹃有时还会直言犯颜，正面批评黛玉。第三十回，黛玉与宝玉一次口角后，心中闷闷不乐，

　　　　紫鹃度其意，乃劝道："若论前日之事，竟是姑娘太浮躁了些。别人不知宝玉那脾气，难道咱们也不知道的。为那玉也不是闹了一遭两遭了。"黛玉啐道："你倒来替人派我的不是。我怎么浮躁了？"紫鹃笑道："好好的，为什么又剪了那穗子？岂不是宝玉只有三分不是，姑娘倒有七分不是。我看他素日在姑娘身上就好，皆因姑娘小性儿，常要歪派他，才这么样。"

　　在这短短的两段话中，紫鹃一连串批评了黛玉在处理与宝玉的关系中"太浮躁""有七分不是""小性儿""歪派"了宝玉。从贾母到王熙凤，对这两个"小冤家"的矛盾纠葛从来都是采取劝解、调和的态度，没有人敢正面批评、指责黛玉，而丫鬟紫鹃却做得很大胆。更奇特的是，林黛玉对此并无丝毫不悦之意，在紫鹃的话语间，她只说了一句："你倒来替人派我的不是。我怎么浮躁了？"完全是一句辩解之词，绝无主子之威，使人感到这就是两个知心朋友之间的交谈，一点也没有本

是尊卑界限极严的主仆之分。

莺儿就没有这样幸运了。她从来都没有进入过这种生活境界。虽然她的岗位表现绝对不比紫鹃逊色，工作活力甚或过之，但宝钗却从来不像黛玉般把喜怒哀乐都展示在丫鬟面前，所以无论莺儿怎么"贴身"，也就只能在"身"外为之服务，而不能窥其内心世界。因为在封建等级观念极严的薛宝钗那里，主仆之间的界限是不能逾越的，她当然也就不会在奴婢面前敞露心扉，更不容许奴婢去议论、评说它了。所以莺儿尽管愿意为宝钗尽心尽力，可以做一切事情，但因为无法探知其内心壶奥而免不了要捅娄子。比如宝钗为要在一切人面前树立自己的好人形象，她连人人都厌恶的赵姨娘母子那里也礼数周到，使赵姨娘也对她赞不绝口。但莺儿却似乎未察其中就里，所以竟敢因前面说到的玩骰子的小事当面指责贾环"赖钱"，谁知

> 宝钗见贾环急了，便瞅莺儿说道："越大越没规矩，难道爷们还赖你？还不放下钱来呢！"莺儿满心委屈，见宝钗说，不敢则声，只得放下钱来，……

按照薛宝钗的逻辑：不管事实如何，"爷们"总是不会错的，一定要懂得这个"规矩"。莺儿却不开窍，因受委屈又"嘟囔"了几句，"宝钗不等说完，连忙断喝"，后来"又骂莺儿"，自然，之后的莺儿再"满心委屈"，嘴上也再说不出一句话了。这可是紫鹃从来没尝过的滋味。

莺儿和紫鹃的不同遭遇，实是写出了给予她们不同遭遇的背后那两个女主人。

扑蝶与葬花

　　前面说了薛宝钗的种种劣迹和林黛玉的诸多善良之处。然而两人的遭遇却截然不同。在贾府，人人说薛宝钗的好话，赞扬之声四起，而林黛玉却常常受到诸多责难、挑剔。而且，薛宝钗在施展她既占便宜又不得罪人的一套做人伎俩时，又进行得得心应手、毫无障碍，这到底是怎么一回事呢？这除了薛宝钗有一套特殊的手段之外，其实更有着十分深刻的社会背景。

　　《红楼梦》第二十七回《滴翠亭杨妃戏彩蝶　埋香冢飞燕泣残红》就十分形象地揭示了这个社会背景，同时又十分集中、强烈地对比了钗、黛这两个人物。

　　这一回写的是四月二十六日芒种节，是春夏交替的一个时日。这天大观园里的女孩子们一早便起来，为花神退位准备饯行。当然，这也是大家可以尽情赏玩的一个日子。这回写了许多人物，描绘了各种关系，而重点则在各种穿插中突出了宝钗扑蝶和黛玉葬花这样两件事情。

　　当日天气晴好，风和日暖，秀丽的大观园，今天被打扮得尤为多彩生色："那些女孩子们，或用花瓣柳枝编成轿马的，或用绫锦纱罗叠成干旄旌幢的，都用彩线系了。每一棵树头，每一枝花上，都系了这些物事。满园里绣带飘飘，花枝招展。更兼这些人打扮得桃羞杏让，燕妒莺惭，一时也道不尽。"真是一个令人眼花缭乱的花花世界。

自然景色虽然是如此美好，但生活于其中的人们却是悲喜苦乐，人各不同。请看：滴翠亭里，坠儿和小红正在为受到主子的不平待遇而抱怨；小红在去稻香村的路上，遭到迎面相逢的几个大丫头们的冷嘲热讽；那边一棵石榴树下，探春和宝玉正在窃窃私语，诉说自己的满腹闷气。看来，不管是奴才或是主子，都各自有着自己不遂心的事情。它使人感到这自然景色的绚丽和人们心头的乌云是如此不协调，不是每个人都能酣畅地享受这番美景的。

　　然而，在这满园子的人群中，毕竟还是有真正快活自在、心旷神怡的幸运儿，她便是薛宝钗了。她当时原要去找林黛玉，后来又改变了主意，

　　　　刚要寻别的姊妹去，忽见前面一双玉色蝴蝶，大如团扇，一上一下迎风翩跹，十分有趣。宝钗意欲扑了来玩耍，遂向袖中取出扇子来，向草地下来扑。只见那一双蝴蝶忽起忽落，来来往往，穿花度柳，将欲过河去了。倒引的宝钗蹑手蹑脚的，一直跟到池中滴翠亭上，香汗淋漓，娇喘细细。

这个平日一贯以端庄稳重著称的薛宝钗，今日却一反常态，表现得如此欢悦活泼，她和这个世界是显得如此顺心融合，真是一幅生动的少女扑蝶图，难怪它已经成为许多画师争相描摹的题材了。然而我们从小红、坠儿、探春等人的情况就会明白，大观园绝非一个远离现实的世外桃源，它虽然没有出现什么轰轰烈烈的英雄业绩和惊涛骇浪的暴力拼搏，却时时处处存在触目惊心的明争暗斗和错综复杂的钩心斗角，它仍然是一个黑暗的封建王国。在这个王国里，人人都有许

多烦难，正如探春姑娘说的："我们这样人家人多，外头看着我们不知千金万金小姐，何等快乐！殊不知我们这里说不出来的烦难，更利害……"（第七十一回）可是，你们烦难就烦难吧，独有薛宝钗却过得如此赏心乐事，有滋有味。作者的这种写法是含有丰富的思想意蕴的，很值得我们去细细玩味。

然而作者的构思，并未仅仅到此止步。我们如果顺着作者的文思仔细看去就会发现，扑蝶这一情节的出现，还有一个明显的作用，就是要"引的宝钗蹑手蹑脚，一直跟到池边滴翠亭上"，通过偷听丫鬟的说话，从而展现出她的"金蝉脱壳"计来。这个有颇多争议的情节，我们在前面已较为具体地剖析过它的内涵和意义，这里就不再重复了。需要强调一点的是，作者安排这么一个特别的情节，在这样一个场合，绝非泛泛之笔，而是体现了作者深邃的构思。原来在这样一个优游自得的少女的躯壳里，却有着这样一副居心叵测的肝肠！它不仅使人因认清薛宝钗的本来面目而感到深深的惊讶，你看她在十分老练地骗住了小红和坠儿、"金蝉脱壳"得手之后，竟"一面说，一面走，心中又好笑：'这件事算遮瞒过去了。不知他二人怎么样。'"真是一个诈骗老手！而且让人醒悟：就是这样一种人才能在这个世界里过得最顺心、最快活，与这个世界相处最融洽。它不禁使人要问：这是一个什么世界！这个世界又会有着怎样的一个宠儿！"金蝉脱壳"计与扑蝶以及当时的环境，这三者是互相作用的有机体，只有把它们三者联系起来品味，才能了解它的真正含义。过去对它的一些争议，常常是孤立地就事论事，因此总不得要领。这种方法不仅是理解"金蝉脱壳"计、也是读《红楼梦》的一个大忌！

同是在这样一个世界里，确是有人欢乐有人愁。从作者笔法上来看，开头写到的小红、坠儿、探春等的烦恼怨愁，它同时又是一个引子。作者的落笔点，是要在最后写出林黛玉的葬花以及那绝代悲凉凄楚的《葬花吟》。

我们随着宝玉的脚步，"将已到了花冢，犹未转过山坡，只听山坡那边有呜咽之声，一行数落着，哭的好不伤心"。原来是林黛玉独自一人在那里葬花落泪，悲伤啼哭。她所为何事呢？且听她的哭诉吧：

> 花谢花飞飞满天，红消香断有谁怜？游丝枝系飘春榭，落絮轻沾扑绣帘。闺中女儿惜春暮，愁绪满怀无释处，手把花锄出绣闺，忍踏落花来复去。柳丝榆荚自芳菲，不管桃飘与李飞。桃李明年能再发，明年闺中知有谁？三月香巢已垒成，梁间燕子太无情！明年花发虽可啄，却不道人去梁空巢也倾。一年三百六十日，风刀霜剑严相逼，明媚鲜妍能几时，一朝飘泊难寻觅。花开易见落难寻，阶前闷杀葬花人，独倚花锄泪暗洒，洒上空枝见血痕。杜鹃无语正黄昏，荷锄归去掩重门。青灯照壁人初睡，冷雨敲窗被未温。怪奴底事倍伤神，半为怜春半恼春：怜春忽至恼忽去，至又无言去不闻。昨宵庭外悲歌发，知是花魂与鸟魂？花魂鸟魂总难留，鸟自无言花自羞。愿奴胁下生双翼，随花飞到天尽头。天尽头，何处有香丘？未若锦囊收艳骨，一抔净土掩风流。质本洁来还洁去，强于污淖陷渠沟。尔今死去侬收葬，未卜侬身何日丧？侬今葬花人笑痴，他年葬侬知是谁？试看春残花渐落，便是红颜老死时。一朝春尽红颜老，花落人亡两不知！

这一曲长歌《葬花吟》，唱出了一个少女的多少辛酸！她一年到头生活在"风刀霜剑严相逼"的日子里，看见飘坠的落花，分外伤情。她既为眼前百花的凋零而悲叹，更为自己未来的归宿而忧心。她既哭花，且亦悼人，说到"一朝春尽红颜老，花落人亡两不知"时，已经分不清她哭的是花还是人了。

我们若要探究《葬花吟》全部的思想内容和艺术价值，就远非这样三言两语所能道其万一的，它应是属于另一个专题的任务。我们可以而且需要揣摩的还是作者为什么要将葬花安排在这样一个环境和时刻来描写？为什么要将它和扑蝶安排在同一回来写？它和我们这一节的题旨有何关联？这倒是应该做的。

首先，单从它本身的意义来看，林黛玉葬花时表现出来的极度悲哀，是特意放在一个极其欢乐的时刻和非常美好的环境里来写的，而艺术的辩证法告诉我们："以乐景写哀，以哀景写乐，一倍增其哀乐。"[1]所以这种安排和写法乃是为了更充分地表现林黛玉的悲惨处境和忧伤心情。从这一点来说，它无疑是相当成功的。

如果再进一步，我们从本文的题旨出发来纵观全回，就会发现作者集中在一回里，通过对扑蝶和葬花的重点描绘，就让薛宝钗与林黛玉形成了一个鲜明的对比：在同是这样一个花团锦簇的世界，然而不要忘记，它又是一个典型的封建王国里，薛宝钗是生活得那样适心顺意，如鱼谐水；而孤身无依的林黛玉却如此凄凉彷徨，如陷泥淖。美好的自然景色对她也只能徒增"良辰美景奈何天，赏心乐事谁家院"的慨叹而已。读者在这里通过情与景、人与人、美与丑的强烈对比所

1　《清诗话》，上海古籍出版社 1978 年 9 月版，第 4 页。

获得的艺术感受和因此而产生的爱憎感情，不正是作者所构思的艺术意境所要达到的预期目的么？

而更为重要的是，这一节所形成的对比，它的内容和前面所说到许多对比有所不同，它不是在某一具体的问题上对两人优劣、美丑、善恶的对比，而是包含有更为深广的内涵，即在一个深厚、广阔的时代、社会背景下，比较了两人的精神世界和生存状态，从而使人们不仅看清了两个人，同时还认识了这个社会，体现了作者深邃的艺术匠心。

"上青云"与"飞到天尽头"

　　上一节我们从大视觉方面比较了钗、黛在同一社会背景下存在欢乐与悲苦的不同。这种不同自然也会具体反映到她们的生活态度上来。

　　薛宝钗与林黛玉对待生活的态度是截然不同的：薛宝钗积极进取，主动投入；林黛玉在许多方面都显得消极应付，被动无奈。

　　要看清楚这二人生活态度是如何的不同，差别有多大以及如何去认识这种不同，我们还得先说几句薛、林二人所处的贾府环境。简单地说，可以借用尤氏的一句话吧："我们家下大小的人只会讲假礼假体面，究竟做出来的事都够使的了！"（第七十五回）这"都够使的了"几个字本是内涵十分丰富，但毕竟笼统了些，不那么明朗，那就还是再听听探春那些最直白的话吧："我们这样人家人多，外头看着我们不知千金万金小姐，何等快乐。殊不知我们这里说不出来的烦难，更利害。"（第七十一回）为什么会这样呢？再听探春气愤地说："咱们倒是一家子亲骨肉呢，一个个不象乌眼鸡，恨不得你吃了我，我吃了你！"探春所说，自然不是"为赋新词强说愁"，而是出于亲身经历的现实体验。

　　就是在这样一个"乌眼鸡"式的贾府里，人们是如何钩心斗角，生死搏杀，我们无暇多及，只看看与钗、黛二人身份地位十分相近的贾家三位小姐吧（大小姐元春在宫内，情况不同，无须说她），她们的生活态度是如何的呢？

二小姐迎春，人称"二木头"，"戳一声也不知嗳哟一声"（第六十五回），所以作者在回目中称之为"懦小姐"。她除了与一册《太上感应篇》为伴之外，对周围其他事情一概不闻不问。连下人欺负到她头上也不吱声。无怪乎林黛玉讥之为"虎狼屯于阶陛尚谈因果"了。

三小姐探春可有点不一样，她诨名"玫瑰花"，美丽而有刺。文采精华，且有抱负，想出去"干一番事业"，但也只能蛰伏闺中。她背着庶出的沉重思想包袱，周旋于"乌眼鸡"式的险恶家庭环境中。她除了兢兢业业地在维护自己一点点生存尊严之外，从不曾去谋求过什么，更不敢去伤害任何人，即使在获得了一段时间的理家权力时也是如此。

四小姐惜春年纪尚小，想象中必然是一位天真活泼、沉醉在幸福美好生活中的花季少女。然而真的接近了她才会发现情况恰恰相反。惜春和姐妹、亲人之间从不单独来往，她性格孤僻、矫情，孤独到只愿和小尼姑交往，而且自己最后也就选择了一条"独卧青灯古佛旁"的归路。她并不像两位姐姐那样因为庶出而受到歧视，也没受到过什么打击和挫折，只是这个家族的险恶环境造成了她本不应有的性格和行为。

其实，别说是这么三个柔弱的女孩子，就是荣国府里的大老爷贾赦不也过得十分不遂心么？他心中的愤懑最多也只能在大众面前通过讲个故事来宣泄一点罢了。再说，就是"福寿双全"的老祖宗贾母不也同样有着许多烦恼么？（可参看下篇）

离开了钗与黛二人说了这么多，其实却只是极简略地描述了一下贾府的人事环境，为的是说明生活在贾府中的人，其为人行事是多么的不容易。因此，作为一个客居贾府的外来年轻姑娘，自然就更应该

　　　　　　　　　　　　钗黛之辨

远离其间的人事纠葛而洁身自守。知书识礼，安分随时又自诩"珍重芳姿昼掩门"的薛宝钗，本来更应成为这方面的典范。然而观察一下她的所作所为，又会惊奇地发现，她的表现却是完全相反，而且是如此的极不寻常。试看：

她要全方位地"窥察"贾府的种种人和事，并最大限度地掌握她所需要的一切信息。自然，这一切都是悄悄地、不动声色地进行的，而且获得了相当的成功：大概只有她一个人才知道"现在这里的人，从老太太起连上园里的人，有多一半都是爱吃螃蟹的"，也只有她一个人知道史湘云在家里要做针线活到深夜了。

她极力讨好、曲意奉迎贾母和王夫人，为的是取得上层做靠山，站稳自己的脚跟。她那一套套功夫，与王熙凤"效戏彩斑衣"之类有异曲同工之妙。

她还不满足于只讨好上层，还要在贾府的复杂人群中广泛树立形象，而且同样取得了成功。典型的例子是连对人人都怀有敌意的赵姨娘也对她赞不绝口。

她费了前面所说的那么多功夫和精神去干事儿，当然是为了她的婚姻大事。也就因此，怡红院必然是她干那些事儿的重点，是重中之重。果不其然，怡红院里的领班丫鬟袭人就被她笼络住了，袭人为她干了许多好事，这是大家都看得到的。其实她还有许多更为隐秘的行为，如连贾宝玉自己都不认识的怡红院小丫鬟小红，薛宝钗都能闻声而知其人，并了解她的性格；她还让自己的贴身丫鬟拜了贾宝玉的贴身小厮的妈为干娘，这一切更是要费大功夫的，这些活动她是如何进行的，就谁也不得而知了，更无法估摸到她有多少的付出了。

她既然把怡红院作为重点，连小丫头、小厮都狠下功夫，那么对怡红主人、她整日不忘的目标贾宝玉，当然就更不会放过了。可是她为了做样子，表面上就装得"总远着宝玉"，而背地里呢？她就老选在一大清早、大家都休息了的炎热中午以及半夜三更往怡红院跑，弄得丫鬟都为之抱怨了也不肯离去。她这其中的辛劳谁又能体味得到呢？

她为达目的，不但要争取、拉拢人，以求得支持，自然还一定要力排障碍，而对她最大的障碍，当然便是林黛玉了。所以她还要想方设法、有意无意地去打击、伤害林黛玉；而更费力劳神的是，她最后还要让林黛玉由衷地感佩她，当面说她是"好人"。

她对黛玉的伤害当然是越厉害越好，于是她又大力拉拢史湘云，这样做，除了显示她的"好"之外，更主要还在破坏史、林二人之间的关系，结果也真的使她俩本来相当要好的关系产生误会，因而疏远起来，使形单影只的林黛玉处于更加孤单和寂寞的境况中。

她的所作所为，自然不是这么几条概括性的叙说能表述完全的。但即使就这么一些吧，贾府的女孩子们有谁曾这样做过、甚至想过呢？哪怕只有她的十分以至百分之一呢？完全没有！在这方面，薛宝钗的表现是绝对无与伦比的。

特别是对于林黛玉而言，薛宝钗所做的这一切，完全是不可思议的事情，谁能在她身上找出薛宝钗这些作为的丝毫踪迹呢？除了痴迷于与宝玉的爱情之外，可以说，林黛玉对周围的一切，几乎完全处于不闻不问的状态，更不用说她会像薛宝钗那样为了什么目的去使什么心计和手段了。如果一定要说有的话，那也只是由于特殊的环境，她常计较别人对待自己的态度，是否有损自己的自尊，这只是一种出于自卫的心理，而从没有想过如何去利用、攻击、算计他人。这便是钗、黛二人在人际关系上最大的不同，对比十分鲜明。

原来这林黛玉天性便与众不同，她"天性喜散不喜聚"（第三十一回）。一次端阳佳节，王夫人宴请众人，因刚发生过王夫人斥打金钏儿的事，王夫人没好气，大家也因此淡淡的，"坐了一坐就散了"，"大家无兴散了，林黛玉倒不觉得"（同上回），众人聚会她没多大兴味，更没有兴致单独去与人接触，所以从不见她与谁有个人来往，便是有人邀她去哪个姐妹处走走，她也总是婉言相拒。这样一个人，也便只合过一种"湘帘垂地，悄无人声"的与世无争的生活，与口称"珍重芳姿昼掩门"却心计万种、行踪诡异频繁的薛宝钗成为截然不同的两个人，而且达到了两个极端的程度。

这两人的性格表现和行为特点之所以会有这么大的差异，乃源于两人在更深层次的思想观念上、在对待现实世界的生活态度上有着最根本的不同。诗言志，诗为心声，我们不妨就这个问题去探访一下二人的特有心声吧。

第七十回众人偶填"柳絮词"，大家借咏柳絮抒发了一种颇为相近的情感，大都显出惋惜、依恋、悲哀、怨愁——一片缠绵伤怀之情调。唯独薛宝钗，正像她的行事作为与众人不一样那样，她写的那首"临江仙"也与众人之作截然不同。词曰：

> 白玉堂前春解舞，东风卷得均匀。蜂围蝶阵乱纷纷。几曾随逝水，岂必委芳尘。万缕千丝终不改，任他随聚随分。韶华休笑本无根，好风频借力，送我上青云！

薛宝钗的这首词作者有意把它放到最后出现，写之前，薛宝钗又特意表示了"偏要把他（按：指柳絮）说好了，才不落套"。因此这首词

便一反前面的低沉、"丧败"的情调，而显得轻快、乐观、自信，这
与她的内心情态正好一致。当然，这首词的最落力之处，乃在结束两
句："好风频借力，送我上青云。"它表现了薛宝钗特有的雄心（也有
论者称之为"野心"）和抱负。作为一个封建时代的女子，她的抱负
会是什么呢？薛宝钗既做不到、也不会是探春所希望的出去外面"立
一番事业"那样的抱负，她的"上青云"，只能是传统妇女要妻凭夫
贵的这条"青云"路。入选皇宫这条大路既已不通，她便唯有把希望
寄托在"金玉良姻"上面，并自然地进一步寄托在贾宝玉的功名富贵
之上，只有这样方能博得个"戴珠冠、披凤袄"的荣耀。因此我们还
应该进一步看到，薛宝钗的谋求婚姻并不是她的最终目的，而只是一
种手段，通过婚姻的成功再登上"青云"之路才是她的最终目的。这
也是她为什么一而再、再而三，苦口婆心劝导贾宝玉要留意"仕途经
济"，屡遭难堪也坚持不懈的原因所在。正因为有这样一个追求作为
动力，所以她才会时时处处显得积极进取，主动投入，充满自信。而
这样的事实又一次印证了我们所说过的：薛宝钗是这个世界、这个社
会的宠儿，她和这个现实社会相处得水乳交融、如鱼得水。

　　而林黛玉呢？在众女儿中，她的诗作是最多的了。从总体上看，
它的格调显得忧郁、悲伤，情绪低沉，与薛宝钗"上青云"之志形成
对比鲜明的两极。就拿同时所作的"柳絮词"来看吧，林黛玉的词就
充满了"草木也知愁，韶华竟白头"的"命薄"之叹；而在同一回写
的著名的歌行体长诗《桃花行》也是如此，"花也愁""憔悴人""寂
寞帘栊空月痕"等悲愁词语也成了全诗的基调。当然，能最深刻反映
林黛玉这种心境的，只能是《葬花吟》了，其中有云：

　　　　　　　　　　　　　　　　　　　　　　钗黛之辨

……昨宵庭外悲歌发，知是花魂与鸟魂？花魂鸟魂总难留，鸟自无言花自羞。愿奴胁下生双翼，随花飞到天尽头。天尽头，何处有香丘？未若锦囊收艳骨，一抔净土掩风流。质本洁来还洁去，强于污淖陷渠沟。……

贾宝玉在议论林黛玉的《桃花行》时曾说到，因为"林妹妹曾经离丧，作此哀音"。由"离丧"而引发出"哀音"，这在许多有此遭遇的诗人那里都曾有过。而在《葬花吟》中所表达出来的却不是一般的家庭变故而产生的人人皆会有的"哀音"，这里所表现出的乃是对于现实世界的一种绝望。因为绝望，所以她想要离开它，想去一个自己也不明白存在于什么地方的"天尽头"；其原因是这个现实世界太污浊了，她要寻一方净土来保护自己"质本洁"的身子和心灵。她同时在进行"葬花"的行为就是她这种内心世界的最好说明。

一个把这个世界看作人生乐土，而且要借力直上云端，成为这个世界里最风光的人；一个把这个世界视为肮脏污秽之地，想要永远地远离它。这和贾宝玉不时呼叫要"化灰化烟"，"灰还有形迹，须得一阵大乱风吹的四面八方都登时散了，这才好！"（第五十七回）"……我就死了，再能够你们哭我的眼泪流成大河，把我的尸首飘浮起来，送到那鸦雀不到的幽僻之处，随风化了，自此再不要托生为人，就是我死的得时了。"（第三十六回）都表现了对这个世界的极端厌恶，深恶痛绝。

钗黛二人的这种不同，已经不是在某个方面或者某一点上的优劣、长短的区别，而是在更高层次的思想境界的差异。这种差异，径直把钗、黛划分为两类人：前者赞美这个世界，后者憎恶这个世界。两者泾渭分明，冰炭异器，而绝不是同一类人里的并美双峰。

"停机德"与"咏絮才"

　　到此为止，我们的比较也算进行得相当多了，可以说已经有了充足的证据，来对二人做出判断了。当然，如果需要的话，我们还可以找出一些材料，来做这样那样的比较。不过，我们是否有可能，用最简洁的语言，从最根本上来最后比较出钗、黛的不同呢？

　　回答是可以的，而且也是相当有力的。因为这个可以作为总结性的比较，不是由我们来做，而是曹雪芹早就预示了，只是许多读者以及研究家们至今还注意不到或不能理解罢了。

　　《红楼梦》第五回贾宝玉神游太虚幻境时，在警幻仙子处先看到一些图册和"判词"，继而又听了十二支"红楼梦曲子"，这些"判词"和曲子从大的方面来说，包含了三方面的内容：一是预示人物的结局；二是透露人物的品性；三是暗寓作者对人物的评价。在"正册"中第一册的"判词"是：

　　　　可叹停机德，堪怜咏絮才；玉带林中挂，金簪雪里埋。

这"判词"描述的就是薛宝钗和林黛玉。后两句含蓄地预示了两人的不同结局；前两句正是说明了她们的不同品性和作者对她们的极其概括又十分明确的评价。"钗黛合一论"者曾因二人写在同一个"判词"中，便认定这正是"合一"的有力证据，这其实恰是一种不问内容只见形式的肤浅看法，殊不知作者这样的安排正是要达到一种既集中而又强烈的对比效果。

"停机德"用的是乐羊子妻的故事。据《后汉书》载，乐羊子外出求学，中途而回，他的妻子以停下织机，割断经线为喻，劝其认真读书以求功名。乐羊子受其感动，再出求学，"七年不返"，终有所成。这是一个妻子对丈夫劝学的有名故事。"咏絮才"指的是晋代有名的才女谢道韫，她以"未若柳絮因风起"的诗句咏雪而出名，因此"咏絮才"就成了才女的别称。自然，这里的"停机德"与"咏絮才"就是分别指薛宝钗和林黛玉了。

薛宝钗常规劝贾宝玉认真读书，注意仕途经济，尽管贾宝玉远远没有成为乐羊子，但薛宝钗却的确是具有乐羊子妻那样的品德，称之为"停机德"，乃当之无愧。林黛玉在元妃省亲赋诗时，曾经"安心今夜大展奇才，将众人压倒"；在大观园的诗社活动中，她又屡次夺冠，技压群芳；她的诗作也是众女儿中最多的一个；她还悉心培养香菱学诗，卓有成效。把她比喻为"咏絮才"，确是实至名归。

不过，二人的"德"与"才"还不仅如此。薛宝钗的"德"，是一整套的封建妇德，而且达到了它的最高要求，她事事、处处都与贾政、王夫人等站在一条线上，简直就是一个封建礼教的化身。无论大观园里的诗社活动，行酒令，她都要积极进行封建说教。探春理家时随便说了一句对朱熹不尊重的话，她也要立即教训一番，并上纲到这样下去会连孔夫子也不放在眼里的地步。真是时时处处都毫不含糊地在自觉维护封建礼教。在大观园里起到了贾政、王夫人等起不到的作用。应该说，她在这方面的表现是乐羊子妻远远不及的。林黛玉的"才"，其实也不仅仅是会吟几句诗的"咏絮才"，她还是一个有广博知识的才女。她不仅读过《四书》《五经》，其他诸子百家她都通晓，既懂庄子，又通禅理，还熟兵书，至于古今诗词，脚本传奇等杂书，更是一见便爱。无论是作诗填词，还是猜谜行令，以至谈笑诙谐，无不显露出她的聪明过人，才华横溢。

在我们对钗、黛二人进行上面的比较时，至关重要的一点是必须明白，薛宝钗特有的"德"与林黛玉所突出的"才"在她们所处的时代和环境里是两种完全对立的东西。"女子无才便是德"，是当时占统治地位思想中天经地义的信条。在书中，作者还特意让这句话出自薛宝钗之口，更显出其突出意义。既然钗、黛二人在这方面各代表一方，那正表明这二人是处于尖锐对立的地位，是思想性质完全对立的"两峰对峙"，而非双美平行的"双水分流"。而且当时的思想斗争是处于非常尖锐的状态，斗争的双方是水火不容、势不两立，绝无"合一"的可能。

还要特别提出来的是，如果仅就一般的意义而言，上面所举钗、黛二人的表现，一方面固然可以反映出二人"德""才"的对立，但另一方面，同时也不足为奇。因为当时谨守妇德的女子乃是一种普遍的现象，大观园里的李纨就是一个典型人物，无须多言。而同时有才华的女子，结社吟诗、饮酒行令的巾帼英才也大有人在，已形成一个潮流，与曹雪芹同时的著名诗人袁枚、陈文述门下就收有大批的女学生，她们也大都具有林黛玉上述的那种才华。而钗、黛的对立，却还另具有远比上述对立更为深刻、重要的内涵。

对林黛玉的"才"，不要仅局限于文才的理解，还应从广义上、即包括思想意识方面的内容来考察。那就是，林黛玉不仅有一般的当时许多女子都有的文才，而且还有与封建礼教及其思想意识相对立的思想行为。如她从不劝贾宝玉去读书上进、求取功名，与宝玉的异端思想和行为结成同盟，互为知己。她虽然寄人篱下，却从不阿谀奉承，而始终保持一种不卑不亢的姿态，对元妃也不例外，与整个现实生活显得格格不入；她与一些卓然不群、思想"怪异"的人物如尤三姐、龄官、晴雯等不仅外貌相似，而且傲兀的性格亦且相通等等，这一切，就使林黛玉的"才"超出了同时的才女们的水平，成为当时女性最具先进性的代表，达到了当时"才"的极致。

而薛宝钗的"德"，其内涵却极为复杂，尤具注目、考察的价值。她如果真是一个正统的封建妇德持奉者，那倒也罢了，像李纨那样，不会有多少可议论之处，尤其不会引来那么多的诟病。薛宝钗则不然，她的言论作为已大大超越了这种妇德的范畴，甚至走向了它的反面。

她反复向人说教"女子无才便是德"，"总以贞静为主"。李纨倒确是这样做了，而薛宝钗却像个捍卫封建礼教的宪兵，四处出击，去扑灭她周围的一切异行邪说，何曾一刻"贞静"下来。她反对女子有"才"，告诫林黛玉说："连作诗写字等事，这也不是你我分内之事……。至于你我，只该做些针线纺织的事才是。"（第四十二回）对香菱学诗，更是阻拦斥责，可她自己的作诗水平，并不输给林黛玉，在大观园里倒是可以与林"两峰对峙"的。其他文化知识，也完全可以与林比肩。至于经商之途、盘剥之道、人参作假、当铺生意、人情世故之类，林黛玉就不可望其项背了。她有"才"得很啦！更有甚者，她还有林黛玉所完全不具备的理家之"才"。与探春、李纨一起协理荣国府时，她不但有一套"小惠全大体"的高明手段，而且还有出人意表又一向不为人们所注意的行动。第五十五回写到，薛宝钗除了白天参与理家议事之外，还每于夜间针线暇时，临寝之先，坐了小轿带领园中上夜人等各处巡察一次。

真好个薛宝钗！我们在前文曾嘲笑过她表面上大谈什么"珍重芳姿昼掩门"，可背地里却半夜也有事无事地往怡红院跑，殊不知尤有甚者，她现在竟在晚上睡觉前还带领一帮人去干起查夜的勾当来了！这完全是她本人积极性的大发挥，并没有人要她一定这样做。比较起来，她的这种干劲和"才"能，不但林黛玉无法与之相提并论，就是一起理家的李纨、探春也显得大为逊色。几曾见过一个大姑娘去干查夜的事情？何况还是一个满口"女子无才便是德"的宣扬者，何况还是为亲戚家去干这种事！这件事与她的身份和所处环境实在太不相称。所以署〔清〕佚名氏撰的《读红楼梦随笔》就此事有评论曰：

坐轿带人各处巡察，便如查街委员，不怕麻烦。闺阁千金，扫地尽矣。作者挖苦宝钗一至于此。[1]

曹雪芹在前面只淡淡一句叙述，其实却是骂尽了薛宝钗，使其声名"扫地尽矣"。"佚名氏"的这条评可以说是深知曹公用笔三昧。《红楼梦》里还有不少这种笔墨，若不能领味它，便不能读明白《红楼梦》。

从以上情况我们可知，在整个《红楼梦》的女性世界里，讲"德"讲得最凶的便是薛宝钗，而最有"才"的其实还是薛宝钗。林黛玉

1　《读红楼梦随笔》，巴蜀书社，1984年，第468页。

只是在狭义的文"才"方面可与之比肩，其他更广阔的方面便望尘莫及了。

形成这样一个人物的原因大概有两个方面。一是在文化根基方面，她与林黛玉本来倒是有很多相同之处，也读了许多"杂"书，只是后来情况发生了变化，第四十二回，她有一段自述可以清楚地看出来。她在教训林黛玉不要读"杂书"，以免"移了性情"后说：她和她的兄弟们自小

都怕看正经书。弟兄们也有爱诗的，也有爱词的，诸如这些"西厢""琵琶"以及"元人百种"，无所不有。他们是偷背着我们看，我们却也偷背着他们看。后来大人知道了，打的打，骂的骂，烧的烧，才丢开了。

原来薛宝钗是个过来人，她也曾经有过宝、黛年轻人所共有的爱好。只是在封建势力打、骂、烧的严厉压制下而没被"移了性情"，而且陶冶出了封建阶级所要求的"停机德"。如果她仅仅是只具有像李纨那样的传统封建妇德的话，倒也罢了，她最多持节自守，不会对别人造成更多的伤害。可薛宝钗却同时又懂得那些"杂"书的内容，她反对、攻击起来就特别到位、有力。而宝、黛确实在一个特殊的环境里，还在偷看这些"杂书"，而且"越看越爱"，越走越远，以至于"移了本性"，"不可救了"。从这里我们就可以深刻体会到"停机德"与"咏絮才"的本质意义与它们之间强烈的对立关系。

形成薛宝钗这种人物性格第二个方面的原因，乃是她的皇商家庭背景，这深刻造就了她有心计、会算计的特点。她的又要占便宜又要

不得罪人的做人原则就是这样产生出来的。

因此，薛宝钗是一个坚定的封建卫道者，但她虽卖力宣扬一套封建妇德，自己却从来没有去遵守它。或者说，她只是要别人去遵守它。这一点，和封建统治阶级从来不打算去遵守它们奉行的三纲五常和其他封建伦理道德却要用这一切叫平民百姓来遵奉是完全一样的。所以薛宝钗是一个十足虚伪的妇德的代表，也是一个代表了封建统治者最本质东西的人物。而林黛玉则和贾宝玉一样，有着多多少少的异端思想和行为。不过，在当时相对于封建统治思想来说，则显得是那么幼弱和稚嫩，但它又是有生命力的，代表了社会进步和发展的方向。

薛宝钗和林黛玉，她二人的是是非非似乎永远也说不完、说不清，但若明白了她俩分别是"德"与"才"的代表以及"德"与"才"的含义，则二人的本质不同及其内容也就殊几可以弄清，其他问题甚至也就不那么重要了，也许只有这样，曹雪芹给她们二人设计的"判词"也就没有白写了。

第五章

象征艺术中的钗与黛

写完了上一章之后，原本自以为钗、黛之比较可说已进行得差不多了。虽然也不排除还可以找出其他一些内容来加以比较，但总觉得主要方面的比较是已经完成了，而且也确实可以得出一个可信的结论来了。但有知情者却说：你写的这一些，虽然费了不少精神，也说出了一些道理，但毕竟都是一种主观的分析，而一件事、一个情节、甚至一个词语，你可以这样理解，别人却可以那样理解，歧见甚或对立之见不怕说不出另一套道道来，所以你的那些看法未必便可作为一种可靠的结论，不同的看法可能还多着呢。

　　细细想来，这种说法也不是没有道理，因为对一件事的看法，不但不同人之间会有很大的差异，就是同一个人也可能因为条件的变化而对同一件事前后会有不同的看法。就拿自己来说吧，也确有过这样的情况。比如以前我也随众认为贾母最后是"舍黛取钗"的，可后来我却坚信事实是刚好相反。这是对一个大问题看法的转变，这种转变是需要有条件的，不具备这种条件的人就无法产生这种转变，因而也就形成了不同意见的存在。在本书的下篇中我将具体阐述此问题，这里只是提及作为一个例子来说明而已。

　　但是，我们不能因此得出结论，认为主观的分析是不足为据的。不同意见之间常常是有是非之分的。即如我上面所举的那个例子，贾母究竟是"舍黛取钗"还是一贯支持黛玉、支持宝、黛的爱情婚姻，这其中就肯定有一个是对的，一个是错的。问题是持错误认识的人自己认识不到罢了。如果认为对文艺作品的主观分析没有是非可言，那么，文艺评论也就失去存在的意义了，事实当然并非如此。

那么，在争论不休的情况下，还有没有其他办法来证明一种看法的正确性呢？应该还是有的。那就是检验一下某种分析和小说作者的主观意图是否相符。不过由于《红楼梦》创作的含蓄风格，作者极少正面站出来表达他对某人物的评价，有时说到还故意说反话，因此前人就有说曹雪芹从来没有骂过薛宝钗的。而事实也同样并非如此，作者不但骂过薛宝钗，而且骂得很厉害，只是他不是正面地破口大骂，而是含蓄地用其他方式来骂，骂得许多人都听不出来。同时，作者也还以此方式强烈地对比了钗、黛二人，其结果与我们前面通过对小说场面、故事情节的分析结论是完全一致的。这就不能不说我们的比较分析是可信的了。

曹雪芹所用的这种方法就是《红楼梦》创作诸多艺术手法中很重要的一种：象征艺术。通过对它的分析，我们可以看到作者创作的主观意图和艺术形象表现出来的客观效果是高度统一的，毫无歧义可言。

《红楼梦》中的象征艺术

　　文学中的象征艺术，是创作中一种常见的表现手法。它常常是通过某一具体的形象或者事物去表现某种抽象的概念、思想和感情。这种手法运用得好，可以给作品造成一种深厚的意蕴，让读者凭自己的能力来参与再创作，准确地品味出作者的创作意图来，它往往比对作品的场面、故事情节的分析结论更为准确可信。

　　《红楼梦》正是大量而又非常成功地运用了这种手法，并充分体现了该手法的上述特点，它又集中地体现在对一些主要人物的塑造方面，它使一些往往颇有争议的人物通过对作者象征艺术的准确把握而最终做出正确的判断。

　　比如妙玉这个人物，本来存在很大的争议，非难她的意见居多。首先是书中一些人物就对她存在很深的偏见。连从来不褒贬人的大好人李纨也当众说："可厌妙玉为人，我不理他。"（第五十回）甚至和妙玉做过十年邻居，妙玉还教她读书识字的邢岫烟，还在贾宝玉面前也说妙玉"竟是生成这等放诞诡僻""是俗语说的'僧不僧，俗不俗，女不女，男不男。（第六十三回）至于后世读者和评论家对她有更为严厉的指责就更不足为奇了。然而在我看来，这些书内外的人并未真正了解妙玉，妙玉其实是一个和林黛玉很相似的人物，她无论家庭背景、身世遭遇、性格气质、文化修养等等都像林黛玉，二人关系又颇好，所以我曾经得出结论说："黛玉乃是'在家'的妙玉，而妙玉则

钗黛之辨

是'出家'的黛玉。"[1]这种看法，我们还可以从作品中的象征手法得到印证。作品颇为擅长通过人物的居住环境来象征它的主人。妙玉的住处栊翠庵最具象征意味的自然是它门前的梅花了。作者不止一次地特意着力渲染过它们。如第五十回时，作者写到贾宝玉在一个下雪天经过栊翠庵的时候，因闻到一阵异香，他回头一看，

> 恰是妙玉门前栊翠庵中有十数株红梅如胭脂一般，映着雪色，分外显得精神，好不有趣！

对这些红梅，在后来李纨罚宝玉去"折一枝来插瓶"时，作者又有进一步的具体描绘，试看宝玉折回来的这一枝：

> 原来这一枝梅花只有二尺来高，旁有一枝，纵横而出，二三尺长，其间小枝分歧，或如蟠螭，或如僵蚓，或孤削如笔，或密聚如林，真乃花吐胭脂，香欺兰蕙。各各称赏。

这是一株多美的红梅！它横空出世，独具一格，艳若胭脂，香压群芳。这一形象，就使人不禁会想起栊翠庵里那"十数株红梅"的傲雪斗艳的火红景色来。联想起妙玉平日的为人和性格，作者这样刻意的描写一种花卉，不恰恰是要用红梅的形象和品格来象征妙玉吗？我们再联想起怡红院里独有的松、潇湘馆里突出的竹以及三人之间的特殊关系，还有大观园里单单只有这三个人的名字带有"玉"字，这三人不

---

1 《红楼梦新探》，广东人民出版社，1987年，第198页。

正是贾雨村说的那种同"一派人物"吗？所以我曾径直地把这三人称为"大观园里的岁寒三友"。[1]用"岁寒三友"来象征这一组人物，体现了作者独特的艺术匠心，它也为读者提供了一把探求作者创作主观意图的有效钥匙。用它去检验其他被象征人物，其结果也是屡试不爽的。

《红楼梦》的作者不仅在塑造人物时大量运用了象征艺术，而且在具体手法上又表现得多姿多彩，变化多端。

如用象征手法表现上述的"岁寒三友"时，象征妙玉的红梅显得突兀显目，已如前述，同样象征黛玉的翠竹也显得十分豁显，多次提及，多样描述表现。而用来象征宝玉的青松，则写得十分隐蔽，只是在很不显眼的场合极不经意地简单提及（见第二十六回），极易被人们忽略过，真的要找它时却会有"踏破铁鞋无觅处"的感觉。这样的手法，既显现了象征手法的变化多姿，又与《红楼梦》的含蓄风格保持了一致。

一般的印象会觉得，《红楼梦》的象征手法多是以花卉（包括其他植物）喻人，而且一人一花，典型例子如第六十三回的"怡红夜宴"就是如此。如薛宝钗的牡丹、探春的红杏、李纨的老梅、湘云的海棠、麝月的荼蘼、黛玉的芙蓉、袭人的桃花等，而且都安排得相当精到、得体。但如果读得更深一点，就会发现并不完全如此，《红楼梦》的象征手法，有时还会以动物喻人，而且一人多喻，同样表现得很出色。就拿史湘云来说吧，一般人都知道，她的象征物是海棠，因为作者有过较细的描述。但作者还同时又以某动物来象征她，人们就不大知道了。因为它写得比较隐蔽又分散，手法上很巧妙。那是什么呢？乃是

1　《末世悲歌红楼梦》，汕头大学出版社，1997年，第185页。

　　　　　　　　　　　　　　　　　　　　　钗黛之辨

很有特色的动物——鹤！

第四十九回，作者先当着众人的面写了史湘云的外面衣着打扮，接着又具体描写了她的"里头打扮"：

> 只见他里头穿着一件半新的靠色三镶领袖秋香色盘金五色绣龙窄裉小袖掩衿银鼠短袄，里面短短的一件水红装缎狐肷褶子，腰里紧紧束着一条蝴蝶结子长穗五色宫绦，脚下也穿着麀皮小靴，越显的蜂腰猿背，鹤势螂形。

在这里，"鹤"乃是以极不经意的形式出现在这段不短的引文里，而且处于同样地位的共有四种动物，除"鹤"之外，还有蜂、猿、螂，何以见得作者偏偏就是以"鹤"来象征史湘云呢？这样的诘问是完全正确的，单单凭此，是绝对得不出以上的结论来的。还好，除此之外，我们还有其他的证据呢。

接着上面情节的第五十回，众人在芦雪庵即景联诗，史湘云当时成了主角，她抢着与众人联诗，又抢着出上联，她

> 笑的弯了腰，忙念了一句，众人问："到底说的什么？"
> 湘云喊道："石楼闲睡鹤。"

史湘云在匆忙情急之中，"喊"出一个"鹤"来，可见此"鹤"在她心中不同一般的地位，亦是作者寓示她与"鹤"非同一般的关联。如果谁觉得这样说道理还不充分的话，我们不妨再看第七十六回的"凹晶馆联诗"，湘云与黛玉共作的最后一联，也是最有深意的一联是：

寒塘渡鹤影，冷月葬花魂。

如果没有人会怀疑"花魂"指的是林黛玉的话，那么，相对的"鹤影"自然也一定就是史湘云了。以上三例，如果只举其一，当然无力得出作者是用"鹤"来象征史湘云的判断，但把这分散的三例联系起来（读《红楼梦》很需要这种善于联系的眼光），这个结论无疑是成立的。

　　那么，以鹤象征史湘云是否合适呢？我们还应做一些考察，以正面的结果来回答、验证这个问题。

　　夫鹤，毛白体洁，举止优雅、刚毅，气宇轩昂、潇洒，"鹤立鸡群"乃形容它与其他动物的不同。它一声唳叫，可以声闻于天，而且自身可一举千里，直冲云霄，为众多动物所不可望尘，故有仙禽之称。它同时又是长寿之物，古书中说鹤寿千年。龟鹤同寿，松鹤延年，为传统画中常见之题材。所以文人雅士多喜与之为伴。春秋时卫懿公因沉迷于鹤而亡国丧身，且不说他，唐代诗人白居易晚年与鹤为伴，《失鹤》诗中有句云："郡斋从此后，谁伴白头翁？"[1] 宋代高士林和靖更有"梅妻鹤子"的佳话，则鹤又有高洁、恬淡的名士风韵，确是一种仙鸟珍禽，难怪仙道之士都喜驾鹤翱翔于天际云端了。

　　反观史湘云，也正是一个与其他女孩大不相同的人物。尽管她和林黛玉在身世遭际方面有许多相同之处，她却没有林黛玉那样的多愁善感和"小性儿"，更没有薛宝钗那种世故和深沉，她也没有探春心灵深处的那种沉重包袱，完全不像迎春那样的懦弱和淡漠，惜春那样的偏执与孤僻就更和她无缘了。她豪迈洒脱，所到之处总见她在"大

1　《白居易集》，中华书局，1979年，第508页。

说大笑"，她"说"得坦诚直率，"笑"得朴实爽朗。她的行事尤其与众不同，她在"家"中不如意的事很多，但从不抱怨生活的艰辛，她难得一来贾府与大观园的年轻人聚会，却会抓住机会及时寻乐：女着男装、醉卧石凳、饮酒划拳、争抢联句等等，都是她独有的佳话。她敢当众冒犯林黛玉，说台上的戏子长得像她，引发了风波却又不计前嫌；她不会巴结讨好上面，且会为邢岫烟被人歧视之类的事情抱不平。别人对她的行为不理解，她会自豪地宣称自己"是真名士自风流"。她敢说敢笑，敢怒敢骂，罔顾物议，任意随性。她的这种风格和气质不是恰恰与鹤的风格气质十分吻合么？曹雪芹既用海棠又用鹤来象征史湘云，后者的象征意义可能会有更多的蕴含。生活在封建社会的青年女性，受着种种约束的重压，都会出现这样那样的心理障碍，而史湘云却显得是一个心理最健康的人，她可以说是曹雪芹心目中的一个理想人物。

　　说到这里，或者不妨顺便再说一点与此有关的事情。史湘云的最后结局如何，是大家很关心的问题。由于后四十回作者的笔力根本无法和前八十回接轨，所以许多人的结局都写得十分简略，草率带过了事。史湘云的结局也是在一百一十八回由王夫人对贾宝玉的说话中传出了一点信息，说史湘云"头里原好，如今姑爷痨病死了，你史妹妹立志守寡，也就苦了"。也就因此，对史湘云的真正结局如何，也就有不少揣测，其中有一种说法是，有人曾见过一种所谓"旧时真本"，其情节与现在的各种本子不同，言宁、荣二府被抄后，宝钗亦早卒，贾宝玉穷愁潦倒成为更夫，最后与已沦为乞丐的史湘云结为夫妻。各种说法自然都是一种主观推测，并无实证。不过，如果从《红楼梦》的象征手法这个角度去捉摸，"旧时真本"之说，倒是颇为值得重视的。因为作者以松象征贾宝玉，以鹤象征史湘云，又故意写得很隐秘、含蓄，松鹤在古诗画中常常联用，贾宝玉住的怡红院里又故意极不经意地把松鹤联写在一起。第二十六回，写贾芸随着坠儿进了怡红院，"贾芸看时，只见院内略略有几点山石，种着芭蕉，那边有两只仙鹤在松树下剔翎。"作者对大观园内各人住处的景物设置都是极具机心的，怡红院里"两只仙鹤在松树下剔翎"这淡淡的一笔，或许正是预示宝玉、湘云最终结局的一个重要象征。

而且，我们还可以从其他方面找到对这种说法的支持，如第三十一回的"因麒麟伏白首双星"，对二人皆持有同样的麒麟的解释虽然也有多种，但也只有二人最终结为夫妇之说能和此象征手法最为协拍了。

还有一点，从人物设置的创作构思方面来考虑，在"金陵十二钗"中除了妙玉这个方外人之外（作者设置这个人物自有其另外的创作意图），就只有宝钗、黛玉、湘云属于不是贾府成员的"外来妹"，她们的才华、美貌以及与贾府的关系都十分接近。这三人中，钗、黛都与宝玉的婚姻爱情有着千丝万缕的重要关系，为什么作者偏偏要让史湘云置身于这种关系之外呢？如果是史湘云安排为贾宝玉最后的伴侣，则这三个人物的设置就十分自然，也十分巧妙有趣了。这一点如果要细说当有待另文。

《红楼梦》象征艺术的丰富多变还体现在它有时并不是简单地直接用某一具体事物去象征某种抽象的概念或思想感情，而是表现为一种更为复杂的关系。比如林黛玉和薛宝钗的最终结局乃是通过她们的贴身丫鬟的名字体现出来；或者说这两个丫鬟的名字与她们本人的命运、遭遇无关，而是影射、象征了她们各自主子的不同结局。

林黛玉的丫鬟紫鹃，用的是传说中古代蜀国国王杜宇的故事：据说杜宇因为失去了蜀国，死后魂魄化为鹃鸟，每年二月，悲号叫鸣，以致眼中出血，后人为了纪念他，就把鹃鸟称为杜鹃。现在，作者在黛玉身边安置了这样一只"紫鹃"，正是象征林黛玉要经常啼哭，以至泪尽泣血的未来命运。"紫"乃形容血的殷红，有极言其多的意思，同时又与下面要说到的"金莺儿"的"金"色相对。

　　薛宝钗的丫鬟莺儿，这个名字则与唐人金昌绪的一首《春怨》诗有关。诗云：

　　　　打起黄莺儿，莫教枝上啼。啼时惊妾梦，不得到辽西。

这首诗写一个春闺的思妇，丈夫远征去了辽西，也可能早已成了"无定河边骨"，但思妇仍无限思念，却只能在梦中相会，她害怕枝头黄莺鸟的啼声会把好梦惊醒，所以要把它赶跑。现在，作者就在薛宝钗的身边安置了这样一只"黄莺儿"与她朝夕相伴，正是象征、暗示出薛宝钗将来的命运也和这个思妇一样。她虽然如愿实现了"金玉良姻"，但却很快要和丈夫永远分离，甚至梦中相会也无缘。

　　在《红楼梦》里，不仅是名字，甚至某些人物的姓氏，也是有特定寓意的。如薛蟠娶妻姓夏名金桂，"雪"（"薛"的谐音）遇"夏"必然融化消失，薛家的败落，与娶这个女子有很大的关联，它已在这个媳妇的姓氏中预示出来了。而莺儿的姓，则更见作者的苦心。在《红楼梦》里，许多丫鬟，包括一些大丫鬟如平儿、司棋、金钏等，都像晴雯一样，"其先之乡籍姓氏，湮沦而莫能考者久矣"。而莺儿之姓"黄"不仅在第三十五回的回目"黄金莺巧结梅花络"中特别标示出

来，而且正文中还有宝玉与她的对话，宝玉

> 因问他："十几岁了？"莺儿手里打着，一面答话说："十六岁了。"宝玉道："你本姓什么？"莺儿道："姓黄。"宝玉笑道："你这名姓倒对了，果然是个黄莺儿。"……

这段对话，看来作者除了要特别告诉大家莺儿乃姓"黄"，并通过宝玉之口，挑明她"是个黄莺儿"之外，并没有其他明显的作用，而这样着力把一个丫鬟的姓氏表示出来，在《红楼梦》里可以说是独一无二的。很显然，它的目的是因为仅仅一个"莺儿"的名字，还怕读者不明白它的意义，而把她的"黄"姓也特别标示出来，让读者知道她的完整姓名是"黄莺儿"，读者就能较容易地联想起金昌绪的那首《春怨》诗，从而能体会出它的准确含意来。与之相对的紫鹃，因不存在这种情况，所以作者就照通例根本不提及她姓什么了。

所以，《红楼梦》的象征艺术，其表现手法不但善于变化推新，而且构思巧妙，新颖别致，有时还需要一定的文化涵养才能品尝出其中的韵味来。

212

象征艺术中的钗与黛

在上一节我们花了不少笔墨来描述《红楼梦》中的象征艺术，因而见出作者是如何在着力使用和重视这一艺术手法，也见出读者如果能谙熟作者的这一手法，就能够更准确地把握作者的许多创作意图，更确切地明白作者对他笔下的许多人物的真实态度，因而就更能真正地理解《红楼梦》。

既然作者对妙玉、史湘云、探春以至于花袭人、麝月等人物的塑造都精心运用过这种手法，那么对书中两个更主要的角色薛宝钗和林黛玉也理应会运用到这个手法，而且一定会用的更多、更着力、更精彩，因而也更能让读者从更深的内心层次洞察出作者对这两个人物的真实态度，因而也能衡量出我们在前一章对这两个人物的评价是否正确。

事实也确实如此，我们从以下的考察中可以完全证实这一点。

《红楼梦》对钗、黛二人使用的象征手法常常也是在对比中进行的。当作者在对许多人物进行象征手法时，就会出现对钗、黛二人鲜明的象征对比。当然也会在别的场合和事物中对二人进行象征手法的对比。我们可以从一些主要方面来加以考察。

（一）翠竹与草蔓

对大观园内各人居住环境的描绘，是作者大量使用象征手法的好时机，如怡红院内的松、栊翠庵里的梅等等。那么，他是如何描写钗、黛二人的住处，又有什么象征意义呢？

我们先看林黛玉的住处潇湘馆。

在元妃省亲之前，贾政先已带了众清客和宝玉等人去巡视了一遍。当时众人曾来至一个地方：

> 忽抬头看见前面一带粉垣，里面数楹修舍，有千百竿翠
> 竹遮映。众人都道："好个所在！"（第十七、十八回）

这"好个所在"就是贾宝玉曾题名为"有凤来仪"后经元妃改名为"潇湘馆"的地方，即后来林黛玉的住处。它的特点便是有"千百竿翠竹"围拢着。当时宝玉为此处题的匾额"有凤来仪"和对联"宝鼎茶闲烟尚绿，幽窗棋罢指犹凉"，也都是关合着竹子，就是元妃改名后的"潇湘馆"也都与竹子有关。

随后我们还会看到，只要一写到潇湘馆这住处，作者就会运用不同的手法把竹子带出来，简直不能分离：

第二十六回，贾宝玉去找林黛玉，

> 来至一个院门前，只见凤尾森森，龙吟细细。举目望门
> 上一看，只见匾上写着"潇湘馆"三字。

这里写的自然景象，就单只突出一样竹子。

第三十五回，写林黛玉从外面回来

> 一进院门，只见满地下竹影参差，苔痕浓淡，……（进
> 屋后）只见窗外竹影映入纱窗来，满屋内阴阴翠润，几簟生凉。

这里不仅写到竹子本身，而且写出竹影以及浓翠的竹丛所形成的"生凉"的环境，与上述贾宝玉所题的对联相呼应。

第四十回，贾母带刘姥姥等来到潇湘馆时，作者又写到，

> 一进门，只见两边翠竹夹路，土地下苍苔布满。

在繁忙紧促的行文中，作者也不忘把竹子带上一笔。

第四十五回，写林黛玉在潇湘馆独眠感叹时，

> 又听见窗外竹梢蕉叶之上，雨声淅沥，清寒透幕，不觉
> 又滴下泪来。

这里连窗外"竹梢"上的动静都写出来了，可见对竹子是如何关注。

可以说，林黛玉、潇湘馆、竹子，无时无刻不紧密地联系在一起，三者已结下了不解之缘。作者用竹子来象征林黛玉的意蕴是不言而喻的。

夫竹，亭亭玉立，中虚外直，宁折不弯，四季常绿，在外形直观上就普遍得到人们的喜爱，尤其一些正直有节的士君子常用它来寄托或表示自己向往的情操。曹魏正始年间，因不与司马氏合作，出现了有名的"竹林七贤"。晋朝有名书法家王羲之的三子王徽之尤为嗜竹，他曾借别人的空宅种竹，并言："何可一日无此君邪！"[1]后人因以"此君"称竹。宋人刘子翚并作有《此君传》。苏东坡更是竹的嗜爱与崇

---

1 《晋书》，中华书局，1974年，第2103页。

拜者，他的《于潜僧绿筠轩》诗说道："可使食无肉，不可居无竹。无肉使人瘦，无竹令人俗。人瘦尚可肥，士俗不可医。……"[1]与曹雪芹同时的郑板桥对竹更有深刻的理解和表达，他在"题画"中有说：

> 盖竹之体，瘦劲孤高，枝枝傲雪，节节干霄，有似乎士君子豪气凌云，不为俗屈。故板桥画竹，不特为竹写神，亦为竹写生。瘦劲孤高，是其神也；豪迈凌云，是其生也。[2]

上述看起来似乎颇为丰富的材料，如果比起古代文人诗、画、文中对竹的描述与称颂来则是九牛一毛了。我们征引了这么一些，就在于说明竹是我国传统文化观念中对士人君子美好品德的象征，它代表了高尚、正直、虚心、有节、不屈等的美德。曹雪芹如此着力、刻意地用竹来象征林黛玉，正反映了林黛玉在作者心目中的地位和对她的评判。它比之形象刻画中的林黛玉更为确定，更为有力。

如果我们再联系到刘姥姥对林黛玉居室的品评，刘姥姥因看见屋内"窗下案上设着笔砚，又见书架上磊着满满的书"，便说道："这那像个小姐的绣房，竟比那上等的书房还好。"（第四十回）则我们的评断就更显得毫无疑义了。

相应地，我们自然要来看看薛宝钗住处的情况了。也是在贾政与众清客、贾宝玉游园的时候，一行人来到一处贾政称之为"此处这所房子，无味得很"的"清凉瓦舍"，

1　《苏轼诗集》，中华书局，1982年，第448页。
2　《郑板桥集》，中华书局，1962年，第231页。

钗黛之辨

因而步入门时，忽迎面突出插天的大玲珑山石来，四面群绕各式石块，竟把里面所有房屋悉皆遮住，而且一株花木也无，只见许多异草：或有牵藤的，或有引蔓的，垂山巅，或穿石隙，甚至垂檐绕柱，萦砌盘阶，或如翠带飘飘，或如金绳盘屈，或实若丹砂，或花如金桂，味芬气馥，非花香之可比。

这个当时贾宝玉题名为"蘅芷清芬"的地方，就是后来薛宝钗的住所"蘅芜苑"。

如果是孤立地来看，或者是初读《红楼梦》不了解作者特有的艺术表现手法，则面对薛宝钗这个住处未尝不会觉得这是一个好地方。你看它里面许多奇藤异草，它们五颜六色、香气扑鼻，连贾政都叫不出名字来，去哪里找得到这么一个美妙的地方呢？如果不好，它也成不了"天上人间诸景备"的大观园的一个不可缺少的组成部分了。不过，这些说法正是孤立地单从纯自然景色而言，如果从曹雪芹特有的象征与对比相结合的艺术手法来看，具体地来说，从用象征手法来比较钗、黛二人来说，则这些景物就完全是另一回事了：如果说，潇湘馆里那"千百竿翠竹"是用来象征林黛玉的正直、劲节等等高品位的品质的话，那么，蘅芜苑里的那些景物又是象征薛宝钗的什么品位，以及与林黛玉形成了怎样的对比呢？它那里全是一些藤萝草蔓，"一株花木也无"，先从植物的品类来说，这些"草"类比之"花木"本已差了一等，而这些草类的形象又都是"或垂山巅，或穿石隙，甚至垂檐绕柱，萦砌盘阶"，总之都是一些攀绕依附在他物身上的低等藤蔓，而没有独立生存的能力，它们比之那些"瘦劲孤高""豪气干云"

的翠竹，其品位的高低，竟有天渊之别！

当然，上面所用来作比较的蘅芜苑的景物，乃是薛宝钗入住之前的情形。自第二十三回众人入住大观园之后，蘅芜苑的境况是否有了什么变化呢？至第四十回刘姥姥游大观园时，同样来到过蘅芜苑，人们看到的景致又是怎样的呢？当时贾母同众人

> 一同进了蘅芜苑，只觉异香扑鼻。那些奇草仙藤愈冷愈苍翠，都结了实，似珊瑚豆子一般，累垂可爱。及进了房屋，雪洞一般，一色玩器全无，案上只有一个土定瓶中供着数枝菊花，并两部书，茶奁茶杯而已。床上只吊着青纱帐幔，衾褥也十分朴素。

原来这时的蘅芜苑仍然只有一些异香扑鼻的"奇草仙藤"，照样是"一株花木也无"，这说明薛宝钗完全接受、适应，而且融入了这样一个环境，已经物我相融了。正像林黛玉由衷地喜欢那些挺拔的竹子一样，薛宝钗也是确实喜欢这些到处攀附缠爬的藤萝草蔓的，用它们来分别象征这两个人不是再合适不过了吗？

不过，如果一定要找出蘅芜苑在薛宝钗入住的前后有什么不同的话，也还是有的。那就是自宝钗住进来以后，这些仙草们变得"愈冷愈苍翠"了，屋子里也竟如"雪洞一般"。这地方这么冷，完全是因为兴儿说的"竟是雪堆出来的"（第六十五回）。薛宝钗这个"冷美人"住在这里之故。再加上薛宝钗房内"一色玩器全无，案上只有一个土定瓶中供着数枝菊花，并两部书，茶奁茶杯而已"的素冷陈设和黛玉房中"窗下案上设着笔砚，……书架上磊着满满的书"的鲜明对比，

　　　　　　　　　　　　钗黛之辨

也从另一个侧面烘托出两人不同的品性。

（二）菊花与螃蟹

古人云：诗言志。或者用薛宝钗的话来说："古人的诗赋，也不过都是寄兴写情耳。"（第三十七回）也就是说，诗歌应该是用来表达或寄托作者的心志和情感的。

大观园的女儿国（颇有些女儿气质的贾宝玉也算在内）里有一个诗社，众女儿于中作诗填词，既是显示自己才华的场地，更是抒发自己内心情愫的好机会。对作者来说，更是借此来结构情节、塑造人物的重要手段。自然，它又成了作者用象征手法来对比钗、黛二人的一个不可少的内容。

诗社的第一轮活动产生了白海棠诗、菊花诗和咏螃蟹诗。作者用了足足两回的篇幅，精心安排了这三组诗的写作过程和诗歌的内容。仔细观察一下便可发现在诗社的全部活动中，其主角乃是薛宝钗和林黛玉，她们的这种地位就更突显了她们二人的对比态势。

诗社的第一组作品乃是白海棠诗，是各人初试身手。因为是第一组，作者不想让她们分出高低，所以当最后一首林黛玉的诗出来后，"众人看了，都道是这首为上。"似乎应该是林黛玉的诗占首位了。但接下来裁判官李纨却说："若论风流别致，自是这首；若论含蓄浑厚，终让蘅稿。"这就对"众人"之见有所保留，且有点倾向于"蘅稿"了，而接下来的探春却直说道："这评的有理，潇湘妃子当居第二。"这样一来，对二人诗作的高下就似乎没有明确的评断了。待到后来史湘云到来并一气写了两首诗之后，起初大家本以为不可能写出有什么新意之作了，可结果是"众人看一句，惊讶一句，看到了，赞到了"。看来，几位的白海棠诗是各有特点，难分高下的。其实白海棠诗从某种意义来说，乃是一个引子，是为后两组诗先作一个铺垫的。作者也是故意要对它们的评判弄成一种模糊的状态。

到菊花诗时便不同了。在"众人看一首，赞一首，彼此称扬不已"之后，李纨却一反评断白海棠诗时多少有些犹豫，并未能下最后定评的态度，竟十分干脆利落地作出了确切而又具体的评断：

> 李纨笑道："等我从公评来。通篇看来，各有各人的警句。今日公评：《咏菊》第一，《问菊》第二，《菊梦》第三，题目新，诗也新，立意更新，恼不得要推潇湘妃子为魁了，然后《簪菊》《对菊》《供菊》《画菊》《忆菊》次之。"

这次菊花会，除了李纨、迎春、惜春可能因为自己觉得难与其他人抗衡因而没有作诗之外，其他五位高手共作有菊花诗十二首，而林黛玉一人便作了三首。值得注意的是，李纨将之排在前三名的三首诗，《咏菊》《问菊》与《菊梦》竟全是黛玉那三首诗。而其他人除了互相恭维一番别人的"警句"、警语之外，对李纨的评判毫无异议，这样，林黛玉自然就成了菊花诗的绝对冠军了。

林黛玉的菊花诗受到众人如此程度的推崇，也确实是因为她的三首诗写得非常好。如《咏菊》中的"一从陶令平章后，千古高风说到今"，《问菊》中的"孤标傲世偕谁隐，一样花开为底迟？……休言举世无谈者，解语何妨片语时"，《菊梦》中的"登仙非慕庄生蝶，忆旧还寻陶令盟。"等等。这些诗既写出了菊的精神，又把自己融汇了进去，自然是好诗。

当然，让这些好诗都出自林黛玉之手，并且获得最高的称誉，自然都是作者的安排，其用意自然也十分明白：用菊花象征林黛玉。

夫菊，为多年生花卉，至今品种已有三千多种，它多姿多彩，万紫千红，色丽鲜美，花多硕大，因此广受民众所喜爱。它尤其深受中国古代文人雅士的青睐，那是因为它生长在萧条肃杀之深秋，挺立在百花凋谢的寒冬，独傲寒霜，曼吐清香，有傲兀的个性，具坚韧的劲节。它广受欢迎当然是再自然不过的事了，因而获得了与梅、竹、兰合称为"四君子"的雅号。

菊花原产我国，早在先秦时代的《礼记》、屈原《离骚》中就有关于它的记载。自从晋代高士陶渊明的《饮酒》诗唱出"采菊东篱下，悠然见南山"，[1]"秋菊有佳色，裛露掇其英。汎此忘忧物，远我遗世情"[2]的名句之后，菊花更是名声大震，成为逸人雅士追慕潇洒闲逸、素洁淡雅而又高尚有节品性的象征物，像竹子一样受到历代文人的推崇与颂扬。如唐朝元稹的《菊花》诗："秋丛绕舍似陶家，遍绕篱边日渐斜。不是花中偏爱菊，此花开尽更无花。"[3]盛赞菊花不畏霜寒，在百花丛中开到最后。宋人郑所南的题画诗《画菊》曰："花开不并百花丛，独立疏篱趣未穷。宁可枝头抱香死，何曾吹落北风中。"[4]郑为南宋末年极具爱国情志的画家，诗中表现了他绝不屈从于元蒙统治的气节和决心。直至近代，著名爱国诗人丘逢甲在《野菊》诗中也有"淡极名心宜在野，生成傲骨不依人"[5]之句，亦寄寓了一种潇洒飘逸、超

---

1 《陶渊明集》，中华书局，1979 年，第 89、90 页。

2 《陶渊明集》，中华书局，1979 年，第 89、90 页。

3 《元稹集编年笺注》（诗歌卷，杨军笺注），三秦出版社，2002 年，第 60 页。

4 《历代题画诗选》，上海书画出版社，1983 年，第 30 页。

5 《丘逢甲集》，岳麓书社，2001 年，第 160 页。

脱世俗的情怀。这一类的诗词文赋在古代文人笔下还很多，这里只是略举数端，以见一斑而已。总之，他们借用菊花来歌咏的都是一种高尚、脱俗的品性和节操。《红楼梦》的作者也正是用它来象征、比拟林黛玉的。这和用竹子来象征、比拟林黛玉的文思完全一致。

在同一回浓笔重墨写了菊花诗之后，作者又紧随其后写了几人的一组咏螃蟹诗。它给人最易产生的表层感觉是写这一组诗似乎很勉强，毫无写菊花诗的那种兴味和热情，但又不得不写，为什么会这样？倒是值得探索一下它的究竟。

首先我们看到，咏螃蟹诗只有宝、黛、钗三人参与了写作，共得三首，这比菊花诗有五人写作共得十二首的规模完全不同，这三人三首诗应该说是诗会的最低底线了，再低于此就不成诗会了，于中也见出作者对前后两组诗的不同态度。

其次，这三首诗依次是宝、黛、钗三人先后完成。宝玉的那首用黛玉的话来说是"这样的诗，要一百首也有"。话虽说得夸张些，但宝玉的那首诗也确实是不怎么样。黛玉的那首又怎样呢？那是在她听了宝玉说她"才力已尽""不能作了"的情况下，"并不答言，也不思索，提起笔来一挥"而成的，这和她在落笔选题写菊花诗之前先独个儿"倚栏杆坐着，拿着钓竿钓鱼"，后来又吃了一口热酒，充分作了酝酿、调动了情绪才下笔的情形完全不一样，所以她对自己的咏螃蟹诗也是很不满意的，结果是把自己这首诗"一把撕了，令人烧去"。宝、黛二人的诗既无众人的议论、更没有得到只言片语的赞扬，和菊花诗的情形完全不一样，可见黛玉的诗也是很一般的。

第三，设想如果宝钗的诗也像宝、黛二人的诗那样无足称道，那作者写这一组螃蟹咏岂不是毫无意义，完全多余了吗？作者岂能写出这种文字来呢？果然，宝钗的诗一出来，众人看了之后马上一片赞扬声，"众人不禁叫绝"，"众人看毕，都说这是食螃蟹的绝唱"，这与对宝、黛的诗形成了明显的对照。显然，作者如此处理宝、黛的诗正是要突出显扬宝钗的诗，要显出宝钗诗的好，把她推上螃蟹咏的宝座，与"林黛玉魁夺菊花诗"相"对峙"。

那么宝钗的诗究竟好在哪里呢？我们不妨把它引出来作一点推考，诗曰：

> 桂霭桐阴坐举觞，长安涎口盼重阳。
>
> 眼前道路无经纬，皮里春秋空黑黄。
>
> 酒未敌腥还用菊，性防积冷定须姜。
>
> 于今落釜成何益，月浦空余禾黍香。

对于这首诗的看法，诸多评家似无大的差异，大体上趋于一致。如：

《红楼梦词典》认为是"借描述螃蟹的构造，讽喻世人心黑意险"。[1]

《红楼梦大辞典》解读"眼前道路无经讳"是"喻指横行霸道的人，恣意而行，不管法度"。解读"皮里春秋空黑黄"是"讽寓世人心黑意险"。[2]

蔡义江《红楼梦诗词曲赋评注》解释颔联说："它不仅作为小说中贾雨村之流政治掮客、官场赌棍的画像十分惟肖，就是拿它赠给历来一切惯于搞阴谋诡计的反动人物、两面派，也是非常适合的。"[3]

1　《红楼梦词典》，广东人民出版社，1987年，第440页。

2　《红楼梦大辞典》，文化艺术出版社，1990年，第569页。

3　《红楼梦诗词曲赋评注》，北京出版社，1979年，第213页。

刘耕路《红楼梦诗词解释》认为全诗"确是一首绝妙的讽刺诗"。认为"无经纬""空黑黄""是骂恶人、恶势力横行霸道，阴谋落空"。[1]

周书昌编译的《红楼梦诗词赏析》认为此诗"旨在骂世"，是一首"政治讽刺诗"，说全诗讽刺了"现实黑暗政治中的丑恶人物"。[2]

以上这些大多内容相同也存在文字小异的看法，其实都存在两个共同的大缺陷，从而影响了获得正确的结论。

一个是它们都是孤立地就诗论诗，没有去顾及这首诗产生的来龙去脉以及这首诗与有关的其他诗、人和事的关系，特别是没有考虑到作者是在运用象征手法这一重要因素，这样分析出来的结果自然就会不得要领。

第二点是各家都是着眼在这是薛宝钗写的诗。其实薛宝钗只是一个虚构的艺术形象，她的诗和生活中的真人的诗在性质上有所不同。尤其在探索作者是如何运用象征手法时，只停留在分析薛宝钗的这首诗远不如去考察作者为何要安排薛氏写这么一首诗来得重要、更能揭示问题的真谛。

下面试综合上面两点看法再来认识一下薛宝钗的咏螃蟹诗。

既然作者设置的菊花诗是用来象征林黛玉，那么从作者惯用的象征对应手法来说，刻意让薛宝钗夺螃蟹咏之冠自然便应该是用螃蟹来象征薛宝钗了。你看，这两件事都同时写在一回里，而且该回回目又特别标出为"林潇湘魁夺菊花诗　薛蘅芜讽和螃蟹咏"，对应十分明显。作者似乎也预感到并不是人人都能体会得到这种笔法的用意，所

1　《红楼梦诗词解释》，吉林文史出版社，1986年，第223页。

2　《红楼梦诗词赏析》，内蒙古人民出版社，2006年，第187页。

以在前一回赋海棠诗时又让史湘云获冠；海棠正是湘云的象征，因为第六十三回怡红夜宴时，湘云掣的花名儿签正是海棠。这样就更能说明问题了。

黛玉、湘云夺魁的诗皆用来象征她们本人，同样情况下宝钗的诗有什么理由就不是如此呢？说她的螃蟹诗是表现了别的什么用意岂不乱了章法？而且如果这首诗是用来讽喻什么世人心黑、官场赌棍之类则在此显得不伦不类，而且前面写葫芦案、护官符以及贾雨村之流已经把这些写得十分鲜明、淋漓尽致了，又何须咏这么两句诗来"讽喻"一下呢？更何必用压低宝、黛的诗，用它们作陪衬来突出薛宝钗这么一首诗呢？这些都是说不通的。

林黛玉、史湘云的诗之所以夺冠，是因为它们写竹、写海棠非常成功，写出了它们的内在精神，甚至到了物我相融的地步。薛宝钗的螃蟹咏写得好，也是因为颔联的两句"眼前道路无经纬，皮里春秋空黑黄"写得惟妙惟肖，十分传神。众人为之"不禁叫绝"的也正是这两句。这两句之外的诗就不怎么样了。如颈联"酒未敌腥还用菊，性防积冷定须姜"，和此前宝玉诗中的"泼醋擂姜""指上沾腥"句用意也差不多。这就说明，在作者用了两回篇幅所精心设置的这场诗歌活动中，薛宝钗和林黛玉、史湘云一样，都是以出色描绘了自己所描写的对象而获得殊荣的；而在这同时，作者又正是用三人所描写之物来象征她们自己。这只有运用我在前面所提出的两点看法，才能得出这样的认识。

读至此，不少人也许会觉得，作者用横行霸道的螃蟹来象征薛宝钗，这可能吗？是否太离谱了？我们的回答是，这个结论的得出，不是由主观臆断凭空想象出来的，而是由上面的具体分析得出来的。而作者给薛宝钗设置这样一个象征物也不是率意而为，是颇有思路可寻的。当时赋菊花诗时，大家正在品尝螃蟹，贾宝玉吃得"兴欲狂"，提出"今日持螯赏桂，亦不可无诗"，而且带头写了一首，而今天螃蟹宴上那"几篓极肥极大的螃蟹"，正是薛宝钗慷慨赞助的，因此让薛宝钗获得了螃蟹诗的榜首，不也是顺理成章、并不突兀么？当然，这还是着眼于表面形式，就是从实质上来看，乃兄薛蟠就是一个呆霸王，他平日横行霸道，肆无忌惮，不就是一只不折不扣，"眼前道路无经纬"的螃蟹么？而薛宝钗的一些行事，其横霸之态并不逊于乃兄（前面第三章已经谈到过），作者以螃蟹喻之，不亦宜乎？

由此看来，曹雪芹并不是从来没有骂过薛宝钗，而是骂得很多，有时还骂得很厉害；只是曹雪芹的骂人方法和一般人不同，因此许多人也就看不出来。

（三）牡丹与芙蓉

上两节说到作者用藤萝草蔓和螃蟹象征薛宝钗，表现了作者对她的轻蔑。不过作者并不总是这样贬损薛宝钗的，他有时会用很高贵的事物来象征薛宝钗，但却仍然保持了他对钗、黛的不同态度，只是表现得更有"趣味"，含义更深刻。这里要说的乃是前面已多次提到的第六十三回"怡红夜宴"行"占花名儿"酒令时作者所使用的象征手法。

作者当时安排第一个掣签的是薛宝钗，而且抽的就是"艳冠群芳"的牡丹花，大家也一致对她说："你也原配牡丹花"。在花卉中这牡丹可不寻常，它是有名的富贵花，素称花中之王，倍受历代文人的称赏。如宋代陆游说它是"吾国名花天下知"（《牡丹》），元人吴澄有诗称它为"天上人家富贵花"（《次韵杨司业牡丹》）。人民群众也同样喜爱牡丹，花开时节，常常出现全城倾动去赏花的轰动情景。如唐代白居易《买花》诗载："帝城春欲暮，喧喧车马度，共道牡丹时，相随买花去。……家家习为俗，人人迷不悟。"在《牡丹芳》诗中还记载到"花开花落二十日，一城之人皆欲狂"的情景。这风俗一直传承下来，历久不衰，如明人陆师道的《昌公房看牡丹歌》中也记载到："尝闻乐府牡丹芳，春来一城人欲狂。"在古代诗文中，对牡丹这一类赞赏的记载还大量存在，这就说明这也是传统文化中确认的对牡丹的一种共同态度：牡丹是尊贵的、高品位的、受许多人喜爱、崇尚的。

一路来用藤萝草蔓、螃蟹来象征薛宝钗的作者为何会一反常态现在竟用此高品位的物事来象征薛宝钗呢？他将又如何来处置林黛玉呢？

林黛玉是被安排在众人中倒数第二的位置来抽签的，此前已经有六人抽过了。当时

　　黛玉默默的想道："不知还有什么好的被我掣着方好。"一面伸手取了一根，只见上面画着一枝芙蓉，题着"风露清愁"四字，那面一句旧诗，道是：莫怨东风当自嗟。……众人笑说："这个好极。除了他，别人不配作芙蓉"。黛玉也自笑了。

芙蓉，即莲花、荷花，又名水芝、菡萏、水芙蓉、泽芝等，其总名为芙蕖。它也是古代诗人笔下广为咏赞的花朵。在古诗中它给人的印象总的来说是清淡、洁净、高雅、孤劲，自是花中佳品。所以众人都笑说"除了他，别人不配作芙蓉"。尤其黛玉本人"也自笑了"，说明她也认可了芙蓉：它是"好的"。

然而，在传统的观念里，在绝大多数文人的笔下，牡丹是花王，它无比尊贵，芙蓉虽好，但比起牡丹来，其地位总是要略逊一筹的。如宋代梅尧臣《延羲阁牡丹》就称牡丹为"花中第一品，天上见应难"。王禹偁《牡丹》诗则称之为"艳绝百花惭，花中应面南"。牡丹既为花中之南面王，那么其他花、包括芙蓉在内自然也就处在北面而朝的地位了。所以白居易就直接拿牡丹与芙蓉作过比较，在《牡丹芳》一诗中，他认为牡丹"浓姿贵采信奇绝，杂卉乱花无比方。石竹金钱何细碎，芙蓉芍药苦寻常"。同时的刘禹锡《赏牡丹》诗也说："庭前芍药妖无格，池上芙蓉净少情。唯有牡丹真国色，花开时节动京城。"相形之下，芍药、芙蓉等不过是一般寻常的花卉，与牡丹是不可同日而语的。类似以上诗人们的观点还有很多，可以说是代表了传统的普遍看法，曹雪芹自然是很清楚的。照此说来，在这里曹雪芹以牡丹象征宝钗，以芙蓉象征黛玉，岂非是扬钗而抑黛了？不少读者、论者正是这样认为的。然而事实却又不然，因为事情并未到此结束，再"细按"下去，后面还有文章哩。

　　在对牡丹众多的传统赞辞里，"多情"是用得较多也颇为动人的一个。在一般诗人的眼中，牡丹之所以能成为花王，不仅是因为它色艳态妍，雍容华贵，而且还被认为是一种有情之物，这在唐诗中就屡可见到。如白居易《牡丹芳》诗："映叶多情隐羞面，倒丛无力含醉妆"，薛能《牡丹》诗："自惜多情欲瘦羸"，吴融《红白牡丹》诗："不必繁弦不必歌，静中相对情更多。"等等皆是。据此，曹雪芹如果有意推尊牡丹，也即褒扬薛宝钗的话，原可在这一类诗中摘取某句来与牡丹花相配，那么薛宝钗抽到的这支酒令花名儿签当然就很完美了。可是，我们却看见，作者竟尽弃牡丹"多情"之说，而偏偏在罗隐的《牡

　　　　　　　　　　　　　　　　　　　　钗黛之辨

丹》诗中截取了一句"任是无情也动人"来与之作配。在全唐诗中说牡丹"无情"的大概只不过这么一句吧，作者煞费苦心地、大海捞针般把它抽选了出来就绝不会是偶然的吧。不管罗隐全诗的原意如何，这截取出来的诗句的字面却明显指出牡丹是一种"无情"之物，这就与一般的咏牡丹诗大异其趣了。大家知道，《红楼梦》中的一般所谓"情"，是大大超出了男女之情的范围，而含有更广泛的社会内容。曹雪芹送给薛宝钗的这支特制酒签，其含义就在于说明薛宝钗只不过一个外表"动人"（且不说被"动"的是什么"人"）的富贵花，而内里却是无情的，至少是不合曹雪芹灌注了全副心血所塑造出来的主人公贾宝玉所追求之"情"的。

而对芙蓉呢？酒令签所写欧阳修《明妃曲再和王介甫》的诗句"莫怨东风当自嗟"，只是隐喻了林黛玉"红颜薄命"的结局，未对芙蓉作具体的评说。然而我们却从后来的《芙蓉女儿诔》中，看到了作者对芙蓉女儿的热情赞美和至高评价：

> 其为质则金玉不足喻其贵，其为体则冰雪不足喻其洁，
> 其为神则日月不足喻其精，其为貌则花月不足喻其色。

这是一首何等倾心的赞歌！正如大家所知，这《芙蓉诔》不仅是祭晴雯，实际上还是预祭了黛玉，它也是用最美丽的词语对芙蓉花的赞美。所以在曹雪芹的心目中，芙蓉乃是极尊贵、极洁净的花。试问，曹雪芹可曾这样颂扬过薛宝钗或牡丹花么？没有。因此从曹雪芹给牡丹选配的诗句以及芙蓉的颂辞可以看出，在对待牡丹与芙蓉的态度上，他是一反传统的观点的，他不喜欢"艳冠群芳"的富贵牡丹花，而钟爱

"风露清愁"的芙蓉花，从这里也就透露了他对钗、黛的不同态度。

前面说到，在古代文人的笔下一般都是推崇牡丹、把它捧到最高的位置，在这同时又有意贬低其他花卉，包括芙蓉花在内，在很大程度上已经成为一种传统共识。但在这大多数人之外，也有极少数以至是个别的人物，却另具只眼、别有一种思路，表现出与传统的牡丹、芙蓉观大异其趣，其中如宋代的著名学者周敦颐就是很突出的一个，他的《爱莲说》广为人知和历代传诵，今天的中小学课本中仍然选为教材。文不长却颇为精致，录下来以作赏析：

> 水陆草木之花，可爱者甚蕃。晋陶渊明独爱菊；自李唐来，世人盛爱牡丹；予独爱莲之出淤泥而不染，濯清涟而不妖，中通外直，不蔓不枝，香远益清，亭亭净植，可远观而不可亵玩焉。予谓菊，花之隐逸者也；牡丹，花之富贵者也；莲，花之君子者也。噫！菊之爱，陶后鲜有闻；莲之爱，同予者何人；牡丹之爱，宜乎众矣。

单从对自然界花草的欣赏来说，人们喜爱什么花，是无可非议的。但当文艺用象征的手法赋予花草以社会意义时，就会有思想意趣的不同了。在周敦颐看来，牡丹是充满俗气的富贵花，所以"宜乎众矣"都喜欢它；而他却只爱上洁净傲兀的莲花，这就与"自李唐来"的"世人"迥然不同。在这一点上，哲学家周敦颐是颇有一股反传统精神的。周敦颐是曹雪芹所熟悉的人物，在《红楼梦》第二回曾经提到他，当然也会很熟悉他的别开生面的《爱莲说》，这是没有问题的。曹雪芹是一个出尘超俗的人物，与一般世人相比，他显得是"野鹤在鸡群"

（敦敏称赞曹雪芹的诗句），因此可以断言，在对牡丹和芙蓉的看法上，他是完全能与《爱莲说》发生共鸣的。因此曹雪芹这样来设置钗、黛二人的酒令签就不是偶然的了，因为在思想上，这符合曹雪芹反传统的精神，在艺术上，牡丹与芙蓉的形态特征，也确是分别与宝钗、黛玉的外部形态、内在气质很相像。这样的象征比拟，在艺术上又可以收到形象生动的效果。通过这样的探究，我们就可以获得一点启发，即在评价钗、黛这两个人物形象时，我们是从"自李唐来"的世俗角度出发，还是从周敦颐、曹雪芹的特有思想出发，其意趣和结果是大大不同的。

　　曾有同学对我说，这曹雪芹这样设置牡丹与芙蓉，按你说的也有道理，可心里总觉得有点遗憾：牡丹毕竟是花王，它的地位高踞在百花、包括芙蓉之上，把它给予宝钗而不是黛玉，岂不……我对她说，你的这种心理完全可以理解，不过你要知道，这只是借用两种花卉来传递一种思想，花是形式，思想才是内容，我们不必太拘重于它的形式；而且还有更重要的是，曹雪芹也许早就预料到读者会有这种反应，于是他早就设计好了更为巧妙的机关，请看，就在"怡红夜宴"的前一回，作者特别安排了一个探春算生日的情节：

　　　探春笑道："倒有些意思，一年十二个月，月月有几个生日。……过了灯节，就是老太太和宝姐姐，他们娘儿两个遇的巧。三月初一日是太太，初九日是琏二哥哥。二月没人。"袭人道："二月十二是林姑娘，怎么没人？就只不是咱家的人。"

这里列了一串各人的生日，其中最重要的是要告诉大家，"二月十二是林姑娘"的生日，这"二月十二"又是什么日子呢？是花朝，即百花的生日。虽然我国民俗各地的花朝日子不尽相同，也有以二月二日或二月十五为花朝的，但是《提要录》却指实，"今吴俗以二月十二为花朝"，[1]林黛玉生长于吴地，自然是以二月十二日为花朝日的。此外，我们还可以从与曹雪芹同时人的诗作中证实这一点，如自称大观园便是他的随园的才子诗人袁枚，便有诗题为《二月十二日》的诗曰："红梨初绽柳初娇，二月春寒雪尚飘。除却女儿谁记得，百花生日是今朝。"[2]明白地写着二月十二日是花朝。袁枚辞官之后长期隐居在南京小仓山下的随园里，南京即金陵，也就是"金陵十二钗"的出身之处，所以林黛玉的故乡也必然是以二月十二日为花朝日。作者写此，就是暗示林黛玉为百花之神。如果说，薛宝钗的牡丹为花王的话，充其量也只是一个凡俗世界的王，而花神却是管世间一切的花，包括牡丹在内的。所以薛还是与林有天壤之别、仙凡之隔，这和第四章钗黛之比较中的文思是一脉相承的，完全不必为之耿耿于怀。那位同学听了，莞尔而笑了。

一年三百六十五天，作者单单就挑出花朝这一天来作为林黛玉的生日，其用心之苦，刻意之深，是无可比拟的，从这里也可看出作者对林黛玉独有的、至为深切的关爱。读者一定要读透这样的细节的内涵，才能真正读懂《红楼梦》。

最后，在结束这一小节文字之前，还有一个问题须得申说一下，

1　《新增月日纪古》（卷二上），台北艺文印书馆，1970 年版。
2　《小仓山房诗文集》，上海古籍出版社，1988 年，第 302 页。

钗黛之辨

方才有个交代。那就是《红楼梦》里的芙蓉、特别是林黛玉抽得的酒令签上的那支芙蓉究竟是水芙蓉（荷花、莲花）、还是木芙蓉呢？另外，贾宝玉的《芙蓉女儿诔》祭的是岸上的木芙蓉还是水中的水芙蓉呢？这些问题一直存在较大的争议。有的认为《红楼梦》中的芙蓉是水芙蓉，有的则相反，认为全是木芙蓉，有的则认为酒令签上的是水芙蓉，而"诔"的却是木芙蓉等等。要弄清这些必须要有专文方可，为了不使文章枝蔓太多，在这里只将我们认定是水芙蓉的道理概括列陈如下：

第一，在一般情况下，芙蓉多数指的是水芙蓉，如果是指木芙蓉，往往要特别标出"木"字来。在大观园的池子中多次提到过荷花、莲花，也即是水芙蓉。如第四十回，宝玉说道："这些破荷叶可恨，怎么还不叫人来拔去？"第四十七回，又是宝玉说："上月我们大观园的池子里头结了莲蓬，我摘了十个。"第六十七回，写袭人看到大观园"池中莲藕新残相间"，这些都说明作者脑海中总是有莲、荷，即水芙蓉的，但从未见过提到一次"木芙蓉"。如果真的是写了木芙蓉的话，总不应该一锅粥地把"水""木"都混称为芙蓉吧。难道曹雪芹会不知道这两者的区别吗？这是从总的方面来说。

第二，林黛玉抽到的酒令签上是一枝芙蓉花，它是林黛玉的象征物，当然应该在外部形态上尽可能与她相近，正如牡丹花的雍容华贵正可与薛宝钗身广体胖的外形相应对一样。林黛玉的体态袅娜纤瘦，第三回对她的经典描写是"娇花照水""弱柳扶风"，这正和《爱莲说》中的"中通外直，不蔓不枝，香远益清，亭亭净植"的情形相仿佛。

第三，作为象征物，更重要的是内在精神相一致。芙蓉品质，高雅洁净，《爱莲说》概括为"出淤泥而不染，濯清涟而不妖"，而林黛玉在《葬花吟》中也自许为"质本洁来还洁去，强于污淖陷渠沟"。两者的思想内涵若合符节，非（水）芙蓉无以方之。

第四，林黛玉喜爱荷花。第四十回，在大观园荇叶渚的游艇上，林黛玉因贾宝玉说要叫人拔掉那些"破荷叶"，便说："我最不喜欢李义山的诗，只喜他这一句：'留得残荷听雨声。'偏你们又不留着残荷了。"林黛玉对残荷都不舍得拔掉，可以想见，对荷花自然就更喜爱了。这样，林黛玉既外形内质都近乎荷花，自己又喜爱荷花，所以当她掣到芙蓉酒签令时，便见"众人笑道：'这个好极，除了他，别人不配作芙蓉'"。难道这还可能是木芙蓉吗？有一点点什么材料来说明她是如何"配作"木芙蓉呢？

第五，林黛玉酒令签上的芙蓉之所以被人置换成了木芙蓉，主要的一个根据是签上还"题着'风露清愁'四字"，据说这四字指的是秋天或深秋时节，而荷花是生在夏天，只有木芙蓉才生在秋天云云。这种说法其实大可斟酌。因为首先作者本大可不必告诉读者签上的花是生长在什么季节，而且其他人的酒令签上都没有这样相同的题写共例。其次，这种题签一般都是表现了某种思想内涵的，而不是用来作季节的说明。比如清代就有人解释这四个字说："'风露清愁'谓莲花之愁风露欺侵，盖指钗袭也。"解释是否合理，那是另一回事，它的意义正在于说明对这四个字完全可以从另一条思路去理解。最后，即使从节令的角度来说，"风露"也绝不是秋天甚至深秋才有的事物，夏天也会有的，这是很一般的常识，而且只需从《红楼梦》里就能看到示证。第三十七回，宝玉接到探春的发起要结诗社的书信，其中就说到"未防风露所欺，致获采薪之患"。宝玉刚看完信还没高兴完，后门上值日的婆子又送来一封贾芸请安的帖子，其中写到"因天气暑热，恐园中姑娘们不便……"，在这同时，怡红院的丫鬟还给探春送去过"鲜荔枝"，也说明是"天气暑热"的季节探春曾染"风露"致恙，怎么一字"风露清愁"就把它断成是秋天甚至是深秋独有的景色、因而不顾其他条件就把水芙蓉变成了木芙蓉呢？这不太仓促一点了吗？

第六，回过头再来看看木芙蓉吧，如果黛玉的酒令签上的花是它，那会怎么样呢？从象征手法的要求来看，它首先在外观上就颇为不"像"了。木芙蓉乃矮小丛生的落叶灌木，与前述林黛玉的外形特征和莲花的姿态毫无可比拟之处；古诗文中也有咏诵它的，但和歌颂水芙蓉即荷花的品位气质相比，则截然是两回事。如果要以木芙蓉来象征林黛玉，则只能说是不知所云。

第七，"怡红夜宴"的酒令是以一种花象征一个人，花和人都各有各自的特色，两者都要般配，不能置换，否则就乱套了。但根据《花经》云："木芙蓉之品种不多……色以桃红者最常见：大红者大花重瓣，酷似牡丹，……"[1]怎么可以想象，刻意通过象征手法来对比钗、黛二人，当然是应该最大限度地来突出她们之间的不同，在千姿百态的众多花卉中，怎么会挑选出两种"酷似"的花来分别象征她们呢？这样写，能是曹雪芹的手笔么？

（四）"薛宝钗"与"林黛玉"

用象征手法来对比钗与黛，在《红楼梦》中可以说是非常之多的，除了上面三点较突出的之外，还有不少地方作者都似乎是有意无意地或者说较为隐蔽地使用了这种手法，你不在意它，也就好像并不存在，

---

1 《花经》，上海书店，1985年，第413页。

它较豁显的是表现了其他内容；你如果"细按"一下，却会发现又有这方面的深意。

《红楼梦》中的人物姓名，作者是下了功夫的，许多人的姓名中寓有特别的含义，如前面说到过的黄金莺与紫鹃两个丫鬟的姓名便是如此，那么这两个丫鬟的主人是否也如此呢？回答是肯定的。"旧红学家"周春的《阅红楼梦随笔》曾说道："盖此书每于姓氏着意，作者又长于隐语庾词，各处变换，极其巧妙，不可不知。"[1]事实也确实如此。

我们就来看看这两个人的姓名，先从名字说起。

钗、黛二人的名字首先会让人发现一个共同点，就是都与她们纠缠不清的贾宝玉的名字各重了一个字：一个重了"宝"字，一个重了"玉"字，所以有论者便把此作为一个重要材料，说这正是"钗黛合一"的重要论据：作者在起名上也同等对待，不偏向哪一个。初看起来，或者说表面看起来，倒也确实是那么一回事，但如果你深入、仔细去观察、分析一下，就会发现又并不是那么一回事，作者在这里又耍了一下妙笔，让不明就里的读者又被他"瞒过去"了。我们不妨把宝、黛、钗三人的名字作一点排列来进行分析：

$$\boxed{\text{黛}}\,\boxed{\text{宝}}\,\text{宝}$$
$$\text{玉}\,\boxed{\text{玉}}\,\boxed{\text{钗}}$$

这样一摆就看得很清楚了，因为三个人的名字都是采用了偏正结构，也就是说，黛、宝、宝是形容词，玉、玉、钗三字乃是名词，在这种情况下，决定事物性质的当然是其中的名词，而不是形容词。也就是

1　《红楼梦卷》，中华书局，1963 年，第 73 页。

236

说，贾宝玉的名字和林黛玉的名字是同一性质的物事，而和薛宝钗的名字毫不相干。因此，"钗黛合一"说在这里是找不到根据的。

那么，这"玉"和"钗"各代表什么呢？玉者，美石也；钗者，金也。也就是说，宝玉、黛玉乃是美石，而薛宝钗乃是代表金。金乃世俗富贵的象征，石则是超尘脱俗的象征。这一点，我们在第四章第二节的《金玉与木石》中有过较具体的分析，这里就不再重复，它只说明，在"金玉"与"木石"对比中的思想，又在钗、黛二人的名字中体现出来。

现在再来说说她们的姓。过去没有人注意到它，其实却很重要。

黛玉姓"林"，这字没有太复杂的含义，孤立地看，也就一个普通的姓氏罢了，但若和宝钗的姓联系、对照起来，它就另有深意了。

宝钗姓"薛"，这字首先给人的感觉也是一个普通的姓氏，如果要说它还有别的含义的话，许多研究家和读者也不过会把它和另外一个谐音字"雪"联系起来，用它来说明宝钗的"冷"，这也是完全有根据的，如"护官符"就称她家为"丰年好大雪"（第四回），《红楼梦曲》称它为"山中高士晶莹雪"（第五回），蘅芜苑内她住的屋子就像"雪洞一般"（第四十回），兴儿向尤氏姐妹介绍宝钗时，就说她"竟是雪堆出来的"（第六十五回），等等，都是很好的证明。

但宝钗的"薛"字姓，除了谐音"雪"以喻她的冷酷之外，还有它的直接本义，作者是用它来作为对她更重要的象征物，这一点就很少为人所知了。

那么"薛"是什么呢？如果只翻看一些普通的工具书，如《新华字典》《现代汉语词典》等，它们只会告诉你，薛是周代时期的一个古国名，地点在现在的山东滕州，或是一个姓。如果查看一下内容较为丰富的工具书，如《辞海》《辞源》等，那才会多告诉你一个内容，"薜"还是一种植物，（不见它是草字头吗？）我们不妨就借助《辞海·语词分册》[1]来了解一下这比较少见的以"薜"为名的植物是什么吧！

《辞海》第596页："薜，草名，即籁蒿，亦名'籁萧'。"

这"籁蒿"或"籁萧"也比较陌生，它又是什么呢？

《辞海》第595页又有："［籁萧］植物名，即苹。《尔雅·释草》：'苹，籁萧'"。

对于"苹"，《辞海》第545页也有两点解释：

第一，"植物名，也叫'籁蒿'。《尔雅·释草》：'苹，籁萧。'郭璞注：'今籁蒿也，初生亦可食。'"

第二，"通'萍'。《大戴礼记·夏小正》：'七月湟潦生苹。'"

"萍"是大家较熟悉的了，但也还可以看看《辞海》第571页对它的具体解释：

> 萍　浮萍，别称"青萍"。植物体叶状，……倒卵形或长椭圆形，浮生在水面，下面有根一条。枝对生。夏季开白花。用作猪饲料和绿肥。中医学上以带根全草入药。

《辞海》上对"生苹"的"湟""潦"也有解释。

第1028页："湟，低洼积水之处。"

第1046页："潦，雨后地面积水。"

1　《辞海·语词分册》，上海人民出版社，1977年。

　　　　　　　　　　　　　　　　　　　　　钗黛之辨

综合以上材料可知，这个有点陌生的"薛"，其实就是大家颇为熟悉的浮萍——它有根却无立足之地（比蘅芜苑里那些到处可以攀附的藤萝草蔓还差劲），只能浮在水面，随波逐流，它的主要作用是"作猪饲料和绿肥"。那些低洼积水之地和雨后地面的积水都是它生长栖身之地。

只有到现在知道了宝钗的"薛"姓是什么之后，我们才会明白黛玉的"林"姓是如何的不寻常。林者，树木也，而且单木不成林。《辞海》第1350页解释"林"字是"丛聚的树木"。

丛聚的树木和水上的飘萍，这就是"林""薛"二姓的对比，其间的差别还用得着用笔墨来阐释吗？它和千百竿翠竹与满院藤萝草蔓的对比的意蕴是完全相同、其文思是一脉相承的。曹雪芹的创作构思是如此的深刻和缜密。

还想多说一句的是，汉字中还有一个"森"字，《辞海》对它的解释是"树木丛生繁密貌。"可见比"林"字气象更胜一筹，只可惜百家姓中没有"森"姓，否则，《红楼梦》里可能就没有"林黛玉"，而会有一个"森黛玉"了。

第六章

再直观些看作者的态度

前两章我们分别从人物形象的刻画和象征表现手法的运用两个方面比较了钗、黛的不同，这些不同归根到底自然都是作者刻意设置的结果。既然作者的主观意识是这样的自觉、强烈，那么除了通过一些含蓄的艺术手法来表现它，在作品中，还有没有更直观的、无须作太多艺术分析就能体现出作者的这种主观意图的情节设置或正面叙述等情况的存在呢？回答自然又是肯定的。试着勾勒出一些这方面的内容，我们就会进一步把问题看得更为清楚了。

　　这部分内容也不少，同样非常重要，因为它可以让我们直面看到作者对钗、黛二人的不同态度，同时也可印证我们在前两章所作的分析。第四章《钗黛之比较》的第一、二节，本应属于这一部分的内容，因行文的需要就把它们放到前面去了。

家庭根底

　　《红楼梦》除了通过冷子兴之口介绍了书中所写中心的贾府从祖先到现今子孙的情况之外，其他如"四大家族"中的王、史二家均未写到，其他一些人家就更未顾及了。但作者却偏偏由自己直接叙说了薛、林二家的家庭根底，这就不是偶然的了，它显然也是要拿它们来做一比较。且看他是如何写的。

　　我们先读到的是第二回对林家的述说：

　　　　这林如海姓林名海，表字如海，乃是前科的探花，今已升至兰台寺大夫，本贯姑苏人氏，今钦点出为巡盐御史，到任方一月有余。原来这林如海之祖，曾袭过列侯，今到如海，业经五世。起初时，只封袭三世，因当今隆恩盛德，远迈前代，额外加恩，至如海之父，又袭了一代；至如海，便从科第出身。虽系钟鼎之家，却亦是书香之族。

林家本是历代为官的，但作者却强调它"亦是书香之族"，最后两句的"虽系……，却亦……"句式，明显有推崇读书，轻蔑做官之意。再看第四回所说薛家的情况：

　　　　且说那买了英莲打死冯渊的薛公子，亦系金陵人氏，本

是书香继世之家。只是如今这薛公子幼年丧父，寡母又怜
他是个独根孤种，未免溺爱纵容，遂至老大无成，且家中有
百万之富，现领着内帑钱粮，采办杂料。这薛公子学名薛蟠，
表字文起，五岁上就性情奢侈，言语傲慢。虽也上过学，不
过略识几字，终日惟有斗鸡走马，游山玩水而已。虽是皇商，
一应经济世事，全然不知，……

这里一开头就点出了薛家"本是书香继世之家"，但"本是"云云，
也就是说过去是而现在已经不是了。现在的薛家乃是一个有"百万之
富"的商家，其主要成员不过是一个不学无术、只"略识几字"的花
花公子而已。

这样，林、薛两家的家庭背景又形成了一个鲜明的对比。在中国
长期的封建社会里，有"士农工商""四民"之说，《唐六典》三《户
部尚书》有云："凡习学文武者为士，肆力耕桑者为农，工作贸易者
为工，屠沽兴贩者为商。"士居"四民"之首，商处末。所以社会上
又有"万般皆下品，唯有读书高"之说广为流传。曹雪芹把两家分别
设置为这样的背景，也反映了他对待二家、同时也是对待钗、黛不同
的爱恶态度。

本来对薛、林二家也可像对其他人家那样不写其家庭根底，不过
要写自然也未尝不可，它原本也是有许许多多写法的，可作者却恰恰、
或者说偏偏是这样来写，使之分别居于"四民"之首与末，难道我们
还能不明白作者的意图吗？

第一件事

《红楼梦》第六回在开头简略照应完第五回的内容后，开头便有一段文字说：

> 按荣府中一宅人合算起来，人口虽不多，从上至下也有三四百丁，虽事不多，一天也有一二十件，竟如乱麻一般，并无个头绪可作纲领。正寻思从那一件事自那一个人写起方妙……

看来，作者对写荣府的"第一件事"应该写什么、怎样写，还是颇费踌躇，进行了好一番筹谋，最后才决定由"刘姥姥一进荣国府"这件事写起。可见"第一件事"确是不大好写的，也许正因为如此，《红楼梦》全书就不大愿意涉笔去写其他人家的"第一件事"，这只能说明，作者是有意要写它，而没有采取本来也可以省去的态度。

我们且又来看看它是如何写的。

先说林家，那是在第二回由贾雨村向冷子兴介绍的。共有三点：

一是林家要"聘一西宾"，教幼女黛玉读书；

二是期间黛玉之母"一疾而终"，黛玉"侍汤奉药，守丧尽哀"；

三是贾雨村本来打算"辞馆别图"，可是"林如海意欲令女守制读书，故又将他留下"。

以上文字说得很简单，但却可以清楚地看出，这林家十分重视教育子女读书，不管家里发生了怎样的变故也坚持这一点。同时，林家父慈女孝，黛玉年纪虽小，却行动有规，母亲病时能尽心尽责"侍汤奉药"，死后又"守丧尽哀"，尽人子之道。所以，这林家人的确是知书识礼，不愧为"虽系钟鼎之家，却亦是书香之族"。这自然是曹雪芹所钦许的一种人家。

这薛家又如何呢？写到他家的第一件事又是什么呢？《红楼梦》第四回写到的著名的"葫芦案"，它的主角便是薛家有名的大公子呆霸王薛蟠。这是一桩为争买一个丫头而发生的人命案：争夺的一方薛蟠命令手下把另一方、一个地方小乡绅的儿子冯渊打死。整个案子很复杂，牵扯的人和事很多，我们只把案件最主要的事实简单陈列一下。

第三回末尾作者说到王夫人和王熙凤在议论金陵来信以及王子腾家派人来说事儿，内容便是"金陵城中所居的薛家姨母之子姨表兄薛蟠，倚财仗势，打死人命，现在应天府案下审理"。

第四回门子向贾雨村介绍了这一案子的发生过程，那薛蟠与冯渊发生了争执后，

> 那薛家公子岂是让人的，便喝着手下人一打，将冯公子打了个稀烂，抬回家去三日死了。这薛公子原是早已择定日子上京去的，头起身两日前，就偶然遇见这丫头，意欲买了就进京的，谁知闹出这事来。既打了冯公子，夺了丫头，他便没事人一般，只管带了家眷走他的路。他这里自有弟兄奴仆在此料理，也并非为此些些小事值得他一逃走的。

在同一回，作者又就此事作了进一步的述说并发表了简单议论，说到薛蟠在正要起身进京前，因为，

> 见英莲生得不俗，立意买他，又遇冯家来夺人，因恃强喝令手下豪奴将冯渊打死。他便将家中事务一一的嘱托了族中人并几个老家人，他便带了母妹竟自起身长行去了。人命官司一事，他竟视为儿戏，自为花上几个臭钱，没有不了的。

同一件事情，作者却通过金陵来信、门子介绍、作者叙述等不同的方式反复来渲染薛家依权仗势，打死人命这一横行霸道的丑行，表现了作者对这一事件的愤慨。尤其作者所发的议论，更让人深思。因为俗话说"人命关天"，可薛蟠却把人命"视为儿戏，自为花上几个臭钱，没有不了的"。两相对比，可见薛蟠是横行霸道到了何等程度！而更为严重的是，表面上看，这人命案好像只是薛蟠个人的行为，似乎与家庭中的其他人无关，其实不然。因为在整个人命案发生的过程中，我们都没有听到薛家其他人对此有过任何言论，是她们都没有发言权吗？自然不是。试看为了薛家进京之后居住何处，薛家母子就发生了激烈的争执，最后还是依薛姨妈的意见住在贾府。就是后面我们还曾见到薛宝钗也和薛蟠在一些事情上有过冲突，薛"呆子"最后还会乖乖地赔罪认错。而在人命案中不闻薛氏母女有任何片言只语，只能说明她们对这么一桩人命案也完全不当一回事。最好的注脚便是为了讨好、安慰王夫人，薛宝钗不但敢诬赖被王夫人迫害跳井而死的金钏儿是因为"憨顽，失了脚掉下去的"，还建议王夫人如果"十分过不去，不过多赏他几两银子发送她，也就尽主仆之情了"。请看这和薛蟠打

死人后的"自为花上几个臭钱，没有不了的"的思维和手段不是如出一辙么？在这一点上，薛氏母子、兄妹的思想状态是完全一致的，这就难怪薛蟠的作为不但不会遭到母亲、妹妹的指责了，甚至可以说，它还是她们纵容的结果。

作者就这样写下了两家的第一件事，而且刻意地写的一简一繁，相得益彰，在字里行间，也就自然地体现了作者对两家、对钗、黛二人的不同态度。这第一件事又和第一节所说两人的家庭根底是相应吻合的。

第一次亮相

　　文艺作品很重视写主要人物的第一次出场亮相。《三国演义》中诸葛亮的出场就在之前做了充分的铺垫，使其正式出场给人以极其深刻的印象，收到最好的艺术效果。《红楼梦》自然也不例外。

　　依一己之见，《红楼梦》中有四个主要人物，乃作品的四根顶梁大柱，缺一不可。他们便是贾宝玉、林黛玉、薛宝钗和王熙凤。

　　贾宝玉在第三回的第一次出场，作者为他安排了两次亮相，第一次作者通过林黛玉的视角从头到脚描写了他的装束打扮以及容貌形态，待换了衣装出来再相见时，作者又第二次上下周到地再描绘了一番，尤其人物的形状容貌，连眼角眉梢都细细刻画到了，传神毕肖。除此之外，作者还特为他写了两首别开生面、寓褒于贬的"西江月"词，可以说是表现得十分尽致了。

　　王熙凤也是在第三回第一次出场，作者用特别的笔法，写出她未见其人，先闻其声。而当她一到场时，便以特有的语言动作，占据了整个场面，充分体现出她的性格特点和在贾府的特殊地位。此外，作者还在第六回通过刘姥姥的视角再一次写了王熙凤的亮相，充分显示了她的富丽和架势。把这一人物给人的第一印象渲染得淋漓尽致。

　　对于林黛玉的出场，作者就更是写得与众不同。它不是仅仅描写那么一两个情节或者一两个场面，而是用了第三回大部分的篇幅写了一个重要的程序。在其中，通过林黛玉的视角：带出和介绍了贾府许多重要人物；展现了贾府、主要是荣国府的种种状貌和气派；描绘了贵族之家的种种习俗和行事，包括许多丫鬟和仆人等等。

当然这一回更主要的是写了林黛玉的出场和亮相。在写贾府的一切种种时，贯穿始终的是同时在写林黛玉。如果说，前面提到写贾宝玉和王熙凤各有两次出场亮相的话，那么，对林黛玉，光是从外在形象上就有不同角度的多次描写。如在"众人"眼里，林黛玉是"年貌虽小，其举止言谈不俗，身体面庞虽怯弱不胜，却有一段自然的风流态度，便知他有不足之症"。在王熙凤眼里，林黛玉是被赞为"天下真有这么标致的人物"。而在贾宝玉的眼里，林黛玉竟是一个"神仙似的妹妹"。此外，还写到林黛玉与众不同的行为举止，她的心理活动（对别人很少写到这方面）以及她与宝玉第一次相见时便产生的心理效应和精神共鸣等等。而且这些都写得相当细致、非常传神，足见作者对这一人物的重视和推崇。

因此之故，为了保证有合理的条件来充分写林黛玉的出场，作者还是花了一番心计的。因为林黛玉要进京，必须要有人陪送，林家没有其他的亲人，唯一能充当送人的只有其父林如海，但如果林家父女同时到达荣国府，作者就没有理由撇开林如海来专写林黛玉了。现在找了一个同时要进京的贾雨村，他是林黛玉的塾师，自然熟悉，由他护送黛玉就很合适了。而他只要送到岸，自有贾府的人去接，贾雨村便可放在一旁，"不在话下"了。这样不是便可酣畅淋漓地来专写林黛玉了吗？仅这一点巧妙的安排，便可看出林黛玉在作者心目中的重要地位了。

作者写宝、黛、凤三人的出场亮相是够刻意、够用心的了。那么，四大台柱人物的最后一位薛宝钗，作者又是怎样写她的呢？薛姑娘是随其全家一起来到贾府的，还带着众多的仆人、伙计，应该是比起黛玉的到来更为热闹、更有东西好写了。可是在第四回作者奉献给读者的却只有几句话，当"家人传报"："姨太太带了哥儿姐儿，合家进京，正在门外下车"时，

> 喜的王夫人忙带了女媳人等，接出大厅，将薛姨妈等接了进去。姊妹们暮年相会，自不必说悲喜交集，泣笑叙阔一番。忙又引了拜见贾母，将人情土物各种酬献了。合家俱厮见过，忙又治席接风。

特意把这段话引了出来是要说明，薛姨妈一家的来到也是经历了林黛玉来到时的全过程的，但作者只用了不足一百字的篇幅就把它打发完了。这一切都被作者以"自不必说"为由搪塞过去了。薛宝钗连最起码的模样也没有露面，厚此薄彼莫此为甚。如何安排、描写人物的出场亮相，谁先谁后，谁繁谁简，其大权自然全部操握在作者手里、意中。两个同样重要的人物，作者却做了这样的安排和描写，除了说明这两个人物在作者心目中的地位、爱恶感情的截然不同之外，是很难找出其他更为合理的解释了。

当然，薛宝钗总是要亮相的，不过作者却是一直拖到第八回才让我们通过贾宝玉看到了薛宝钗的芳容和装扮，这和前面三个人物的亮相出场在写法上已有明显的不同，它远未能像三人那样引起人们突出的印象，而最后几句话，"罕言寡语，人谓装愚；安分随时，自云守拙"，倒是给其为人留下了许多伏笔。

居处安置

　　林、薛先后来到贾府，首先就会碰到一个居处安置的问题。作为小说本来也可以不写或简单带过；也有可能写了一个，另一个给忽略了，比如薛家入府过程如上节所说写得很简略，按理她家的居处问题也同样会很简单地说几句就完了，但事实又不然，作者对她们的居处都有很用心地交代。这里面也有什么玄妙吗？我们不妨也来考察一下吧！

　　林黛玉先到贾府，也就先看看她的住处是如何安置的。第三回中写道：

　　　　当下，奶娘来请问黛玉之房舍。贾母说："今将宝玉挪出来，同我在套间暖阁儿里，把你林姑娘暂安置碧纱橱里。等过了残冬，春天再与他们收拾房屋，另作一番安置罢。"宝玉道："好祖宗，我就在碧纱橱外的床上很妥当，何必又出来闹的老祖宗不得安静。"贾母想了一想说："也罢了。"

　　贾母命将宝玉挪出去，把他原来住的地方让给黛玉住，不用多作解释，自然是最高的礼遇了，哪里还能找到比宝玉的住处更高贵、更温馨的地方呢？

　　那么薛家、也就是薛宝钗又被安置到什么地方去了呢？薛家在京城本也"有几处房舍"，是不愁没地方住的，就算要住亲戚家，照理也是首选兄弟王子腾的家里，现在却是巴巴地奔了贾家去，按薛姨妈的说法是因为贾、王"两家的房舍极是便宜的"，也即她们两家的住房都极为宽松、方便。因此，我们也很相信薛家虽然不一定会受到林黛玉那样的待遇——主人把自己的好住处腾出来让她们一家子去住，也一定会有一套相当规格的住所吧，而结果又是怎样呢？且看第四回所写：

> 贾政便使人上来对王夫人说："姨太太已有了春秋，外甥年轻不知世路，在外住着恐有人生事。咱们东北角上梨香院一所十来间房，白空闲着，打扫了，请姨太太和姐儿哥儿住了甚好。"王夫人未及留，贾母也就遣人来说："请姨太太就在这里住下，大家亲密些"等语。薛姨妈正要同居一处，……遂忙道谢应允。……从此后薛家母子就在梨香院住了。

原来，薛氏一家子只在贾府边角地方得到一套弃置不用，正"空闲着"的房舍。书上没有具体描写到这"一所十来间房"的状貌，只是接着上文还补充了一句："原来这梨香院即当日荣公暮年养静之所，小小巧巧，约有十余间房屋，前厅后舍俱全。"我们不管它是如何小巧，以及"当日"是如何模样，但只知道，既然现在是"空闲着"，就说明连荣国府众多的仆人们也未去住这所房子，只这一点也就可以知道薛家是住到一个什么地方去了。这自然就和林黛玉住的碧纱橱形成了一个鲜明的对比。

更为值得注意的是，在我们上面所引用的短短一段文字中，竟三次出现了"梨香院"字样，显得异常触目，这中间有没有什么考究呢？按照曹雪芹擅长使用模糊语言的特点，这"梨香院"便颇近乎梨园的称谓。梨园者，唐玄宗让乐工、宫女习戏之所在，后亦可泛指戏院之类的娱乐场所，也即是所谓"戏子"们聚居的地方。只要想想林黛玉被众人开玩笑说一个台上的戏子像她（只是"像"而已）就引发出怎样的一场风波，或者听听赵姨娘对芳官充满鄙视的斥骂："小淫妇！你是我银子钱买来学戏的，不过娼妇粉头之流！我家里下三等奴才也比你高贵些的。"（第六十回）便可知道给该住所一个这样的名称，是意味着什么，它不但骂了薛宝钗，而且骂了她全家，而且是骂得如此的刻毒、入骨。

或许有人会认为，对"梨香院"作这样的解释，只能属于个人的猜想而已，未必就是作者的本意。如果要说这是猜想，其实也是一种合理的分析，对《红楼梦》的许多内容，由于作者含蓄的表现方式，往往是要读者进行一些合理的分析或推测的。其实有这种看法的也并不是只我一人，前人也早有这种看法。如清人龙云友在批《红楼梦》时就说道：

> 余谓梨香院即隐寓梨园意，院与园音似。[1]

引龙云友此说的《樗散轩丛谈》的作者陈镛对此也表示：

---

1 《红楼梦卷》，中华书局，1963 年，第 390 页。

钗黛之辨

云友此说，独有见到处。[1]

陈镛对龙云友的许多批语都认为是"泛论迂谈，无理取闹"，唯独对此说认为是有独见，可见之前不止一人对"梨香院"是持此解读观点的。

但即便如此，要反对此说的人仍可以认为这也仅是一种主观推测，并无实据，这也真让人难以置辩了。

也许曹雪芹早已料到，对"梨香院"的用意可能引起后人的争议，为了让自己的意图得以彰显，于是作者在《红楼梦》里又设置了另一个不可忽视的、与此有关的情节。第十七回至十八回写道：

> 原来贾蔷已从姑苏采买了十二个女孩子——并聘了教习——以及行头等事来了。那时薛姨妈另迁于东北上一所幽静房舍居住，将梨香院早已腾挪出来，另行修理了，就令教习在此教演女戏。

这下可好了！对梨香院不用再去做什么辨析了，因为它已经活灵活现住进了十几个"戏子"，并"在此教演女戏"了。曹雪芹的文字竟是如此神奇、有趣！

作者对于薛氏，当然主要是针对薛宝钗在贾府的住处作了这样的安排，可以说是十分刻意的了，然而尽管如此，作者似乎还意犹未尽，因为事情并未到此为止，梨香院还有人们意想不到的下文。第六十九回，写尤二姐被凤姐迫害吞金自尽之后，又有这么一段文字：

1 《红楼梦卷》，中华书局，1963年，第390页。

贾琏便回了王夫人，讨了梨香院停放五日，挪到铁槛寺去，王夫人依允。贾琏忙命人去开了梨香院的门，收拾出正房来停灵。贾琏嫌后门出灵不象，便对着梨香院的正墙上通街现开了一个大门。两边搭棚，安坛场做佛事。用软榻铺了锦缎衾褥，将二姐抬上榻去，用衾单盖了。八个小厮和几个媳妇围随，从内子墙一带抬往梨香院来。

在众戏子被遣散之后，"空闲着"的梨香院又被作者用来作自尽而死的尤二姐的放尸"停灵"之所，在不过一百多字的文字里，又四次出现了"梨香院"的字样，它显得更为触目了。而这所屡被闲置的房舍，作者却把它先后设置为薛氏、"戏子"们、停放死人的地方，梨香院的这样一个历程，就把薛氏与最低贱、最凶险的事物排列在一起了。作者对薛氏也即薛宝钗的负面态度到了怎样的一个程度是表现得再明显不过了。

在安置居所的问题上，作者对钗、黛态度的迥异，于众人入住大观园时又一次表现出来，足见其感情的强烈和态度的坚持、明确。

奉元妃谕旨，要贾宝玉与众金钗入住大观园。第二十三回写道，那天贾宝玉来到贾母处，

> 只见林黛玉正在那里，宝玉便问他："你住那一处好？"林黛玉正心里盘算这事，忽见宝玉问他，便笑道："我心里想着潇湘馆好，爱那几竿竹子隐着一道曲栏，比别处更觉幽静。"宝玉听了拍手笑道："正和我的主意一样，我也要叫你住这里呢。我就住怡红院，咱们两个又近，又都清幽。"

书上并未写到贾府的主子们对这次入住大观园在住所上有什么安排，从宝、黛的情形来看，好像是可以自己挑选的。然而薛宝钗却没有享受到这种权利，因为接着上文又写道：

> 两人正计较，就有贾政遣人来回贾母说："二月二十二日子好，哥儿姐儿们好搬进去的。这几日内遣人进去分派收拾。"薛宝钗住了蘅芜苑，林黛玉住了潇湘馆，贾迎春住了缀锦楼，探春住了秋爽斋，惜春住了蓼风轩，李氏住了稻香村，宝玉住了怡红院。每一处添两个老嬷嬷，……

结果是林黛玉得遂所愿，住进了与宝玉相近、有千百翠竹遮映、曾被称为"有凤来仪"的潇湘馆，而薛宝钗则稀里糊涂地被请进了一间"雪洞一般"的冷屋子，除了到处都是藤萝草蔓以外，连"一株花木也无"，被人解读为"恨无缘"的蘅芜苑。这些安排绝非书中哪个人物所为，而十十足足是作者的精心调度。林黛玉获得了自由首选的权力，薛宝钗却只能听任作者分派，如此鲜明的差别，不又一次充分说明了钗、黛二人在作者心目中的位置吗？

红楼梦曲

　　《红楼梦》第五回，写贾宝玉神游太虚幻境，在"薄命司"中，除看了众金钗在簿册中的一些"判词"之外，更主要的是听了警幻仙姑的"新填《红楼梦》仙曲十二支"。这些"判词"和"《红楼梦》曲"实是作者运用的一种特别艺术手法，即用预示的方法提前告诉读者这些金钗们的未来命运和结局。当然，这种预示只是一种含糊的、非具体性的描述，也是一种模糊语言，正与《红楼梦》整体的含蓄风格相一致。

　　众金钗们的命运和结局，虽然各人的具体情况不一样，但都逃脱不了"千红一窟（哭），万艳同杯（悲）"这个大局。出于对她们的同情和怜惜吧，作者在"曲"中都带有明显的感情色彩。当然，对不同的人又有不同的情况，有时差别很大，其中尤以钗、黛的两支"曲"更是感情迥异。

　　这　套"红楼梦"曲"，除了开头的《红楼梦引了》和结尾的《收尾·飞鸟各投林》之外，中间十二首，各对应着"金陵十二钗"，其中第一首《终身误》写的便是薛宝钗，其词曰：

　　　　都道是金玉良姻，俺只念木石前盟。空对着，山中高士晶莹雪，终不忘，世外仙姝寂寞林。叹人间，美中不足今方信。纵然是齐眉举案，到底意难平。

　　　　　　　　　　　　　　　　　　　　　　钗黛之辨

这首写薛宝钗的"曲"却并不直接写薛宝钗，而是间接地、从写贾宝玉的角度来写她（所以过去还有人误以为这首"曲"是写贾宝玉）：贾宝玉虽然最后和薛宝钗结了婚，但也只是和她"空对着"而已，并无夫妻的真正感情。因为贾宝玉内心深处"只念"着的、"终不忘"的乃是已经逝去的林黛玉。不管薛宝钗如何克尽妇道，"举案齐眉"，也不能改变贾宝玉的心意，他始终为这段婚姻愤恨不平，而且最后还"悬崖撒手"，把万事全抛而出家去了。薛宝钗自然是落得了一个悲剧下场。后四十回竟说贾宝玉后来却"又想黛玉已死，宝钗又是第一等人物，方信金石姻缘有定，自己也解了好些"（第九十八回），而且"又见宝钗举动温柔，就也渐渐的将爱慕黛玉的心肠略移到宝钗身上"（第九十八回），完全是一厢情愿地在胡说八道了。

值得注意的是，从根本上来说，薛宝钗也是一个封建制度的受害者，同样是悲剧人物。从一定的角度去看，她也应该有可以同情之处。在王熙凤、贾元春等人的"曲"中，虽然不乏对她们的嘲讽，同时也可感到作者对她们的某种感叹和怜惜，但在宝钗的"曲"中，作者除了通过贾宝玉表示对她的厌恶和冷漠之外，是一点也找不出有什么正面的感情。这种状况，自然是反映了作者本人对这个人物的态度。

我们再来读林黛玉的"曲"《枉凝眉》，情况就完全不同了，其词曰：

　　一个是阆苑仙葩，一个是美玉无瑕。若说没奇缘，今生偏又遇着他，若说有奇缘，如何心事终虚化？一个枉自嗟呀，一个空劳牵挂。一个是水中月，一个是镜中花。想眼中能有多少泪珠儿，怎经得秋流到冬尽，春流到夏！

这"曲"一开头就对林黛玉作了热情的颂扬，称她是"阆苑仙葩"，这既是照应了她的前身——灵河岸边的一株绛珠仙草，也是对现实中的她的高度赞美。对她与贾宝玉的那段情缘，作者用了"月"与"花"这样美好的事物来比喻，用互相"嗟呀"与"牵挂"来描述他们因情缘不能实现时的情态，显得十分同情和惋惜。尤其是对林黛玉在这段情缘中的"还泪"历程，显得特别挂心，"怎经得"三字，充分体现了对她遭遇的关怀和体贴。总之，《枉凝眉》一曲，文辞细腻，情感充溢，乃十二支曲子中最华丽之作。它的感情取向又与《终身误》曲形成了鲜明的对照。

十二支曲，根据创作的总体构思，在各曲的内容已经确定的前提下，如何去表现它们，从什么角度切入，在表现它们的过程中，作者是否要表示自己的态度，以及要不要流露自己的感情等等，这些纯属于作者主观意图的事，他可以这样写，也可以那样写，都可以把既定的内容表现出来。而现在呈现在我们面前的，钗、黛二人的曲子是如此的不同，这绝非偶然的现象，而是作者对此二人一贯明确态度的自然反映。

先天之症

在"金陵十二钗"的成员中，除了秦可卿早死，而且死因蹊跷，"病"因未明之外，其他人似乎身体状况都不错，并无其他凶险疑难之症。可单单又只有林黛玉和薛宝钗各患有一种与生俱来的先天之症。其具体病情又大有不同。

我们先来看看林黛玉所患何病。第三回写林黛玉初到荣国府时，

> 众人见黛玉年貌虽小，其举止言谈不俗，身体面庞虽怯弱不胜，却有一段自然的风流态度，便知他有不足之症。因问："常服何药，如何不急为疗治？"黛玉道："我自来是如此，从会吃饮食时便吃药，到今日未断，请了多少名医修方配药，皆不见效。……如今还是吃人参养荣丸。"贾母道："正好，我这里正配丸药呢。叫他们多配一料就是了。"

看来，林黛玉只是先天性体格虚弱，并无什么特别之处。她常服用的人参养荣丸也是一种调适脾胃气血、保养身子的普通丸药，不是什么灵丹仙方。如果生存环境良好，调养得当，她的病就不是一件什么大事；如果相反，那就是另外一回事儿了。作者这样写她的病，正是为她以后在"一年三百六十日，风刀霜剑严相逼"的环境中倍受摧残，泪尽而逝的结局做了一个伏笔。她的病，也是与薛宝钗的病做了一个对比。

薛宝钗又有怎样的病呢？她的病和药方比起林黛玉来可就复杂奇特得多了。第七回因周瑞家的问薛宝钗这几天为什么不见"到那边逛逛去"，薛宝钗回答说："只因我那种病又发了，所以这两天没出屋子。"随后又进一步说道：

> 为这病请大夫吃药，也不知白花了多少银子钱呢。凭你什么名医仙药，从不见一点儿效。后来还亏了一个秃头和尚，说专治无名之症，因请他看了。他说我这是从胎里带来的一股热毒，幸而先天壮，还不相干，若吃寻常药，是不中用的。他就说了一个海上方，又给了一包药末子作引子，异香异气的。不知是那里弄了来的。他说发了时吃一丸就好。倒也奇怪，吃他的药倒效验些。

薛宝钗这个病首先就颇为奇怪，它既治不好，也叫不出一个什么名字来。连她自己也只能称之为"我那种病"，后来是一个"专治无名之症"的秃头和尚治了才有一些"效验"。可见她患的也是一种"无名之症"。她这病和林黛玉的病相反，不但不是先天性身体虚弱，反而是"先天壮"实。既如此，为什么还会有病呢？从她所描述情况来看，就只能是那"从胎里带来的一股热毒"在作怪。其实这种情况原本也不算很稀奇，孕妇在怀胎时服用了较多的热性补药和食品，往往就会在胎儿身上产生这种现象，而且对其一生产生影响，常常要针对症状服食一些凉性的药品或食物才能抵消其热。可是薛宝钗的情况却有一点特殊，她从娘胎里带来的可不是一般的"热"，而是热到生"毒"的地步。为了让读者能感受到这"毒"毒到什么程度，作者又接着特意通过薛宝钗对周瑞家的介绍，公开了能治这种"热毒"的"海上方"，即有名的"冷香丸"的"配方"：

> 宝钗见问，乃笑道："不用这方儿还好，若用了这方儿，真真把人琐碎死。东西药料一概都有限，只难得'可巧'二字：要春天开的白牡丹花蕊十二两，夏天开的白荷花蕊十二两，秋天的白芙蓉蕊十二两，冬天的白梅花蕊十二两。将这四样花蕊，于次年春分这日晒干，和在药末子一处，一齐研好。又要雨水这日的雨水十二钱，……白露这日的露水十二钱，霜降这日的霜十二钱，小雪这日的雪十二钱。把这四样水调匀，和了药，再加十二钱蜂蜜，十二钱白糖，丸了龙眼大的丸子，盛在旧磁坛内，埋在花根底下。若发了病时，拿出来吃一丸，用十二分黄柏煎汤送下。"

这个方子初读起来会有一种奇特的感觉，这秃头和尚如此刁钻古怪，弄这么一个"海上方"，恐怕两三年内也未必能配得齐全这些药料吧，因为谁也无法保证春分这天一定出太阳，雨水、白露、霜降、小雪这四个节气就一定会降下雨露霜雪，真是"难得'可巧'二字了"。可是，你再深入、仔细一点读下去，就会发现，这"海上方"在其"巧"的外衣包裹之下，还有着更为深刻、重要的内容。那就是这是一个极其寒凉的药方。试看：雨露霜雪自然是寒性的；几种花蕊也是寒凉的，再加上属于冷色的白色更增加其凉性；平时要用磁坛子把它埋在花根底下，陶瓷无温，花荫生凉，自然又冷了一层；而这些花蕊和雨露霜雪每样都是"十二等分"，"十二"是极言其多，即表示要极大限度地使用这些寒凉之物。还要注意的是，在服用这种药丸时，还要"用十二分黄柏煎汤送下"，这黄柏又是大寒之物，也要十二分。谁能找到比这还更寒凉的药丸么？

到此，读者应该会明白，作者（通过"秃头和尚"）给薛宝钗设计这样一味药丸，就是意在说明，薛宝钗这个冷美人，外面显得很冰冷，住的屋子也像"雪洞一般"，可是内里却极热毒，热毒到需要用这样已达极致的寒凉药丸来治疗，而且还不能达到像周瑞家的所说的"一势儿除了根才是"的效果，只能做到"吃一丸下去也就好些了"而已。于是，一个外冷内热、表里不一的形象就有力地凸显在读者的面前。这样，我们终于明白，作者为什么要这样下大力气刻意描绘这样一颗药丸的药料及其具体制作过程，目的就在于突出薛宝钗内里的极度"热毒"，以与她外面的冰冷相对照与平衡，以达到塑造这个人物的最理想效果。

更为有趣的是，读到后面我们才又发现，薛宝钗其实并没有什么真正的病，就在同一回，她在回答周瑞家的"这病发了时到底觉怎么着"时竟说："也不觉甚怎么着，只不过喘嗽些，吃一丸下去也就好些了。"事实也是如此，薛宝钗的"病"和林黛玉的"病"完全不一样，她从来没有受过什么病魔的折磨，身体也很好，一直是像宝玉说的那样"体丰怯热"（第三十回），所以干脆可以说，薛宝钗根本就没有病，或者说那么一点儿"喘嗽些"就算不得是什么病。

这样，我们最后或许就可以得出这样的结论：作者意之所在，不是要写薛宝钗有什么病，而是刻意要借此来渲染那个秃头和尚的"海上方"，以达到上面所说的薛宝钗内里有一股极度的"热毒"的效果。

通过以上的分析，我们就自然地感受到了作者是如何憎恶这位薛宝钗，因而才会这样不遗余力地去奚落和贬损她。

　　　　　　　　　　　　　　　　　　　　钗黛之辨

爱情无价

　　宝、黛、钗的爱情婚姻故事，无疑是《红楼梦》中最为吸引人的重要内容了。它的结局是纯洁美丽的"木石前盟"被世俗的"金玉良姻"所摧毁，林黛玉泪尽而逝，而薛宝钗则获得了婚姻的实现。两百多年来不知有多少读者为此扼腕叹息、唏嘘不已。这个结局是事先就注定好了的，而且也只有这样的结局才能产生最大的悲剧震撼力。

　　然而这并不等于作者在此问题上是厚钗薄黛，相反，在这三角故事的整个过程中，作者还是表现了他一贯的感情倾向，自始至终都鲜明地体现了他对钗、黛二人的不同态度：对林黛玉显得热心、同情、关爱有加；对薛宝钗却是讥讽、贬损、冷酷无情。

　　林黛玉虽然婚姻失败了，但爱情却是美好的，她和宝玉青梅竹马，一起长大。幼年时"日则同行同坐，夜则同息同止，真是言和意顺，略无参商"（第五回）。因此不时可见二人在一起"解九连环顽呢"（第七回）。

　　至第十九回，二人该是已长大了，却见"二人对面倒下"睡在床上，黛玉用手帕替宝玉揩拭他替丫鬟们淘漉胭脂膏子时脸上沾染的"一点儿""钮扣大小的一块血渍"，以防被贾政知道了给宝玉"惹气"。宝玉又拉着黛玉的袖子闻里面散发出来的"令人醉魂酥骨"的"幽香"。因黛玉打趣了他，宝玉"便伸手向黛玉膈肢窝内两肋下乱挠"，使"素性触痒不禁"的黛玉"笑的喘不过气来"。随后便是宝玉讲的精心编制的耗子精偷香芋的故事，笑得黛玉又"翻身爬起来，按着宝玉"打闹，要不是又忽然"宝钗走来"，二人还不知要厮缠多久呢。

第二十回，薛宝钗利用史湘云到来的机会硬把宝玉从黛玉身边"推走"，林黛玉因此又生闷气了，宝玉回过来几次，黛玉反而哭得更厉害，"宝玉见了这样，知难挽回，打叠起千百样的款语温言来劝慰"，真是体贴备至。

搬进大观园后，二人的关系更进入一种新的境界。第二十三回与第二十七回的两次共同葬花，第二十三回与第二十六回的共读"西厢"与用"西厢"词语互相戏谑，两人已融入了一种别人难以体验得到的诗情画意之中，达到了情感的深深交融。

在此基础上，于是便有了第三十二回的互认知己，林黛玉听到贾宝玉"在人前一片私心称扬于我"，"不觉又喜又惊，又悲又叹"。接着便有了宝玉当面"诉肺腑"，要林黛玉"你放心"，它比之通过戏曲词语来传递信息又前进了一大步。难怪林黛玉"听了这话，如轰雷掣电"一般，心灵的撞击与共鸣，莫此为甚了。

这样，在贾宝玉挨打之后，便有第三十四回林黛玉哭得"两个眼睛肿的桃儿一般，满面泪光"地出现在宝玉床前（与薛宝钗送来的一颗药丸可相对照），接着便是宝玉派遣晴雯给黛玉送帕以及黛玉"悟过来"宝玉的用意后，"不觉神魂驰荡"并立即洒泪题诗。在这整个过程中，林黛玉虽然不少流泪，但无疑流的却是幸福、甜蜜的眼泪。而且自此之后两人的关系便达到了心灵的默契。

因此，我们就再也见不到林黛玉与宝玉发生以前的那种矛盾、纠葛了，代替的是相互间更多的关心和爱护。第四十五回写到一个刮风下雨的晚上，因"夜深了"，宝玉在林黛玉的催促下要离开潇湘馆的时候，就是在这一阵间，黛玉又是问有人跟着没有，又嫌他的灯不亮，把自己最好的玻璃绣球灯给他，并批评他重物不重人。因知道他"穿不惯木屐子"，又教他这灯笼怎么打，路上如何走等等，表现出无限的细心爱护和温柔体贴。在这种对对方的深情爱意之中，林黛玉自己自然也享受到了爱情的甜蜜，这是其他感情所无法替代的。

这种内心感情的深度交融，就会体现出外部行为上独有的默契，第四十二回写到林黛玉为惜春的画作起名为《携蝗大嚼图》引发大家的一阵狂笑之后，

> 宝玉和黛玉使个眼色儿，黛玉会意，便走至里间将镜袱揭起，照了一照，只见两鬓略松了些，忙开了李纨的妆奁，拿出抿子来，对镜抿了两抿，仍旧收拾好了，方出来，……

这种"使个眼色儿"的交流方式，在宝、黛之间应该是常见的和相互的，同时也是十分默契的，第五十二回，写二人正在一起说话，赵姨娘因"顺路的人情"来看林黛玉，黛玉一面招呼她，"一面又使眼色与宝玉，宝玉会意，便走了出来"。这种交流方式，在整个大观园以至贾府也只是宝、黛二人所独有的了（第二十二回，因说台上有个戏子像林黛玉，宝玉也曾给湘云"使个眼色"，却惹来了一场大麻烦），而其中所包含有的甜蜜情意当然也就成了他俩独有的共享。不过，这一对天真无邪的恋人并不知道他们独有的这种关系和由此而来的甜蜜，是不可以在任何时候和任何场合都可以随意表现出来的，否则，是会遭到别人的侧目的。

请看，第五十四回，写荣国府元宵开夜宴，贾母带头干了杯，并要宝玉给大家都斟上酒，而且要让大家都"干了"，那宝玉斟酒，

至黛玉前，偏他不饮，拿起杯来，放在宝玉唇上边，宝玉一气饮干。黛玉笑说："多谢。"

宝玉替他斟上一杯。凤姐儿便笑道："宝玉，别喝冷酒，仔细手颤，明儿写不得字，拉不得弓。"宝玉忙道："没有吃冷酒。"凤姐儿笑道："我知道没有，不过白嘱咐你。"

在贾母众人俱在的场合下，宝、黛二人的行为确乎有点令人瞠目。不过这对"小冤家"似乎已经忘乎所以，无视周围的一切，完全沉浸在一种美好的境界当中，以致对王熙凤当众给予的虽然有点委婉但却十分明确的批评也毫不在意，或者说是根本就没有意会到。

宝、黛之间的这种情意究竟达到了怎样一个程度呢？第五十七回的一场风波就很足以说明这个问题。由于紫鹃对宝玉的一句戏言，说"你妹妹（要）回苏州家去"，宝玉信以为真，竟急得疯了，他"眼也直了，手脚也冷了，话也不说了，李妈妈掐着也不疼了，已死了大半个了，连李妈妈都说不中用了……"，而林黛玉陡一听此言，便急得"哇的一声，将腹中之药一概呛出，抖肠搜肺，炽胃扇肝的痛声大嗽了几阵，一时面红发乱，目肿筋浮，喘的抬不起头来"。这宝黛二人当时自然是痛苦万分了，可事情过后，双方也必然知道对方的表现，其中感受又当如何呢？

……

上面极其概括地描述了一些宝、黛爱情生活的重要故事情节，未

268　　　　　　　　　　　　　　　　　　　　　　钗黛之辨

能顾及的还有不少，即使两人在感情磨合期所发生的许多摩擦甚至痛苦，也是爱情的痛苦，没有爱情这个前提，也就不会有这种痛苦，这种痛苦总是与爱情伴随在一起的，贾宝玉与薛宝钗就从来没有发生过，薛宝钗是不知此痛苦为何物的。

纵观古代戏曲小说中，描写青年男女爱情的作品多不胜数，但却没有任何一个爱情故事能像宝、黛爱情故事写得那样委婉细腻、那样淋漓尽致，自然也没有哪一对男女主角能享受到那样丰富、充实的爱情的甜蜜。曹雪芹这样写，正体现了他对这一对"冤家"，尤其是对林黛玉的厚爱：宝黛婚姻失败的悲剧是不可避免的，否则也就不成其为《红楼梦》了，但在悲剧结局发生之前，他要在较长的爱情历程中给林黛玉以最大的补偿和幸福；林黛玉能在"风刀霜剑"的环境中生活下去，正是与有这种爱情的滋养分不开。否则，她恐怕早已"随花飞到天尽头"了。

在禁锢森严的封建社会里，未婚青年男女之间是很少有长期亲密交往的可能的。王实甫要写崔张之间的有限接触也只能借助于偶遇普救寺，汤显祖写杜丽娘与柳梦梅的恋情便只好求助于梦中了。曹雪芹自然也会碰到这个问题，而他要求获取写作的空间又更大，怎么办？曹雪芹在这里又显示出他的创作天才，他别出心裁地设置出一个大观园，这是一个相对来说与外界较隔离的女儿国，并以特别的原因（元妃的谕旨）让贾宝玉也住其中，于是才借助了这个大平台，极尽奇妙地写出了这一段精彩的爱情故事。因此我们或许可以说，曹雪芹笔下的大观园与其说是为元妃省亲而设，毋宁说其真实目的乃是为宝黛爱情而设。

也就因此，所以尽管生活在大观园这个大平台上的远不止林黛玉一人，但不是每个人都能享受到林黛玉所获得的那种幸福，处处存在与林黛玉相对应状态的薛宝钗就绝对没有体验过丝毫林黛玉有过的种种感受。我们前面曾经谈到过，薛宝钗虽然表面上作态"总远着宝玉"，实际上却是早、午、晚都往宝玉那里跑，甚至三更半夜还不愿离去，以致引起丫鬟的抱怨。但贾宝玉却甚少去找她，第二十回有宝玉对黛玉解释说，他只"不过偶然去他那里一趟"，这与贾宝玉总是跑潇湘馆，甚至向紫鹃表示："我便死了，魂也要一日来一百遭"（第三十回）的情景，形成了何等鲜明的对照！

薛宝钗与贾宝玉之间的情感关系已被写得如此失败了，但作者却没有就此罢休，他还要让贾宝玉不时地当众嘲讽、羞辱薛宝钗，使之尴尬难堪。

第三十回，宝、黛因刚闹过别扭，在众人面前宝玉因"没甚说的"，因听说宝钗说怕热未去看戏，

> 只得又搭讪笑道："怪不得他们拿姐姐比杨妃，原来也
> 体丰怯热。"宝钗听说，不由的大怒，待要怎样，又不好怎样。
> 回思了一回，脸红起来……

尽管宝玉是无意中说出这样的话来，但其效果却是让宝钗从未有过地"大怒"起来，却又"待要怎样，又不好怎样"，真是尴尬万分。但她绝不能像林黛玉那样去和宝玉较劲，要是这样的话，只会自讨没趣，因此其内心的烦难羞恼可想而知。

如果说这还是宝玉在无话找话，出发点并非故意和宝钗过不去，那么第三十二回袭人透露的另一件事就是宝玉当众给宝钗不留情面

了。因宝钗说了宝玉一句注意仕途经济学问的话，贾宝玉便

> 也不管人脸上过的去过不去，他就咳了一声，拿起脚来
> 走了。这里宝姑娘的话也没说完，见他走了，登时羞的脸通
> 红，说又不是，不说又不是。

薛宝钗这次的反应和上次几乎是一模一样。看来，贾宝玉并未把上次让宝钗难堪这件事放在心上，自然，他这次"拿起脚来走了"之后，也不会去理会薛宝钗的感受了。

　　如果说贾宝玉的这次举动也不是无因（因为薛宝钗触犯了他那条最敏感的神经）的话，那么当我们看到下面这个情节时，便会有另外一种看法，觉得前面这两件事的发生都不是偶然的了。第二十八回，宝、黛在贾母的"里头屋里"说话，刚到的宝钗也走了进来（她经常会在这种时候出现），刚和黛玉没说了两句话，态度也是很好的，这时却见

> 宝玉向宝钗道："老太太要抹骨牌，正没人呢，你抹骨
> 牌去罢。"宝钗听说，便笑道："我是为抹骨牌才来了？"说
> 着便走了。

原来贾宝玉把薛宝钗是这样不当一回事，他可以随时随地对她下逐客令，而且不用编什么合理的理由。贾宝玉不是一个对女孩子极其体贴、温顺的人么？他对丫鬟都是十分照顾周到的，为什么对薛宝钗却会这样呢？写宝、黛、钗三角关系并不是非这样来写宝玉如此对待宝钗就

不可的，试看，史湘云也是对贾宝玉很有好感的，而且表情全露在外面，而贾宝玉对她也同样很好，一听湘云来了，贾宝玉便会随时随地起身便去接她，在清虚观里他还在林黛玉的眼皮底下硬着头皮为史湘云留下一个金麒麟，为什么对薛宝钗便独独这样冷酷无情呢？这并不是故事情节发展的必然逻辑，唯一的解释只能是作者打心眼里极度厌恶她，才会写出这些情节来。作者对将会获得婚姻的薛宝钗是不肯在爱情方面有丝毫给予的。谓予不信，不妨再看下面一个情节，或许可以更进一步说明这一点。

第三十六回，薛宝钗在一个闷热、寂静的中午又神不知鬼不觉地闪入了怡红院，并一路直奔宝玉的卧室，此时宝玉已在床上熟睡，不负宝钗平日一片苦心拉拢栽培的花袭人找了一个借口走开，就把宝钗送上了刚才她自己在床边的座位上。薛宝钗面对的是近在眼前、身着亵衣又并不知晓的贾宝玉，而且身边又空无一人，这样的近距离接触，恐怕是薛宝钗梦中也没有得到过的。这应该是她和宝玉关系中最美好也最难得的时刻吧！可谁曾想到，就在这千金一刻的时候

> 忽见宝玉在梦中喊骂说："和尚道士的话如何信得？什么是金玉姻缘，我偏说是木石姻缘！"薛宝钗听了这话，不觉怔了。

我们从来也没听见过贾宝玉在何时何种场合说过这样或类似这样意思的话，现在竟说了，而且还是在梦中说的，更而且是薛宝钗绝无仅有地坐在他身旁的时候说的，事情真是太巧了，竟然巧到这种地步，岂不是咄咄怪事！这怪事为何会发生呢？唯一的解释只能是：这是作

者强烈主观意识的表现，他非得在这样一个时刻，让贾宝玉近距离地、当面地对薛宝钗做一个公开表示，这对正沉浸在自我陶醉中的薛宝钗无异于当头一棒，粉碎了她的美好梦想，这一棒下来就不仅仅是像以前那样"脸红"一阵子就完了，而是被打得"不觉怔了"——被打蒙了。

这一巧合得无法再巧了的怪事乃是作者厌恶薛宝钗的一个铁证！

如果对此尚有疑问的话，我们不妨再看看作者为我们准备的另一个有趣的情节，它可说是上述观点的有力注脚。

第三十回，贾宝玉从外面淋了雨回来，因开门的丫头迟了一步，

　　宝玉一肚子没好气，满心里要把开门的踢几脚，及开了门，并不看真是谁，还只当是那些小丫头子们，便抬腿踢在肋上。袭人"嗳哟"了一声。宝玉还骂道："下流东西们！我素日担待你们得了意，一点儿也不怕，越发拿我取笑儿了。"口里说着，一低头见是袭人哭了，方知踢错了，忙笑道："嗳哟，是你来了！踢在那里了？"袭人从来不曾受过大话的，今儿忽见宝玉生气踢他一下，又当着许多人，又是羞，又是气，又是疼，真一时置身无地。

在平日情况下，几曾见过贾宝玉会动粗到抬脚去踢人呢？而今天竟然踢了，而被踢的却是花袭人，这自然又是一件巧得出奇的事情。事实也是如此，因为第一，贾宝玉今天之所以如此失态，是因为他淋了雨又叫不开门，因而"一肚子没好气"，而这种情况是过去从来没有过的。第二，过去负责开门的一般都是那些在外面干粗活得"小丫头子们"，贾宝玉自然认为今天也是如此，所以看都不看便踢了过去，

谁知今天偏逢袭人在院子里玩水，便去开了门，因此挨了这结结实实的一脚。因为只有两个人都这样巧，才有这件事情的发生。"庚辰本"在该回前总批对此事有"批"曰："脚踢袭人，是断无是理，竟有是事。"意思是说，这样的事情是根本不可能或者说不应该发生的，但是却发生了。为什么作者要花心思去安排这样的巧合来写这种不合理的事呢？唯一的解释也只能说作者特别憎恶花袭人其人，所以就安排贾宝玉狠狠地给她那么一个窝心脚。这一脚不仅当时踢得她既羞又气且疼，"一时置身无地"，狼狈万分，而且晚上睡下还"梦中作痛"，"哎哟"之声不断，后来竟吐了"一口鲜血在地"，使得怡红院内这个一贯作威作福的准姨奶奶竟"心冷了半截"，"不觉将素日想着后来争荣夸耀之心尽皆灰了，眼中不觉滴下泪来"。一个受宠的"西洋花点子哈巴儿"竟反被宠她的主子踢得身败心灰，真是讽刺到了极点。如果不是作者的刻意安排，哪会发生巧到这样"断无是理"的事情来呢？

很显然，上述脂砚斋的那条批语，自然也完全适合贾宝玉说梦话把坐在一旁的薛宝钗惊懵了这样的巧事。

到此，我们便会发现一件颇为有趣的事情，原来在这两例"断无是理"的事件中，两个处于负面地位的"碰巧"竟是薛宝钗和花袭人这一对，而不是随意的两个人，因为单单她们两人有着和其他人不一般的特殊关系，她们被广泛地认同为"袭为钗副"，或者说花袭人是薛宝钗的"影子"，可以说是品性上极为相似的一对沆瀣一气的人物。如果作者是因为厌恶薛宝钗而刻意要惩处她的话，那自然也绝不会放过花袭人，而花袭人的果真遭遇到贾宝玉那绝无仅有的一脚，又反过来证实他确实是厌恶薛宝钗，因而才有那么巧得出奇的说梦话一幕。

为了说理充分一些，可能把话说得远了一点，现在是应当回到开头的话题上来，而且也正因为通过了上面事例的分析，我们都可以确认开头的看法是可靠的，即作者在爱情问题上，对钗、黛是采取了完全不同的态度，他使林黛玉获得了最大限度的甜蜜和幸福，而薛宝钗则遭到了彻底的失败，她得到的只有难言的痛苦。

当我们确实把握了作者的这种良苦用心之后，大概就自然会想到，尽管结局早已注定林黛玉在婚姻上必然是失败者，作者一定要写出这个悲剧，而薛宝钗虽然在爱情上吃尽了苦头，但最后却是获得了"金玉良姻"的实现，终于登上了她梦寐以求的宝二奶奶的宝座，可是作者也许并不会真正给她什么好果子吃吧？恰恰事情正是如此。她和贾宝玉是结成了夫妻，但只是虚有其表，并无夫妻的真情，贾宝玉在婚后仍是"空对着山中高士晶莹雪，终不忘世外仙姝寂寞林"。他的心思仍在林黛玉身上，而且最终把万事全抛，走上了"悬崖撒手"的道路，兑现了他多次对林黛玉的诺言："你死了我做和尚去！"黛玉有知，亦当含笑于太虚幻境矣！从这一点来说，薛宝钗的最后结局或许还不如林黛玉了。以上这些说法，只是从前八十回的情节特别是第五回的预示中确切地推测出来的。至于具体情节如何，我们无缘见到曹雪芹的原作，就难以想象了。但根据前面作者的思想逻辑来看，林黛玉之死，必定会写得十分哀婉而又凄美动人，决不会干喊几句"宝玉，宝玉，你好……"（第九十八回）便"两眼一翻"的死去。试看作者写晴雯之死便会了然。写晴雯尚如此，何况黛玉？！从这一点来说，晴雯能死在前八十回，也即"死"在曹雪芹的手里，竟是那"万艳同悲"中的一个幸运儿。至于薛宝钗，作者也绝不会给她留个什么贾宝玉的血脉，恐怕只好在其"雪洞一般"的屋子里伴着她的金锁"埋"此残生吧。这对于充满内"热"，一心想"上青云"的薛宝钗来说，可是生不如死啊！

总之，宝、黛、钗三人的婚恋故事，内容是十分丰富而又复杂的，在悲剧结局这个大前提下，它的全部过程如何写是可以有许多选择的，作者在这里所写的无疑是十分精彩和多姿多彩，而又始终清晰地贯穿着一条思想线索，即护黛损钗，这完全是作者喜黛恶钗的深层思想所决定的，也和作者在其他问题上的态度完全一致。

爱情无价，任你薛家"珍珠如土金如铁"也是买不到的。

　　　　　　　　　　　　　　钗黛之辨

第七章

撼山易，撼薛宝钗难

前面三章，我们所叙说的角度虽然有所不同，但他们却都是对钗、黛进行了比较，在总共三十多个比对中，我们尽可能从不同的方位、侧面和层次上做了探索，而其结果却是鲜明一致地呈现抑钗扬黛的指向，薛宝钗总是一个负面形象。在这同时，我们却绝对找不出相反的结果例证来，哪怕就找出几例来也很困难。这样说，结论应该是明显的、没有疑问的了。但为什么过去在对此二人的看法上会有那么多歧见和纷争呢？具体地说，为什么过去还会有那么多人欣赏、赞扬薛宝钗呢？其实，这种情况不仅过去会存在，就是以后还会长期存在下去，不管是否有人能找出更多否定薛宝钗的理由出来。要究其原因，我们也可以从下面不同情况来做一番剖析，这样，对加深我们对本篇题旨的了解也是有好处的，因而也是必要的。

《红楼梦》的特殊笔法使人们
不易看清薛宝钗

　　小说多是叙事性文学，作者总是要力求把故事讲述得清楚透彻，让读者通晓明白，有时生怕读者未能领悟，作者还要站出来喊一声"看官，你道……"，然后再解释一通，直到讲透为止。

　　但是《红楼梦》的叙事方法却与之迥异。《红楼梦》的总体风格是含蓄，它的内容深厚蕴藉，不是一眼就能看得明白，而需要反复去品味和咀嚼，方能得其壶奥，只有到了这个时候，你才会觉得它其味无穷，魅力无限。《红楼梦》的这个特点反映在各个方面，而在塑造人物方面表现得最突出、也最成功的便是对薛宝钗这个人物的塑造了。也就是说，作者写这个人物，含而不露，大量采用了种种曲笔，使之表象与内质处于一种相悖的状态。你初初看去，只能看到表象，并对她产生好感；只有反复品味，才能发现其庐山真面目。这一点，过去有的人也已真正认识到，只是这种人并不多，也不可能多而已，清人陈其泰便是很有见地的一个。他在评曹雪芹描写薛宝钗的特点时说：

　　　宝钗图谋宝玉亲事，只忌得一个黛玉，必欲离间之，排挤之，书中从不实写一笔，只在对面、旁面描写出来，使读者于言外得之。灵妙绝伦。[1]

这种评说，可谓深中肯綮。其实，作者不仅在薛宝钗图谋亲事时是这样写法，在薛宝钗的其他方面作者也是常常用这种方法来写。试举一例来说明。

薛宝钗的一个突出性格特点是虚伪做作，表里不一。作者在通过写她的冷香丸制作过程时，已经酣墨淋漓地表现了这一点。其实作者有时还会通过很小的细节来表现它，读者就不容易注意得到。比如薛宝钗外冷内热，表面上她不爱打扮，穿着和居室都极素淡，连一朵极轻巧的宫花也不愿戴，平常自己也以"淡极始知花更艳"来自诩。可是实际情况却似乎并非如此，只是作者写得极为巧妙，一般读者是很难发现的。

第八回写贾宝玉去探视因患小恙的薛宝钗，其实这也是第一次正面写到她，是她的首次登场亮相。当宝玉"掀帘"进入宝钗所在的"里间"见到她时，先通过宝玉之眼，对宝钗作了几句描写：

> 看见薛宝钗坐在炕上作针线，头上挽着漆黑油光的鬏儿，蜜合色棉袄，玫瑰紫二色金银鼠比肩褂，葱黄绫棉裙，一色半新不旧，看去不觉奢华。

在此之后也通过宝钗之眼对宝玉的形象作了一番描写，都无什么特别异样之处。紧接下来，便是本回"比通灵"、识金锁的重头戏中

1　《桐花凤阁评〈红楼梦〉辑录》，天津人民出版社，1981年，第97页。

钗黛之辨

心内容，书上甚至还把通灵宝玉的正反式样都形象地画出来了。因贾宝玉听莺儿说"宝玉"上的两句话和薛宝钗金锁上的两句话像是"一对儿"时，便缠着要看那金锁。书上便又写道：

> 宝钗被缠不过，因说道："也是个人给了两句吉利话儿，所以錾上了，叫天天带着，不然，沉甸甸的有什么趣儿。"一面说，一面解了排扣，从里面大红袄上将那珠宝晶莹黄金灿烂的璎珞掏将出来。宝玉忙托了锁看时，……

凡是初读《红楼梦》的人，恐怕没有不完全被这"宝玉"和金锁的故事所吸引，眼光锐利一点的可能还可以为看出宝钗与莺儿的精密配合与默契而怡然自得吧。这自然是对的，因为该回回目所标示的以及本回大量文字所叙写的都是这个内容。但在这同时，却还有一个并不亚于"宝玉"金锁故事的重要内容也夹藏在其中，恐怕就很少会被人注意到了。试看上面的两段引文，薛宝钗外面穿的服装乃是"蜜合色"和"玫瑰紫"，都是较为素淡暗弱的颜色，而且都"一色半新不旧"，但作者在让她掏金锁时，却揭开了她"里面"穿的原是一件"大红袄"。这里外所穿的衣服，其颜色的鲜艳与素淡竟存在如此巨大的反差！谁曾见过一个平时嗜爱素净淡雅的人，却会穿里外如此不协调的着装呢？作者这样写，实际是向读者传递了一个信息：薛宝钗是一个表里不一的人物。

因此第八回写薛宝钗的第一次登台亮相，主要就写了两件事。第一，写薛宝钗是如何着紧、专注她的"金玉良姻"，这一点可说是绝大多数人的共识，因为它写得非常充分、明朗。第二，写薛宝钗其人的一个重要性格特点：虚伪做作，表里不一。但这一点恐怕许多人都觉察不到，因为作者的这层意思并不是正面表述出来，而是含蓄地、似乎是不经意地、甚至是有点遮掩地在那里描述，你不思索，不前后联想，就永远发现不了。这种情况并不仅仅就此一例，还有许许多多，需要反复去揣摩才能得其真谛，而不是一眼就能看出来。所以，有一位哲人曾经说过：《红楼梦》不读三遍以上就没有发言权。这当然是对的，但这也还只是一个起码的要求，因为如果没把握住作者独特的写作手法，就算再读多少遍，恐怕也难看到问题的点子上。

所以要读懂薛宝钗，一般都会有一个由表及里的转折过程，在你还没"转"过来时，就不可能真正认识她，更多的人还只会喜欢她、赞赏她。

清代蒙古族著名的红学家哈斯宝在其《〈新译红楼梦〉回批》中就说过：

> 这部书写宝钗、袭人，全用暗中抨击之法。粗略看去，他们好像极好极忠厚的人，仔细想来却都是恶极残极，这同当今一些深奸细诈之徒，嘴上说好话，见人和颜悦色，但行为特别险恶而又不被觉察，是一样的。[1]

这已经颇有见地了。他对薛宝钗的认识看来是在不断深化，批到后来他又说：

---

1 《〈新译红楼梦〉回批》，内蒙古人民出版社，1979年，第37页。

全书那许多人写起来都容易，唯独宝钗写起来最难，因而读此书，看那许多人的故事都容易，唯独看宝钗的故事最难。大体上，写那许多人都用直笔，好的真好，坏的真坏。只有宝钗，不是那样写的，乍一看全好，再看就好坏参半，又再看好处不及坏处多，反复看去，全是坏，压根没有什么好，这不容易。但我又说，看出全好的宝钗全坏还容易，把全坏的宝钗写得全好便最难。读她的话语，看她的行径，真是句句、步步都像个极明智极贤淑的人，却终究逃不脱被人指为最奸最诈的人，这又因什么？《纲目》臧否全在笔墨之外，便是如此。[1]

今天不少读者以至研究者之所以还看不透薛宝钗，多数是还处在"粗略看去"或者"乍看全好"的状态。即使一些研究者也不过处于"再看"或"又再看"的状态；又即使有的人也曾"反复看去"或"一再反复"看过，也曾"仔细想来"，功夫自然下了，但并未领悟作者"全用暗中抨击之法"和"臧否全在笔墨之外"的写作特点，因此仍然看不明白，也就不奇怪了。这种现象自然还会长期存在下去，薛姑娘还会受到许多人的青睐也同样不奇怪了。这一点，对本人也同样适合，《红楼梦》的不少地方我至今也未能全读懂，还需要继续去领悟。

1　《〈新译红楼梦〉回批》，内蒙古人民出版社，1979 年，第 37 页。

对有些理论的误解影响了
人们认清薛宝钗

　　在有关薛宝钗的评论和争议中，有些理论也影响了对这一人物的准确认识，下面就互有一定关联的几点试作评析。

　　第一，有一种观点认为薛宝钗是一个形象丰满、性格复杂的人物，笼统地将她贬抑与否定乃是一种简单化的方法，反映了理论批评上的贫乏。如果不涉及特定的对象和具体的内容，作为泛论的意见来说，这种观点也许没有什么可挑剔的地方，但对于薛宝钗这个人物做如此的论说，就颇值得商榷了。可以说两点。

　　一是薛宝钗这样的一个人物，即我们在前面几章描述过以及与林黛玉做过多方面比较的薛宝钗，她有那么多负面的表现，作者又因此如此地憎恶她，也因此受到读者和评论的贬损和否定，不是顺情合理的事情么？虽然在她身上也可如某些为之辩护者那样找出一些这样那样的"贤淑"之处来，但比之她的大量负面行为来，强调这些又有多大意义呢？任何事物都是有两面性的，但往往又都有它的主要方面，决定事物性质的自然是它的主要方面，就薛宝钗的主要方面来说，构成她招致被贬损和否定的分量是绰绰有余了。何况，我们还没有去条分缕析她的那些"贤淑"成分又有多少仅仅是一种假象呢。

　　二是薛宝钗这个人物形象，其性格内涵，自然是既丰满又复杂的，这样的特点也是许多成功的文学人物形象都共有的，但并不等于说这样的人物形象其复杂性一定要表现在她既有好的一面也有坏的一面，而且不管坏到什么程度只要还能为她找出某些优点来（哪怕只是一星半点或者只是一些皮毛的事例），那就不能贬损或否定这个人物，否则就是简单化或者批评的贫乏了。其实，这样的看法，倒恰恰是对人物形象的丰富性和复杂性的一种贫乏的理解。这种能说明情况的事例很多，就不用列举了。

当然，这种理论的存在也自有它的合理性，当人们对薛宝钗的认识未够多方位、未能深入其内或者只像"旧红学"那样只有那么三言两语时，这种理论也就会自然产生而且也显得颇为有理了。

与此有关的第二个问题是人们对鲁迅先生一句话的误解，也影响了对薛宝钗的恰当评价。鲁迅先生在《中国小说的历史变迁》中曾说过：

> 至于说到《红楼梦》的价值，可是在中国底小说中实在是不可多得的。其要点在敢于如实描写，并无讳饰，和从前的小说叙好人完全是好，坏人完全是坏的，大不相同，所以其中所叙的人物，都是真的人物。[1]

鲁迅对《红楼梦》的这一点评价自然是精辟的，所以常常被论者所征引。但有的论者却据此认为《红楼梦》中不存在好人、坏人之分，都是既有优点也有缺点的生活中的"真的人物"。这样一来，薛宝钗自然也就不成其为坏人了。这实在是对鲁迅这段话的一个大大误会。因

---

1 《鲁迅全集》（第九卷），人民文学出版社，1981年版，第338页。

为鲁迅说的《红楼梦》中的人物不是"叙好人完全是好，坏人完全是坏"，其本身就肯定了《红楼梦》中是既有好人也有坏人的，只不过他们并不是时时事事都好都坏而已，也只有这样才能真正成为生活中"真的人物"。

据此，则不妨再申说几句。窃以为如果采用粗线条来划分的话，《红楼梦》里大致有三种人物，一种是"好人"，但确有这样那样的、甚至是比较严重的缺点；第二种是"坏人"，当然不是时时、事事、处处都坏；第三种人则很难用"好"或"坏"来一言以蔽之，须要做具体分析，这部分人当然是占绝大多数。薛宝钗属于哪种人呢？根据前面的种种分析，她的属性和定位是比较明显的。只是有些人做人很精细、"高明"，做了大量坏事，别人一时也看不出来，有的还有人为之说好话，现实生活中这样的人并不少见，薛宝钗不也应该是鲁迅说的那种生活中"真的人物"么？

再有一点是出于对曹雪芹的某种误解。有一种观点认为，曹雪芹写《红楼梦》是为了"使闺阁昭传"，而当日所有之女子"其行止见识，皆出于我之上"。而且书中还有"水做的骨肉""见了女儿便清爽"等等之说，因此他是十分尊重女性，不会为难、更不会责骂、否定她们的，当然也就更不会贬损薛宝钗了。这自然也就成了使薛宝钗免于遭受打击的挡箭牌。

实际情况却并非如此。且不说薛宝钗吧，就在"所有的女子"中，不也还有王善保家的、马道婆、老尼静虚、夏金桂、赵姨娘等"水做的骨肉"吗？她们遭到普遍的攻讦时，出来为之辩护的大概就不多了吧？薛宝钗只是因为作者写她的笔法不同，才比上述几位在看客读者评价中的运气好许多罢了。

曹雪芹的家庭和自身的经历十分坎坷，用他写在《红楼梦》里的话来说，是一个"翻过筋斗来的"人。这种人饱经人世沧桑，遍尝人情冷暖，胸中自然积聚着一股磊落不平之气，一旦发愤著书，必将发泄无遗。早期的"红学"批评家二知道人在其《红楼梦说梦》中曾说道：

> 蒲聊斋之孤愤，假鬼狐以发之；施耐庵之孤愤，假盗贼
> 以发之；曹雪芹之孤愤，假儿女以发之：同是一把辛酸泪也。[1]

这是很有见地的看法。事实也是如此，曹雪芹不仅做小说，他做人亦然。他的好友敦敏在《题芹圃画石》诗中也说：

> 傲骨如君世已奇，嶙峋更见此支离。
> 醉余奋扫如椽笔，写出胸中魆礌时。

二知道人与敦敏不期而然的共同看法，说明曹雪芹乃心存孤愤，满腔魆礌，因此必然是一个感情丰富、爱憎分明的人，在保存极少的有关曹雪芹生平资料中也完全可以证明这一点。雪芹别号又为梦阮，"阮"即晋时"竹林七贤"中的阮籍，他愤世嫉俗，爱憎分明，常以黑白眼示人，他的诗作感情厚沉，隐晦曲折，却寄托了深深的不平。曹雪芹在无数古代的优秀诗人中，单单钦慕阮籍，看来主要是在思想和精神方面有相同和共鸣之处，敦诚的《赠曹雪芹诗》就直称曹雪芹"步兵白眼向人斜"，无疑是很好的证明。而林黛玉在教香菱学诗时曾

1　《红楼梦卷》，中华书局，1963年，第83页。

要她把阮籍的诗也拿来"一看"（第四十八回），也就不是偶然的了。

上面所说到的这一些，可以看作是写《红楼梦》的曹雪芹的一点背景材料，明白了他的这种情况，我们就可相信，画一块石头他都要画得如此"嶙峋""支离"，以泄其"胸中魂礌"，那么，呕心沥血，写如此一部鸿篇巨著的《石头记》，就必然是要更为淋漓尽致地来发泄其胸中的"孤愤"了。可以想见，这样的一部书，就绝不会是一部怨而不怒、温柔敦厚之类的作品。试看，《芙蓉诔》中，作者已通过宝玉之口，喊出了"钳诐奴之口，讨岂从宽；剖悍妇之心，忿犹未释"！这已是一种金刚怒目式的感情表达了！我们相信，这种表达方式不会仅此而已，只可惜，这里已经是接近前八十回的尽头了，我们无缘看到八十回以后曹雪芹的文字，是否可以说，八十回以后之所以未完，或者说是本已写完了，作者却不肯将其传之于世，是和其中的这些内容有关呢？

长篇小说的主要任务，是要塑造出众多丰富生动的艺术形象，在这些形象身上也深深寄托了作者的感情。曹雪芹的爱憎感情或者说他的"孤愤"与"魂礌"自然也是寄托在书中各式人物尤其是主要人物身上。在我们前面说到的四个主要人物中，作者以刻画薛宝钗的手法运用得最为特别，构成作品总体含蓄风格的各种艺术表现手法，几乎都可以从作者刻画薛宝钗的各种手法中看到。这就使得薛宝钗这个艺术形象具有含蓄蕴藉，内涵丰富，用通常的方法去读她往往不得其解的特点。在中国小说史上，直至《红楼梦》中，具有这种特点的人物形象可说是绝无仅有的了。

可以说，这个形象的出现乃是曹雪芹的一个伟大创造，只有曹雪芹这样的文学大师，凭着他特有的生活观察力和独到的艺术功力才能创造出这样的艺术形象来，别人是无能为力的。

鲁迅先生在说到人们还不大懂《儒林外史》的时候曾说："伟大也要有人懂。"[1]可见，伟大的东西并不是一下子就能被许多人弄懂的，薛宝钗还有那么多人读不懂，也就不奇怪了。

1　《鲁迅全集》（第六卷），人民文学出版社，1981年版，第220页。

薛宝钗有深广的社会现实基础

前面两节说到的问题，乃是由于薛宝钗这个艺术形象在表现手法上的特殊性，使人们不易准确认识她，甚至喜欢、赞赏她，这都是属于认识上的问题。随着"红学"的发展和深入，相信情况是会朝着正常的方面发生变化的，这是可以预期的。但并不等于薛宝钗的市场就会越来越小了，因为除了还有新的读者群产生，他们同样对薛宝钗会有一个相当的认识过程之外，事实上还有一些非主观认识的因素存在，即在一些特定的范围内薛宝钗其人是有相当牢固的现实认同基础的。在这个范围内，薛宝钗甚至不仅是获得肯定和赞许而已，她还可以成为许多人对她去进行揣摩和学习的榜样。初闻此说，也许你会认为这必定是一些与薛宝钗有着某些相同思想的闺中女儿吧。这样你就太小觑她了。我们先来看看清代署名佚名氏撰的《读红楼梦随笔》中的一则记载吧：

有友人初登仕版，问道于余，告之曰："当道则趋奉之，同僚则笼络之，学'红楼'之宝钗足矣。"友怫然曰："尔何曾比予于是！"曰："今之诸侯皆贾母也，子不学宝钗，则潦倒将与仆等。"弗听。阅三年无问名者，渐无以自给，乃稍稍反所为，辄有效。于是悉改其操，事事皈依蘅芜君，誉

遂隆隆起，迭权繁剧无闲岁。一日来谒，余曰："宝姐姐来
矣。"曰："微宝钗，索我于枯鱼之肆矣。"[1]

这一段颇带有一些幽默味道的记载，同时又包含着一份令人颇为惊讶
而又沉重的事实。原来在清代的官场要能捞得起，吃得开，竟然要向
薛宝钗学一手，宝姐姐的作为竟成了一条做官的门道。初看实在不能
不感到惊讶，然而仔细一想，却又确实都在情理之中。试看，除了上
面引文中说到薛宝钗善于"当道则趋奉之，同僚则笼络之"之外，她
还懂得拉拢下属、打击、陷害对手，而自己却常常装出一副安守本分
的样子，她更善于窥察周围的一切，恰到好处地树立自己的形象，以
获取尽可能多的人的好感，等等等等。在官场中能做到这一切，还怕
不"誉遂隆隆起"、官运亨通么？原来在宝姐姐身上竟还有如此大块
的文章！中国的古代小说创造了许多成功的人物形象，王侯将相也不
在少数，但从未听说过哪个人物曾是为官之道的楷模，没想到这楷模
竟然会是宝姐姐，真是令人刮目相看！前面说过薛宝钗这个艺术形象
是曹雪芹的一个伟大创造，乃是从表现方法的角度来说的，现在不更
是从人物的思想内涵方面充实了这一看法吗？

清代官场学薛宝钗的那一套手段，正反映了它的腐败本质，今天
的官场腐败现象仍然存在，而且相当严重，虽然时代和社会都不同了，
但许多道理却是相通的。难说今天的贪官们就没有学薛宝钗的，只是
未见诸记载罢了。恐怕有过之而无不及、发扬光大的还多着呢！既然

1　《读红楼梦随笔》，巴蜀书社，1984年，第363页。

如此，则薛宝钗自然还有广大的市场，而且是难穷其尽的。

　　与上面有关的是，薛宝钗的这些手段，其实就是她奉行的一套为人处世的方法，是一套不正当的、歪门邪道的方法。这套方法，在腐败的官场适用，在许多普通的人那里也适用。"旧红学"时不止个别人称薛为小人，我们今天无须在概念上去争论她是否为小人，但她的许多行径，却是和古今以来许多小人的行径完全相通的。小人肆虐，古已有之，但今天却是特别张狂的一个时期，从一个时段以来，研究小人的专著和文章非常多就是很好的说明。今天小人活动的范围非常广，不仅限于市井平民之间，即使在看起来似乎高雅一些的文人学者圈子里也不乏其人；而他们却比那些普通人群中的小人厉害、高明得多，其道理借用我们在前面引到过的清代陈其泰的一句话来说就是："王熙凤之为小人，无人而不知之；宝钗之为小人，则无一人知之者。"原因当然是一个没文化，一个文化水平很高之故。小人带给社会的危害是巨大的，又常常是无形的，所以它的恶果尽管往往许多已超过了一些刑事犯罪，却又不是人人都看得到，也从没有惩治小人的党纪国法。而单独的个体总是斗不过小人的，因为小人的作为都是一些卑劣的手段，是一般稍有良知的人所不屑为的。你要能斗得过他，除非你比他还卑鄙！所以小人、或甘于为小人者，往往能得逞，获得他所追求的便宜和利益。他们虽然在道德上会受到一定的谴责，但他们是无耻的，对此并无所谓，而且一些"高明"的小人还能迷惑相当一部分人，他们图的是实惠。

　　因此，社会上有一种颇为流行的观点：道理上可能认为薛宝钗不对，但她吃得开或者说吃香；林黛玉只会处处碰钉子。这种看法只是

292　　　　　　　　　　　　　　　　　　　　　　　　　钗黛之辨

表达了一种非常表层的社会心理和现象，对它进行更深层次的分析不是本文的任务；从这里可以引出的结论是本章的题旨，即薛宝钗是不会被抹倒的，她有存在的深厚的社会基础。至少今天以至以后很长的时期内都会是这样。

新的观察方法不能
真正读懂薛宝钗

　　妨碍人们去准确理解薛宝钗还有一种比较特别的情况。由于两百多年来对钗、黛喋喋不休的争议，迄无终了，人们一方面对此颇有厌烦之感，另一方面又无法在此局面下做出新的突破，于是在今日多元化文化思潮的启诱下，人们便想到要摒弃原来的思路而另辟蹊径，从另外的角度和框架来评价这两个人物。于是我们便看到，比如有的论者在评价这两个人物时，便把这二人好坏、优劣之争视之为"俗套"，而推崇一种"人物塑造整体的多样性和个体内涵的丰富性"，[1]但作者并未解释这种"丰富性"是否就和人物的好坏、优劣评价是相排斥的。而该说的评论者却将它阐释得较为明白，说它"对钗、黛的评价，突破了孰优孰劣的传统道德框架，……而是出于对小说的感悟，从形态和气质上论述她们共同具有的美的'震慑力和感染力'"。"他对《红楼梦》中人物的评价，决不从'好''坏'立论，更不从'正面'与'反面'加以区分，而是深入作品实际，感悟人物所表现的人性特征"。[2]自然，评论者对这种新角度也是给予充分肯定和赞誉的。

　　对《红楼梦》的各类问题，尝试运用不同的观点、方法进行不同

1　《百态人间红楼梦》，巴蜀书社，2006年，第50页。

2　《百态人间红楼梦》，巴蜀书社，2006年，第3、4页。

侧面、层次的探讨，都是值得提倡的，但却不等于用任何观点、方法去探索任何问题都是适宜的。就《红楼梦》而言，恐怕还应该把握住作家作品的特点，选择比较合适的观点和方法进行评析，方能得出尽可能符合它的实际的结论。

本书对钗、黛所做的比较，基本上用的还是传统的那些"俗套"方法，原因是窃以为：

第一，作者曹雪芹是一个深受中国古代文化熏陶、同时也是一个有深厚文化根基的人，他秉承了古代优良文化的思想传统，他的作品在这个传统的根基上有突破性的创新，但又绝不割离与这个传统的联系。这个传统中有承传了数千年的优秀的伦理道德和情操，他讲求的是真、善、美，而鞭挞假、恶、丑。这个传统乃是我们国家和民族的灵魂和血脉，失去了它，这个国家和民族就岌岌可危。不管这个国家、社会如何发展、如何现代化，这条原则都是不会失灵的。以曹雪芹的文化涵养，以他的生活经历和个性气质，他写出的这部"字字看来皆是血"的《红楼梦》，很难想象是可以和这个传统脱节的，否则，它就不能成为一部中国最伟大的古典小说、成为我们民族的瑰宝，更不能受到不同时代广大读者的共同欢迎了。

《红楼梦》第二回除了通过冷子兴之口"演说荣国府"一番之外，就是通过贾雨村之口郑重地说了一番富含哲理的话语，其中就着力地提到"天地生人"有"大仁大恶两种"，仁者秉天地之"正气"，恶者秉天地之"邪气"，这正、邪二气是互不相容的："正不容邪，邪复妒正，两不相下"，两者相遇"必至搏击掀发"等等。既然这样，则说明在曹雪芹的观念里，人是有善恶、正邪之分的，他们之间会产生激烈的矛盾争斗，在这过程中，人和事，也必然会有是非、对错、美丑、妍媸之别，这正是曹雪芹与中国传统优秀文化血脉紧相承继的表现。这种状况自然会在他的作品中充分反映出来；否则，他通过贾雨村在全书开头所作的这番论说就毫无意义了。既然这样，那么我们在评析、欣赏《红楼梦》的时候，如果把这一切都视而不见或见而不顾，而抽象地去谈论人物的什么"共同具有美的'震慑力和感染力'""人性特征"之类，说法虽然显得颇为新颖，但就作品的实际内涵来说，恐怕就相距甚远了。

基于这种考虑，所以本书还仍然只好沿用那令人有点生厌的"俗套"去研读《红楼梦》，以冀能尽可多地接近一点作品的实际。

第二，目今社会，在金钱狂潮的侵蚀下，几千年来形成、流传的中华优良传统受到严重冲击，道德底线也几近崩溃。两千多年前孟子曾提出作为一个人的起码条件应有"四端"，他指的是每个人必须要有"恻隐之心""羞恶之心""辞让之心""是非之心"，缺少这些便"非人也"。[1]孟子"四端"之说，经过历史的检验，已成为我们民族优秀文化传统的重要组成部分。然而今天的状况如何？"非人"化的现象日趋严重，连本应救死扶伤、实行革命的人道主义的一些医院和某些培养人类灵魂的工程师都已如此不堪，遑论其他？稍有良知的人，怎能不为此痛心疾首！而《红楼梦》正是一部具有强烈是非、善恶、美丑观念并表现了它们之间的矛盾和斗争的作品，不如此，它也就不能获得如此高的声誉、成为我们民族的瑰宝和骄傲。既然这样，所以无论是从作品的实际出发，还是从弘扬我国优秀文化传统考虑，都决定了我依然还是要采用这一老套的方法。

1　出自《孟子·公孙丑上》。

因为不问是非、对错，罔顾好坏、优劣，脱离作品的厚实内容和故事情节，只从一个不知什么样的层面上去谈论钗、黛的共同美，即使这也算是一种研读方法，只是这一类研究多了，薛宝钗这个人物形象自然也就仍然吃香、薛宝钗这样的人也就仍然吃得开了。其实，这一类看法，不论其表现形式如何，实际上也不过是"钗黛合一"的翻版罢了。而这一类看法，我们相信它们还会长期存在。

综合以上各种情况，我们即使感到万般无奈，也只好说：撼山易，撼薛宝钗难！

或许，这正是《红楼梦》的无穷魅力所在吧。而这种魅力中的重要因素，恐怕就是因为《红楼梦》中有许多像薛宝钗这样具有强烈现实意义的不朽艺术形象的存在吧。据此，则《红楼梦》不仅因在今天还具有强大的生命力而受到广泛而热烈的欢迎，就是将来也会永存不朽的，因为产生薛宝钗这类人物的社会条件是长远不会消失的。

下篇

第一章

世人齐说贾母『舍黛取钗』

虽然《红楼梦》的后四十回无论在思想或艺术上都不能与前八十回同日而语，因而遭到许多人的诟病，但是它的某些故事情节似乎也不是完全没有可称道之处，有些内容甚至能引起不少读者的感情共鸣，尤其是黛玉之死，通过在同一时间描写黛玉焚稿和宝钗出阁，以强烈的对比手法使千千万万的读者为之动容唏嘘。孤立来说，这种艺术构思还是成功的。也许就是在这样一种艺术感染力的作用下吧，古往今来的所有读者和评论家们都接受了这样一个事实：最初十分疼爱林黛玉的贾母，后来由于种种原因改变了初衷，最后"舍黛取钗"，接受了王熙凤的掉包计，一手造成了宝黛爱情的旷世悲剧。贾母自然也就成了这一悲剧的罪魁了。

这一看法是如此根深蒂固，不可动摇，几乎历来谈到这件事情的人都是持此看法的。我们试举一些"旧红学"时的例子，便可一目了然。

涂瀛的《红楼梦论赞》说："人而不为时辈所推，其人可知矣。林黛玉人品才情，为《红楼梦》最，物色有在矣。乃不得于姊妹，不得于舅母，并不得于外祖母，所谓曲高和寡者，是耶非耶？"[1]

王希廉的《红楼梦回评》说："写黛玉戋戋小器，必带叙宝钗落

1　《红楼梦卷》，中华书局，1963年，第127页。

落大方；写宝钗事事宽厚，必带叙黛玉处处猜忌。两相形容，贾母与王夫人等俱属意宝钗，不言自显。"[1]

周春的《阅红楼梦随笔》说："自九十五回后，贾氏之衰败立见矣。须看种种世态炎凉，世俗嫁娶未有不重财者。黛玉父母早丧，孑然一身，宝钗母兄俱存，家赀尚厚，贾政之取宝而舍黛也宜矣。即史太君、王夫人、亦皆不免世俗之见，凤姐但能巧为迎合，不能强为转移也。"[2]

朱作霖的《红楼文库》说："贾母余资之散，判决井井，知在少时，不特以德称也，才亦有足矣。年高委政，岂不宜享一日之闲哉！惟于黛玉则始爱之而终死之，未免荒耄之诮乎！"[3]

许叶芬《红楼梦辨》说："宝玉论婚，读《红楼梦》者，归咎于凤姐之赞成，王夫人之偏爱，而不知实贾母力主之，宝钗自致之也。……观于贾母之言曰：'最好是宝丫头。'绝非当面奉承姨妈。千真万真，盖已心许久矣。熙凤之赞成，要是仰体圣意耳。"[4]

哈斯宝的《新译红楼梦回批》第二十回的批语中有说："紫鹃疑心贾母将来为宝玉聘宝琴，这是本书弄假成真的显笔。老母猴此时已变卦，这是第二十七回的伏线。"[5]

黄小田在评点《红楼梦》第八十四回时说："宝钗婚姻，贾母、王夫人属意久矣，凤姐亦窥之久矣。"[6]

以上所举各家中，既有"拥林派"，也有"拥薛派"，但他们在贾

1　《红楼梦（三家评本）》，上海古籍出版社，1988年，第515页。

2　《红楼梦卷》，中华书局，1963年，第76页。

3　《红楼梦卷》，中华书局，1963年，第160页。

4　《红楼梦卷》，中华书局，1963年，第228页。

5　《〈新译红楼梦〉回批》，内蒙古人民出版社，1979年，第78页。

6　《红楼梦》，黄山书社，1989年，第1030页。

母"弃黛取钗"这一点上却是众口一词，毫无他议。也就是说，这一点已成为不成问题的共识了。在这同时，却不见有任何人提出相反的意见并加以论析，因此这一看法自然也就成了无可置疑的铁定事实了。

值得一提的是，"旧红学"时著名的评点家陈其泰，他的《桐花凤阁评红楼梦》对一百二十回《红楼梦》都逐回作了评点，从他的评点中，更可看出某种信息。

在对前八十回的评点中，陈其泰都与众不同地认为贾母对贾宝玉婚事的意之所在乃是林黛玉，如第二十五回有批曰："此时除贾母外，皆心乎宝钗矣，而凤姐偏戏弄黛玉，若已有成议者然。"[1]第二十九回，当贾母回答张道士提出宝玉该提亲了时说到"不管他根基富贵，只要模样儿配得上"，陈其泰有批曰："贾母之心可见。""其在黛玉乎！"[2]同地方在贾母说到"那家子穷也不过帮他几两银子就完了"时又有批曰："可知不属意于宝钗。"[3]类似的批语还不仅此。可见陈其泰的眼光比之当时的其他许多人来说确是高出一筹的。

可是到了后四十回，他的批语却又古怪起来了。他明知后四十回是他人所续，在第八十一回一开头他的批语就明确指出："自此回以后，系另一人续成之，多与前八十回矛盾处。"[4]他对后四十回从内容到文字有诸多不满，不仅常常挑出它与前八十回的"矛盾"，还多处指责它是"续貂""败笔"等。可是对后四十回中贾母亲自主持"掉

1　《桐花凤阁评〈红楼梦〉辑录》，天津人民出版社，1981年，第110页。

2　《桐花凤阁评〈红楼梦〉辑录》，天津人民出版社，1981年，第118页。

3　《桐花凤阁评〈红楼梦〉辑录》，天津人民出版社，1981年，第118—119页。

4　《桐花凤阁评〈红楼梦〉辑录》，天津人民出版社，1981年，第230页。

包计"这样的重要内容，也即完全违背了前八十回中贾母意愿的文字，他除了批评几句贾母不应该如此对待林黛玉之外，绝无只字提到贾母的这些举动完全与前八十回中贾母的言行是矛盾的，更不用说指责这样写是"续貂"和"败笔"了。也就是说，到这个时候，陈其泰也完全认同了贾母最终是"舍黛取钗"之说。这一情况就更进一步表明，贾母"舍黛取钗"是如此深入人心，不管你原来持何观点，到了它面前都要被它融化，不容与之抗辩。

上面是"旧红学"时众口一词的情况。20世纪初兴起的"新红学"大师们，尽管对"旧红学"做了许多批判，但对"舍黛取钗"之说却未做任何评断，这也许和他们对后四十回的内容不甚看重，有的甚至是采取不屑一顾的态度有关吧。当然，他们对文本本身缺乏较深入的研究也是一个重要的原因。因此，从20世纪50年代起，随着一百二十回本《红楼梦》的普及，贾母"舍黛取钗"的观念就成为一个命题了。大量研究文章和著作也都是建立在这个看法的基础之上。再加上后来有关《红楼梦》的电影、电视剧的大力渲染，它就更深入人心。当然，它也说明"红学"家和文艺家们也都认同这一命题，进而又以生动的艺术形象去影响广大观众。这样一来，贾母"舍黛取钗"就像宝玉之爱黛恶钗一样，成为客观的事实而不构成任何问题了。

然而，世事中却常有长期被公认为是正确的东西而其实却是完全相反的情况，这两百多年来已成公理的贾母"舍黛取钗"的命题就是一个典型的事例。因为其实，贾母一直是关心呵护林黛玉的，一直是支持、力促宝黛爱情，一直在和"金玉良姻"作不懈的巧妙斗争的，是王氏姐妹要实现她们愿望的最大障碍。贾母的立场是绝对不会改变的，只是由于作者特有的写作手法，人们一直看不出来，结果以讹传讹，以致误传至今。由于这个讹误，也就把作品中的许多人物关系、他们的言行、一些故事情节的内容都理解错了，概括来说，就是在很大范围内没有读懂《红楼梦》。

"脂批"曾经一而再、再而三地提醒读者不要被作者"瞒蔽了去"，至于作者想"瞒蔽"读者什么，"脂批"并未具体挑明。所有的众多论考也无人研究过这个问题。窃以为，如果不作一些探究，一直总处于被"瞒蔽"的状态，又如何能真正读懂《红楼梦》呢？在笔者看来，至少在认为贾母"舍黛取钗"这个问题上，就是长期以来作者成功地"瞒蔽"了所有人的一个重要内容。

本篇就是要从不同角度来论述这一问题，揭示它的种种真相。

第二章

贾母与林黛玉

凡接受贾母"舍黛取钗"的论者一般都认为贾母最初还是喜欢黛玉的，后来因为来了个薛宝钗，很讨贾母的欢心，而且其他许多方面也比黛玉优越，加上黛玉性格上孤僻等原因，贾母因此便不喜欢黛玉了。由于都认同后四十回贾母做主为宝玉娶了宝钗，而且在此过程中又对黛玉极为冷漠无情，因此贾母"舍黛取钗"之说便成为必然的结论了。

然而此说其实大谬不然。只要认真读过而且认真思索过前八十回内容的人，就会发现贾母从未嫌弃过林黛玉，而是自始至终对她疼爱有加。同时，在宝玉的婚事上，也是丝毫没有产生过考虑薛宝钗的念头，而且是相反，使用了各种方法来拒绝、排斥"金玉良姻"（这一点下面几章再作阐说）。

当然，光这样说是不足为据的，这里最需要的是充分的事实，我们且看：

第三回林黛玉初进荣国府，就为贾母与林黛玉的关系打下了良好的坚实基础。

"林黛玉抛父进京都"是在贾母的一再要求下、并专门派人去接了才来的，而不是像薛家那样自己前来串门然后就赖着不走。黛玉来到之后自然就受到了非同一般人的待遇，就其突出的来说就有下面几点：

一、贾母知道黛玉多病，平日常服"人参养荣丸"，便马上吩咐：

"正好，我这里正配丸药呢，叫他们多配一料就是了。"真是闻风而动，一说就办。

二、当"奶娘来请问黛玉之房舍"时，贾母即刻说："今将宝玉挪出来，同我在套间暖阁儿里，把你林姑娘暂安置碧纱橱里。"将宝玉的住处让给黛玉住，而将宝玉迁走，没有比这再好、再尽心的安排了。

三、贾母还吩咐林黛玉的生活待遇除了"亦如迎春等例"之外，又见"雪雁甚小，一团孩气，王嬷嬷又老，料黛玉皆不遂心省力的，便将自己身边的一个二等丫头，名唤鹦哥者与了黛玉"。

这样一种超乎寻常的高规格安排，并不在表现贾母出手如何阔绰和大方，而是表现了贾母对黛玉的深厚感情，两人第一次相见，贾母便先后两次将黛玉"一把搂入怀中，心肝儿肉叫着大哭起来"，"搂了黛玉在怀，又呜咽"起来，作为贾府最具权威的老祖宗，几时见过她如此一而再地"大哭""呜咽"过呢？这不正是她对黛玉深厚感情的生动反映吗？

对待一个从未谋面过的外孙女，贾母为什么会有如此深厚、强烈的感情呢？且听她对黛玉的一席话：

> 不免贾母又伤感起来，因说："我这些儿女，所疼者独有你母，今日一旦先舍我而去，连面也不能一见，今见了你，我怎不伤心！"说着，搂了黛玉在怀，又呜咽起来。众人忙都宽慰解释，方略略止住。

原来，贾母对黛玉的感情，实际上是对已逝去的、最"疼"的女儿的一种深情，或者说是把对女儿的深情转移到林黛玉身上了。因此贾母对黛玉的感情远不止是普通的祖孙之情，而且还溶有浓厚的母女之情。这种感情是任何外力都不可动摇替代的，区区一个"外四路"的薛宝钗更何足道哉！而两百多年来人们都认同了贾母"弃黛取钗"之说，真真是如"脂批"说的，完全"被作者瞒蔽了去"。

以上说的是第三回林黛玉到贾府第一天的情况。到第五回，经历了"薛家母子在荣府内寄居"，而且薛宝钗以其善于做人因而取得了"比黛玉大得下人之心"的效果，可见这中间是经历了相当一段时日的。这时作者又写了一段文字：

> 如今且说林黛玉自在荣府以来，贾母万般怜爱，寝食起
>
> 居，一如宝玉，迎春、探春、惜春三个亲孙女倒且靠后。

这句概括性同时也是结论的叙述，明确无误地说明了贾母对林黛玉不可动摇的深情厚谊。如果后面没有出现贾母在感情上产生了什么变化的描写，则即使不再具体描述两人的关系也可断定贾母对黛玉的感情是始终如一的。事实却是我们绝对没有看到贾母有任何感情变化的痕迹，而对黛玉的关爱和呵护倒是源源不断，有增无减。试看：第三十二回，史湘云与花袭人聊天时，说到林黛玉铰了史湘云给贾宝玉做的扇套子，湘云生气地说："他既会剪，就叫他做。"

> 袭人道："他可不作呢。饶这么着，老太太还怕他劳碌
>
> 着了。大夫又说好生静养才好，谁还烦他做？旧年好一年的
>
> 工夫，做了个香袋儿，今年半年，还没见拿针线呢。"

做针线活儿，是女孩子的最起码功课，贵族小姐也不例外；可由于贾母的疼爱，连这点事儿黛玉也几乎全免了。

第三十八回薛宝钗设计、操办的螃蟹宴，在众人吃得不亦乐乎的时候，贾母要离开时，

> 回头又嘱咐湘云："别让你宝哥哥林姐姐吃多了。"湘云
> 答应着。又嘱咐湘云宝钗二人说："你两个也别多吃。那东
> 西虽好吃，不是什么好的，吃多了肚子疼。"

在宝、黛、湘三人中，湘云最小，贾母却叮嘱她去照顾两个年长的宝、黛，如果不是对这二人的特别偏爱，就不会有这样的举措。可能贾母自己也察觉到有些不妥吧，所以在后面又补了一句，表示对湘云、宝钗也在关心，但心中天平的指向是十分明显的。

第四十回，贾母众人带刘姥姥游大观园，在潇湘馆因见黛玉的窗纱旧了，便当众人的面，说这窗纱旧了"就不翠了"，和这院子里竹子的颜色"不配"，并指令要找出其他颜色的来，"明儿给他把这窗上的换了"。贾母对这住所环境的观察如此细心、在意，如此当众急切要王夫人整改，假如不是对屋主人发自内心的关心入微，是做不到这一点的，或者说即使做得到也不会这样做的。

第五十四回，因荣国府庆元宵夜宴，深夜燃放各色烟火，

> 这烟火皆系各处进贡之物，虽不甚大，却极精巧，各色
> 故事俱全，夹着各色花炮。林黛玉禀气柔弱，不禁毕驳之声，
> 贾母便搂他在怀中。

贾母亲自安排的席位，她身边有黛玉、湘云、宝琴三人，黛玉最年长，贾母还独搂住她，可见怜爱之深，而且也完全可以相信，这种爱意与第一次相见时两次搂在怀中的心意是完全一样、一脉以降的。

第五十七回，宝玉和紫鹃说起黛玉吃宝钗送的燕窝一事，未免"太托实了"，于是便"在老太太跟前略露了个风声"，老太太就"叫人每一日送一两燕窝来"给黛玉。贾宝玉只"露了个风声"，贾母的燕窝便每日一两送到，真可说是闻风而动了。这林黛玉在贾母心中是何等的分量！

同是在第五十七回，因"慧紫鹃情辞试忙玉"，引发一场大风波，宝玉、黛玉都弄出一场大病，宝玉尤甚。在此情况下，贾母亲自两次去探视了林黛玉。一次是黛玉"次日勉强盥漱了，吃了些燕窝粥，便有贾母等亲来看视了，又嘱咐了许多话"。又一次是宝、黛二人的病基本上已经好了，贾母等被请去参加薛姨妈的生日庆宴，"至散时，贾母等顺路又瞧他二人一遍，方回房去"。这是何等的关怀！对比后四十回：为了宝玉和宝钗的婚事，林黛玉临死前贾母都没有去看过一眼，这还是前八十回的那个贾母吗？

第五十八回，因朝中一位老太妃已薨，凡诰命等皆入朝随班按爵守制，"贾母、邢、王、尤、许婆媳祖孙等皆每日入朝随祭，至未正以后方回。"得要一月光景。府中无人，于是"报了尤氏产育"留下她协理两府事体，还"又托了薛姨妈在园内照管他姊妹丫鬟"。在此情况下

　　贾母又千叮咛万嘱咐他照管林黛玉。

　　　　　　　　　　　　　　　　　钗黛之辨

在这"千叮咛万嘱咐"中包含了贾母的多少话语和心思！看来，在贾府当时万千头绪的时候，贾母心中最重要的还是林黛玉。

第六十四回，贾宝玉在园中遇到雪雁领着两个老婆子，手中都拿着菱藕瓜果之类，经询问说是黛玉要的，心里狐疑，猜想：

> 或者是姑爹姑妈的忌辰，但我记得每年到此日期老太太都吩咐另外整理肴馔送去与林妹妹私祭，此时已过。

这里透露了一个信息，每逢黛玉父母忌日时，贾母都会按时派人送瓜果菜肴给黛玉去进行祭奠。这显出了贾母是何等细心周到，而其中恰好是包含了对黛玉以及死去女儿的挚爱，也说明贾母对这二人的深爱是融合在一起，密不可分的。从第三回祖孙初次见面贾母说"我这些儿女，所疼者独有你母"到后来的每年按时送瓜果菜肴以备祭奠，贾母对这位外孙女的爱心是一以贯之，甚至是愈来愈浓厚的。

从以上列举的一些材料，我们可以毫无疑义地得出结论说，贾母对林黛玉的感情是至深至浓的、其他任何感情也不可以代替和置换的，而且是始终如一、绝无动摇的。除了以上的材料，我们还可以举出一些类似情况的其他材料。而在这同时，你能举出若干与之相反的材料来吗？你能举出哪怕一、两条薛宝钗也享受过这种感情的事例来吗？人们常常津津乐道的贾母自掏腰包为薛宝钗做生日其实只不过花少许钱来凑一场热闹而已，最多也不过是亲戚间的一种交往应酬，与对林黛玉那种血肉之情是不可同日而语的。对这件事，我们在下一章还有较具体的分析。

需要特别指出的一点是，上面说到的那些贾母疼爱林黛玉的材料都有一个共同的突出特点，那就是它们在内容上都非常丰富，许多本都可以写出长篇文字和编纂出动人情节，但实际上它们在表述方式上又都特别精练、甚至让人觉得作者在有意回避、至少是不愿意张扬这些内容。因为它们不仅写得文字简练，而且许多只是像不经意地带到一笔，或者说别的事情时附带点到一句，稍不留意就根本注意不到它，或者看见了也不会去认真思考它，所以就体会不出它的丰富内涵来。作者一开头就提到读《红楼梦》要"细按则深有趣味"（第一回），否则，是难"解其中味"的。这一阅读方法，在解读贾母与林黛玉的关系上尤其重要。

还有一种观点又认为，说贾母与林黛玉之间骨肉情深，因而特别疼爱她是可以接受的，但喜欢她并不等于就要为宝玉娶她，这是两回事。由于种种原因和具体条件的差异，贾母在宝玉的婚事上"舍黛取钗"是完全可能、合乎情理的。

这种说法是否能够成立，也同样要靠事实来说话，我们就来看看在宝玉的婚姻问题上，贾母是否也是鼎力支持"木石前盟"的。

第三回林黛玉初到贾府当日，见过了众人之后，

> 当下，奶娘来请问黛玉之房舍。贾母说："今将宝玉挪出来，同我在套间暖阁儿里，把你林姑娘暂安置碧纱橱里。等过了残冬，春天再与他们收拾房屋，另作一番安置罢。"宝玉道："好祖宗，我就在碧纱橱外的床上很妥当，何必又出来闹的老祖宗不得安静。"贾母想了一想说："也罢了。"

也即是说，贾母同意了宝玉的要求。以贾府这样的人家，男女之别，

界限很严，即使是少年男女，也应该是内外有别，不能随便厮混在一起的，之前王夫人在向林黛玉介绍了贾宝玉的种种顽劣行为之后，特地嘱咐她说："你只以后不要睬他，你这些姐妹们也都不敢沾惹他的。"林黛玉便回答说："况我来了，自然只和姊妹同处，兄弟们自是别院另室的，岂得去沾惹之理？"可见林黛玉也是懂得这个很普通的规矩的。现在竟然不但不是"别院另室的"，反而是挨着住在一起了，应该说是大大突破了那个"男女之大防"了。这一点，贾母当然不会不明白，她在答允说"也罢了"之前，曾经"想了一想"，应该也是为此有点犹豫的，但最后她还是同意了宝玉的要求。这虽然绝对不能说贾母在当时就想撮合这一对，但至少可以说她是很希望或者说很喜欢这二人常在一起的。这也好理解，因为这两个都是她心头最疼爱的人。

后面发生的事情也完全可以证明这一点。第十七至十八回，贾宝玉随父亲一行人游园题对额半天才出来，到了黛玉那里，

> 前面贾母一片声找宝玉。众奶娘丫鬟们忙回说："在林姑娘房里呢。"贾母听说道："好，好，好！让他姊妹们一处顽顽罢。才他老子拘了他这半天，让他开心一会子罢。只别叫他们拌嘴，不许扭了他。"众人答应着。

由于贾宝玉跟着他老子去了"这半天"，所以贾母急着要见到他，于是才有"一片声"找宝玉的呼叫声。可是当贾母一听说宝玉现"在林姑娘房里"，马上转口要让他和黛玉在"一处顽顽"，并为此连声发了三个"好"！这足见对贾母而言，宝黛二人在一起她是多么的开心，没有任何事情能超过它了。

第四十回，贾母带众人及刘姥姥游大观园，领了她到各处都"见识见识"，便"先到了潇湘馆"，坐定之后，贾母笑着介绍了"这是我外孙女儿的屋子"之后，

> 贾母因问："宝玉怎么不见？"众丫头们答说："在池子里舡上呢。"贾母道："谁又预备下舡了？"……

后因薛姨妈来了打断了对话。在这之前，贾母带着刘姥姥已游玩讲说了好一阵子了，她一直没有提起宝玉，可一到了黛玉房中，她就惦问起宝玉了，也许这只是一种无意识的行动，但正是在这下意识中，反映了贾母总是希望看到宝黛二人常在一起，才会有这样的提问。如果是在薛宝钗的蘅芜苑，贾母是绝对不会有这样的意念产生的，也就谈不上发问了。

由于贾母对宝黛二人是如此深情厚爱，同时又总希望他俩常在一起，因此在她的意识中，这两个人就像一个人，不可分离。无论在言辞还是行为中，贾母也总会表现出这种特点来。贾府中每次喜庆宴会，贾母总会把他二人安排在自己身边。在称呼上有时也别具特色。

第四十回众人游大观园，在探春屋里时，说起众姐妹都不愿别人来坐，怕脏了屋子，

> 贾母笑道："我的这三丫头却好，只有两个玉儿可恶。回来吃醉了，咱们偏往他们屋里闹去。"

这里的"可恶"云云，自是正话反说，可以不议。值得注意的是"两

个玉儿"的称呼，既显得十分亲昵，更是将两个人合为一个名称了。

第七十五回，贾府的最后一次"赏中秋"，贾母将各处孝敬来的美食分派给一些人：

> 贾母因问："有稀饭吃些罢了。"尤氏早捧过一碗来，说是红稻米粥。贾母接来吃了半碗，便吩咐："将这粥送给凤哥儿吃去，"又指着"这一碗笋和这一盘风腌狸子捏给颦儿宝玉两个吃去，那一碗肉给兰小子吃去。"

凤姐儿因在病中，给她喝粥自然是合适的。而最美的佳肴当然是那"一碗笋和这一盘风腌果子狸"了。给兰小子的"一碗肉"也不知道是一碗大肥肉或者其他什么肉，毋宁说这只是一种陪衬，贾母不好只给宝黛二人。这种分派体现了贾母对二人的"偏心"，此且不说。须要注意的是，贾母对宝黛不是像对凤姐儿、兰小子那样根据情况分别给予不同的食物，而是两人都是同一物品（宝黛的口味未必就一样呀），这也同样说明这两个人在贾母心目中就完全像一个人。

前面说到的螃蟹宴上贾母嘱咐史湘云"别让你宝哥哥林姐姐吃多了"，也是把二人连在一起，其心态和这里说到的也完全是一样的。

不仅此也，贾母与宝黛二人在思想感情上还有着更多方面的联系。且再看一例。第二十九回，贾母带领众女眷去清虚观打醮，除上香之外，还看了一天戏，因为热闹好玩，第二天凤姐带了众人还去，但是

> 那贾母因昨日张道士提起宝玉说亲的事来，谁知宝玉一

日心中不自在，回家来生气，嗔着张道士与他说了亲，口口声声说从今以后不再见张道士了，别人也并不知为什么原故，二则林黛玉昨日回家又中了暑：因此二事，贾母便执意不去了。

这次"祷福"本是贾母唱主角的，可因为宝黛二人不去了，她竟也兴味索然，"便执意不去了"。她的喜怒哀乐，趣味兴致也都和这"两个玉儿"融为一体了。

说到这里，我们还只是提供了一些贾母与林黛玉亲密关系的事例，并没有直接反映她对宝黛婚事的态度，因此还未能做出可信的结论来；但即使如此，我们也完全可以来设想一下，贾母和这二人如此感情深厚，骨肉相连，心意交融，密不可分，她会不起意要撮合这一对吗？她会在二人爱得死去活来、人人皆知的情状下去棒打鸳鸯，酿成悲剧也在所不顾吗？这是绝对不可能的。

更何况，书中还真又确实多次写到了贾母对宝黛婚事的关心和言行，这就更为我们的问题提供了明确而有力的答案。

第二十九回，因张道士为宝玉提亲的事，宝黛二人回来后一直闹别扭，而且愈演愈烈，弄到了"林黛玉大哭大吐，宝玉又砸玉"的程度，贾母也知道了：

　　老人家急的抱怨说："我这老冤家是那世里的孽障，偏生遇见了这么两个不省事的小冤家，没有一天不叫我操心。真是俗语说的，'不是冤家不聚头'。几时我闭了这眼，断了这口气，凭着这两个冤家闹上天去，我眼不见心不烦，也就罢了。偏又不咽这口气。"自己抱怨着也哭了。

这里的"冤家"指的是爱意极深的一对情人的意思，贾母在这里使用这个称呼，分明很清楚宝黛二人的爱情关系，她一贯喜欢二人在一起亲密无间，从无微词，正是表明她对二人这种关系的支持。她说"没有一天不叫我操心"，当然是为了要最后玉成他们，而绝不是每天都在"操心"着如何去拆散他们。她的伤心落泪，"抱怨着也哭了"，乃是为他们的"不省事"、时常闹矛盾而心烦，因为她总是希望这两个人能和睦融洽地生活在一起。这样解读贾母的这些话，应该是符合实际的吧。

还有，同是在第二十九回，张道士向贾母为宝玉提亲时，贾母还有一段很重要的话：

> 贾母道："上回有和尚说了，这孩子命里不该早娶，等再大一大儿再定罢。你可如今打听着，不管他根基富贵，只要模样配的上就好，来告诉我。便是那家子穷，不过给他几两银子罢了。只是模样性格儿难得好的。"

记得王熙凤在和林黛玉调侃时，指着宝玉对她说："你瞧瞧，人物儿、门第配不上，根基配不上，家私配不上？……"（第二十五回）这里说的几条自然是封建贵族之间的婚配条件，更是"四大家族"历来通婚的标准，在贾府生活经历了五代的贾母对此当然是最熟悉不过了，也会觉得是最天经地义不过的了。但是在对张道士提的条件中，她只强调了"模样性格"要好，而"不管根基富贵"。这样，就把传统婚配条件中最重要的内容排除掉了。我们找不出有任何原因来说明贾母的观念为什么会和传统的原则相背离；如果一定要说有，那么唯一的一个原因便只能是贾母提出的这种条件恰恰是有利于林黛玉。因为林黛玉父母双亡，门衰祚薄，孤苦伶仃，寄人篱下，远远谈不上什么"根基富贵"或"根基家私"之类了。这里不仅说明了贾母明确支持宝黛婚事的坚定态度，而且可以说是用心良苦了。

当我们了解到以上的种种情状之后，还能相信、设想贾母会"舍黛取钗"吗？或者，在前八十回中我们能找出哪怕一两条这方面的证据来吗？

其实，贾母在有了上面说到的种种表现的同时，她还有另外一方面同样重要的作为，即尽她最大的努力来抵制、抗拒对"木石前盟"的干扰和破坏，特别是对"金玉良姻"的多方排斥，这一切，我们将在后面的章节中论述到。

贾母与薛宝钗

《红楼梦》中的宝黛爱情悲剧是全书的中心事件。后四十回把这一悲剧的主要制造者归之于老祖宗亲自主持的掉包计，而且故事情节编写得颇费心思，"出闺成大礼"与"焚稿断痴情"的强烈对比，使古今许多读者与影视观众深为悲痛，以至唏嘘泪下。也就因此，最初对林黛玉无限疼爱的贾母因为种种原因而最终"舍黛取钗"的看法就深入人心，已经成为一种共识。然而实际情况并非如此，贾母对黛玉的骨肉之情始终没有改变，她对宝黛爱情也一直是持支持态度的，这一点已在上一章中做了具体论述。但与此有关的是，贾母对待薛宝钗的态度又如何呢？这一点如果没有一个明确的答案，那么有关贾母对黛玉态度的上述看法也就存在一个很大的缺陷。

　　在前八十回中，确实有一些贾母看来是特别垂青薛宝钗的情节内容，它们也是"舍黛取钗"说者常常称引的。如果说后四十回写的掉包计误导了许多读者的话，其实后四十回的作者也许还受了前八十回中这些情节的误导呢！这些情节最常为人所引用的主要有两点：一是第二十二回薛宝钗生日，贾母特意出资二十两银子为其设宴庆祝，并专门请了外面的戏班来助兴，而人们总觉得林黛玉似乎从未享有过这种待遇，就是林黛玉本人也对此颇有不忿之意。二是第三十五回，宝玉本想引贾母在薛姨妈等人面前赞扬林黛玉，贾母却偏说："提起姐妹，不是我当着姨太太的面奉承，千真万真，从我们家这四个女孩儿算起，全不如宝丫头。"这话使宝玉"倒也意出望外"。这两点能否作为认定贾母便"舍黛取钗"了的根据，后面再做分析。

首先要说的是，除这两件事之外，恐怕就再也举不出什么贾母特别青睐薛宝钗的事例来了。而此之后，相反的事情却纷至沓来，而且出现了许多对薛宝钗来说简直是不祥之兆。

第二十九回因清虚观的张道士提亲一事，宝黛闹得十分厉害，以致黛玉把她给宝玉做的穿玉的穗子也强抢了来剪成几段，"大哭大吐"。而宝玉竟又一次要砸玉，而且"脸都气黄了，眼眉都变了，从来没气的这样"。这事也大大触动了贾母，竟说他们二人"不是冤家不聚头"，还抱怨自己"没有一天不叫我操心"，而且"抱怨着也哭了"。贾母自然完全明白"这两个不省事的小冤家"闹的是什么事情，而她说的那番话和发急的态度，不明显表现出她对此事的心迹么？

尤为至关重要的、也是触发我转变看法的，是第五十回发生的一件事，贾母当众人之面，向薛姨妈探问薛宝琴的"年庚八字"，薛姨妈已知其意，便告诉说宝琴已"许了梅翰林的儿子"，贾母于是"也就不提了"。对这一件事，我过去和不少人一样，一直看作是对黛玉的一个可怕信号，说明贾母不考虑她了，薛姨妈就曾经用此去吓唬黛玉，并取得了效果。但如果想深一层，却觉得为什么不可以把它看成是完全相反的一个行动，即实际上是向薛宝钗发出的一个信号呢？薛宝钗在此已久，贾母在这方面毫无表示，而她的一个堂妹刚到，贾母便即刻起意，并当面提出，这不是明确表示已舍弃了薛宝钗么？只要这个态度让大家明白了，如果薛家又能知趣而退，那么以后的宝、黛婚配就可顺理成章了。其实，贾母事前又何尝会不知道薛宝琴已经有了人家，否则的话，这种事情怎好如此在仓促间当面向薛姨妈提出呢？连凤姐也"巧不过"的老太太只是很巧妙地借此做了一个姿态来暗示自己对宝钗的否定罢了。还须注意的是，贾母说此话时，是选择了林黛玉不在场的情况下对大家说的，更说明此信号乃发给薛姨妈等人，而非发给林黛玉的。薛姨妈后来有意把此事告诉林黛玉，只说明她是别有用心罢了。

贾母既然否定了薛宝钗，宝玉的婚事当然是非林黛玉莫属了。在这一点上贾母的态度也是十分明确，而且是当众表达了的。第五十七回，因"慧紫鹃情辞试忙玉"一事，贾宝玉以激烈的方式公开了他与林黛玉至死不渝的爱情关系，对此，各人反应不一。薛姨妈别有用心地说："他姊妹两个一处长了这么大，比别的姊妹更不同。这会子热刺刺的说一个去，别说他是个实心的傻孩子，便是冷心肠的大人也要伤心。这并不是什么大病，老太太和姨太太只管万安，吃一两剂药就好了。"薛姨妈把宝、黛之间表现出来的刻骨铭心的爱情，淡化为一般的兄妹亲戚之情，是一种吃一两剂药便可治好的小病，还骂宝玉的表现是"傻孩子"，真是居心叵测。

而贾母对此事的态度又如何呢？当贾母最初知道事情的原委时，只是流泪道："我当有什么要紧的大事，原来是这句顽话。"这乃是宽慰宝玉的话，不要太在意紫鹃的一句戏言。后来因林之孝家的等人来探望，宝玉听到一个"林"字，便满床打闹起来，叫着要把林家来接黛玉的人打出去。

> 贾母听了，也忙说："打出去罢。"又忙安慰说："那不是林家的人。林家的人都死绝了，没人来接他的，你只放心罢。"

这里，贾母当众明确告诉了宝玉只管"放心"。什么事情才能真正让发疯似的宝玉"放心"呢？当然不仅仅是不能有人把黛玉接走，而且必须让两人成就美满姻缘。这一点是贾府中每个人都明白的，贾母也绝不只是哄哄宝玉而已。如果对照一下薛姨妈的暧昧之话。贾母的意思就再清楚不过了。

从以上分析可以看出，在宝玉的婚事上，贾母"舍"谁"取"谁，其态度无疑是十分明确的了。

除了前面这直接关乎宝、黛、钗婚姻爱情大事上贾母的正面言论外，我们还可以从许多其他事情上贾母的言行来窥察她的内心真情。

第四十回贾母带领刘姥姥一行游大观园，第一站就"先到了潇湘馆"，当刘姥姥看到黛玉房内许多的笔砚书籍，以为是"那位哥儿的书房"时，

> 贾母笑指黛玉道："这是我外孙女儿的屋子。"

贾母对黛玉的介绍，明显表露出几分自得和喜悦之色。而来到薛宝钗的住处时。贾母先是问："这是你薛姑娘的屋子不是？"已经是显得对这个地方颇为陌生了，与首先便直去潇湘馆时的情景两相比较，已经可以说明许多问题了。及至进入屋内，看到薛宝钗那简朴的陈设，不禁摇头叹气，不以为然，当薛姨妈、王熙凤说不是没有东西摆设，而是薛姑娘自己不喜欢这样时，

> 贾母摇头说："使不得。虽然他省事，倘或来一个亲戚，看着不象，二则年轻的姑娘们，房里这样素净，也忌讳。……

> 他们姊妹们虽不敢比那些小姐们，也不要很离了格儿。有现
> 成的东西，为什么不摆？若很爱素净，少几样倒使得。"

对贾母的这番言语，千万别以为这只是表现了贾母与宝钗在审美取向上存在着差异，实际乃是反映了贾母对薛宝钗这个"人物儿"在心理上存在某种距离。在这里和在黛玉房里，贾母的感受是不一样的。黛玉总让这位老祖母感到喜悦和亲切。

随着故事情节的发展，贾母非但没有把对黛玉的感情丝毫转移给了宝钗，反而是对薛宝钗显得越来越疏远和隔膜了，自从薛宝琴来了以后尤其如此。

自从第四十九回薛宝琴来到贾府之后，贾母对她便表现出罕见的喜爱和关心，诸如要王夫人认了她作干女儿，要薛宝钗不要对她管束太紧，还送给她非常珍贵的"凫靥裘"等等。尤其在同样的情况下，贾母明显地厚待她而冷落薛宝钗。如第五十三回，荣国府庆元宵，贾母在花厅上摆了几十桌酒席，贾母的座位摆在东边，她

> 将自己这一席设于榻旁，命宝琴，湘云，黛玉，宝玉四
> 人坐着。……西边一路便是宝钗，李纹，李绮，岫烟，迎春
> 姊妹等。

很明显，贾母是将自己最喜欢的几个人安置在自己的同一席位上，而薛宝钗却没有得到此宠遇，她被安置在对面一大堆女孩子席上去了。这种座位安排是随意的、不经意的吗？绝对不是，而是贾母着意而为的。因为在当晚竟还重复了这么一次排座位：由于夜深渐凉，大家都

搬进暖阁里去，须得把桌子拼排起来，才能使大家都坐下来。但却不是像怡红夜宴那样大家可以随意乱坐，它仍然有个秩序，而且也是贾母安排的：

> 贾母便说："这都不要拘礼，只听我分派你们就坐才好。"说着便让薛李正面上坐，自己西向坐了，叫宝琴，黛玉，湘云三人皆紧依左右坐下，向宝玉说："你挨着你太太。"于是邢夫人王夫人之中夹着宝玉，宝钗等姊妹在西边，挨次下去便是娄氏带着贾菌，……

由于大家是紧挨着坐，所以只能让宝玉到王夫人那边去，其他人情况均不变，宝钗依然受着冷落。这样一点座位的差别真的就那么重要吗？设置者真的是那么刻意，承受者真的也那么在意吗？我们的回答又是：确实如此！试看当年元妃从宫中赐回来的端午节礼物，宝钗与宝玉同一个等次，黛玉却与三姐妹一个等次，少了一个令薛宝钗无比得意的红麝串。对这事，宝玉首先就不自在起来，以为是弄错了。袭人则忙着解释，而那不爱装饰的当事人薛宝钗却喜滋滋地整天把那串子紧紧地箍在手臂上，亮在众人眼前。今天，贾母不知是有心还是无意，却把当年元妃的那种设置，用另外一种方式翻倒过来，真是好不有趣！

可惜，历来的读者都似乎没有能够注意到这一点，还在后四十回误导下一直大谈贾母是如何"舍黛取钗"的，真是有负作者的苦心了。

然而，被打入"冷座"的当事人薛宝钗却不是这么懵懂，而是心中有数的。对薛宝琴来到贾府后贾母的种种举措，她都是一一看在眼里、记在心里，而且心态和行为也因此微妙地起了变化。我们已看不到她如何在老祖宗面前承欢侍座、奉迎讨好了。对她来说，已没有这个必要了。相反，她的内心引发了一种无名的愤懑，而且有时还会抑制不住地冒了出来。当宝琴穿着贾母所赐的那件"凫靥裘"出现在大家面前、众人在围看说笑时，薛宝钗竟情不自禁地说了一句：

> 你也不知那里来的福气！你倒去罢，仔细我们委屈着你。
> 我就不信我那些儿不如你。

素日以行为豁达、安分随时著称的薛宝钗，这会儿竟也按捺不住，当众在自己的妹妹面前为自己鸣不平了。这也难怪，自己来了这么久，在老太太面前又下了那么多功夫，竟然一无所得，而初来乍到的妹妹一下子却浮到自己上头去了，怎不叫她无限失落呢？在这里，薛宝钗当面数落着的是自己的妹妹，而心里不满意的不明摆着是那位不领情的老祖宗吗？

也就因此，我们后来甚至还可看到薛宝钗对贾母还明显有了颇为不尊重的言论。第七十七回，王夫人因为凤姐配药需要用上好人参，遍找不着。后来从贾母处讨了来，但因放的年代久了，"已成了朽糟烂木，也无性力的了"。当时多亏薛宝钗在场，她对人参又很在行，打发人回家去取来了没有作假的真正好人参。借此，薛宝钗发表了一通议论，

> 宝钗笑道："这东西虽然值钱，究竟不过是药，原该济众散人才是。咱们比不得那没见世面的人家，得了这个，就珍

藏密敛的。"王夫人点头道:"这话极是。"

薛宝钗在这里不点名地讥讽了贾母是"那没见世面的人家",并指责她宁愿把人参"珍藏密敛"起来,也不肯去"济众散人"。她的话得到了王夫人的极力赞同。在这里,那个原来曲尽心意去迎合贾母还唯恐不及的宝姑娘不见了,眼前呈现的完全是另一个心中充满了怨怒的薛宝钗。这种情况的出现,说明薛宝钗原来对贾母的深切期望已变成了绝望,她深深明白贾母不可能是她婚姻的支持者,甚至相反,成为最大的障碍了。

通过上面的解读,我们就应该明白贾母和薛宝钗之间的真正关系了。我们还能相信贾母会"舍黛取钗"吗?还能认同贾母在八十回后会去施展掉包计而葬送她"没有一天不为之操心"的"两个玉儿"吗?

至此,我们再回过头去看看前面提到的"舍黛取钗"论者的两点根据,就显得是那样的微不足道了:当众说薛宝钗几句好话,乃是亲戚之间常有的事情,有谁见过哪个明白事理的人在一般言谈中不称赞人家的孩子而去称赞自己的孩子呢?就算贾母真心赞扬了几句薛宝钗,也不等于就和儿女之间男女婚嫁这样的大事扯到一起,如果这样,以后谁还敢随便夸赞别人的孩子呢?至于写为薛宝钗做生日而没有为黛玉做,这更不等于说贾母就不爱黛玉,书上同样没有写贾母为宝玉过生日,难道能说贾母喜爱宝钗已经超过宝玉了吗?这显然是不能成立的。其实,我们实在不必把贾母为宝钗做生日这事看得太重,她只不过拿出了区区二十两银子,根本就不顶多少用场,正如负责操办此事的王熙凤嘲笑说的:"这意思还叫我赔上呢。"(第二十二回)王熙凤说的并不完全是玩笑话,因为贾母认真要操办一次生日的话,就绝对不会是这么寒碜的。试看第四十三回，她为王熙凤发起的一次做生日，她自己一人先拿出二十两银子，再叫其他人都分等次出钱，结果，具体操办人尤氏一算，总计竟有一百五十多两，如果加上王熙凤原先主动承诺替李纨出后又赖掉了的十二两，就可达一百六七十两了。这样一个数目，用具体操办人尤氏的话来说是"两三日的用度都够了"，这才是贾府真正过生日的气派。相比起来，薛宝钗的那个生日自然就不可同日而语了，这不过是老到的贾母施展的一点小伎俩而已，如果认真把它当一回事，便又被贾母瞒过去了。作者特意写贾母亲自发起的这两个生日，实际就形成了一个对比，它突显出为薛宝钗做的这个生日，只不过是小菜一碟而已，只是一点表面意思，正像当面说我们家的四个女孩儿都不如宝丫头好一样，都是"假礼假体面"的话语和行事，如果因此便认为贾母就喜欢上薛宝钗了，甚至就表示了在宝玉的婚事上要"舍黛取钗"了，岂不显得十分幼稚可笑？而连王熙凤也"巧"不过的老太太在这件事上竟确是就这样"忽悠"了所有的人，真是好手段哟！

而且，贾母这次为宝钗做生日，说不定还另有深意呢。因为这次生日是宝钗的及笄之年，经过贾母这样一宣扬、一热闹，贾府上下人人就都知道宝姑娘已经成年了，已经可以去找婆家了。而贾母却宣布过宝玉"这孩子命里不该早娶"（第二十九回），这不是给宝钗形成了一种很不利的压力吗？这位高深莫测的老太太，她的所作所为，葫芦里有多少玄机，又有多少人能弄得清呢？就在为宝钗热闹做生日的第二十二回，"庚辰本"有双行夹批曰："最奇者，黛玉乃贾母溺爱之人也，不闻做生辰，却云特意与宝钗，实非人想得着之文也。此书通部皆用此法，瞒过多少见者。余故云：不写而（之）写是也。"我们从"脂批”的提示中不知是否能悟出一点什么道道来呢？

其实，在全部“脂批”中，又何止一次提示读者不要“被作者瞒过”，时至今日，似乎还没有人专门研究过我们究竟被作者“瞒过”了一些什么？不过据我的看法，至少在贾母对待宝、黛、钗婚姻爱情的态度上，确实至今仍然还在瞒着无数的读者、研究者以及戏剧、影视的改编者。如果不能从中解悟出来，对《红楼梦》的研读仍然还将在被后四十回误导的情况下继续去误导其他人的。当然，后四十回之所以会弄出这么一个掉包计来，也是因为没有读懂前八十回的一些内容，而被“作者瞒蔽了去”。所以认真阅读作品，真正掌握曹雪芹特有的写作笔法，才有望可以尽可能多地真正读懂《红楼梦》。

贾母与史湘云

《红楼梦》第二回冷子兴演说荣国府时说道："自荣公死后，长子贾代善袭了官，娶的也是金陵世勋史侯家的小姐为妻。"当年的这位小姐，便是现在贾府的老祖宗贾母了。这是我们看到的"四大家族"联姻的最早的例子。

　　第四回介绍"护官符"时，说到"四大家族"人员在京的情况，其中谈道："保龄侯尚书令史公之后，房分共十八，都中现住者十房，原籍现居八房。"是"四大家族"在京"房"数最多的一家。然而我们却会发现，这贾母与其娘家的诸多人众却颇为疏远，很少来往，书中只十四回秦可卿丧事时，写到众多"官客送殡"的长名单中带到一句"忠靖侯史鼎"，余无多及。第二十五回写王熙凤、贾宝玉被马道婆魔魔法弄得死去活来、奄奄病危时，也提到"……接着小史侯家、邢夫人弟兄辈并各亲戚眷属都来瞧看，也有送符水的，也有荐僧道的，总不见效"。这都是一般亲友间常有的礼仪应酬，并无任何特别之处，此外就不见有别的什么交往了。如果说由于什么原因贾母和其娘家的内侄关系不那么融洽，那也是生活中常有的事，不足为奇，也不必深考其究竟。

　　但贾母和她的内侄孙女史湘云的关系却颇为奇特，有几次疏密好坏的转折，其中原委三五句话也说不清楚。因史湘云和宝、黛、钗的关系相当紧密，又是"金陵十二钗"中的重要人物，有关她的事情，便值得加以一番推究了。

史湘云在书中的第一次露面是在第二十回，远比钗、黛的第一次出场要后得多。但从后文的插述可知，实际上她在贾府出入的时间远比钗、黛早得多，甚至从小就在贾府常住过，因此与贾府上下人等都很熟络，关系也很融洽，与贾宝玉尤为契合。这种情况表明幼年的史湘云至少是得到了贾母的疼爱，而主动把她接到贾府来的，没有贾母的这份爱心，是不可能出现这种情况的。或许由于史湘云是一个孤女，寄养在叔婶处又很不顺心，贾母因此对她加以关爱也就很自然了。

可是，我们却会惊奇地发现，第二十回正式出场了之后的史湘云，在贾府虽然和大家仍是很投合，相得甚欢，却偏偏唯有贾母对她似乎没有显出什么热情来。当时的湘云在叔婶家的处境仍然不佳，据薛宝钗的窥察，她在家里针线活很忙，史湘云自己也做不过来。她手头经济也颇拮据，和姐妹在一起，想作个东请客也不容易，只能依薛宝钗的主意，弄一餐比较"省事"的螃蟹宴，而且是薛宝钗赞助的。她平常要来一趟贾府和宝玉、姐妹们一起玩几天，也不敢向叔婶开口，只盼望贾母派人来接。史湘云的这种种"烦难事"，贾母绝不会不知道，她本来完全可以继续对她加以关爱，为其排除一些烦难事也是轻而易举的。尤其在众多女孩子入住大观园之时，贾母因特别喜欢热闹，把三个孙女（包括"那边"宁国府的惜春）一直揽在身边，现在又都搬进大观园，史湘云活泼爽朗，人人喜爱，又有求于这位老姑祖，贾母如果顺势把她接来，也在园内安置一个住处，大家一起热闹，这本是完全符合贾母的心意的。可是贾母却完全没有这方面的行动，甚至这种念头也不曾见有过。相反，在湘云难得一来贾府的日子里，贾母对她却相当冷淡。第三十一回史湘云刚到贾府时：

> 贾母因问："今儿还是住着，还是家去呢？"周奶娘笑
> 道："老太太没有看见衣服都带了来，可不住两天？"

对周奶娘的答话，贾母没有任何反应，可见对史湘云的是去是留，贾母是任其自决的，而实际上贾母内心是不愿她的到来的。而这也就表现了贾母对湘云的冷淡。

这种看法，我们在第三十六回果然又得到了证实。当时宝玉、黛玉等人正在一起议论薛姨妈的生日事，

> 正说着，忽见史湘云穿的齐齐整整的走来辞说家里打发
> 人来接他，……宝、林两个只得送他至前面。那史湘云只是
> 眼泪汪汪的，见有他家人在跟前，又不敢十分委曲。……众
> 人送至二门前，宝玉还要外送，倒是湘云拦住了。一时，回
> 身又叫宝玉到跟前，悄悄的嘱道："便是老太太想不起我来，
> 你时常提着打发人接我去。"宝玉连连答应了。

湘云根本不愿回去，贾母也未出力留她，她想下次再来，只寄希望于贾府派人来接，但她不直接向贾母提出，而是"悄悄"地转求宝玉去提醒老太太，原因何在？"便是老太太想不起我来"道破了天机：老太太平时总是"想不起"她来。当然，这只是一种委婉的说法，实际是老太太根本就没有要派人去接她的意愿，而不是"想不起"。

果然，第三十七回又写到，大观园办起诗社之后，史湘云在家里知道了，"急的了不的"。宝玉听说，"立身便往贾母处来，立逼着叫人接去"，但平时对宝玉百依百顺的老祖宗，这次对这样一件小事却

334

并没有被他的"立逼着"所动，而是推说明天再去，次日还是贾宝玉一早就去"催逼"，才算把史湘云接了来。

史家是贾母的娘家，史湘云是贾母的侄孙女，按一般的情理来说，应有着较特殊的感情，试看王夫人与王熙凤的关系就可知，它远远超过王熙凤与其公婆、丈夫的关系。而史湘云只是一个寄养在叔叔名下、日子又过得颇为窘迫的孤女，难道贾母就不会对她有一点同情心吗？施加一点再容易也不过的援手也不行吗？试看远在江南的林黛玉，只因母亲亡故，但父亲尚健在，对此女亦十分钟爱，贾母且不放心，认为她"无人依傍教育"（第三回），而一心想把黛玉接到自己身边，因此"致意务去"，林黛玉也就千里迢迢从苏州来到京都贾府。对比之下，贾母为什么对在眼前的一个更为孤苦的侄孙女却一点同情心也不给予呢？而且如前所述，贾母原先是十分疼爱她的，为什么后来又有这么大的态度变化呢？这可以说是一个谜，一个百思而不得其解的谜。而这一情况，前人也早有同感，同时亦不得其解。清代陈其泰的《桐花凤阁评红楼梦辑录》第三十一回对"贾母因问今日还是住着，还是家去呢"有批曰：

贾母待湘云，不甚亲热，何耶？

陈其泰的这一发问，他自己并未作答，而其后两百年直至今天也似乎未曾有人回答过，原因何在？依鄙陋之见，乃是未能找到解决此问题的正确切入点，光靠无边际的想象是难以得其要领的。那么此切入点应是什么呢？当然应该是与贾母有密切关系的重大事情，这事情应该就是贾母自己说的"没有一天不叫我操心"的"两个不省事的小冤家"

（二十九回）的婚恋大事了。如果我们能从这个问题入手，并且能跳出前人对此问题的一贯成见，则或许能够揭开这个谜团。

下面就从这里入手，试作探求。

据第三回贾母对刚刚来到贾府的黛玉所说："我这些儿女，所疼者独有你母。"因此贾母将黛玉接来，乃是将对最爱的女儿的感情移到这个外孙女身上来了，所以一见面便"一把搂入怀中，心肝儿肉叫着大哭起来"，待与众人见过面，叙说一番之后，贾母又"搂着黛玉在怀，又呜咽起来"。后来竟是"黛玉自在荣府以来，贾母万般怜爱，寝食起居，一如宝玉。迎春、探春、惜春三个亲孙女倒且靠后……"了。

贾母在这样一种感情的基础上把林黛玉接到贾府，自然就不仅仅是打算让他来这里少住一些时日，过几天荣华生活而已，加上眼见他最喜爱的孙子贾宝玉又与黛玉如此相投，在她心里起意要撮合这段姻缘，让后来又死去了父亲的林黛玉长久留在自己身边，那是肯定无疑的。前面说到她所发出的"不是冤家不聚头"的感叹，又说"这两个不省事的小冤家，没有一天不叫我操心"（二十九回），正是透露了这种消息。可是在这同时，林黛玉之后又接踵来了一位薛宝钗，她一家的久住不走，她家所散布的人人皆知的"金玉良姻"之说，尤其是王夫人的态度等等，带给了贾母心头一股巨大的隐忧。由于受后四十回"掉包计"等胡写的误导，以及对《红楼梦》特殊笔法的缺乏了解，后世人一直认为贾母后来改变了对宝黛之爱而最终"弃黛取钗"了。其实完全不是这回事，这方面在前面《贾母与林黛玉》和《贾母与薛宝钗》两章中已有了具体、详细的阐说。

这里需要加以论说的是，史湘云与宝、黛爱情有没有关系、若有又是怎样的关系？只有弄清了这一点，才能解决这个问题。

　　　　　　　　　　　　　　　　　　　　　　钗黛之辨

个人认为，在宝、黛爱情的初期，除了有一个薛宝钗硬欲插足其间之外，史湘云也是一个值得十分注意却完全被人忽视了的人物。从某种意义来说，史湘云当时比薛宝钗还更具有优势。因为对贾宝玉来说，薛宝钗不能说没有一点吸引力，但比之对黛玉的感情毕竟不可同日而语，贾宝玉就不止一次正面向林黛玉表白过，所以贾宝玉是不可能"见了姐姐就忘了妹妹"的，这只是林黛玉的一种担心罢了。而史湘云的情形却有着明显的不同，她除了身份、家世、才貌均可与钗、黛并肩之外，还与宝玉有着一层特殊的关系，即两人自幼有过长期的接触，互相熟悉，形成了较深厚的童年情感，而且一直延续下来。试看二人的表现。先说史湘云，第二十回她一来到，首先就是找宝玉，一见面就说：

> 二哥哥，林姐姐，你们天天一处顽，我好容易来了，也
> 不理我一理儿。

湘云所盼望"理我一理儿"的对象，当然是"二哥哥"，而非林姐姐。
第三十一回史湘云再来，与众人应酬一番之后，她开口又是：

> 宝玉哥哥不在家么？

细心的薛宝钗因此特别指出说："他再不想着别人，只想宝兄弟，两个人好憨的。"
史湘云对贾宝玉的这种情意，如果也像薛宝钗一样（如果薛宝钗也有的话），只是一厢情愿的话，那倒也罢了。偏偏贾宝玉对史湘

云也有着同样、甚至更为浓烈的情意。且看第二十回：

> 且说宝玉正和宝钗顽笑，忽见人说："史大姑娘来了。"
> 宝玉听了，抬身就走。

宝玉这种急切的样子，别处何曾见过。与前面所述因大观园里办诗社，他"立逼着"要贾母派人去接史湘云的心态完全一样。

第二十九回，贾母带众人在清虚观打醮，张道士送给贾宝玉的礼物中有一只金麒麟，薛宝钗偏记得史湘云也有一个这样的东西，只是略小些，

> 宝玉听见史湘云有这件东西，自己便将那麒麟忙拿起来揣在怀里。一面心里又想到怕人看见他听见史湘云有了，他就留这件，因此手里揣着，却拿眼睛瞟人，只见众人都倒不大理论，惟有林黛玉瞅着他点头儿，似有赞叹之意。宝玉不觉心里好没意思起来，又掏了出来，向黛玉笑道："这个东西倒好顽，我替你留着，到了家穿上你带。"林黛玉将头一扭，说道："我不希罕。"宝玉笑道："你果然不希罕，我少不得就拿着。"说着又揣了起来。

宝玉明显是要为湘云留着这金麒麟（后文也证实了这一点），却怕别人、特别是怕被林黛玉看见，而林黛玉偏偏就心细眼尖看见了，还在旁边"瞅着他点头儿"，这真使宝玉心头发毛，尴尬万分，把"揣在怀里"的东西"又掏了出来"，但经过和黛玉的一番周旋后，宝玉

最终把这麒麟"又揣了起来"。当着黛玉的面，经过如此的一波三折，他还是甘冒风险把这颇为烫手的金麒麟留起来了，如果不是史湘云在他心里占有足够的分量，他是不可能走到这一步的。

以上仅就二人单独的各自表现，略为列举了数点，二人的关系已可见一斑了。如果我们再看二人在一起时的一些形景，就更可令人刮目了。

第二十一回，湘云在黛玉房中安歇，"宝玉送他二人到房，那天已二更多时"，后经袭人来催了几次，他才回自己房中睡了。可次日刚"天明时，便披衣趿鞋往黛玉房中来"，真是一刻也离不开。接着是就着"湘云洗了面"本要泼去的残水"弯腰洗了两把"面，然后便是"千妹妹万妹妹的央告"，求湘云替他梳头，湘云也便"扶过他的头来，一一梳篦"，并一面聊天，忆说往事，这是何等亲昵的情景，以致奴才花袭人见了都不是滋味，赌气回去后竟在宝钗面前发了一阵牢骚。

第三十六回，史湘云家里打发人来接她回去，史湘云十分委屈，"眼泪汪汪的"，众人将她送到二门前，独"宝玉还要往外送"，后来史湘云回身又叫宝玉到跟前，和他"悄悄的"说话，宝玉则是"连连的答应了"。当着包括钗、黛在内的"众人"之面，两人是表现得如何的情意绵绵，依依不舍，而毫无任何顾忌与遮掩。

两人情意厚重的程度，固然能反映出他们之间关系的深浅，而另一方面，当两人闹矛盾、找别扭时达到的激烈程度，往往也是反映两人关系深浅的一个重要标志。第二十二回庆宝钗生日看戏时，因史湘云直口说出台上那个戏子"倒象林妹妹的模样儿"，宝玉本是怕引起湘云、黛玉之间产生矛盾，便"忙把湘云瞅了一眼，使个眼色"。结果反而把两边都得罪了，史湘云即命翠缕卷包袱要走人，宝玉赌咒发誓地解释其本意也没用；再到黛玉处时，又被黛玉推出门槛外，把房门也关了。宝玉最后只得回房，气得"不觉泪下"，"不禁大哭起来"，还说自己是"赤条条来去无牵挂"，表现得十分失落、委屈。这正是关系密切、感情至深的两者之间才会发生这种任性使气的行为。如果两者之间并无多少感情，平常客客气气、相敬如宾，是不会出现这样一幕的。薛宝钗与贾宝玉之间就不曾也永远不会产生这种大动感情的矛盾与争执。而这里林黛玉与史湘云却反映出在当时与贾宝玉有着同样非同一般的感情和关系。因此，只从个人角度来说，林黛玉当时担心贾宝玉"见了姐姐便忘了妹妹"实是弄错了，实际情况倒是贾宝玉有时竟是见了妹妹（湘云）忘了姐姐（黛玉）的。如果不是天上忽然掉下"这么一个神仙似的妹妹"，又与宝玉一起行止坐卧，耳鬓厮磨，逐渐占据了宝玉的全部情感的话，那么，宝玉与湘云二人的感情发展，也许会是无可限量的。除了宝玉、湘云二人之间的感情因素之外，还有一个方面，也是不能忽视的：由于薛宝钗的影响，花袭人的挑拨，再加上还有史湘云本人感情的因素吧，本来关系不错的湘、黛二人却逐渐隔膜起来了，原来总是和黛玉住在一起的史湘云也改为和薛宝钗住到一起去了，并公开地为薛宝钗唱赞歌。这还不算，湘云和黛玉之间还常常发生一些有意无意的争吵，她甚至公开挑指林黛玉的不是，如说她"小性儿"之类等。整个贾府诸人，不管心里如何，像这样公开和林黛玉过不去的，史湘云还是第一个，也是唯一的一个呢。

话说到这里，我们就该明白了吧，只要我们坚信贾母一直是在关爱林黛玉、一心要撮成宝、黛的爱情和婚姻的话，那么，史湘云上述的一切种种，贾母就绝对不能允许它的存在了。贾母对她由最初的疼爱变为后来的疏远甚至冷漠，尽量使她少来贾府，以减少她和宝玉的接触，防止她对宝、黛关系的干扰，也就成为必然的步骤和最起码的手段了。陈其泰所问"何耶"的答案也就全在这里。因此，只要我们找对了问题的切入口，解开这个两百来年未解之谜，其实也就这么简单。

说清了上述原委，我们也就会明白，贾母对史湘云态度前后的变化，并非对其个人的不满，甚至心底里对她仍是疼爱的，贾母要这样做也是无奈之举：贾母要应对来势汹汹的"金玉良姻"的冲击，已是够烦难的了，如果再加一个史湘云来"添乱"，岂不更麻烦了？于事、于理、于情，贾母都只能采用这一种手法来对付史湘云了。只要史湘云不构成对宝、黛关系的麻烦和干扰，贾母应该还是会恢复最初对她的态度和感情的。

或曰：这样说只是一种推想吧，有根据吗？可以肯定地回答说：有。请看第四十九回的一个重要情节：

> 谁知保龄侯史鼐又迁委了外省大员，不日要带了家眷去上任。贾母因舍不得湘云，便留下他了，接到家中，原要命凤姐儿另设一处与他住，史湘云执意不肯，只要与宝钗一处住，因此就罢了。

在对待史湘云的态度上，贾母这是何等鲜明的又一个大转折呀！对贾母来说，发生这样一个大的转折，其实又本是一件很简单、容易的事：一句话就行了。可是为什么会直到这个时候才出现这样的转折变化呢？原来此时史湘云的身份和以前已经不同了，在此前书中对此似乎有意地不止一次地做了透露。

第三十一回，史湘云一行来到贾府，众人议论起她以前淘气的事来，

> 王夫人道："只怕如今好了。前日有人家来相看，眼见有婆婆家了，还是那们着。"

接下来，同在这一天，第三十二回写到史湘云来到怡红院时，

> 袭人斟了茶来与史湘云吃，一面笑道："大姑娘，听见前儿你大喜了。"湘云红了脸，吃茶不答。

原来这时的史湘云已经有人家来相过亲，接近名花有主了，自然就不再构成对宝、黛爱情的干扰；而在宝、黛这一方面接着又发生了宝玉挨打、黛玉探伤、晴雯传帕、黛玉挥泪题诗等一系列事情之后，宝、黛的关系已进入一个新的阶段，二人达成了默契。也因此，黛玉甚至对薛宝钗的警惕也放弃了，还很亲近地信任她。在此情况下，贾母也因此恢复了对史湘云过去那种关爱的常态，不也是很自然的事么？

这样的解释，不知道陈其泰先生会以为然否？

钗黛之辨

第五章

贾母与王夫人

抄检大观园后，尤氏赌气从惜春处来到李纨那里，曾发牢骚说道："我们家下大小的人只会讲外面假礼假体面，究竟做出来的事都够使的了。"（第七十五回）"我们家"的贾府作为一个封建贵族大家庭，讲究"外面假礼假体面"的事情，那是必然的。尤氏的话妙就妙在她指出了贾府"大小的人"都很讲究"礼"和"体面"，但那些又都是表面的、即是"假"的。这随意说的两句话，真是对贾府的状貌揭露得入木三分，恰到好处。事例太多，无须列举。

正因为那一套都是假的，所以一到关键时候它就会被揭穿，而展现出本来的真面目。这种情况的最突出例子当属贾赦当着贾母众人之面讲的一个母亲"偏心"的故事这件事情了。

第七十五回，贾赦在一个不合适的时刻、一个不合适的场合，讲了一个极不合适的故事，引起贾母的不满。贾赦虽然很快明白"自己出言冒撞"，并赔笑把盏"以别言解释"，但谁都知道这无法消去贾母的"疑心"，解除不了它的恶果。贾赦的话孤立来看，似乎确是显得颇为"冒撞"，但所有的人都会明白，这其实乃是贾母平日对两房子媳的不同态度积压在贾赦胸中的不满一次集中发泄。由于积怨太深，贾赦终于把那些"假礼假体面"也弃之不顾了。

前面所写的这几段文字，意在说明贾母在此之前确实是有所"偏心"的，对长房儿媳的确显得颇为冷漠，甚至有些歧视，不然的话，

钗黛之辨

贾赦也不至于如此"冒撞"的。

然而这种"偏心"的感觉，尽管在贾赦夫妇心目中将是长期存在的，但实际上它也在起着微妙的变化：贾母对贾赦夫妇的态度虽未见有改善，但对二房子媳，尤其是与王夫人的关系却产生了巨变，她俩的紧张关系是与贾母、邢夫人之间的别扭关系不可同日而语的。只是这种变化是悄悄地进行着的，一般人难以觉察得到。

起因便在林黛玉、薛宝钗相继来到贾府，"木石前盟"与"金玉良姻"的尖锐冲突上，因为贾母与王夫人分别是这两组姻缘的主要支撑者。不过她俩之间的矛盾却从未正面表现在宝玉的婚事问题上，她们从未提及这个问题，这是一个讳莫如深的不能触及的敏感问题。她俩之间的争斗是曲曲折折地通过其他一些事情若隐若现地表现出来的。

连王熙凤都"巧不过"的贾母当然一清二楚地看得出王夫人对林黛玉这个外甥女的冷漠态度。因此，贾母有些话、有些行为就绝不是偶然而发的"冒撞"，而是大有深意的。

说到这里，人们应该会很自然地想起前面已谈到过的贾母带刘姥姥游大观园时在潇湘馆内责令为林黛玉换窗纱的事，前面已做过具体分析，这里不再重复。需要提出一点的是，贾母当时对王夫人所说的"……明儿给她把这窗上的换了"，话语的确看似平和，实质分量很重，所以王熙凤"忙"出来打岔，把话引到别的上面去了；但毕竟在说话态度、语气上还是平和的，不了解当时的环境和人物之间的关系就未必能体味得到它的分量。因为贾母话语的含义是蕴藏在较平和的表达形式中的。但贾母对待王夫人的态度并不总是这样，它有时还会以疾风骤雨的盛怒形式爆发出来。

第四十六回，因贾赦要娶鸳鸯，邢夫人到处为之活动，鸳鸯受到

威胁，跑到贾母处，当着众人的面，一面哭诉，一面铰头发，

> 贾母听了，气的浑身乱战，口内只说："我通共剩了这么一个可靠的人，他们还要来算计！"因见王夫人在旁，便向王夫人道："你们原来都是哄我的！外头孝敬，暗地里盘算我。有好东西也来要，有好人也要，剩了这么个毛丫头，见我待他好了，你们自然气不过，弄开了他，好摆弄我！"王夫人忙站起来，不敢还一言。薛姨妈见连王夫人怪上，反不好劝的了。李纨一听见鸳鸯的话，早带了姊妹们出去。

在大家都颇为难堪的情况下，是在外面偷听到的"敏"探春及时站出来，向贾母解释说："这事与太太什么相干？老太太想一想，也有大伯子要收屋里的人，小婶子如何知道？便知道，也推不知道。"于是贾母才似乎醒悟过来，笑说："可是我老糊涂了！"探春的话自然是句句在理，但却不是什么深奥的道理，老太太岂能不知？她当时只是"气的浑身乱战"，并没有气得脑袋发昏。试看她说的那一番话，有哪一点糊涂之处？她开头说的两句话，指的是"他们"，也即贾赦夫妇，内容也只指他们想算计她的人，未及其他。后来"因见王夫人在旁，便向王夫人道"，后面的话是专对王夫人说的，劈头便是："你们原来都是哄我的！外头孝敬，暗地里盘算我。……"接着又说到算计她的人，目的是"好摆弄我"。这是开头说"他们"时没有的内容，是单指王夫人的。当众说她表面孝敬，内心却在算计、摆弄我，婆婆如此说媳妇，这是何等严厉的措辞！这实际上是贾母把平日积压起来的对王夫人的诸多不满，都一股脑儿、毫不留情面地借此机会发泄了出来。

目的达到后，她又自然借探春的提醒装起"老糊涂"来，而且接着还先后责备宝玉、凤姐为何不提醒她，甚至还向薛姨妈盛赞王夫人是"极孝顺我"（真耶假耶），还要贾宝玉去向王夫人磕头赔罪。这就像狠揍了小孩一顿之后，再甜言蜜语抚慰一番，甚至还给颗糖吃呢。老祖宗可真真是一位连凤姐也"巧不过"的高级演员哪！探春再"敏"，恐怕也被老太太瞒过去了。只不知"孝顺的"王夫人心中是何滋味呢？

贾母发怒时说王夫人"外头孝敬"、也就是假孝顺，乃是发自内心的话，是平时找不到机会、郁积在胸中的真情话；后来对薛姨妈说王夫人"极孝顺我"，自然是尤氏说的那种"外头假礼假体面"的话。

那么，这个以孝顺、贤惠出了名的王夫人为什么在贾母心中的地位却是完全相反的呢？我们不妨先来看一段话，第三十五回，当薛宝钗借机又奉承贾母，说凤姐再巧也"巧不过老太太去"时，

> 贾母听说，便答道："我如今老了，那里还巧什么。当日我象凤哥儿这么大年纪，比他还来得呢。他如今虽说不如我们，也就算好了，比你姨娘强远了。你姨娘可怜见的，不大说话，和木头似的，在公婆跟前就不大显好。凤儿嘴乖，怎么怨得人疼他。"

按这里所说，贾母不满意王夫人似乎是因为她"不大说话，和木头似的"了，但事实又并不尽然，正如宝玉说的，李纨也并不大说话，贾母也像对凤姐那样喜欢她，所以后来贾母又补充说：

> 不大说话的又有不大说话的可疼之处，嘴乖的也有一宗

可嫌的，倒不如不说话的好。

所以爱不爱说话，话多话少，根本不是原因，关键在于会不会说：话，说什么话，贾母说的"凤儿嘴乖，怎么怨得人疼他"，才是奥妙所在。所谓"嘴乖"，就是说的话（包括行的事）要合她的心意，孝顺孝顺，孝就得顺，不要违背父母的意愿，自然也就是顺意了。凤姐儿时时处处都迎合着贾母的心意，贾母也就因此"疼他"了。

反观王夫人，到此为止，我们找不出她有任何直接违忤贾母的话和事来，所以她在表面上有"极孝顺"的名声，也不全是浪得虚名。

可是，对贾母来说，她儿孙满堂，福寿齐全，应该是十全十美的人生了。但她却有一个最大的情结、难了的心事，那就是林黛玉的婚事。在这件事上，她作为老祖宗，在一般情况下，本来就像兴儿说的，"老太太便一开言，那是再无不准的了"（第六十六回），谁知偏偏却遇上了一个"金玉良姻"作梗，如果这仅仅是薛氏母女的一厢情愿，在贾母的权威面前，她们根本就不能指望，早就该打道回府了，可是偏偏它却得到了王夫人的鼎力支持，这就使得问题变得十分复杂了。尽管在此前贾母与王夫人从未谈及过贾宝玉的婚事，但各人的心事不是彼此都心知肚明的吗？尤其王夫人对待林黛玉的种种冷漠与排斥，贾母能不知道吗？在贾母唯一、也是最为牵挂的事情上，王夫人不仅是不能顺她的意，而且还成了她的死对头，贾母能不窝火么？贾母借故把这一切发泄出来，但只说得一句"外头孝敬，暗地里盘算我"，已经算是很留有余地了。

在贾母当众大发其怒时，王夫人只是"忙站起来，不敢还一言"，倒确乎"和木头似的"。但我们千万别以为贾母真的有如此大的威风，王夫人会是如此"木头似的"恭顺。要知道，贾母平时并不敢和王夫人正面碰这个问题，只能借故发怒壮胆才发泄出来，而且过后还要马上"假礼假体面"地委婉表示歉意，就说明她对王夫人是很有顾忌的，不要说是宝玉的婚姻大事贾母不好造次说话行事，甚至只要牵连到林黛玉的丁点事情，贾母都是十分谨慎，尽量不张扬，所以我们在书中，很少看到贾母与林黛玉之间正面接触说话的情节，原因也就在这里。我们且举一个人们很少注意的小例子来加以说明。

第五十一、五十二回，因天气冷，王熙凤当着贾母、王夫人等众人之面，提出在园里设个厨房，让李纨带着姑娘们在园子里吃饭，免得大冷天她们来回地跑，并特别强调："就便多费些事，小姑娘们冷风朔气的，别人还可，第一林妹妹如何禁得住？就连宝兄弟也禁不住，何况众位姑娘。"凤姐儿的话，合情合理，正体现了她作为当家人的细心处，在贾母、王夫人面前自然又是很生色的一着，尤其她说的"第一林妹妹如何禁得住？"更应讨得了贾母的欢心。可是接下来我们并没有看见贾母如何嘉赏她，而是有点意外地听到老太太说：

> 正是这话了。上次我要说这话，我见你们的大事多，如今又添出这些事来，你们固然不敢抱怨，未免想着我只顾疼这些小孙子孙女儿们，就不体贴你们这当家人了。你既这么说出来，更好了。

原来，王熙凤的那番话，她的主张，是贾母早就想说而没有好说出来的意思，原因是顾忌"你们"，"想着我只顾疼这些小孙子孙女儿们"。令人不解的是，疼爱后辈，本来就是老人的美德，贾母也正是因此而素享令誉，她对后辈有疼爱之心怎么还会不敢说呢？说穿了，贾母并不是怕别人说她"疼"贾府的孙辈们，而是怕"你们"说她偏"疼"林黛玉，不过她没有必要说穿这一点，只笼统说"小孙子孙女儿们"罢了。

更值得注意的是，这贾母所顾忌的"你们"究竟是何所指呢？要知道，如果是首先由贾母说出这个意见来，她当然也不会单说为林黛玉，而是为了大家，甚至也不会像王熙凤为了讨好贾母而特别说"第一林妹妹如何禁得住"之类的话。而实际上此事若实行起来的话，得益的自然不单单是林黛玉一个，而是大观园里所有的姐妹（包括贾宝玉）们，因此除了大众得益者以及与贾母想到一起去了的王熙凤，剩下来就只有一个王夫人了（当时在场的还有邢夫人、薛姨妈，但此事与她们无关），那么贾母所顾忌的"你们"实际上就是单指一个王夫人了。其实就王夫人与林黛玉的关系而言，我们就是不做上面的分析，也完全可以断定，贾母心目中所顾忌的人绝对是非王夫人莫属了。通过这件事我们也就明白，贾母是完全知道王夫人与林黛玉是如何一种关系的。连这么一件小事儿贾母都不能舒心顺意，那不知道还有多少心曲被压抑在内心深处呢。而这一切都来自这个对头王夫人，这婆媳的关系能不紧张吗？贾母有时候借窗纱之事委婉地发难，有时候直接当面大发脾气，这都是有它的原因的。

在以上所述说贾母与王夫人的关系中，我们如果只从贾母这方面的表象来看，她可真是够威风的了。因为无论贾母采用哪种方式去敲打王夫人，她也从不作任何反抗，甚至在别人看来完全是冤屈的事，她也连起码的辩解也不哼一声，真的就有点那么像"木头似的"。但我们却切勿以为这是真的。在贾府里，"木头似的"人倒确实是有的，那是二小姐贾迎春。兴儿形容她是"戳一针也不知哎哟一声"（第六十五回），林黛玉取笑她"真是'虎狼屯于阶陛尚谈因果'"（第七十三回）。所以她的诨名儿就叫"二木头"。有这样的绰号，可见是公认无误的了。

而王夫人的情况却远远不是这样。她之所以在贾母面前显得颇为服帖，一副恭敬驯服的样子，那是因为第一，她要显出"极孝顺"的样子，以获取令名；第二，在当时的封建社会里，尤其是贾府这样的官宦之家，婆媳之道，是有严格的规范要求的，不管怎样，那"假礼假体面"总还得维持，做媳妇的岂能当面顶撞婆婆？试看泼辣如王熙凤，面对如此不堪的婆婆邢夫人，借故当面羞辱，她也只能躲"回房哭泣"到"眼肿肿的"（第七十一回），而不能和婆婆顶撞。王熙凤在邢夫人面前尚且只能如此，何况王夫人之于贾母呢？更何况是一个表面要做出"极孝顺"样子的王夫人呢？

但我们如果便以为王夫人是什么时候都像个"木头似的"，什么时候都"不大说话"，那就大错特错了。贾府中，王熙凤以骂人粗鄙凶狠闻名，其实以慈善人著称的乃姑王夫人又何尝不是如此，只是没有王熙凤骂得那么多，人们不大注意得到罢了。如她当众骂宝玉："扯你娘的臊！又欠你老子捶你了。"（第二十八回）又曾当众骂赵姨娘母子"养出这样黑心不知道理下流种子来"（第二十五回）。于此可见一斑。还是这个王夫人，亲手制造了金钏儿、晴雯两条命案，司棋之死、芳官等几个被逼得走投无路而出家为尼，都和她有关。这就是这位具有"菩萨心肠"的"慈善人"的真正面目。

就是这样一个王夫人，她和贾母说的"木头似的""不大说话"对得上号么？因此，贾母所获得的印象，实际上乃是王夫人在她面前做给她看的，而在背后却完全是另一回事。第七十四回，王夫人同王熙凤在谈到她有一次见到晴雯的样子时曾说："我的心里很看不上那狂样子，因同老太太走，我不曾说得。后来要问是谁，又偏忘了。"看，王夫人连要查问一个丫头姓名这样的小事都不愿在贾母面前进行，贾母如何能不误认为她是一个不会说话的木头人呢？

就是这样一个王夫人，当贾母不在她面前时，自然就会是另外一个样子了。她不但会说话，绝不像木头，而且在关键问题上，她还会做出与贾母针锋相对的事情来，"孝顺"二字她早已忘得一干二净了。

前面已说到过的：贾宝玉向她讨三百六十两银子为林黛玉配丸药，她当众拒绝了，还斥宝玉是"放屁""撒谎"（第二十八回）。又借人参之事和薛宝钗一起在背后讥笑贾母是"那没见世面的人家"（第七十七回）。再接着看后面的。

第五十五回，因凤姐儿"小月"了，不能理事。王夫人便"将家中琐碎之事，一应都暂令李纨办理"。这自然是合理的。也许考虑到李纨这个人"尚德不尚才"的特点吧，王夫人又"命探春合同李纨裁处"，这也合情合理。令人意外的是，王夫人又借口"园中人多，又恐失于照管"，"因又特请了宝钗来，托他各处小心"。说她是找借口，是因为原来凤姐理事时，她只住在园外，也未见出过什么特别的事情。现在李纨、探春皆住在园内，又有什么好担心的呢？显然，王夫人的真正目的，是要把薛宝钗引进贾府的事务中来，其用意自然是再明白不过了。偌大一个贾府，已经有一个李纨和一个"才自清明志自高"的探春在暂代凤姐理事，却还要安排一个被王熙凤视为"事不关己不开口，一问摇头三不知"的亲戚家的未出阁的女孩子来理家，实在是超乎常情、十分不合理的。但王夫人却就这样做了，而且还反复嘱托，要她做出成绩来，体现了王夫人对薛宝钗的殷切期望。而薛宝钗也果然不负所托，她白天上厅议事，晚上坐轿查夜（其实平常本有林之孝家的带人查夜的，所以过去从不见王熙凤查夜，李纨和探春就更不用说了），积极异常。她每天挂在嘴上的"女子无才便是德"的"德行"早已踪影全无了。

最值得注意的当是"绣春囊"事件引发的第七十四回的抄检大观园事件了。

首先，这次事后被探春称为"象乌眼鸡，恨不得你吃了我，我吃了你"的抄检，乃是贾府"自杀自灭"的一场大争斗，它的发起人便是王夫人，她一点也没想到要征求一下谁的意见便决定了。虽然她当时问了一下凤姐"如何"？"凤姐只得答应说：'太太说的是，就行罢了。'""只得"二字，说明王熙凤对这件事还是比较消极、勉强的。也因此，在整个过程中王熙凤的言行都比较低调，不像愚蠢的王善保家的那么嚣张，更没有以势作威了。书上还写道，这次行动是"至晚饭后，待贾母安寝了"才开始的，可见是瞒着贾母进行的。当然也只有王夫人才有这种权力和胆量。

其次，在这场抄检中，大观园中的各住户，单单只有薛宝钗的蘅芜苑幸免于难，得到了豁免。原因是，在从怡红院出来的路上，王熙凤便

> 向王善保家的道："我有一句话，不知是不是。要抄检只抄检咱们家的人，薛大姑娘屋里，断乎检抄不得的。"王善保家的笑道："这个自然。岂有抄起亲戚家来。"凤姐点头道："我也这样说呢。"一头说，一头到了潇湘馆内。

林黛玉的住所自然便被抄了。因为薛宝钗是亲戚，王熙凤便说"断乎检抄不得"，自然也合情理。但林黛玉不也是亲戚么？虽然贾母曾经当众（包括王夫人）把林黛玉归在"我们家四个女孩儿"当中（第三十五回），但未必能得到普遍认同，尤其是王夫人就难以接受。比如她的"西洋花点子哈巴儿"花袭人在一次算众人的生日时，就公然说林黛玉"就只不是咱家的人"（第六十二回），这个奴才敢于如此和贾母唱反调，不能不说是和她有王夫人这样的后台有关，而且也是反映了王夫人的心态。既然林黛玉实际上就是亲戚，王夫人又绝对不会视她为"我们家"的人，那么在抄检上为什么对钗、黛二人的态度竟如此"断乎"相反呢？王熙凤的行为当然是事先由王夫人所决定的。如果王夫人不是心有芥蒂，内存偏见，给钗、黛二人以同等待遇，是不会有人有任何非议的。如果换了别的人来处理此事，就凭看在老太太的份儿上也会给林黛玉以同等待遇的。而这位"极孝顺"的王夫人在背后行事就根本不把贾母当一回事。

第三，尤其值得注意的是，这次抄检的结果，直接受到致命的严重人身伤害和打击的有多人，她们是司棋、入画、蕙香（又名四儿）、芳官等几个唱戏的女孩子和晴雯。她们一个个都被逐出园外，堕入地狱。

我们先来看看这些人是因什么缘由而遭殃的。

司棋是因为在她箱子中搜出私藏男子的鞋袜等物件并与表弟约会的情书，这按贾府的规矩是绝对不允许的，可谓"罪"有应得。（其实她还大胆到和表弟晚上在大观园内幽会过，不过撞见了的鸳鸯并未告发她，否则更是"罪"莫大焉了。）

入画则因查出收藏了贾珍上次给她哥哥的一些细碎物件，虽然不

　　　　　　　　　　钗黛之辨

是偷来的，但内外私相传授，也属犯禁。

蕙香（四儿）因和宝玉同一天生日，私下里曾说过"同日生日就是夫妻"（第七十七回），结果被王夫人安插在怡红院内的"心耳神意"传到了她耳内，便被认为是"勾引坏了"宝玉，自然在劫难逃了。

芳官原是唱戏的出身，在王夫人看来，"唱戏的女孩子，自然是狐狸精了！"还挑出旧账，说她曾"调唆宝玉要柳家的丫头五儿"入怡红院以"连伙聚党"来"遭害这园子"（第七十七回），于是芳官连同其他的几个"唱戏的女孩子"便一齐被驱逐出园，后被几个女尼给骗走了。

综观以上的几个受害者，她们被驱逐，都是有各自的原因的，她们都被主子找出了这样那样的借口，尽管有的理由荒谬至极（如"唱戏的女孩子自然是狐狸精"）。但我们来看晴雯，抄检怡红院时，晴雯赌气将箱子里"所有之物尽都倒出"，专门跟晴雯作对的王善保家的看过之后，也认为"无甚私弊之物"。王夫人曾亲自当面盘问过晴雯，也没在她的言行上找出任何岔子来。也就是说，王夫人并没有抓到晴雯任何辫子，但她还是同样被驱赶出去了。

更值得注意的是，其他几个被驱逐者在执行过程中还是比较宽容的，如司棋临走时，周瑞家的"又命两个婆子将司棋所有的东西都与他拿着"；撵芳官时，王夫人亲自喝命："唤他干娘来领去，就赏他外头自寻个女婿去吧！把他的东西一概给他。"而可怜的、并没有任何过错因而也没有任何罪名的晴雯，其遭遇又如何呢？请看，就在满脸怒气坐着的王夫人面前，

晴雯四五日水米不曾沾牙，恹恹弱息，如今现从炕上拉

了下来，蓬头垢面，两个女人才架起来去了。王夫人吩咐，只许把他贴身衣服撂出去，余者好衣服留下给好丫头们穿。

晴雯之被逐，不但是蒙冤，而且受了极大的羞辱，它的制造者，便是这位平日吃斋念佛，号称"慈善人"的王夫人了。在这里，她好像表现得对晴雯有特别的深仇大恨，因此，一见面便怒从心上起，恶向胆边生了。既然晴雯没有任何过失，王夫人为何会对她如此极端憎恶甚至仇恨呢？单有王善保家的几句谗言，是不能挑起王夫人这么大的情绪的。根本原因还要从王夫人自身的体验上去找。那便是她有一次进园，看见

一个水蛇腰、削肩膀、眉眼又有些像你林妹妹的

丫头，"我一生最嫌这样人"，为了验证这是否晴雯，王善保家的又把晴雯叫了过来，"及到了凤姐房中，王夫人一见他钗軃鬓松，衫垂带褪，有春睡捧心之遗风，而且形容面貌恰是上月的那人，不觉勾起方才的火来。"而且"真怒攻心"。本来，在王熙凤及众人的眼里，晴雯都是极美的，用王熙凤的话来说："若论这些丫头们，共总比起来，都没晴雯生的好。"为什么一个公认的美人形象到了王夫人面前却那么刺眼呢？王夫人并未做出解释，她也无法说得出来，因为其原因就在于晴雯的"形容面貌"，其"眉眼又有些像你林妹妹"！除了这个，还能作出其他的解释来吗？

因为林黛玉，王夫人曾当众受过贾母给予的难堪（窗纱事件）；因为林黛玉，她和薛姨妈老姊妹策划的"金玉良姻"受到巨大阻力，

钗黛之辨

林黛玉便是唯一的障碍。尽管遭遇如此，她还得在老太太面前装"木头人""不会说话"，心中的窝火是可想而知的。但她又不能直接对林黛玉如何（小动作是有的），更不能向贾母发泄不满。这长期的郁积，一旦遇到一个"形容面貌"颇像林黛玉，而且又可以对她任意施为的人时，她在情绪上会如何爆发，动作上会如何残暴，做出如何出乎常理与常情的事情来，都是不足为奇的。所以，晴雯的蒙冤与受辱，实质是代黛玉受责，成了林黛玉的替死鬼。当然，也只是先走了一步而已。

王夫人如此处置晴雯，给以最严厉的打击与羞辱，把一个"四五日水米不曾沾牙"的病人硬从床上拉起来扫地出门，直欲置之死地而后快。她这样干，固然表现了她对林黛玉不满的尽情发泄，更严重的，还是对老祖宗贾母的大不敬。

因为按贾府的礼数，小辈对长一辈屋里的人，就是丫头们也好，必须尊重，甚至连姓名都不能随口叫，否则的话就是"眼里没有长辈"。第六十三回，怡红夜宴的那个晚上，林之孝家的带了几个管事的女人查上夜来到怡红院，喝茶时和宝玉等人聊了几句后，

> 林之孝家的又笑道："这些时我听见二爷嘴里都换了字眼，赶着这几位大姑娘们竟叫起名字来。虽然在这屋里，到底是老太太、太太的人，还该嘴里尊重些才是。若一时半刻偶然叫一声使得，若只管叫起来，怕以后兄弟侄儿照样，便惹人笑话，说这家子的人眼里没有长辈。"

当贾宝玉解释只是偶尔会叫一声，而且袭人、晴雯都为之作证，说贾

宝玉平时"姐姐没离了口，不过顽的时候叫一声半声名字"。于是，

> 林之孝家的笑道："这才好呢，这才是读书知礼的。越
> 自己谦越尊重，别说是三五代的陈人，现从老太太、太太屋
> 里拨过来的，便是老太太，太太屋里的猫儿狗儿，轻易也伤
> 他不的。这才是受过调教的公子行事。"

可见，在上一辈，尤其是老太太屋里的猫儿狗儿都是尊贵的，后一辈
的公子少爷也不敢轻视那里的丫鬟，就是"拨过来"服侍自己，也同
样享有这种地位。因此，当鸳鸯、平儿在东边房里说话时，贾琏撞了
进来，鸳鸯仍大模大样地在炕上"只坐着"，贾琏却站在地下赔笑问
好说话（第七十二回）。机灵的晴雯自然更知道这种道道，所以在王
夫人亲自盘问她时，她在辩解中也带出了"我原是跟老太太的人"（第
七十四回）这样的话，希冀能用它来起到一点保护自己的作用。只是
由于有了晴雯无法知晓的原因，这一招才失灵了。

对于贾府的这种礼数，我们千万别以为这是对部分丫头的一种优
待；相反，它只是为了加强封建宗法制度，突出显示主子，尤其是老
主子的一种手段而已。不过，既然它对双方都有利，那么，这就不但
奴仆们记得它，主子更应知道它。事实上，王夫人也完全清楚，你看
她在盘问晴雯时，就当面说过："既是老太太给宝玉的，我明儿回了
老太太，再撵你。"同时又向王善保家的说："你们进去，好生防他几
日，……等我回过老太太，再处治他。"（第七十四回）可见王夫人不
仅是知道这礼数，而且还公开反复表示要按此办事。

可是，正如我们前面所说到的，王夫人后来根本就没有"回过老

太太"一个字，就把找不出任何过失的晴雯给撵了，而且还肆无忌惮地作践、羞辱她，最后使她"抱屈"而亡。为什么会这样呢？自然是因为看见晴雯像林黛玉那令人恼火的"形容面貌"而"勾起方才的火来"，"真怒攻心"，在此情况下，自然就会不顾一切礼数，而把平日的所有积怨都迁怒到晴雯身上，即使冲撞了老太太也在所不惜。

当然，王夫人也不能一直瞒下去的。你不说，贾母就永远不知道吗？不如争取主动，把事情说得合情合理，岂不更好？于是我们便看到：

> 话说两个尼姑领了芳官等去后，王夫人便往贾母处来省晨，见贾母喜欢，便趁便回道："宝玉屋里有个晴雯，那个丫头也大了，而且一年之间，病不离身，我常见他比别人分外淘气，也懒，前日又病倒了十几天，叫大夫瞧，说是女儿痨，所以我就赶着叫他下去了。若养好了也不用叫他进来，就赏他家配人去也罢了。再那几个学戏的女孩子，我也作主放出去了。"（第七十八回）

我们姑且不说她选择了"见贾母喜欢"的时机来"回话"的投机心理，重点应该是来分析一下她是如何陈述对晴雯的处置的。

首先，她对自己一手制造的晴雯冤案，是作为一个孤立的单个事件来述说的，而隐瞒了这一事件是通过大规模的"抄检"而发生的重要背景，这说明了她发动的这场"抄检"的目的是不可告人的，它并不是为了家族的公利，而完全是为了泄私愤，而这种私愤之中也包含了对贾母的不满。所以她事前事后都不敢说出这一点，只说事件的表层结果，而讳言事件的深层本质。正说明她是心中有鬼。

第二，由于是泄私愤，所以她对晴雯下手狠毒，远远超出了对其他一些丫头的处置手段，但她在贾母面前只简单、平淡地用了一句"我就赶着叫他下去了"了事，把残酷凶狠的具体细节和狰狞面目都遮掩起来了。

第三，让晴雯"下去"，当然需要有理由。王夫人自然不敢说是因为晴雯的"眉眼像林妹妹"而把她赶走，于是便只有编造谎言了，谎言中最显得理由充分的就是晴雯"一年之间，病不离身"，"叫大夫瞧，说是女儿痨"。这完全是一派胡言！请看事实。晴雯被赖嬷嬷当成一件礼物送给贾母之后，又被贾母给了宝玉使唤，这段时间就有"五年八月有畸"（第七十八回）。在那么长时间里，写到晴雯生病仅有唯一的一次，而且经服药后不久就好了，并无其他后遗病症，何来"一年之间，病不离身"？！这谎言不也编得太离谱了吗？

至于这唯一的一次生病，它的来龙去脉，书上也写得很清楚。那是在第五十一回，一个异常寒冷的夜晚，晴雯因淘气从热乎乎的"熏笼上"下来，"也不披衣"，就跑出户外想去吓唬已出去了的麝月，结果着凉发热。后来李纨派人去请了一个大夫来，

> 那大夫方诊了一回脉，起身到外间，向嬷嬷们说道："小姐的症是外感内滞，近日时气不好，竟算是个小伤寒。幸亏是小姐素日饮食有限，风寒也不大，不过是血气原弱，偶然沾带了些，吃两剂药疏散疏散就好了。"

可见晴雯只是因受了风寒而引发的一般时症，与她的起病情状完全相

符。后因宝玉嫌这位医生用药太重，又叫茗烟去请了常给贾府众人看病的王太医来，

诊了脉后，说的病症与前相仿，只是方上果没有枳实、麻黄等药，倒有当归、陈皮、白芍等，药之分量较先也减了些。

结果是两位医生的诊断都是一样，只是用药的轻重有所不同而已。它与什么"女儿痨"毫无干系。作者如此郑重地写出两位医生给晴雯的诊断，正是埋下了有力的伏笔来拆穿后来王夫人说的弥天大谎。王夫人之所以要编出晴雯患了"女儿痨"这样荒谬的谎言，是因为只有这样，才能说明"赶着"叫她"下去"是有充分理由的，同时也寓示了她没有事先来给贾母"回话"的原因。真是心眼机灵，巧舌如簧，比之王熙凤丝毫也未见逊色！

在接下来的谈话中，因贾母说到"但晴雯那丫头我看他甚好"，"这些丫头的模样爽利言谈针线多不及他，将来只他还可以给宝玉使唤得"。王夫人又当面撒谎，说她"三年前我也就留心这件事。先只取中了他，我便留心。冷眼看去，他色色虽比人强……"只是她后来变了，才取中了袭人云云。其实就在"抄检"之前，她还不知道晴雯是谁，是王善保家的说了晴雯的坏话派人叫了晴雯来训斥才认识的。而这里她竟敢说"三年前"就在"留心"晴雯并"取中了他"，看来王夫人的撒谎本领已到了随时随地、毫无顾忌的地步了。

对于王夫人充满了谎言的"回话"，贾母的反应看来比较平和，除了表示对晴雯的看法与王夫人有所不同之外，也委婉地对王夫人选中袭人一事有所保留，其他就没有什么大的冲突了。看来王夫人的谎

言似乎已获得了成功。但我们千万别以为"抄检"一事就这样结束，也别以为王夫人的"回话"也已完结，须知凤姐儿也"巧"不过的老太太并不是那么好糊弄的，即使眼下她暂时被王夫人的花言巧语蒙蔽了去，但谎言总是掩盖不了事实。贾母身边的鸳鸯，几个唱戏的女孩子虽然都被赶走了，但贾母身边还有一个文官，她们会不知情、会不告诉贾母吗？就是别的渠道还尽有呢！所以，这场"抄检"风波并未、也不可能就这样画上句号，探春把它称之为"乌眼鸡"式的争斗必然还会延续下去，新的波澜还将涌现，只是很可惜，王夫人的谎话表演，已快到了前八十回的尽头，我们无缘目睹它的精彩下文了。

综观上面的种种论述，我们可以对贾母与王夫人的关系作一总的概括：王夫人在一般情况下，尤其是在贾母面前，总是显得"极孝顺"和木讷少言，婆媳关系在表面上还是过得去的。但贾母却因王夫人未能在宝、黛婚事上"顺"她的意，便借用婆婆的威势做出过种种不满。王夫人当面不作任何抗拒，但蕴蓄的所有不忿，却会在贾母背后借机充分爆发，在表层上可能是因为其他各种事情，但内里的深层根由却是对林黛玉的极度对立的态度。以抄检大观园、重处晴雯为契机，王夫人的这种姿态会越来越厉害，贾母自然也绝不会忍受，接下来，两人的这种对立关系应该是更加激烈和更公开化了。这种积蕴长久的矛盾一经触发，是没有调和余地的。所以贾母和邢夫人的矛盾还只是一般的婆媳不和，而和王夫人的矛盾却是"乌眼鸡"式的生死搏击。

第六章

王熙风该如何

从故事的串联结构上来说，王熙凤可说是书中的一个中心人物，因为书中大小事情几乎都和她有关。宝、黛、钗的婚姻爱情纠葛，她自然也不能置身事外。所以我们也有必要探究一下她会有怎样的一个态度。

为了满足她的金钱、权势欲，稳固她的管家地位，她一路来都在极力巴结、讨好贾母和王夫人，在贾母被认为"偏心"二房的情况下，王熙凤的巴结、讨好自然是得心应手、一举两得的。可是当贾母与王夫人分别成了"木石前盟"与"金玉良姻"的主要支持者时，王熙凤所面临的情况就变得十分复杂起来。她将如何来应对这种局面呢？或者说她会采取一种怎样的态度呢？

这需要分两段来分析述说。前段是在前八十回当贾母与王夫人、薛姨妈等还保持着表面的平和、只是在暗中较劲的时候；后段是八十回以后，随着故事情节的发展，两股势力应该是公开摊牌、正面碰撞的时候。

先说前一段。这一段的初期贾母的态度十分明显、人人皆知，而王氏姐妹还在背地里酝酿如何动作。这个时候连兴儿都会毫不迟疑地对人说：宝玉的亲事，"将来准是林姑娘定了的。……再过三二年，老太太便一开言，那是再无不准的了"（第六十六回）。这时的兴儿，自然还不清楚一场"金玉良姻"的风暴正在悄然而又强势地出现呢。

　　　　　　　　　　　　　　钗黛之辨

也是在这个时候，王熙凤给林黛玉开过一个不小的玩笑。第二十五回，在众人面前，因林黛玉说了凤姐送的茶好吃，

> 凤姐笑道："倒求你，你倒说这些闲话，吃茶吃水的。你既吃了我们家的茶，怎么还不给我们家作媳妇？"众人听了一齐都笑起来。林黛玉红了脸，一声儿不言语，便回过头去了。……凤姐笑道："你别作梦！你给我们家作了媳妇，少什么？"指宝玉道："你瞧瞧，人物儿，门第配不上，根基配不上，家私配不上？那一点还玷辱了谁呢？"林黛玉抬身就走。

王熙凤之所以敢于在公开场合，当众开这种事情的玩笑，实乃因为这事本已是摆明了的事实，已不具备神秘、敏感性（连下人兴儿都已看作是既定事实了），否则，善于言辞的王熙凤说出这种话来，岂不太突兀、造次了？正因为如此，所以王熙凤的玩笑，在贾府几乎绝大多数人都认同的背景下，是开得合时、得体的，它既可以取悦、讨好几个当事人，又不会开罪其他人。

然而，谁知就在这同时，在王氏姐妹间正酝酿并达成了一项交易，即要实现她们的"金玉良姻"，第二十八回写到的

> 薛宝钗因往日母亲对王夫人等曾提过"金锁是个和尚给的，等日后有玉的方可结为婚姻"等语，……

正好说明了这一事实。

在这样的情况下，或许由于对新的"金玉"之说并未太在意，或

许由于王氏姐妹尚未正式与王熙凤正面沟通，所以王熙凤仍然会开出这样的玩笑来。

对王熙凤的这个玩笑，当时的现场反应是"众人听了一齐笑起来"，并未觉得有何不妥（薛宝钗心中是何滋味就只有她自己知道了）。李纨反而赞扬说："真真我们二婶子的诙谐是好的。"（第二十五回）这正说明王熙凤的玩笑是得体的，是适合贾府中绝大多数人的心理状态的。

但是，对于"金玉良姻"的制造者来说，这样的玩笑，无疑是为宝、黛的婚事张目，对"金玉"是绝对不利的。这样的情况当然是绝对不能允许存在的。

不过，我们在书上并未看到王氏姐妹对王熙凤这个内侄女的玩笑有何直接的反应，但是在紧跟着的第二十七回却有一个颇为引人注目却又不大好理解的情节，因此也很少人去提及它，但却实在不应忽略它。当时王熙凤正和怡红院的伶俐丫头红玉对话，王熙凤在问了她的父母、年纪之后，

> 又问名字，红玉道："原叫红玉的，因为重了宝二爷，如今只叫红儿了。"凤姐听说将眉一皱，把头一回，说道："讨人嫌的很！得了玉的益似的，你也玉，我也玉。"

贾府里以"玉"命名的除了宝、黛二人之外就没有第三人（妙玉非贾府中人，平时也和王熙凤没什么关联），王熙凤绝对不会不知道，何来"你也玉，我也玉"之说呢？这不明明是针对宝、黛而说的吗？而且还到了一听到这个"玉"字便"眉头一皱，把头一回"的不满程度，

以她平常与二人的关系来看，不是显得十分反常、令人难解吗？

但当我们想起另外一个情节的时候，便慢慢会觉得似乎有点什么感觉了。第三十六回，王夫人当众诘问凤姐有没有给周姨娘、赵姨娘按数发放月例，因为王夫人说："前儿我恍惚听见有人抱怨，说短了一吊钱，是什么原故？"凤姐在作了一番解释之后，出到外面，遇见几个执事媳妇问起："今儿回什么事，这半天？"凤姐告诉了原委后，

> 又冷笑道："我从今以后倒要干几样赳毒事了。抱怨给太太听，我也不怕。糊涂油蒙了心，烂了舌头，不得好死的下作东西，别作娘的春梦！明儿一裹脑子扣的日子还有呢。如今裁了丫头的钱，就抱怨了咱们。也不想一想是奴几，也配使两三个丫头！"一面骂，一面方走了。

这里透露了王熙凤的一个习性，她在王夫人那里憋了气，当面不敢发作，最多只能做一点解释；但是出来以后，她就要找机会、找对象发泄一通，因此就有了上面这一阵痛骂；它因此是否也就启发了我们，前面她对"你也玉、我也玉"的皱眉掉头不满，是否也因为在此前因为当众开"二玉"的婚姻玩笑损害了"金玉良姻"而受到王夫人更为严厉的教训，所以趁红玉改名提到"玉"的事也借机发泄一通胸中的郁气呢？她只是发泄而已，并不一定就是对宝、黛二人有什么不满，她们之间的关系应该说还是比较好的。

同时还有一点也可引发我们注意，对老祖宗昵称之为"两个玉儿"的"玉"不感兴趣，甚至颇为不屑的并不是始自王熙凤，而是开始于代表贾府"烈火烹油"之盛的贾元春贵妃。第十七、十八回元妃省亲

时，元妃就把贾宝玉对怡红院原来的题名"红香绿玉"改名为"怡红快绿"，贵妃当时并未对此改动做什么解释，但聪明的薛宝钗是否因为知道什么内情而在随后宝玉作诗时，提醒他说贵妃"因不喜'红香绿玉'四字，改了'怡红快绿'；你这会子偏用'绿玉'二字，岂不是有意和他争驰了"？接着就干脆建议贾宝玉"你只把绿玉的'玉'字改作'蜡'字就是了"。薛宝钗的话明确地点出，贵妃对题匾的改动就是源于对"玉"字的不喜欢。困居深宫的贾元春，为何会如此着意于这么一个"玉"字？她针对的当然不会是她深爱的弟弟宝玉的"玉"，目标所指是谁大家都会明白，因为元春随后从宫中赏赐的礼单中，"二玉"的待遇就区分了高低、抑黛扬钗了。这不是很能说明问题吗？而能给元春的态度这样有力影响的，除了每月有机会入宫去省亲一次的王夫人就绝不可能是任何其他第二个人了。现在王熙凤也表示如此"讨嫌"这个"玉"，能不令人想起此二人的嫉"玉"态度是有一个共同的源头么？

当然，这样的分析和结论，我们在书上是找不出任何直接的文字表述作为根据的，但《红楼梦》在对一些关键的，尤其是极具敏感性的事情上，就常常采用这种"不写之写"的含蓄方法，它不让你从正面文字上看出来，而要你去品味、领悟出来。王夫人对花袭人之所以如此赏识，完全是薛宝钗在中间沟通的结果，它用的也同样是这种笔法。信不信、能不能领悟得到，就只能由各人自己去斟酌、定夺了。

其实，上面的说法即使完全不予理会也未尝不可，因为更重要的是下面的事实，即王熙凤从随便拿宝、黛的婚事开玩笑到很快又突然斥"玉"之后，我们就再也见不到她对宝、黛、钗的三角恋爱关系有任何言论、甚至有丝毫的触及了。这或许是由于她为此吃过不少不为人知的苦头，因此变得分外谨慎小心吧。

　　　　　　　　　　　　　　　　　　　　钗黛之辨

好不容易，直到第五十五回，我们意外地发现王熙凤又谈起了这个话题。那是王熙凤在和平儿谈论贾府的一些大的用度所需费用，其中有一小段写到，

> 凤姐儿笑道："我也虑到这里，倒也够了：宝玉和林妹妹他两个一娶一嫁，可以使不着官中的钱，老太太自有梯己拿出来。……"

这话初初看去或者会很高兴，因为王熙凤到底又难得地提起宝、黛的婚事了，但仔细看下去，反复揣摩，却总也弄不明白这"一嫁一娶"指的是同一件事还是各自嫁娶的两件事。看来，王熙凤在这个问题上是极其小心，一点口风也不露，即使在自己的私室和自己的心腹说话时也这样。

正因为如此，所以直到前八十回的结束，王熙凤始终是三缄其口，绝不再触及这个敏感的问题。也因此可以说，在前八十回的这个第一阶段，由于"木石前盟"与"金玉良姻"这两股势力还处在暗中对峙的状态，矛盾并未公开爆发，王熙凤也因此采取了相应的回避状态，绝不露出有任何倾向性的态度来，因为对她来说，两头都惹不起。这也完全符合王熙凤那八面玲珑的性格。

那么八十回以后的第二阶段，王熙凤的态度又会如何呢？由于我们见不到原作的文字，现在的后四十回又不足为据，就只能根据前八十回的情节加以合理的论析了。

这一阶段，两股力量势必要正面摊牌，发生碰撞，王熙凤也必然要选择倒向一方，再也不能保持一种暧昧的态度了。这样的推测是符合那必将在"自杀自灭"中走向末路的贾氏家族命运的发展逻辑的。

那么她会做出怎样的抉择呢？

从比较表层的现象、或者说从王熙凤的个人主观愿望来看，她应该会喜欢、支持宝、黛的姻缘的。因为一方面王熙凤是一个权势欲极强的人，你看她以一个后辈媳妇掌管荣国府的同时，还积极主动、不辞辛劳去"协理宁国府"，大显身手，获得了极大的心理满足；她因病不能理事不得已退了下来，王夫人已任命了一套"三驾马车"的班子去理家了，她还要通过平儿来回奔波，去施展她的影响，真是一点也不肯放松她的权力。从这个角度来看，她愿意接受成为未来宝二奶奶的绝对是林黛玉而不是薛宝钗。因为薛宝钗尽管"女子无才便是德"的口号常不离口，但她却是一个极有才干的人，仅仅短时间内参加"三驾马车"的小露身手，便充分显示了这一点。她既有"小惠全大体"的谋略，又有深夜坐着轿子去查夜的实干精神，如果这样一个角色成了未来的宝二奶奶，王熙凤会感受到的威胁自然不言而喻；而若是林黛玉，即使请她来管家，她也不会答应，也绝对承受不了。王熙凤怎么会不欢迎她呢？她的"你既然吃了我们家的茶，怎么还不给我们家作媳妇"的"诙谐"，虽说当时只是一句玩笑话，但又何尝不是反映了她的某种微妙的心曲呢？一个人总是不愿意拿自己不喜欢的事情来开玩笑吧，何况还是像王熙凤这样主动、高兴地当众来说事呢？

另一方面，从王熙凤分别与老太太、王夫人的关系来看，她和贾母的关系是融洽、随和的，不管是真心还是假意，只要能逗得老太太高兴就一切皆好，老太太决不会去干预她的个人行事和管家的作为。而王夫人则不然。她对王熙凤似乎有很多的牵制，而且不留情面，曾经两次都在不很合适的场合查问她一些十分敏感的事情，第三回在新来的客人林黛玉和其他众多人面前查问"月钱放过了不曾？"被王熙凤把话题支开了，对她来说显然颇为尴尬；第三十六回又是当着大家的面，查问赵、周两个姨娘的"月例多少？""可都按数给他们？"急得王熙凤后来只好跑到外面"把袖子挽了几挽，趿着那角门的门槛子"在那里骂人，虽然正面骂的是那两个姨娘，但显然也对王夫人"把二百年头里的事都想起来问"颇为不满；"绣春囊"事件一出来，王夫人首先就认定这阿物儿必定是王熙凤遗失之物，并亲自上门正言厉色地对凤姐加以责问，弄得她费了好大的周折，长篇大论地辩解了一番才得以脱去干系，有了诸如此类的一些事情，对王熙凤来说，自然更乐意去侍候贾母及其支持的"木石前盟"，而不大情愿去和王夫人及其操纵的"金玉良姻"打交道，这是显而易见的。我们还看到，在整个前八十回中，王熙凤和薛宝钗之间似乎从没有什么单独的交往，哪怕一句话也从未说过，从中或者也透露出了一点什么消息吧。

这样说来，八十回以后的王熙凤也应该还是支持宝、黛婚事了。表面看确实如此，而事实却又不然，还得做进一步的分析。虽然说在主观愿望上王熙凤会更偏向于宝、黛一边，而且她又宣称过："凭是什么事，我说要行就行。"（第十五回）但这只是就一般行事而言，她并不是对任何人、对任何事都可以这样做的。这一点作为一个"太聪明"的管家人来说，她是有清醒的认识的。比如，她是一个嗜钱狂，会想尽一切方法去聚敛银子，同时也是一个有名的吝惜鬼，她硬是赖掉了当众答应为李纨出的十二两银子，尽管这还是为自己庆祝生日；鲍二媳妇上吊死了，尽管王熙凤听到此消息也和贾琏一样"吃了一惊"，贾琏和林之孝都主张给一些钱了事，王熙凤却说："我没一个钱，有钱也不给！"（第四十四回）真是一个一毛不拔的铁公鸡。可同是这个王熙凤，她在打牌时会主动输钱给老祖宗；大观园成立诗社，众人推举她为"监社御史",还没开口,她便推知来意,并主动地答应提供五十两银子做经费。这钱出得何等爽快!哪有一点铁公鸡的味道?原因何在?因为她深知,这班姑娘们是得罪不起的,否则,我"不成了大观园的反叛了,还想在这里吃饭不成?"(第四十五回)可见,王熙凤还是一个很有理性的人,那白花花的银子再舍不得,但在关键的时刻还是要大方出手的。

同样的道理,在面对"木石前盟"与"金玉良姻"发生正面冲突、自己无可回避的情况下,她即使主观上有任何强烈的意愿,她也不敢任性而为,而必须做出理性的抉择。这样做,同样也是为了自己的利益。

如何来捉摸她的思维和最后的选择呢?当然不能脱离她的环境和地位来考量。

首先,第六回写刘姥姥远道而来,欲见王夫人这个"亲戚",当时接待她的周瑞家的告诉她说:"姥姥有所不知,我们这里又不比五年前了。如今太太竟不大管事,都是琏二奶奶管家了。"又说:"如今太太事多心烦,有客来了,略可推得去的就推过去了,都是凤姑娘周旋迎待。"由此可看出,王熙凤从五年前就成为荣国府的管事人是没问题的。问题是王夫人的"竟不大管事",其具体情况又是如何呢?稍加考察,就会明白,王夫人是细小、具体的事务不管,但大事还是她说了算,她仍然是实权的掌握者。如发放二十个"戏子",当时协管荣、宁二府的尤氏已与众人议定了方案,但还要"待王夫人回家回明"(第五十八回)才能施行;抄检大观园是王夫人一锤定音的,虽然王熙凤不大主张,但"纵有千百样言词,此刻也不敢说,只低头答应着"(第七十四回),过后还要去执行;王熙凤病了,代理理家的三驾马车,也是王夫人先后一口指定,对王熙凤事先连招呼也没有打一个，也没有人敢提出异议。

再从王夫人这一头来看，第五十五回，写到因

> 刚将年事忙过，凤姐儿便小月了，在家一月，不能理事，天天两三个太医用药。凤姐儿自恃强壮，虽不出门，然筹画计算，想起什么事来，便命平儿去回王夫人，任人谏劝，他只不听。王夫人便觉失了膀臂，一人能有许多的精神？凡有了大事，自己主张，将家中琐碎之事，一应都暂令李纨协理。……

可见，王氏姑侄在荣国府的理事关系中，王夫人是首脑，总揽一切；王熙凤只不过是执行具体事务的"膀臂"而已。她只能听从首脑王夫人的指挥，而没有能力自作主张，更不能与之对抗。因此，在对待宝、黛、钗的婚事上，她只能一边倒，顺从、支持王夫人的意志，而不敢有其他作为。否则，不要说去考虑未来的竞争者，就是眼前的位置也岌岌可危了。

其次，从单个人的地位与力量来说，王夫人似乎不足以与贾母对抗，因为老祖宗是封建宗法家族中的最高权威，贾母一发怒，贾政还得直挺挺地跪在地下，何况王夫人。但毕竟儿女婚姻是由父母做主的，迎春的婚事，贾母虽然不甚乐意，但因是其父做主，她也就不好言语了。宝、黛的婚事，关系重大，当然远非迎春的婚事可比。但还要考虑到一层，那就是元春的态度。在很早之前，元妃通过改题匾额和端午节礼就显示了对钗、黛的不同态度，这是尽人皆知的，尤其是端午赏赐等级的不同，还曾引起过宝、黛之间的一阵小风波，稍微敏感一点的人都会察知到其中的含义。元春的威势自然更甚于贾母，在必要

的时候，王夫人未尝不会借助于女儿出面。如果没有这个后台，王夫人大概也不敢长期与贾母在暗中如此较劲吧。王熙凤自然明白其中干系，岂可等闲视之、贸然行事。因此，从这一层利害关系来看，王熙凤也不敢站在贾母一边。

还有，贾母年事已高，说不定哪天就会驾鹤西去。对王熙凤来说，她未来的日子里，更长时间是要和王夫人相处，她岂敢轻易开罪这个姑妈。因此，在贾母与王夫人的矛盾中，不管什么事情，她归根结底是要顺从王夫人的，而不管她自己的主观意愿如何。贾母有几次含蓄地让王夫人下不来台，王熙凤都要出来打圆场，就是这个道理。

至于在未来错综复杂的矛盾中，王熙凤是如何具体地表演她的角色，我们不敢妄拟，但可以肯定的一点是，为了她自己的利益，她怎样狠毒、狡猾的手段都会拿得出来。或许人们要问，平日如此讨好、悉心依顺贾母的王熙凤会这样对待她么？其实这也没有什么奇怪，同样使尽了力气去巴结、奉承贾母的那位薛宝钗，到后来不也在背后和王夫人一块儿奚落起贾母来了吗？

享尽了人间荣华富贵生活的贾母，最后也就在她最操心的宝、黛婚姻问题上弄得身劳心瘁，备受无情的打击。这样的结局也应该是必然的，因为曹雪芹要写的这部小说乃是一个"千红一窟（哭），万艳同杯（悲）"的大悲剧，贾母又岂能例外幸免？大概也只有在这件事情上，作者方能、也一定要把贾母纳入"一哭"与"同悲"的行列中来，否则她就真的成了一个刘姥姥说的"生来是享福的"（第三十九回），没有任何烦忧和不幸的人了。这样岂不就超越了全书的主旨么？作者是不可能这样做的。

　　　　　　　　　　　　　　　　　　　钗黛之辨

第七章

扩展视野与破除障碍

上面各章，主要是从一些主要人物的关系来阐述贾母绝无"舍黛取钗"之理，而有呵护"二玉"之实，以及这些人物在这一问题上的形形色色的表现。其实，如果把眼界再放宽一些，我们还可以从其他一些角度去观察和思考，得出同样的结论来。另外，过去还有一些表面看来颇有道理，实质却是似是而非的流行看法，他们对人们正确认识这个问题起到了不可忽视的障碍作用，我们把它归在本章里一并加以辨析与澄清。

　　（一）从创作学的角度来看

　　长篇小说需要编织复杂、有悬念的故事情节和结构尖锐、激烈的矛盾冲突，才能引人入胜，耐看有味。在"金玉良姻"与"木石前盟"的矛盾冲突中，如果贾母也和双方家长们的态度一致，那么，就必然形成人多势众，而且掌握有绝对权力为一方与一个寄人篱下的苦女子为一方的矛盾冲突，而实际上也就冲突不起来了，弱势的一方根本就不堪一击。即使有冲突也不必家长们那么费尽心机、挖空心思去想一些离奇古怪的招数来。而如果贾母是和王氏姐妹的立场相反，则会形成一种势均力敌、旗鼓相当的局面，会牵涉出更多的人物（如元妃）和事件出来，自然就会产生出更好的艺术效果。这两种构思的好坏优劣后果，是不言而喻的。

　　第一，只有这样，方能把贾母也卷入这尖锐、激烈的矛盾斗争的

376

旋涡中来，由于注定的最后的失败（比如说元妃也被卷入使贾母无力抗拒），贾母也就自然成了"一窟（哭）""同杯（悲）"的一员了；否则，贾母岂不成了一个福寿双全、十全十美的人物，而违反了《红楼梦》的创作意旨么？

第二，也只有这样，才能体现出探春的预言："咱们倒是一家子亲骨肉呢，一个个不像乌眼鸡，恨不得你吃了我，我吃了你！"（第七十五回）最后达到"自杀自灭""白茫茫一片大地真干净"的境地。

（二）从散布"金玉良姻"之说来看

薛氏一家入住贾府之后，就开始刮起了一股"金玉良姻"的邪风，说什么薛宝钗因有一把金锁，"等日后有玉的方可结为婚姻"（第二十八回）。这贾府只有贾宝玉有一块与生俱来的通灵宝玉，自然就成了薛宝钗"结为婚姻"的唯一指向了。这实际上是在制造舆论，说"二宝"这一对是天成的金玉姻缘。这种舆论可不是随便说说而已，伴随着它的出现和流传，产生了不可低估的影响，尤其是对"木石前盟"的当事人起了很大的干扰作用，林黛玉就经常为"金""玉"之事和贾宝玉发生纠葛，以致贾宝玉要赌咒发誓说："除了别人说什么金什么玉，我心里要有这个想头，天诛地灭，万世不得人身！"（第二十八回）

然而我们却千万不要以为这种舆论只是说给宝、黛二人听的，它的主要目的乃是给贾母吹风，以试她的态度。试想，如果贾母真的是中意薛宝钗，或者说是"舍黛取钗"，即与王氏姐妹的态度一致的话，薛姨妈还用得着费尽心机去编这种故事么？只需双方家长一开口，事情就成功了，还怕林黛玉造反不成？

可是，我们却看到，直到前八十回的结束，薛宝钗在家族的同辈人中，其兄薛蟠已经完婚了（还是在寄居亲戚家中办的婚事，少见），后来的弟、妹薛蝌、薛宝琴都已在谈婚论嫁、名花有主了，唯独这位早就年已及笄的宝姐姐还不见动静；贾府中的贾宝玉，按清虚观的张道士的话来说是："我想着哥儿也该寻亲事了。"（第二十九回）除了贾母推说"上回有个和尚说了，这孩子命里不该早娶，等再大一大儿再定罢"，就这一等，也就杳无音信，从此贾府中就再无人提及过宝玉的婚事。这说明什么呢？只能说，薛家的如意算盘遇到了障碍，这能成为障碍的，除了贾母，还能找得出第二个人来吗？

顺而言之，自然林黛玉的婚事也就更无从提及了，虽然她的年龄比史湘云、薛宝琴还大呢。

（三）从薛蝌、邢岫烟的婚事来看

薛姨妈看上了邢岫烟，想把她说给侄儿薛蝌，最后也顺利地成功了，不妨看看这件事的过程，从中是否能悟出一些什么来。

事见第五十七回：

> 因薛姨妈看见邢岫烟生得端雅稳重，且家道贫寒，是个钗荆裙布的女儿。……忽想起薛蝌未娶，看他二人恰是一对天生地设的夫妻，因谋之于凤姐儿。凤姐儿叹道："姑妈素知我们太太有些左性的，这事等我慢谋。"因贾母去瞧凤姐儿时，凤姐儿便和贾母说："薛姑妈有件事求老祖宗，只是不好启齿的。"贾母忙问何事，凤姐儿便将求亲一事说了。贾母笑道："这有什么不好启齿？这是极好的事。等我和你婆婆说了，怕他不依？"因回房来，即刻就命人来请邢夫人过来，硬作保山。邢夫人想了一想：薛家根基不错，且现今

大富，薛蝌生得又好，且贾母硬作保山，将机就计便应了。

这段姻缘实现得十分顺利，它根本不需要先吹点什么风，更不用考问什么年庚八字之类，只是薛姨妈相中了，由凤姐求之贾母，贾母"硬作保山"，一句话便完成了。据此，我们不禁要问，或者说是作者故意设置这样一个情节启发读者来问：薛蝌来到贾府没有几天，薛姨妈就顺利地解决了他的婚姻大事，为什么造了很久舆论的"金玉良姻"、即薛宝钗的婚姻大事还毫无动静呢？须知薛宝钗的年龄比薛蝌还大啊！难道薛姨妈不为她着想吗？她那一家子就愿意那么在亲戚家长期赖着住下去吗？当然都不是的。答案只能说这桩姻缘遇到了障碍，使薛姨妈不能轻易地有所动作。既然作为双方家长的王氏姐妹都同意了，那么还能成为障碍的力量是什么呢？除了是老祖宗贾母这一关难过，还能找出任何其他可以成为障碍的力量来吗？正因为如此，所以薛姨妈就绝不能用解决薛蝌婚事而求之贾母的方法去解决薛宝钗的婚事，而只好耐着性子以待机会。而贾母除了借和尚之口说宝玉"这孩子命里不该早娶"之外，也从不提宝玉的婚事。在这同时，林黛玉的婚事也就更无从提及了。这种状态不正说明贾母与王氏姐妹在贾宝玉的婚事上是尖锐对峙的双方么？贾母哪里有丝毫"弃黛取钗"的意向呢？

（四）从贾母与贾宝玉的关系来看

贾母疼爱、甚至可以说是溺爱贾宝玉，这是人所共知的事情。但为什么会这样，似乎就没有什么人去顾及了。老人疼爱孙辈本是很自然的事，但在贾母的孙辈中，除了到处招人嫌的贾环可以不论之外，她还有一个年龄更小的曾孙贾兰，他从小丧父，又比贾宝玉爱读书，从不惹是生非，为什么却不见贾母特别喜欢他呢？恐怕只有一点可以回答这个问题。第二十九回写贾母众人去清虚观打醮，荣国公（即贾母的丈夫）的替身张道士当众对贾母说到贾宝玉时，

> 又叹道："我看见哥儿的这个形容身段，言谈举动，怎么就同当日国公爷一个稿子！"说着两眼流下泪来。贾母听说，也由不得满脸泪痕，说道："正是呢，我养这些儿子孙子，也没一个像他爷爷的，就只这玉儿像他爷爷。"

原来，贾母对已故的丈夫是如此一往情深，稍一提及便会"满脸泪痕"。在这样的情况下，在众多的"这些儿子孙子中"，唯独有一个在"形容身段，言谈举动"诸方面都十分像故去的丈夫，因此便分外喜欢、宠爱他，是一点也不奇怪的。而且，张道士接着前面的话还提道："当日国公爷的模样儿，爷们一辈的不用说，自然没赶上，大约连大老爷，二老爷也记不清楚了。"也就是说，连贾赦、贾政都记不清自己的父亲是个什么模样，这说明他们的父亲是去世较早，该是在贾母较年轻时便亡故了。这贾母是遭遇了如何的悲伤和痛苦，而且是一种无可挽救、无可倾诉的内心伤痛。在这样的情状下，身边出现这样一个孙子，因此贾母不管他是如何的"顽劣异常，极恶读书，最喜在内帏厮混"，仍然对他是"极溺爱"，也是完全可以理解的。因此她不光是时时处处关心他、呵护他，而且大小事情都要顺着他、满足他，决不拂逆他的意愿，为此常常和贾政唱反调，甚至发生激烈的冲突也在所不顾。

如果上面的这些分析还算能说得过去的话，那么，当关系到贾宝

钗黛之辨

玉的婚姻问题这样的终身大事，贾宝玉又长时间鲜明地表达了他的强烈愿望时，怎能想象出贾母竟会违拗他的意愿要他去娶一个他最不喜欢的人，而且还挖空心思去弄出一个拙劣的"掉包计"来！这完全是对贾母与贾宝玉的关系缺少一个最起码的了解，才会胡编出这样匪夷所思的故事来。

与此有关的自然还必须说到一点。贾宝玉所强烈喜爱的那个人，不是任何的其他人，而恰恰是贾母同样疼爱的林黛玉。"这两个不省事的小冤家，没有一天不叫我操心"的"玉儿"，如今竟爱到一起去了，试问，贾母会去反对她最亲昵、疼爱的两个人的结合，而去看中一个"外四路"的薛宝钗吗？她应该是喜欢还来不及呢。相反，如果贾宝玉所爱的不是林黛玉而是薛宝钗，那对贾母来说倒是一个最犯难的问题了。

宝、黛之相爱，其恋情到了怎样的一个程度，贾母当然最为清楚。紫鹃对贾宝玉一句试探性的戏言，就曾引起令全家惊慌的轩然大波，更是贾府上下尽人皆知的事情。因此，如果谁要为宝玉的婚事作"弃黛取钗"的抉择，就不是一个简单的选择之后便完事的问题，而必须考虑它的严重后果。后四十回在写到贾母、王夫人等决定为贾宝玉完婚以"冲喜"来治他的病，袭人知道消息后，固然因娶的是薛宝钗而高兴，但她同时也清醒地认识到这样做"只怕不但不能冲喜，竟是催命了！我再不把话说明，那不是一害三人了么"（第九十六回）。后来袭人还真的把此话向王夫人禀告了。

试想，这样一个明摆着的后果，连奴才袭人都看得清清楚楚，能想象贾母却一点都预想不到么？"慧紫鹃情辞试忙玉"时只一句"你妹妹要回苏州家去"的戏言，贾宝玉"便头顶上响了一个焦雷一般"，以致后来"眼也直了，手脚也冷了，话也不说了，李嬷嬷掐着也不疼了，已死了大半个了"，而林黛玉"一听此言"，登时"哇的一声，将腹中之药一概呛出，抖肠搜肺，炽胃扇肝的痛声大嗽了几阵，一时面红发乱，目肿筋浮，喘的抬不起头来"（第五十七回）。当时贾母和众人都在场，加上平日和二人的关系与了解，贾母绝对明白，一句戏言尚且如此，真要拆散这一对"玉儿"的姻缘，后果会严重到什么程度，是没有任何人能比贾母预期得更为透彻的。在这样的情况下，有什么因由能促使贾母要冒拿她的两个命根子的性命的风险去采取"舍黛取钗"的行动呢？这是没有任何理由，也绝对不可能发生的事情！

我们在本篇的前面各章，说了许多贾母绝不可能"舍黛取钗"的理由，其实认真地说起来，只需要本节所举的这一点来说明这个问题，其论证力应该就充分有余了。

但是，后四十回却偏偏写了一个"掉包计"，硬是让贾母扮演这一闹剧的主角，成为扼杀"木石前盟"，葬送宝、黛人生的罪魁祸首，成为最大的败笔。只能说，这乃是后四十回的作者根本未能读懂前八十回所致。当然，这与续作者的思想状态也有很大的关系，他们的封建头脑只能接受"金玉良姻"而必然排斥具有反叛性质的"木石前盟"。

我们在这里无意去全面评析后四十回，而需要指出的是，这场"掉包计"闹剧之所以两百多年来一直为几乎所有的读者和研究者所接受、认同，从来没有把它当成一个问题，还因为人们在接受、认同了这个闹剧之后，又为它做了种种诠释，说明它的合理性；这些诠释反过来又对其他人施加了许多重要的影响，使"舍黛取钗"说更像那么回事了。因此，我们在辨析了此说之余也应该对这些诠释做一些分析，以消除其影响。下面仅从最主要的几点做一些简要的辨析。

（一）家族利益说

认为贾母为了家族的利益，要在"四大家族"之内联姻，因为历来"这四家皆联络有亲，一损俱损，一荣俱荣，扶持遮饰，俱有照应"（第四回）。这是最为普遍的一种看法。这种说法，表面看来似乎颇有道理，却未必符合具体事件的实际情况，因为：

第一，当时贾府的"末世"子孙们，"主仆上下，安富尊荣者尽多，运筹谋画者无一"（第二回）。这种情况贾母也不例外。她是一个享乐主义者，只图子孙绕膝，吃喝玩乐，何曾多少考虑过家族的利益；她如果真有这种意识，就不会如此纵容、溺爱贾宝玉，连读书这样的大事也不顾了。

第二，"四大家族"之间的联姻，确是事实；但并不是一个绝对的原则。邢夫人、尤氏、李纨、秦可卿、胡氏（贾蓉续娶的妻子）皆非出自"四大家族"，何独要求贾宝玉非此莫娶呢？还有更为直接、有力的事例是，当年贾府的独生小姐贾敏可以嫁给非"四大家族"出身的林如海，为什么今天的贾宝玉却不能娶贾敏的女儿林黛玉？千万不要把那位门子的话当成金科玉律啊！

第三，第二十九回张道士为宝玉提亲时，贾母在说了宝玉"命里不该早娶"之后，又吩咐他说："你可如今打听着，不管他根基富贵，只要模样配的上就好，来告诉我。便是那家子穷，不过给他几两银子罢了。只是模样性格儿难得好的。"贾母根本不考虑那家的"根基富贵"，甚至是"穷"的人家，也未尝不可。这不单是明确地否定了必须"四大家族"之内方可联姻的说法，而且绝对是又一次委婉地排斥了"取钗"的可能性。如果连这样的话也看不明白，你又岂奈他何呢？

（二）性格决定说

认为"宝钗行为豁达，随分从时，不比黛玉孤高自许，目无下尘"（第五回），因此贾母便慢慢不喜欢林黛玉而去喜欢薛宝钗了。其实，这种表面性格上的差异岂能改变天生的骨肉深情？贾宝玉在世人眼中乃是一个"天下无能第一，古今不肖无双"（第三回）的纨绔子弟，他的母亲还称他为"孽根祸胎""混世魔王"。这样一个百无一用的角色，贾母尚如此宠爱、纵容，为什么有那么一点"孤高自许，目无下尘"的林黛玉，贾母就会嫌弃她而不顾一切呢？须知林黛玉的这些性格特点再怎么也不会在贾母面前呈现出来呀！而事实也是，我们从未见贾母在这些方面有对林黛玉表示过什么不满，而对薛宝钗的住处、行为却多次表示过不以为然，而且后面还越来越疏远了她，以致引起了薛宝钗的怨言和不满（可参看《贾母与薛宝钗》一章）。明乎此，则贾母对钗、黛性格好恶一说，就无从谈起了。

（三）贾母屈服于压力说

此说认为贾母屈服来自元妃的压力，只好"舍黛取钗"了。此说与后四十回所写的情况不符，因为在后四十回中并没有出现元妃干预宝玉婚事的情节，而是贾母主动接受并主持了王熙凤的"掉包计"，才造成了宝、黛、钗三人的爱情婚姻悲剧，成为这一悲剧的罪魁祸首。王夫人与薛姨妈等反处于一种被动的状态。所以此说是不能为后四十回做诠释的。相信它体现了很大的盲目性。

不过，元妃压力说虽不足以为现在的后四十回作辩护，但从这一事件的必然结局来考虑，元妃的因素应该是起了决定性作用的。因为从贾母与王夫人这对峙的双方来看，谁都不敢贸然采取决定性的步骤，无论是王夫人凭父母之命来实现"金玉良姻"还是贾母凭家族的至上权威来玉成"木石前盟"，都会带来灾难性的后果，所以直到前八十回的结束，双方都不敢迈出这关键性的一步。在这样的情况下，最后由元妃出面来解决这一问题，就成了必然的选择，而且在前八十回中也不止一次地出现了元妃抑黛扬钗的态度，如省亲时的题匾和端午节的赏赐礼物，都是有力的伏笔。以元妃的威势，只要她一道谕旨下来，贾母自然是无法抵挡的，但以贾母的身份地位以及由此形成的性格，她只能失败，而绝不会屈服。也只有这样，才能形成包括贾母在内的大悲剧，而绝不仅仅是宝、黛婚姻爱情的悲剧。也只有是这样的一个大悲剧，才能彻底完成《红楼梦》的宏厚"大旨"。

后四十回写贾母主动"舍黛取钗"，而且在操办"掉包计"的过程中，对林黛玉表现得非常冷漠无情，完全是换了一个人，这与前八十回所写大相径庭。对这种情况竟然无所察觉，而且还为之辩释，岂非咄咄怪事？不过，积重难返，又其奈之何！

「舍黛取钗」是后四十回

的最大败笔

前面各章我们以贾母为视点，通过她与各有关人员的关系，清楚地看出，在前八十回中，贾母是自始至终都十分疼爱林黛玉，并极力支持宝黛爱情的。在《贾母与王夫人》一章中，我们又描述了王夫人对薛宝钗、林黛玉的两种极端的喜恶态度，自然也是对"金玉良姻"和"木石前盟"的不同立场。在整个前八十回中，贾母与王夫人的态度都是始终如一的，因此两人的关系也处于愈来愈紧张的状态，可以说已达到没有调和余地的地步。

奇怪的是，进入后四十回之后，开始也没有写到贾母与王夫人在宝玉婚事上的态度有任何变化，也没有写到这两人的关系有任何改善，令人十分意外的是：第九十回，因林黛玉先后听到不同有关宝玉婚事的传言，病情忽好忽坏，大起大落，引起众人的纷纷议论和猜测，只有"贾母略猜着了八九"，一次趁和邢、王二夫人，以及王熙凤在一起说闲话，贾母提出如果老让宝黛二人"尽着搁在一块儿，毕竟不成体统。你们怎么说"？这时，

王夫人听了，便呆了一呆，只得答应道："林姑娘是个有心计儿的。至于宝玉，呆头呆脑，不避嫌疑是有的，看起外面，却还都是个小孩儿形象。此时若忽然或把那一个分出园外，不是倒露了什么痕迹了么。古来说的：'男大须婚，

女大须嫁。'老太太想，倒是赶着把他们的事办办也罢了。"

贾母皱了一皱眉，说道："林丫头的乖僻，虽也是他的好处，我的心里不把林丫头配他，也是为这点子。况且林丫头这样虚弱，恐不是有寿的。只有宝丫头最妥。"

我们且不理论王夫人之说是真心还是假意，但至少是首先当众从她口里传出要让宝黛完婚，这不是奇闻吗？有这个可能吗？而贾母这一面却是实实在在的和王夫人唱起了反调，明确否定了林黛玉，而赞赏、肯定了薛宝钗，真正成了一个"舍黛取钗"的为首之人。和前八十回相比，贾母与王夫人的态度刚好做了一个对换。在没有任何根由的前提下，作出这样的对换，岂非咄咄怪事？

当然，更为咄咄怪事的乃是几百年来大家也都稀里糊涂地跟着后四十回在那里以讹传讹，甚至还为它生发出许多道理来，真是可悲也已。

由于拙劣的"舍黛取钗"设计，使得后四十回比起前八十回来无论在思想内容、艺术特点以及人物性格等各方面都显得十分变形走样，兹择其主要的数端加以概括地说明。

第一，前八十回中的"抄检大观园"事件，是贾府内部各种矛盾大爆发的集中体现，其内部危机迅速逼近，正如第七十四回"敏"探春所说的：

> 咱们也渐渐的来了。可知这样大族人家，若从外头杀来，一时是杀不死的，这是古人曾说的"百足之虫，死而不僵"，必须先从家里自杀自灭起来，才能一败涂地！

探春又说：

> 咱们倒是一家子亲骨肉呢，一个个不象乌眼鸡，恨不得
>
> 你吃了我，我吃了你！（第七十五回）

探春所感觉到的、也是确实存在的这种深刻而又严峻的内部危机，应
该主要是存在于荣国府内。从当时的主要情况来看，正如前文所述，
乃是存在于贾母与王夫人之间的严重而激烈的矛盾。其根由自然是
源自宝、黛、钗之间的爱情婚姻纠葛，因为贾母与王夫人正是处在
这种矛盾纠葛中的主要对立面的地位上。

　　而一进入后四十回，贾母却十分突兀地来了一个一百八十度的变
态转向，结果本来尖锐对立的双方——贾母与王夫人竟站到一条阵线
上去了，再加上王熙凤的顺风相助，于是就形成了荣国府的全部高层
当权者齐心协力来对付两个没有任何能力能够与之抗衡的年轻人的局
面，这完全是凶残的封建势力对一对不合她们意愿的青年恋人的残酷
迫害，而绝对不是封建统治者内部之间"恨不得你吃了我，我吃了你"
的"乌眼鸡"式的搏斗。因此也就形成不了"自杀自灭"，最后"树
倒猢狲散""落了片白茫茫大地真干净"的大悲剧结果。无怪乎贾府
虽然也一度经历了被抄家、流放的厄难，但这毕竟是外来的灾祸，"是
杀不死的"，所以最后还是"沐皇恩贾家延世泽"（第一百一十八回）
了。也就因此，远嫁的探春本应像断线的风筝一样，一去不复返；
而结果她却又回来了，而且"出挑得比先前更好了，服采鲜明"（第
一百一十九回），哪里有个"三春去后诸芳尽"的悲惨味道呢？总之，
后四十回中贾母"舍黛取钗"之举，完全消弭了前八十回中贾府本

　　　　　　　　　　　　　　　　　　　　钗黛之辨

已经存在的日益激化的矛盾，既然矛盾没有了，原作者本想借以引发出来的空前大悲剧，自然也就无从产生了，《红楼梦》因之也就不成其为《红楼梦》了。

第二，《红楼梦》最大的艺术特色，是把传统的写法打破了。它的具体表现是多方面的，其中突出的一点是"草蛇灰线"，伏笔千里，即书中的许多情节都有前后照应，读此书也必须把这种照应前后联系起来才能读得明白。这种情况在写宝、黛、钗三人的爱情婚姻纠葛时也同样存在。在前八十回里，如前所述，"金玉良姻"与"木石前盟"这两股势力，双方虽然斗争十分激烈，但也只是在暗中较劲，任何一方也没有把握能把它挑明后最后取得胜利，可以说是处于一种相持不下的状态。要使宝、黛的愿望"心事终虚化"，酿成悲剧，合理的解释只有元妃的出面，才能最终打破此僵局，使之成为"镜中花""水中月"。而这种可能性在前八十回中是留有伏笔的：元妃省亲时，将贾宝玉题的匾额"红香绿玉"改为"怡红快绿"；单单抹去"香玉"二字，而在紧接着的下一回，作者便通过贾宝玉讲故事明确点出"香玉"乃林黛玉。元妃所赐的端午节礼物，在众姐妹中，宝玉与宝钗乃同一等分，而林黛玉则低了一级，并且因此还曾引发过一番风波。这都预伏了元妃对钗、黛的不同态度，当然这也是反映了王夫人的意向，我们在前面已有过分析。

而在后四十回中，由于贾母的无端转向，原来两个对立的力量合而为一，三个年轻人的婚事自然随心所欲地任由他们去摆布了。元妃在这件事上完全派不上用场，而且在宝玉、宝钗完婚之前，这位元妃竟因"偶沾寒气"，被"痰气壅塞"而不治身亡了。

这样，原作者在前八十回中设下的伏笔，在后四十回里全都得不到回应，上述元妃改匾和端午节赐礼两件事就成为没有意义的事了。后四十回的作者不但写不出这种"草蛇灰线"的文字来，而且把前八十回中本已存在的这种文字也给破坏掉了。

当然，这种例子并不仅此而已。

第三，贾母的"舍黛取钗"给许多人物带来了性格的扭曲，尤以贾母与贾宝玉为甚。

先说贾母。在贾母决定"况且林丫头这样虚弱，恐不是有寿的。只是宝丫头最妥"，又得到王夫人的赞同并在背着宝、黛进行婚事的筹备之后，第九十六回却写到袭人的一段心事，当她想起宝黛二人平日的情形时，便觉得这样做，

> 只怕不但不能冲喜，竟是催命了！我再不把话说明，那
> 不是一害三个人了么。

于是袭人就去找到王夫人说了自己的忧虑，并请她转告给贾母。结果是：

> 贾母听了，半日没言语。王夫人和凤姐也都不再说了。
> 只见贾母叹道："别的事都好说。林丫头倒没有什么，若宝
> 玉真是这样，这可叫人作了难了。"

原来，这里这位贾母（还有王夫人和王熙凤）竟是一点儿也不知道她的"两个玉儿"的亲密关系，而需要花袭人的提醒才明白过来。她大概也完全忘记了她过去所知道的、说过的、做过的一切了。这位贾母

和前八十回中的贾母简直就判若两人。

而且，这位贾母的故事还没有结束，她还有更惊人的表现。我们退一万步来说，即使贾母突然之间有一万个理由要"舍黛取钗"吧，她也应该在这同时妥善安置好林黛玉才行，而绝无必要对她如此冷酷无情。事实却不然。黛玉因听闻了宝玉要娶亲的风声，登时病情加重，许多人都去探望过了，独有贾母却置之不顾，甚至连死前也没有去见上一面。之前已慌了手脚的紫鹃曾去找过贾母要禀告一声，却又见不到人，以致紫鹃都抱怨说："这些人怎么竟这样狠毒冷淡！"（第九十七回）当年曾时不时地把黛玉搂在怀里显示出无限疼爱的慈祥外婆，现在竟摇身一变成了一个冷酷无情的狠外婆了。这能是同一部书中的同一个角色吗？这会是同一个作者写出来的同一个人物吗？

再说贾宝玉。他是《红楼梦》中的第一号主角。在前八十回中，他在世人眼中虽然常常显得有些疯呆痴狂，但实际上内心却是再清明聪慧不过的。正像警幻仙子心目中的他，是一个"天分高明，性情颖慧"（第五回）的人。可一进入到后四十回，这贾宝玉因无端丢失了脖子上的那块宝玉，便开始常常处于一种真正的"疯癫"之态，"说话也糊涂了""神魂失散的样子""直是一个傻子似的"（第九十五回）。应该说，他的这种病态是时好时坏的，因此他也常有清醒明白的时候。当然，什么时候迷糊，什么时候清醒都是根据后四十回的作者的需要来安排的。让他迷糊时，作者便可以从容地来实施他的"掉包计"，为贾宝玉娶一个他本来很不喜欢的人作媳妇；让他清醒时，就可以安排他去给巧姐儿讲《列女传》，还可以安排他去考科举，而且高中第七名举人。本来是一个"古今不肖无双"的浪荡公子，最终却成了一个光宗耀祖的孝子贤孙，真可以和同时期的小说《歧路灯》中的谭绍闻"两峰对峙"了。

　　按照前八十回的预示，宝、黛、钗三人爱情婚姻纠葛的最终结局是，宝玉与宝钗结为夫妇，黛玉泪尽而亡。宝玉终日对着宝钗毫无感觉，他心中只想着已经逝去的林黛玉，这正如第五回"红楼梦曲"中所说的：

> 　　空对着山中高士晶莹雪，终不忘世外仙姝寂寞林。

现实中这三人的具体关系也完全证明这将是必然的结局。然而进入后四十回，情况却与人们想象的大不相同。宝玉与宝钗刚完婚不久，也即是林黛玉刚死去不久，贾宝玉固然为黛玉的死痛哭过、厮闹过，但他同时与薛宝钗的关系亦甚好，甚至可以说颇为亲密。第一百零一回，写凤姐去到宝玉处，叫他们二人去给舅太爷庆生日，一进去"只见宝玉穿着衣服歪在炕上，两个眼睛呆呆的看宝钗梳头"，凤姐便笑他："人家各自梳头，你爬在旁边看什么？成日家一块子在屋里还看不够？也不怕丫头们笑话。"凤姐还赶宝玉说："你先走罢，那里有个爷们等着奶奶们一块儿走的理呢。"正是二人的这种形景，使凤姐产生了无限的感触：

> 　　凤姐儿看他两口儿这般恩爱缠绵，想起贾琏方才那种光景，好不伤心，坐不住，便起身向宝钗笑道："我和你向老太太屋里去罢。"笑着出了房门，一同来见贾母。

王熙凤只是偶然的一次来到，便看到当着丫头们的面，这"两口儿"

竟"这般恩爱缠绵",何曾有一点"空对着"的情景。

　　而且这件事还没有完。当贾宝玉先出来告诉贾母要到舅舅家去,贾母叫他"去罢"之后,

　　　　宝玉答应着出来,刚走到院内,又转身回来向宝钗耳边说了几句不知什么。宝钗笑道:"是了,你快去罢。"将宝玉催着去了。这贾母和凤姐宝钗说了没三句话,只见秋纹进来传说:"二爷打发焙茗转来,说请二奶奶。"宝钗说道:"他又忘了什么,又叫他回来?"秋纹道:"我叫小丫头问了,焙茗说是'二爷忘了一句话,二爷叫我回来告诉二奶奶:若是去呢,快些来罢,若不去呢,别在风地里站着'。"说的贾母凤姐并地下站着的众老婆子丫头都笑了。宝钗飞红了脸,把秋纹啐了一口,……

展现在我们面前的这位贾宝玉,不但一点儿也不迷糊,而且分明是一个感情丰富、心思细腻的痴情公子,前八十回中的只会活跃在林黛玉面前的这个形象,现在却出现在薛宝钗面前了。"红楼梦曲"中所唱的"空对着山中高士晶莹雪,终不忘世外仙姝寂寞林"已经没有什么意义了。这样说,绝不是故意借题发挥,夸大其词,因为早在黛玉刚过世,宝玉、宝钗完婚之初的那第九十八回,续作者就迫不及待地向读者昭示说,那宝玉尽管悲伤,却

　　　　又想黛玉已死,宝钗又是第一等人物,方信金石姻缘有定,自己也解了好些。……又见宝钗举动温柔,也就渐渐的

将爱慕黛玉的心肠略移在宝钗身上，此是后话。

虽然说"此是后话"，但宝玉既然可以"渐渐的"将爱心"略移"过去，久而久之，也势必会将全副心思移情别恋了，过去的一切，也就成为历史了。而且作者硬是要把"后话"提前来说，也就是要让读者对这种"移情"的后举有足够的思想准备。

其实，婚后的贾宝玉对待薛宝钗不仅在外形上让人觉得这"两口儿这般恩爱缠绵"，而且在心灵上也颇有相通之处呢。第一百一十一回，"鸳鸯女殉主"之后，贾宝玉"便嗳的双眼直竖"，后来"死命的才哭出来了"，心里面想了很多事情。众人都以为他"不好了，又要疯了"，只有薛宝钗却能理解他，并对众人说："不妨事，他有他的意思。"

> 宝玉听了，更喜欢宝钗的话，"倒是他还知道我的心，别人那里知道。"

这时的薛宝钗竟成为贾宝玉唯一的"知心"人了，自然感情上也会更深入一层。

到了这样一个地步，我们就很难期望，现在这个贾宝玉的心中对林黛玉还有多少"终不忘"的情分了。我们可以用最能代表过去的贾宝玉对林黛玉表现得感情最真挚的那句有名的承诺来检验一下。

第三十回，因上回张道士提亲一事宝黛二人闹了大矛盾，贾宝玉又过来劝慰赔小心，林黛玉听了宝玉的一番话后，

> 因又撑不住哭道："你也不用哄我。从今以后，我也不

　　　　　　　　　　　　钗黛之辨

敢亲近二爷，二爷也全当我去了。"宝玉听了笑道："你往那去呢？"林黛玉道："我回家去。"宝玉笑道："我跟了你去。"林黛玉道："我死了。"宝玉道："你死了，我做和尚！"林黛玉一闻此言，登时将脸放下来，……

贾宝玉的这句似乎不大经意说出来的话，其实很重要。它既是贾宝玉对林黛玉深厚情意的集中突现和郑重承诺，又是作者对贾宝玉最终结局的一种预示。正因为它有这样重要的意义，所以作者一定还要借机重复强调它一次。第三十一回，怡红院里袭人与晴雯闹矛盾，牙尖嘴利的晴雯讥讽得花袭人"羞的脸紫胀起来"，正在这时林黛玉来到，袭人便向她诉起委屈来，

> 袭人笑道："林姑娘，你不知道我的心事，除非一口气不来死了倒也罢了。"林黛玉笑道："你死了，别人不知怎么样，我先就哭死了。"宝玉笑道："你死了，我作和尚去。"袭人笑道："你老实些罢，何苦还说这些话。"林黛玉将两个指头一伸，抿嘴笑道："作了两个和尚了。我从今以后都记着你作和尚的遭数儿。"

因为作者重视这句话的意义，所以才会如此重复写它，也正因为作者如此重复强调它，所以黛玉死了之后，宝玉出家做和尚的结局就成为世人的共识。无论后四十回的作者还是今人的几种续书都是这样处理的。这自然是对的。

但仅仅写到贾宝玉出了家，还不足以评断它的功过是非，更重要的还要看它是写他为何出家的。后四十回所写贾宝玉的出家便是一个

很值得议论研讨的问题。

如前所述，后四十回中的贾宝玉已经逐步接受了薛宝钗，而且颇有"恩爱缠绵"之态，所以他去参加科考临出门之前，还特别嘱咐莺儿："你姑娘既是有造化的，你跟着他自然也是有造化的了。你袭人姐姐是靠不住的。只要往后你尽心伏侍他就是了。"（第一百一十九回）既然对薛宝钗如此关爱，那么，对那"世外仙姝"的感情自然便会日益淡漠，他一直当面宣称的"你死了，我做和尚去"的承诺也早已丢到了九霄云外。所以黛玉死后，不但不见他有出家的行动，也从来没有过为她的死而出家的念头。

然而，贾宝玉不还是最后出家了吗？是出家了，但不是去践行"你死了，我做和尚去"的诺言，而是病中被和尚引到太虚幻境，再温旧册，得"悟仙缘"（第一百一十六回），后来又因与和尚面谈了许久，结果是：

> 宝玉本来颖悟，又经点化，早把红尘看破。
>
> 宝玉自会那和尚以后，他是欲断尘缘。（第一百一十七回）

至此，我们便清晰地看到，贾宝玉的出家，与林黛玉之死已了无关联。

于是我们最终就看到，在"舍黛取钗"这一拙劣设局中的贾宝玉，已经完全不是前八十回中那个"情痴"贾宝玉了。文学史上一段最为生色动人的爱情故事还没有完结在这里就达到了它的尽头，而且前八十回中的许多精心构思的文字也因得不到回应而变得毫无意义了。

能不说"舍黛取钗"的拙劣设计是后四十回中的最大败笔么？

结语

　　本书上篇的第四、五、六章集中从不同的方面、不同的层次、不同的范围以及就作品不同的表现手法，对钗、黛二人做了广泛的、至少有三十多次的比较，尽管它们之间的角度差异相当大，但对比的结果却是绝对鲜明的一致：林黛玉总是处在正面的位置上，而薛宝钗却毫无例外地是一个负面形象。

　　我也曾考虑过，我是否带有先入之见来进行这番比较？因此，也曾刻意地运用同样的方法，来尝试能否得出相反的、使钗黛二人变换一下位置的结果，哪怕三两个事例也好。可是我都失败了。因此，我觉得我的比较结果是相当可信的。当然，我仍然欢迎专家们和广大读者能拿出不同的结果来。

　　通过对比，我们回头再看看，在林黛玉身上触目可见的是自尊、坦诚、直率、善良、友好、挚爱、美丽、劲节、高雅、净洁……以及在不良处境下的独善、自矜、不诣、脱俗、出污不染、敢于抗争等优良品质。而这一切又都是我们中华民族自古以来的优秀文化传统。曹雪芹是一个秉承着浓厚中国优秀文化传统的伟大作家，他也是带着深厚的感情来撰写了这一切，同时又由衷地歌颂、赞美了这一切，以及它们与其对立面之间的对峙。

　　中国长久的优秀文化传统，是有着不可动摇的传承性的。不管在任何历史时期，它都受到人们的尊奉，因为它是我们民族的灵魂。《红楼梦》问世两百多年，经历了许多翻天覆地的历史变化，但它却一直受到不同时代的最广大人民群众的喜爱，如果不是它里面充溢了这种中华民族共有的优秀文化传统，而只是写了一些什么真假、美丑、善恶、是非都不分的抽象的人性，要想产生这样的巨大社会效果，那完全是不可思议的事情。曹雪芹也绝不会写出这样的作品来。《红楼梦》的这种性质，自然会在它的主要人物身上体现出来。只是作者写它的各个人物所用的手法不一样，人们对有的人物的真正面目看不出来罢了。

本书的下篇说的是宝、黛、钗三人的婚恋问题，故事的当事人是三个青年，但关键人物却是贾母。贾母是一个极不寻常的人物，却远远没有引起人们对她的足够关注，对她的研究很不够，原因是对她了解得很不够，如果看懂了她，完全可以写一部有分量的专著。

在下篇中，为了说明贾母对三人婚恋问题的态度，我们说到了许多事件许多人物，以及她们之间的关系。但当完成了这一切之后再回头去看看却会发现，要说明贾母绝不会"舍黛取钗"，其实只需最关键的两点就够了。

第一是贾母对宝、黛无比疼爱，称他们为"不省事的小冤家""不是冤家不聚头"，并表示为他们二人的事"没有一天不叫我操心"（均见第二十九回）。难道贾母要操心的不是促成他们的婚姻大事，而是去棒打鸳鸯把他们活活拆散吗？

第二是宝琴来到贾府不久，贾母便当众人之面向薛姨妈细问宝琴的"年庚八字并家内景况"，使薛姨妈意识到贾母之举"是要与宝玉求配"（第五十回），这不是明明当众向薛姨妈表示了贾母已根本不考虑来此已久的薛宝钗吗？难道还需要贾母作出其他更直白的表达来吗？

当然，我们写到的其他故事情节、人际关系以及有关分析也很重要，它们能更有力地支持以上的看法。

综观以上的一切，我们或可明白，这里涉及的两个问题，一个是钗、黛之争远未有结果，处于胶着状态；一个是贾母是否"舍黛取钗"则处于一边倒的状态，成为不成问题的共识，而其实却又大谬不然。

这两个问题都分别牵涉书中的全部主要人物和其他重要人物，又都牵涉书中许多的大小事件和情节，如果我们弄不明白，或者说竟完全理解反了，则我们的"红学"研究竟是从何说起呢？我们的"红学"热还"热"些什么呢？更不要说随之而起的其他艺术门类中的许多热闹了。

参考书目

1.《论语》（十三经注疏本），中华书局，1980 年。

2.《孟子》（十三经注疏本），中华书局，1980 年。

3.《阮籍集》，上海古籍出版社，1978 年。

4.《陶渊明集》，中华书局，1979 年。

5.《晋书》，中华书局，1974 年。

6.《全唐诗》，上海古籍出版社，1986 年。

7.《柳宗元集》，中华书局，1979 年。

8.《白居易集》，中华书局，1979 年。

9.《苏轼诗集》，中华书局，1982 年。

10.《周敦颐集》，中华书局，1990 年。

11.《栋亭集》，上海古籍出版社，1978 年。

12.《小仓山房诗文集》，上海古籍出版社，1988 年。

13.《郑板桥集》，中华书局，1962 年。

14.《绿烟琐窗集》，上海古籍出版社，1984 年。

15.《枣窗闲笔》，上海古籍出版社，1984 年。

16.《懋斋诗钞》，上海古籍出版社，1984 年。

17.《四松堂集》，上海古籍出版社，1984 年。

18.《春柳堂诗稿》，上海古籍出版社，1984 年。

19.《新编石头记脂砚斋评语辑录》，中国友谊出版公司，1987 年。

20.《阅红楼梦随笔》，上海古籍刊行社，1963 年影印本。

21.《红楼梦》，黄山书社，1989 年。

22.《〈新译红楼梦〉回批》，内蒙古人民出版社，1979 年。

23.《桐花凤阁评〈红楼梦〉辑录》，天津人民出版社，1981 年。

24.《〈红楼梦〉刘履芬批语辑录》，书目文献出版社，1987 年。

25.《干伯沆红楼梦批语汇录》，江苏古籍出版社，1985 年。

26.《红楼梦（三家评本）》，上海古籍出版社，1988 年。

27.《读红楼梦随笔》，巴蜀书社，1984 年。

28.《广群芳谱》，上海古籍出版社，1991 年。

29.《花经》，上海书店，1985 年。

30.《清诗话》，上海古籍出版社，1978 年。

31.《历代题画诗选》，上海书画出版社，1983 年。

32.《中国小说史略》，见《鲁迅全集》（第九卷），人民文学出版社，1981 年。

33.《神话研究》，百花文艺出版社，1983 年。

34.《红楼梦研究》，人民文学出版社，1973 年。

35.《古典文学研究资料汇编·红楼梦卷》，中华书局，1963 年。

36.《红楼梦书录》，上海古籍出版社，1981 年。